I0831685

Franz Treller

Der Enkel der Könige

Salzwasser

Franz Treller

Der Enkel der Könige

1. Auflage | ISBN: 978-3-84608-064-1

Erscheinungsort: Paderborn, Deutschland

Erscheinungsjahr: 2015

Salzwasser Verlag GmbH, Paderborn.

Das Königskind

Zwischen Guatemala und dem mexikanischen Staat Yucatán erstreckt sich eine Hochebene. Das Land ist rau, von Felsen zerrissen, mit dornigem Buschwerk, spärlichem Gras und vereinzelten Bäumen bestanden, vulkanischer Boden, wild und zerklüftet.

Über diese Hochebene jagten an einem stürmischen Abend, die Nacht war nicht mehr fern, zwei Reiter in südlicher Richtung dahin. Sie schienen gehetzt, verfolgt vielleicht, denn sie trieben ihre edlen Tiere zu rasendem Lauf, ihnen keine Minute der Rast gönnend. Kleidung und Aussehen verrieten sie als Indianer, Ureingeborene des Landes. Ihre dunklen, hart geschnittenen Gesichter waren finster und verschlossen, unter den Stirnbögen glühten die Augen, das lange, strähnig schwarze Haar flatterte im scharfen Luftzug, der von der See herüberkam.

Der eine der Reiter trug in seinen Poncho gewickelt ein Kind.

Sie ritten schweigend, verkrampft, Schatten gleich, stundenlang, ohne des Weges zu achten, dessen sie sicher schienen. Schließlich wurde in der Ferne ein dunkler Waldstreifen sichtbar; auf ihn hielten sie zu. Über dem Schattenriss des Waldes glühten einige fantastische Bergzacken im violett schimmernden Licht des Abends. Der ältere der Reiter verlangsamte den Lauf seines Pferdes.

»Wie lange willst du das Kind noch tragen?« wandte er sich an seinen Begleiter. Die Frage wurde in der Sprache der Mayas gestellt; die Antwort kam in der gleichen Sprache:

»Bis ich es in sichere Obhut geben kann, Kazike. Keinen Augenblick länger.«

Über das Gesicht des Kaziken, eines finster blickenden, nicht mehr jungen Mannes, flog ein Schatten. »Du bist ein Narr, Azual«, sagte er. »Zieh dem Balg die Machete durch die Kehle, und es ist alles vorbei.«

»Azual vergießt das Blut der Könige nicht.« Der andere schüttelte den Kopf. »Der junge Panther wird sterben, wenn die Unsichtbaren es wollen«, sagte er, »durch Azuals Hand stirbt er nicht.«

»Dann also durch meine.« Der Kazike streckte die Hand aus. »Gib ihn her.«

Azual wandte nicht einmal den Kopf; sie ritten in langsamerer Gangart nun nebeneinander. »Du wirst dann auch mich töten müssen, Kazike«, sagte er. »Sei aber sicher: Stirbt der Enkel der Könige durch deine Hand, sind alle deine Pläne zunichte, und dein Leben ist verwirkt. Die Mayas werden von dir abfallen, als hätten sie nie auf deine Stimme gehört, du wirst keinen Winkel im Lande finden, der dich verbirgt.«

»Ich will, dass Ruhe wird!« stieß der Kazike heraus. »Wozu all die Mühe, wenn die Quelle der Gefahr nicht verstopft werden soll? Haben wir den kleinen Burschen Arana entrissen, das Leben aufs Spiel gesetzt, um schließlich die Natter am eigenen Busen zu züchten?«

»Komm zur Vernunft, Chamulpo« - der Mann mit dem Kind ritt etwas näher an den anderen heran - »du willst König der Mayas werden, und du sollst es. Die Mayas brauchen an ihrer Spitze einen Mann, kein Kind, und du bist der Mann, den sie brauchen. Du bist dem alten Königsgeschlecht verwandt; lebte dieses Kind nicht, du wärest der rechtmäßige Erbe der Königswürde. Wir haben das Kind - in Aranas Hand ein gefährliches Pfand; es wird nicht mehr gefährlich werden. Den letzten Spross des alten Königsgeschlechtes töten, das wäre ein Frevel, den die Unsichtbaren furchtbar rächen würden, aber es bedarf dessen auch nicht. Gib das Kind zu den armseligen Indios an der Küste; dort wird es untertauchen, und niemand wird von ihm wissen.«

»Narr!« Der Kazike stieß ein raues Lachen aus. »Der Bursche trägt das Zeichen der Könige auf der Brust.«

Azual schwieg betroffen. »Mag er sterben«, sagte er nach einer Weile finsteren Nachdenkens, »aber nicht durch meine Hand. Und nicht mit meinem Wissen.«

Die Reiter näherten sich jetzt einer Bodensenke, die hohen Baumwuchs zeigte; jenseits des tiefen Einschnittes setzte sich die fast kahle Hochebene fort.

Bevor sie in die Senke ritten, wandte der Kazike sich um und stieß einen unterdrückten Schreckensruf aus. Azual, seinem Blick folgend, sah, dass eine stattliche Reiterschar in gestrecktem Galopp hinter ihnen herjagte; sie musste, unbemerkt von beiden, aus einer Seitenschlucht aufgetaucht sein.

»Das ist Arana«, knirschte Azual, »er will sich den kleinen Panther wieder holen; jetzt heißt es, die Pferde laufen lassen.«

»Schneid' der kleinen Bestie den Hals ab!« knirschte Chamulpo. Der andere antwortete nicht.

Sie tauchten in der Talsenke unter und mussten sich nun ihren Weg zwischen gewaltigen Baumriesen bahnen; hier unten war es schon fast dunkel und das Reiten durch allerlei Hindernisse sehr erschwert. Plötzlich sprang wenige Schritte vor den Hufen ihrer Pferde ein Panther auf, der über einem erlegten Reh kauerte; mit ein paar langen Sprüngen verschwand die aufgeschreckte Bestie im Dunkel. Von der Höhe drang das wilde Geschrei der Verfolger herunter.

»Erwischen sie uns mit dem Kind, sind wir verloren!« schrie der Kazike. »Du bringst mich und dich ins Verderben.«

Einen Augenblick zögerte Azual, dann warf er in schnellem Entschluss das vom Poncho umhüllte Kind in das dunkle Gebüsch, eben dorthin, wo der Panther verschwunden war. »Der Panther ist sein Schutzgeist«, rief er, »mag er ihn vor Unheil bewahren!« Der Kazike stieß ein raues Lachen aus. Sie spornten die Pferde. An die dreißig Reiter, wilde, dunkle Gestalten in flatternden Ponchos, jagten hinter ihnen her. Verfolgte und Verfolger tauchten unter im samtenen Dunkel der Nacht.

*

»Was ist das?« rief einige Zeit später eine Stimme in spanischer Sprache. Ein schlanker, noch jüngerer Mann trat aus den Büschen heraus; im Arm hielt er ein Bündel, ein Indianerkind, wie man gleich darauf sah, von einem Poncho umhüllt. Verblüffung im Gesicht, betrachtete der Mann seinen Fund. »Der Panther entspringt und hinterlässt mir einen braunen Infanten«, sagte er. »Was hat das zu bedeuten?«

Zwei andere Männer, Weiße wie der Sprecher, traten heran. Aus der Umhüllung blickten zwei dunkle Augen, fragende, etwas ängstliche Kinderaugen, auf die Männer. »Die Katze habe ich verscheucht und statt ihrer den kleinen Burschen hier erbeutet«, sagte der Mann mit dem Kind. »Wahrhaftig die sonderbarste Jagdbeute, die mir jemals beschieden war.«

»Den Panther haben die Reiter verscheucht, die unseren Weg kreuzten, Don Diego«, sagte einer der Hinzugetretenen.

»Reiter?« Der mit dem Kind horchte auf. »Wie viele?« fragte er.

»An die dreißig etwa.«

»Von woher kamen sie?«

»Von Norden, Señor.«

»Dann galt es nicht mir. Waren es Weiße?«

»Nein, Indios. Wahrscheinlich gehörte ihnen das Kind.«

»Ja, wahrscheinlich.« Don Diego betrachtete nachdenklich das kleine Gesicht in der Ponchoumhüllung. Die dunklen Augen sahen ihn sonderbar an, durchdringend, fremd, unheimlich für so einen kleinen Burschen. Der Junge mochte eben ein Jahr alt sein.

Fast verwirrt wandte der Mann den Blick. »Habt ihr sonst etwas bemerkt, was auf nahe Gefahr schließen ließe?« fragte er.

»Nichts, Señor.«

»Die Ebene ist frei?«

»Soweit wir sehen konnten. Die Indioreiter sind nach Süden davongejagt.«

»Gut.« Don Diego sann einen Augenblick nach. »Bleibe noch oben, Francisco«, sagte er dann, »halte die Ebene im Auge, achte sorgfältig auf jedes bedrohliche Anzeichen. Ich will meinen merkwürdigen Fund der Señora bringen.«

Den Knaben auf dem Arm ging er ins Tal hinab und betrat gleich darauf eine Lichtung, auf der einige Pferde und Maultiere weideten. Neben einer Indianerin saß eine junge Frau mit einem erst wenige Monate alten Säugling auf dem Arm. Zwei Neger und ein Indianer waren damit beschäftigt, einige weitere Tiere an einer Quelle zu tränken.

Don Diego trat auf die junge Frau zu. »Sieh her«, sagte er, »ich bringe dir eine absonderliche Jagdbeute. Nein, keine Pantherkatze, sondern ein

Menschenkind, einen kleinen Indio.« Er wickelte den Poncho los und stellte den kleinen Jungen behutsam auf die Erde. Er stand schon recht fest auf seinen stämmigen Beinchen.

Die Frau sah staunend auf das Kind. »Mein Gott«, sagte sie, »du hast ihn gefunden? Allein hier in der Wildnis? Er wird sich verlaufen haben. Es müssen demnach Menschen hier in der Nähe wohnen.«

Don Diego schüttelte den Kopf. »Nein«, sagte er, »auf viele Meilen keine Menschenseele. Aber Francisco hat braune Reiter gesehen vorhin, sie sind von Norden nach Süden geritten und müssen ihn verloren oder aus irgendeinem Grunde zurückgelassen haben.«

Der alte Peon, der mit Don Diego gekommen war, trat heran. »Zurückgelassen«, sagte er und schüttelte den Kopf, »Nein, Señor, zurückgelassen ist wohl nicht der richtige Ausdruck; sie haben das Kind dem Panther vorgeworfen, die roten Schufte!« Die Dame schrie auf. »Was sagst du da, Juan? Das ist doch nicht möglich!«

»Nicht möglich?« Der Peon lachte rau. »Bei diesen Indios sind noch ganz andere Dinge möglich, Señora!« sagte er.

Don Diego schaltete sich ein: »Zur Sache, Juan«, sagte er, »was hast du gesehen? Du sagst das doch nicht von ungefähr mit dem Panther.«

Der Peon zuckte die Achseln. »Ich stand ziemlich weit weg im Gebüsch«, berichtete er, »zwei Indianer auf Pferden jagten an mir vorbei, sie schienen es verdammt eilig zu haben; ich sah, dass einer von ihnen ein Bündel in den Busch warf, kurz nachdem ein aufgeschreckter Panther dort verschwunden war. Sie jagten weiter, und gleich darauf kamen an die dreißig Reiter, ebenfalls Indios, hinter ihnen her.«

»Sonderbar!« Don Diego schüttelte den Kopf; sein Blick richtete sich auf das Kind. »Ein richtiger kleiner Vollblutindianer«, sagte er.

»Ein hübsches Kind, Diego.« Auf dem blassen Gesicht der jungen Frau spielte ein Lächeln; sie zog den Jungen an sich heran.

»Irgendein heidnischer Zauber«, knurrte der Mann. »Wahrscheinlich sollte der kleine Bursche irgendeiner dieser verruchten Gottheiten geopfert werden. Unsere Indios stecken ja noch immer voll von wüstem

Aberglauben; ihr Christentum ist ihnen kaum hinter die Hirnrinde gedrungen.«

Von der Talsenke her näherte sich der Peon Francisco, den Diego zurückgelassen hatte. »Die Indios sind verschwunden, Señor«, berichtete er, »sie schienen große Eile zu haben.«

»Wir müssen uns auch auf den Weg machen«, sagte Don Diego. Die Frau sah ihn an. »Und das Kind?« fragte sie, »was machen wir mit dem armen Kind?«

»Wir werden es wohl oder übel mitnehmen müssen.« Der Mann runzelte die Stirn. »Wir können es ja in der ersten Wohnstätte, die wir erreichen, abgeben«, setzte er hinzu.

Das kleine Mädchen auf dem Schoß der Frau streckte die winzigen Ärmchen aus. Es erwischte ein paar Strähnen von dem schon ziemlich langen schwarzen Haar des kleinen Indianerjungen und krallte die Händchen darin fest; dabei krähte es vor Vergnügen. Der kleine Bursche aber ließ sich die ein wenig raue Liebkosung gefallen, ohne mit der Wimper zu zucken. Aus seinen dunklen Augen sah er unverwandt auf das kleine Wesen im Schoß der Frau. »Sieh da, Maria schließt schon Freundschaft mit dem braunen Prinzen«, lachte Don Diego. »Also nehmen wir ihn einstweilen mit; Nina«, – er wandte sich der Indianerin zu, »nimm dich deines kleinen Stammesgenossen an. – Wir müssen aufbrechen, Mercedes. Man weiß nicht, was noch kommen kann. Ich habe keine Lust, noch im letzten Augenblick den Libertados in die Hände zu fallen. Wir müssen die mexikanische Grenze sobald wie möglich hinter uns bringen.«

»Ich bin bereit, Diego«, antwortete die Frau. Sie sah tapfer und klar zu ihm auf, aber in ihren Augen schimmerten Tränen. Don Diego biss sich die Unterlippe blutig. Mit einer abrupten Bewegung wandte er sich ab. »Vorwärts, Jungen«, rief er den Negern zu, »die Mulos gesattelt; wir wollen weiter.«

Minuten später war alles zum Aufbruch bereit. Die Señora saß auf ihrem Maultier, ihr Kind im Arm, neben ihr ritt die Indianerin, den braunen Jungen auf der Kruppe ihres Pferdes. Don Diego und die Peons folgten, und ihnen schlossen sich die Neger an, die beladenen Saumtiere führend. Die Kavalkade setzte sich in Bewegung und schlug, auf der Hochebene angelangt, den Weg nach Norden ein. Nach einigen Stunden ritt ein Trupp Lanceros auf die Lichtung zu. Der Anführer sprang vom Pferde und untersuchte aufmerksam den Boden. »Matteo hatte recht«, sagte er, sich nach einer Weile aufrichtend, »hier haben sie gerastet. Also ist der Verräter entwischt, und der Preis, der auf seinen Kopf gesetzt ist, dahin. Aber die Feuer glühen noch, sie können nicht allzu weit sein. Adelante, companeros! Ihnen nach! Setzt die Sporen ein. Vielleicht erreichen wir sie doch.«

Sie wandten die Pferde und jagten die Anhöhe hinauf. Die Nacht verschluckte sie und breitete ihren dunklen Mantel über das zerklüftete Land.

Pablo und Mariquita

Seit Menschengedenken war die Westküste des Landes nicht von einem solchen Sturm heimgesucht worden. Die ganze Nacht hatte er getobt und gewütet, die Uferwände zerrissen, Bäume entwurzelt, Fischerhütten wie Streichholzschachteln zerstampft, Boote ans Land geschleudert und das Land auf weite Strecken hin verwüstet.

Es war, als sei ein Ungeist über die Erde gegangen und habe sich, nachdem er seiner wilden Wut Lauf gelassen, wieder in seine finstere Sphäre zurückgezogen.

Don Antonio d'Irala, ein begüterter Haziendero, ritt mit seinem Majordomo an dem flachen, sandigen Meeresufer entlang; ein Vaquero folgte ihnen in einiger Entfernung. Friedlich und ruhig lag das Meer, als hätte es nicht erst vor Stunden in furchtbarer Wut gebrüllt, der Himmel war blau, und die Sonne, schon jetzt am frühen Morgen eine sengende Hitze ausstrahlend, schien friedlich auf das Bild der Zerstörung.

»Schlimm, Don Estevan«, sagte der Haziendero zu seinem Begleiter, »viel schlimmer, als ich erwartet hatte. Nur gut, dass wenigstens kein Menschenleben zu beklagen ist.« Sie hielten an einer Stelle, wo gestern noch einige Hütten gestanden hatten; nur die großen Feuerherde waren zurückgeblieben. In einiger Entfernung stand eine Gruppe von Menschen, die in stumpfer und gleichgültiger Haltung auf das Meer hinaussahen.

Die Reiter setzten sich wieder in Bewegung; als sie sich der Gruppe näherten, lüfteten die dort stehenden Männer die Hüte. Es waren ein Weißer und drei Indianer.

»Eine böse Nacht, Miguel«, sagte d'Irala, dem Weißen, der herangetreten war, die Hand reichend, »hoffentlich ist hier bei euch niemand verunglückt?«

»Nein, Señor, Gott sei Dank nicht«, entgegnete der Angeredete, ein stämmiger Mann in den Vierzigern. »Wir haben, sobald das Unwetter loszubrechen begann, Frauen und Kinder hinter die Felsen gebracht« – er deutete auf eine zerklüftete Felsgruppe, die das sandige Ufer nach Süden zu wie eine Kulisse abgrenzte. »Schließlich haben wir selber dort Schutz gesucht, als es zu schlimm wurde. Aber was wir hatten, ist hin.«

Sein leerer Blick streifte über die verwüstete Fläche; es zuckte in seinem Gesicht.

»Nun, äußerer Verlust lässt sich immer ersetzen«, sagte Don Antonio. »Schickt die Euren zur Hacienda, bis Ihr Euch wieder ein Heim geschaffen habt.« Der Mann stammelte einen Dank, schien aber noch zu beeindruckt von dem plötzlich über ihn hereingebrochenen Unglück, um ganz zu erfassen, was ihm da geboten wurde.

Einer der Indios schob sich vor. »Unsere Boote und unsere Netze sind zerstört, Señor«, sagte er, »das Vieh ist ertrunken oder in die Wälder entlaufen; wir haben nichts als das Leben gerettet.«

»Sei froh, dass ihr lebt, Metyllo«, versetzte der Haziendero, »wir werden helfen, wo wir können. Bringt Frauen und Kinder in unsere Arbeiterhütten. Don Estevan wird für sie sorgen. Und dann fangt wieder an; das Leben geht weiter. Die Hauptsache, ihr lasst euch nicht unterkriegen.«

»Mil gracias, Señor«, murmelte der Indio und trat zurück. Don Antonio wandte sich dem Weißen zu. »Was habt ihr vorhin so eifrig aufs Meer hinausgeschaut, Miguel?« fragte er. »Gibt es da etwas Besonderes?«

Der Mann zuckte die Achseln. »Schiffstrümmer, Señor«, sagte er, »seht dort. Sie treiben.« D'Irala wandte den Blick; er sah das ziemlich große Bruchstück eines von den Wellen zertrümmerten Schiffes. Es trieb in nicht allzu weiter Entfernung auf dem kaum bewegten Wasser.

»Mein Gott!« stammelte er, »ein Schiff gestrandet. Und zweifellos alle ertrunken. Gott sei ihren Seelen gnädig.« Er nahm den Hut vom Kopf und sah starren Blicks auf das Meer hinaus.

Miguel trat neben ihn. »Die Indios hier behaupten, es lägen Menschen auf den treibenden Balken dort«, sagte er. »Ich kann nichts erkennen, aber die Braunen haben bessere Augen.«

D'Irala ergriff ihn am Arm. »Und Ihr zögert?« rief er empört, »rasch, rasch, bewegt euch doch! Habt ihr kein brauchbares Boot?«

Miguel verzog etwas unwillig sein Gesicht. »Sind wirklich Menschen auf den Trümmern dort, sind sie tot«, sagte er, »aber meinetwegen. Gefahr ist nicht dabei. Mein Boot ist noch brauchbar; ich hatte es rechtzeitig an Land gezogen.«

»Vorwärts! Vorwärts!« drängte d'Irala.

Die Leute machten sich, nicht besonders willig und auch nicht sonderlich eilig ans Werk. Immerhin schwamm das stabile Boot nach einigen Minuten auf dem Wasser. Don Antonio selbst, Miguel und zwei Indianer saßen darin. Eine Viertelstunde später stieß es auf die Schiffstrümmer. Sie zogen sich heran und kletterten hinüber. Sie sahen: Es handelte sich um den abgerissenen Teil vom Hinterdeck eines größeren Schiffes. Und gleich darauf stießen sie auch auf Menschen. Eine ältere Indianerin umklammerte noch immer mit starren Händen die Reling; die Frau war zweifellos tot. Zwischen ihrem Körper und der Bordwand lagen, zusammengekrümmt, die Körper zweier Kinder. Ein weißes Mädchen und ein brauner Junge; sie hielten sich umklammert und schienen leblos wie die Frau, die sie mit ihrem Leib vor den Wellen geschützt haben mochte.

»Entsetzlich!« flüsterte Don Antonio. Die anderen bekreuzigten sich. Der Haziendero kniete sich auf den nassen, wasserüberfluteten Boden des Schiffsdecks und suchte die Kinder aus ihrer Lage zu lösen. Plötzlich stieß er einen Überraschungsruf aus. »Sie leben«, stammelte er. Er zog zunächst das Mädchen hervor, dem das nasse Kleidchen um die frostkalten Glieder klebte; er sah in ein blasses, zartes Kindergesicht, von braunen, jetzt vor Nässe glänzenden Locken umgeben. Die Augen waren geschlossen, es sah aus, als schliefe das Kind. Es mochte etwas über drei Jahre alt sein. Don Antonio fühlte nach dem Herzen der Kleinen und legte das Ohr an ihren Mund; kein Zweifel, das Kind lebte noch. Er rieb den kleinen, halb erstarrten Körper und bewegte die leblosen Ärmchen, um die Lungentätigkeit zu fördern.

Einer der Indianer war d'Irala nachgeklettert und hatte den braunen Jungen hervorgeholt; auch er zeigte noch Spuren von Leben, und der Indianer verfuhr mit ihm in der gleichen Weise wie Don Antonio mit dem weißen Mädchen. Die im Boot zurückgebliebenen Männer sahen den Bemühungen zu, die nach einiger Zeit von Erfolg gekrönt waren: Sowohl das Mädchen als auch der kleine Indio schlugen die Augen auf. Die indianische Frau indessen war tot.

Don Antonio und der Indianer kletterten mit den Kindern ins Boot hinüber. »Zurück an Land«, befahl der Haziendero, »nehmt auch die tote Frau mit; sie war ein braves Weib und soll ein christliches Begräbnis haben.« Mit Mühe wurden die starren Finger der Toten von der Reling gelöst und der erstarrte Körper ins Boot geschafft. Antonio d'Irala hielt das kleine Mädchen fest an sich gedrückt, ihm zur Seite lag, in seinen Rock gehüllt, der kleine Indianerjunge. So trieben sie dem Ufer entgegen.

Dort hatten sich inzwischen einige indianische Frauen und Mädchen eingefunden. »Presto, presto!« rief Antonio ihnen zu, »schafft Milch herbei; hoffentlich ist noch eine eurer Kühe am Leben.«

Das Boot stieß an Land, und die Männer sprangen mit den Kindern heraus. Staunenden Blickes sahen die Indianerinnen auf die kleinen Schiffbrüchigen; schon aber lief eine von ihnen nach den Felsen hinüber, um bald darauf mit einer Kürbisschale voll warmer Milch zurückzukehren. Eine ältere Indianerin nahm sich der Kinder an; sie atmeten, schienen aber zu schlafen. Sie tranken etwas von der warmen Milch, die man ihnen reichte, schliefen aber sogleich, offenbar völlig erschöpft, wieder ein.

»Nun, Madrecilla«, sagte d'Irala zu der Indianerin, »nimm dich deines kleinen Stammesgenossen an, das Mädchen will ich Doña Inez bringen. Ich denke, sie wird sich freuen. Und dann kommt alle nach der Hacienda, wir wollen überlegen, wie wir euch allen schnelle Hilfe schaffen können. Miguel«, wandte er sich dem weißen Manne zu, »suche doch den Namen des Schiffes zu ermitteln, das da untergegangen ist, vielleicht findet er sich auf einem der Schiffsteile.« Er winkte dem Majordomo. »Kommen sie, Don Estevan, wir wollen nach Haus.« Er winkte den Leuten zu und sprengte, das kleine gerettete Mädchen im Arm, mit seinen Begleitern davon.

Nah hinter dem sandigen Meeresufer erhob sich ein Saum hochragender Bäume. Dahinter dehnte sich eine weite, bebaute Fläche, und in deren Mitte stand breit und wuchtig das im Landesstil erbaute Herrenhaus der Hacienda. Eine raue, wenig geebnete Straße führte darauf zu; auf ihr ritten Don Antonio und seine Begleiter. In dem schmalen Waldstück, das sie durchqueren mussten, hatte der Sturm zahllose gewaltige Bäume entwurzelt, in den Feldern und Kulturen hatte er blind gewütet, und auch das Herrenhaus selbst erwies sich als schwer beschädigt.

Auf der Veranda erschien eine junge Frau von schlanker, biegsamer Gestalt; sie sah den Reitern mit einem Lächeln entgegen. »Was bringst du denn da?« fragte sie, als d'Irala vom Pferde sprang.

»Du hast dir doch immer eine Tochter gewünscht«, lachte Don Antonio, »ich bringe dir eine. Ich habe sie buchstäblich dem Meer aus den Fängen gerissen.« Er betrat die Veranda und legte das Kind in den Arm der

Frau. Die sah maßlos erstaunt in das feine, blasse Mädchengesicht. »Mein Gott«, stammelte sie, »was ist denn das?« D'Irala berichtete ihr in kurzen Worten, unter welchen Umständen er die Kinder gefunden hatte. Die Augen der Frau leuchteten auf. »Die Arme«, flüsterte sie, »die arme Kleine! Mein Gott, welch ein Unglück. Kann man denn einem Kind die Mutter ersetzen?« »Du wirst es können, Inez«; ein warmer Glanz stand in den Augen des Mannes, die Frau und Kind mit zärtlichem Blick streiften. »Ich will es versuchen«, flüsterte die Frau, »ja gewiss, ich will es versuchen.«

Das Kind in den Armen der Frau schlug die Augen auf; sie waren hell und schimmerten feucht; sie streiften das Gesicht der jungen Frau mit einem ängstlichen Blick. »Mama? Wo ist Mama?« flüsterte die Kleine; ihr Blick haftete an dem fremden Gesicht. Sie erkannte wohl die Güte und die Zärtlichkeit darin; sie schloss gleich wieder die Augen und stieß einen schwachen Seufzer aus. »Pablo«, flüsterte sie dann noch mit schon wieder geschlossenen Lidern, »wo ist Pablo?«

Die Señora trug das Mädchen ins Haus und in ihr Schlafzimmer, entkleidete es und legte es in ihr Bett. »Armes Kind«, murmelte sie, die kleine Schläferin betrachtend, »sie sucht ihre Mama, sie sucht einen Pablo. Ich fürchte, sie wird sie erst im Himmel wiedersehen.« In ihren Augen standen Tränen.

»Leise, sei leise«, sagte sie, als bald darauf Don Antonio ins Zimmer trat, »sie schläft, sie ist ganz erschöpft und muss viel schlafen.« Don Antonio lächelte. Er trat auf Zehenspitzen an das Bett und sah auf das kleine blasse Gesicht zwischen den feuchtglänzenden braunen Locken. »Wir wollen für sie sorgen«, sagte er, »wir wollen versuchen, ihr Vater und Mutter zu ersetzen.« Er griff nach der Hand seiner Frau.

»Ja«, sagte die, »Ja, Antonio, das wollen wir.«

*

Der Junge öffnete die Augen, er sah die Indianerin an. Die überflutete ihn mit einem Schwall von Worten in ihrer Sprache; der Junge zuckte zusammen, und ein sonderbarer Zug kräuselte seine Lippen; seine Augen blickten finster und scheu wie in aufbegehrendem Trotz. Die umherstehenden Indianermädchen und Frauen hatten alle lachende Gesichter, aber das Antlitz des Jungen lockerte sich nicht auf. Dabei mochte der kleine Bursche eben vier Jahre alt sein. Eigenartigerweise trug er elegante Kleider aus gutem Stoff, ganz nach der Art weißer Kinder.

Er hat wohl Angst, er ist fremd, er sucht die Seinen, dachte die Indianerin; sie sprach in den weichen, melodiösen Lauten ihrer Sprache auf das Kind ein. Der Junge schien nichts zu verstehen, augenscheinlich achtete er auch gar nicht auf das, was die Indianerin sagte; seine Augen gingen suchend im Kreis.

»Wo ist Nina?« fragte er schließlich in spanischer Sprache. »Wo ist Maria?«

Die Indianerin fuhr zurück und sah erstaunt auf das kleine Gesicht. Aber als sei sie von dem Blick des Kleinen bezwungen, bediente nun auch sie sich des holprigen Spanisch, das sie konnte. »O Söhnchen, Söhnchen«, stammelte sie, »werden alle auf dem Grund des Meeres ruhen, die du suchst. Gott sei ihnen gnädig. Die Männer haben Dich dem Wasser entrissen.«

Ein verstörter Zug glitt über das Antlitz des Jungen, er sah hilflos um sich. Dann zog seine kleine Stirn sich zusammen; er schien nachzudenken. Wieder sprach die Indianerin auf ihn ein, in ihrer Sprache wieder; sie sprach doch zu einem Kind ihrer Farbe; er musste sie doch verstehen.

Aber er verstand sie offensichtlich nicht; sein Gesicht schloss sich zu, wie sich nur indianische Gesichter verschließen können.

»Man muss seine Kleider trocknen, er wird sonst Fieber bekommen«, sagte eine der jüngeren Frauen. Sie machten sich über den nur schwach Widerstrebenden her und entkleideten ihn, hüllten ihn dann in warme, trockene Tücher. Dabei bemerkte die Alte auf der Brust des Kindes eine Tätowierung blauer Linien, die sich in seltsamer Verschnörkelung durcheinanderzogen. Sie machte die anderen Frauen darauf aufmerksam, und die holten einige Männer herbei. Die Männer besahen sich die eigenartige Zeichnung, wussten aber keine Erklärung. Nur einer von ihnen meinte, das Zeichen habe Ähnlichkeit mit den Eingrabungen auf den Steinsäulen, die man hier und da in der Tiefe des Waldes antreffe.

Man bot dem Kinde Milch und Maisbrot, aber es wollte nicht essen und trinken. Es schob das Gebotene zurück und sagte wieder mit einer seltsamen Hartnäckigkeit: »Nina, Maria.« Die Frauen nahmen es auf und trugen es zu den Felsen hinüber, in denen sie vor Sturm und Flut Schutz und Zuflucht gefunden hatten.

Währenddessen begruben die Männer die auf den Schiffstrümmern zusammen mit den Kindern gefundene tote Indianerin am Rande des Waldes und errichteten ein aus zwei Holzstücken roh geformtes Kreuz über ihrem Grab.

Miguel fuhr, der Aufforderung Don Antonios nachkommend, noch einmal mit einem Boot zu dem schwimmenden Wrackteil hinaus, um wenn möglich den Namen des gesunkenen Schiffes festzustellen, doch vermochte er nichts darauf Hindeutendes zu entdecken.

Die Uferbewohner, bis auf Miguel und eine Familie sämtlich Indios, schickten sich nun an, mit den kärglichen Habseligkeiten, die sie gerettet hatten, den Weg nach der Hacienda anzutreten, um dort in den Arbeiterwohnungen vorläufige Unterkunft zu suchen. Den indianischen Jungen führten sie mit; er trug wieder seinen schönen Sommeranzug, der an der Sonne schnell getrocknet war. Sie trugen ihn abwechselnd und waren sehr stolz auf ihn, glaubten die Indianer doch, niemals ein so schönes und eigenartiges Kind ihrer Rasse gesehen zu haben.

*

»Mama! Nina! Pablo?« jammerte die Kleine. Sie rieb sich die Augen und sah Doña Inez aus tränennassen Wimpern heraus an. Vergeblich mühte die Señora sich, das Kind zu beruhigen; es schien keinem Schmeichelwort zugänglich.

»Wer ist Pablo?« fragte die Frau verzweifelt. »Sag doch, mein Herz, mein armes, wer ist Pablo?«

Die Kleine sah sie verständnislos an. »Pablo!« stammelte sie, und ihre Tränen liefen schon wieder. Die neue, gepflegte Umgebung des Zimmers schien keinerlei Eindruck auf sie zu machen.

Don Antonio trat ins Zimmer.

»Pablo, sie verlangt fortgesetzt nach einem Pablo«, sagte die Señora, »sollte sie etwa den kleinen Indio meinen, der gleichzeitig gerettet wurde?«

Der Haziendero runzelte ein wenig die Stirn. »Möglich«, versetzte er.

»Wo ist der Junge?«

»Ich hab ihn der alten Techpo zur Pflege übergeben.«

»Dann schick doch nach ihm. Lass ihn kommen«, bat die Frau.

Die Falten auf Don Antonios Gesicht vertieften sich. »Nicht gern«, sagte er, »gar nicht gern. Ich wünsche dem kleinen Burschen alles Gute, und ich werde für ihn sorgen. Aber ich mag keinen Indio hier im Hause haben.«

»Hole ihn trotzdem«, bat Doña Inez. »Wer weiß, wie lange wir die Kinder überhaupt haben. Wir müssen ja nach ihren Angehörigen forschen. Finden wir sie, werden wir das kleine Mädchen hergeben müssen, und mit ihr wird auch der kleine Indio gehen.«

Antonio d'Irala zögerte immer noch. Dem Enkel der Konquistadoren lag die abgründige Verachtung der roten Rasse im Blut; wie hätte er sie eines kleinen fremden Burschen wegen überwinden sollen? Aber gut, dachte er schließlich, es wird ohnehin nicht lange dauern. Er sah das bittende Gesicht seiner Frau, das ängstlich zerquälte, tränenüberströmte der kleinen Fremden und gab widerwillig Anordnung, den braunen Jungen ins Herrenhaus zu holen.

Die vom Sturm vertriebenen Fischer waren soeben auf der Hacienda eingetroffen, und so war der kleine Junge in wenigen Minuten zur Stelle. Er trat in das Zimmer und zeigte noch immer das ernste, fast widerwillig verschlossene Gesicht. In den Blicken, mit denen er die neue Umgebung musterte, lag ein Ausdruck des Stolzes, der einem vierjährigen Kinde weißer Farbe ganz unmöglich gewesen wäre.

Aber plötzlich flammte es in diesen dunklen Augen auf; ein helles Lächeln verschönte seine Züge. »Mariquita!« stammelte er und blieb anscheinend starr vor Staunen stehen.

Da jubelte auch schon das Mädchen auf. »Pablo!« rief sie, lief auf ihren strammen Beinchen auf den braunen Jungen zu und legte ihm die Ärmchen um den Hals; Bäche von Tränen liefen ihr über die Backen. »Pablo«, stammelte sie und schien ganz außer sich, »Pablo ist da.«

»Ja, Mariquita«, sagte der Junge auf spanisch, »Pablo ist da, und er geht auch nicht wieder weg.«

Doña Inez sah staunend auf die Kinder. Also Maria heißt sie, dachte sie, so weiß ich doch wenigstens ihren Vornamen.

Das Kind plapperte; es hatte den braunen Jungen losgelassen, stand vor ihm und sprach sprudelnd auf ihn ein. »Mama«, sagte sie, »wo ist Mama? Wo ist Nina? Wo ist der Papa, Pablo?«

Der Junge schüttelte den Kopf, senkte ihn dann. »Pablo weiß nicht«, sagte er leise, »fort. Alle fort. Pablo weiß nicht.«

»Sie kommen doch. Sie kommen bestimmt, Pablo. Sie lassen uns doch nicht allein«, stammelte das Mädchen.

»Kommen«, sagte der Junge, »kommen ganz bestimmt.« Sein Gesicht war wieder ernst, viel ernster, als ein weißes Kindergesicht hätte sein können.

Doña Inez, die das Gebaren der Kinder mit Staunen und Rührung betrachtet hatte, ließ ihnen nun Schokolade und Maisbrot bringen, und sie aßen, für den Augenblick allen Kummer vergessend, mit dem Appetit gesunder Kinder.

»Wer sie sein mögen?« wandte die Señora sich an ihren Mann, »die Wäsche Marias ist mit einem P gezeichnet. Ich habe sie ausgefragt, aber sie kennt nur die Vornamen der Eltern: Don Diego und Doña Mercedes.«

Don Antonio zuckte die Achseln. »Ich werde sofort Nachricht an die Regierung geben, die sie dann an allen Küstenplätzen verbreiten wird. Wir werden dann schon erfahren, welches Schiff hier zugrunde gegangen ist und wer die Eltern des kleinen Mädchens waren.«

Den Nachforschungen des Hazienderos war kein Erfolg beschieden. Der seit Jahren im Lande tobende Bürgerkrieg vereitelte alle Bemühungen. Was galt ein gesunkenes Schiff, was das Schicksal einer Familie in einer Zeit, da landauf, landab der Aufruhr die Straßen durchtobte und jede Sicherheit des Lebens von Grund auf erschütterte? Jahrelang ging das nun schon. Die der spanischen Herrschaft entrissenen Länder des mittelamerikanischen Kontinents vermochten nicht zur Ruhe zu kommen, Regierungen kamen und wurden gestürzt, Rebellen erhoben ihr Haupt und richteten ihre usurpatorische Herrschaft auf, um freilich bald wieder gestürzt zu werden; der Schrecken regierte.

Zwei Jahre lang hatte der wilde Mestize Carrera das Land Guatemala unter seiner brutalen Faust, jedes eigenwüchsige Leben, jeden Willen zu Freiheit und Fortschritt im Blut erstickend. Dann ermannte sich das geknechtete Volk und zog unter Führung des Generals de Lerma gegen den Usurpator zu Felde. Unter den Vornehmen des Landes, die der Fahne des Generals folgten, befand sich auch Don Antonio d'Irala. Der kleine Indio im Herrenhaus seiner heimatlichen Hacienda bereitete ihm einstweilen keine Sorgen. Jetzt ging es um das Land und seine Zukunft.

Die Entführung

Seit jener Sturmnacht, welche die Westküste Guatemalas verwüstet hatte, waren viele Jahre ins Land gegangen. Im Herrenhaus der Hacienda del Roca erinnerte nur noch die Anwesenheit der beiden von den Schiffstrümmern geretteten Kinder an das ferne Ereignis. Aus diesen Kindern waren inzwischen junge Menschen geworden. Die in den vergangenen Jahren immer wieder angestellten Nachforschungen nach der Herkunft des Mädchens - nach der des Indiojungen war überhaupt nicht gefragt worden - waren auch nach Beendigung des Bürgerkrieges ergebnislos geblieben. Dass das Mädchen Maria spanischer Abkunft war, schien außer Frage; ihr Äußeres und ihre Sprache ließ daran keinen Zweifel. Aber die ganze Westküste des Kontinents von Araukanien herauf bis Kalifornien war von Spaniern bewohnt, und die verheerenden Bürgerkriege hatten die Menschen durcheinandergerüttelt. Es war auch manch einer verloren gegangen in diesen Jahren und niemals wieder aufgetaucht.

Maria selbst wusste nichts über Herkunft und Abstammung zu sagen. Sie redete noch jahrelang von Mama, Papa und Nina; unter Doña Inez' liebevoller Sorge vergaß sie bald auch diese. Don Antonio d'Irala, aus dem Bürgerkrieg glücklich heimgekehrt, nahm das fremde Mädchen an Kindesstatt an, und Doña Inez wurde ihm eine gute und liebevolle Mutter, zumal sie selbst keine Kinder hatte.

Auch durch Pablo war nichts darüber zu ermitteln gewesen, aus welchem Lande Maria stammen könnte. Der Junge wurde Marias wegen im Herrenhaus geduldet. Señior d'Irala hatte lange gezögert, bis er seinem Stolz diese Konzession abzwang. Pablo sprach spanisch, als hätte er nie eine andere Sprache gesprochen; ob er außerdem eines indianischen Dialektes mächtig war, hatte man nicht zu erkennen vermocht. Er sprach nie ein indianisches Wort. Die Sprache der Xinka-Indianer, aus denen, untermischt mit Mestizen und Negern, die Arbeiterbevölkerung der großen Hacienda zusammengesetzt war, sprach er zweifellos nicht. Auch seine Herkunft blieb ungewiss. Niemand vermochte zu erkennen, ob er aus Chile, Peru oder Mexiko stammte, oder aber etwa dem in Mittelamerika damals noch recht zahlreichen Volke der Mayas angehörte, die einmal die Herren dieses Landes gewesen waren.

Der Junge und der heranwachsende junge Mann blieben gleicherweise verschlossen; es war schwer, ihm ein Wort zu entlocken. Nur Maria gegenüber ging er aus seiner offenbar angeborenen Zurückhaltung heraus; mit ihr konnte er plaudern und scherzen wie jeder andere junge Mann seines Alters. Den indianischen Arbeitern gegenüber trug er einen ausgesprochenen Hochmut zur Schau, der von Verachtung nicht weit entfernt war.

Als Maria alt genug schien, ließ Doña Inez beide Kinder durch den jungen Cura, der als Seelsorger auf der Hacienda weilte, unterrichten. Der braune Junge lernte mit einer erstaunlichen Begabung und eisernem Fleiß. Daneben freilich trieb er sich viel in Wald und Feld umher und blieb zu Doña Inez' großer Sorge nicht selten über Nacht aus. »Es hat eben keinen Sinn«, pflegte Don Antonio in solchen Fällen zu sagen, »man kann aus einem Indio keinen Caballero machen, der Bursche ist, und bleibt ein halb gezähmter Puma. Die wilde Natur bricht immer wieder durch.«

Außer Maria und dem jungen Padre Bernardo lebte nur noch ein Mensch auf der Hacienda del Roca, zu dem Pablo ein persönliches Verhältnis gewonnen zu haben schien. Es war ein älterer Indianer unbekannter Herkunft, der auf del Roca als Jäger diente. Die Xinkas, mit denen er keinerlei Beziehungen unterhielt, die ihm aber scheu aus dem Wege zu gehen pflegten, meinten, er gehöre den Bergmayas an. Zu ihm schien Pablo sich hingezogen zu fühlen, mindestens hatte es den Anschein, jedenfalls sah man die beiden oft beieinandersitzen und in der gemessenen Weise der Ureingeborenen miteinander reden. Lauscher wollten vernommen haben, dass sie sich in der Mayasprache unterhielten, doch wurde dies niemals sicher festgestellt, wie überhaupt dunkel blieb, welcher Art die Beziehungen zwischen dem jungen Pablo und dem alten Tamay waren, mit dem sonst niemand etwas zu schaffen hatte. Sicher war nur, dass Tamay der einzige Indianer war, von dem Pablo überhaupt Notiz nahm.

Der Junge war nun siebzehn Jahre alt, er war schlank und hochgewachsen und für sein Alter außerordentlich kräftig gebaut. Seine Haltung gab der des stolzesten Kastilianers in nichts nach. Sein hartes und stolzes Profil erinnerte mehr an einen Römer denn an einen Indianer. Unter Tamays Anleitung war er ein großer Jäger geworden; er traf mit unfehlbarer Sicherheit den springenden Hirsch. Don Antonio hatte aus ihm einen vollendeten Reiter gemacht, der das wildeste Tier zu bändigen wusste und in vollendeter Haltung im Sattel saß. Auch das Lasso wusste er zu handhaben wie der geübteste Rinderhirte.

D'Irala hatte ursprünglich beabsichtigt, den anstelligen Burschen in den umfangreichen Betrieb seiner Hacienda einzuweihen, damit er eines Tages als Majordomo die Oberleitung übernehmen könne; dieser Versuch war gescheitert. Pablo zeigte keinerlei Neigung und Sinn für die Landwirtschaft. In diesem Bereich versagte seine schnelle Auffassungsgabe vollkommen.

Dagegen interessierte er sich leidenschaftlich für die Vor- und Urgeschichte des Landes; er konnte gar nicht genug darüber hören. Allein die reiche Hacienda des Konquistadorenenkels bot seinem Forschungseifer insoweit wenig Möglichkeiten. Schließlich entdeckte Pablo in einer kleinen Bibliothek d'Iralas ein Buch, das im vorigen Jahrhundert in Madrid gedruckt worden war und die Geschichte der Eroberung Guatemalas durch die Spanier behandelte. Das Buch war einseitig zum Ruhme der spanischen Glaubensritter geschrieben, doch ging nichtsdestoweniger daraus hervor, mit welchem Heldentum sich die Mayas gegen die eisengepanzerten Ritter, gegen deren Geschütze und Feuerwaffen zur Wehr gesetzt hatten. Der Junge las dieses Buch immer von Neuem, er vertiefte sich in die zahllosen Kupferstiche, die federgeschmückte Indianer im Kampf mit spanischen Rittern zeigten. Er bestürmte Pater Bernardo, ihm mehr von Einzelheiten jener alten Kämpfe zu erzählen, aber der gute Padre wusste nur wenig von der Eroberungsgeschichte des Landes, und die Zeit vor der Eroberung war ihm erst recht ein Buch mit sieben Siegeln. Die Xinka-Arbeiter bewahrten nicht die geringste Überlieferung an jene Epoche, außerdem war Pablo weit entfernt davon, mit ihnen über diese Dinge zu reden. Wusste Tamay, der Jäger, mehr von den alten Geschichten? Es mochte wohl sein. Jedenfalls konnte Pablo stundenlang neben ihm sitzen und dem ruhigen und gleichmäßigen Fluss seiner Rede lauschen. Oft wurden die beiden so nebeneinandersitzend beobachtet. Pablos junges Gesicht schien dann bei aller äußeren Beherrschung von innerer Bewegung zu glühen, während in Tamays schier versteinerten Zügen kein Muskel zuckte.

Am frühen Nachmittag eines besonders heißen Tages saßen Don Antonio, die Señora und Doña Maria auf der Veranda beim Tee. D'Irala war nun ein Mann Mitte der Vierzig; sein dunkles Haar begann an den Schläfen schon leicht zu ergrauen. An Doña Inez schienen die Jahre spurlos vorübergegangen. Das kleine Mädchen, das vor vielen Jahren von den Wracktrümmern eines gescheiterten Schiffes geborgen wurde, war nun eine junge Dame geworden. Sie war schlank und zierlich von Gestalt; das feine Oval ihres von dunklen Locken umwallten Gesichts zeigte trotz der leichten Sonnenbräune einen sehr hellen, fast durchsichtigen Teint; ein Zug nervöser Unruhe lag über diesem Antlitz; er schien von den Augen auszugehen, sonderbar hellen Augen, die jedes Gefühl widerspiegelten.

Man saß schon ein Weilchen zusammen, und noch immer stand ein Gedeck ungenützt. Don Antonio saß ein wenig nachlässig in seinen Sessel zurückgelehnt und war mit der Durchsicht einiger Papiere beschäftigt; der Señora schien die Hitze nichts anzuhaben; jede ihrer Bewegungen verriet Gleichmut und Ruhe; um so unruhiger schien Maria, man merkte ihr an, dass nur Erziehung und Sitte sie ruhig auf ihrem Platze hielten.

Eiliger Hufschlag wurde vernehmbar, Maria zuckte zusammen, Don Antonio legte seine Papiere aus der Hand; auf seiner Stirn erschien eine Unmut verkündende Falte. Gleich darauf betrat Pablo im Reitanzug die Veranda, verbeugte sich knapp, aber mit vollendeter Grandezza vor den Damen und nahm seinen Platz ein.

»Don Pablo führt sonderbare Sitten bei uns ein«, bemerkte d'Irala, »die Teestunde ist fast vorüber.«

Pablo verzog keine Miene. »Verzeihung, Señior«, sagte er mit ruhiger Höflichkeit, »ich habe nach den Herden gesehen. Es schien mir heute Mittag, sie wüssten gern, wie es in den Llanos steht; ich habe mich auf dem Rückweg ein wenig verspätet.«

»Du warst bei den Herden? Das ist gut.« Die Falte auf d'Iralas Stirn verschwand, er streifte den jungen Mann mit einem freundlichen Blick. »Wie sieht's draußen aus?«

Pablo setzte die Teetasse hin. »Gut, Señor«, erwiderte er, »der Vaquerochef ist mit dem Viehstand recht zufrieden. Die Weide war gut, es ist ein Zugang von rund achthundert Tieren zu verzeichnen.«

»Ausgezeichnet, mein Junge.« Don Antonio schob seinen Sessel etwas zurück und zündete sich eine Zigarette an. »Wo trafst du die Vaqueros?«

»Dort, wo der Bach in den Rio-Salado mündet.«

»Sehr gut. Ich werde morgen selbst hinausreiten; du kannst mich begleiten.«

»Danke, Señor.«

Maria, die Pablo gegenübersaß, legte klirrend den Löffel hin. »Ich bin auch noch da, Pablo«, sagte sie. »Aber ich weiß schon, warum du keinen Blick für mich hast. Wo ist das junge Reh, das du mir mitbringen wolltest?« Es zuckte ein wenig um ihren Mund, die Unruhe aus den Augen war weggewischt. »Sieh ihn dir an, Mama«, sagte sie, »sieht er nicht aus wie das verkörperte schlechte Gewissen?«

Über Pablos kühl verschlossenes Gesicht glitt der Anflug eines Lächelns. »Ich muss mich entschuldigen«, sagte er, »aber es gibt zurzeit keine jungen Rehe. Wenn du vielleicht mit einem jungen Panther fürliebnehmen würdest?«

»Um Gottes willen! Was nicht gar! Ich will keinen Panther! Untersteh dich nicht! Er ist wahrhaftig imstande und bringt mir eine junge Pantherkatze ins Haus; was sagst du, Papa?«

Der Papa sagte gar nichts, aber der lächelnde Blick, mit dem er den bronzefarbenen jungen Mann streifte, schien von einem leichten Schatten getrübt.

Ein Neger betrat die Veranda und meldete, dass zwei Caballeros auf das Haus zuritten; soweit er zu erkennen vermocht habe, seien es die Señores de Fonseca und Mendez.

»Sie sind willkommen«, sagte d'Irala, »nimm ihnen die Pferde ab.« Die eben noch lächelnden Gesichter der Damen verschlossen sich. Der Neger verschwand, und Pablo erhob sich vom Tisch, verbeugte sich knapp vor der Señora und entfernte sich. Er entsprach damit einer ein für alle Mal getroffenen Übereinkunft, über die nicht viel geredet wurde: Er hatte zu gehen, wenn weiße Caballeros das Haus betraten. Kaum einer dieser vor Hochmut berstenden Konquistadorenabkömmlinge hätte sich ohne äußersten Zwang mit einem Farbigen an einen Tisch gesetzt. Er ging, und sein Antlitz verriet nichts von dem, was er etwa empfand.

Er trat vor das Haus und sah sich den beiden Ankömmlingen gegenüber, benachbarten Hazienderos, eben denen, die der Neger zu erkennen geglaubt hatte. Auch Pablo kannte sie und sie kannten ihn. Als er mit höflichem Gruß an den Männern vorüber wollte, rief der Jüngere der beiden: »Sieh da, der rote Schlingel ist immer noch hier. Komm her, mein Junge, und halte mein Pferd!« Er sagte das, obgleich bereits zwei Peons bereitstanden, den Gästen die Pferde abzunehmen.

Pablo wandte nur flüchtig den Kopf. »Sie irren sich, Señor Mendez«, sagte er kalt, »ich bin kein Diener.«

»Bleib stehen, Bursche!« brüllte der Ankömmling. »Bist du wahnsinnig geworden, einem Caballero einen Dienst zu verweigern! Gehorche, oder du bekommst meine Peitsche zu fühlen!«

»Das würde der Señor bereuen!« Noch immer schien Pablos Gesicht unbewegt, aber sekundenlang flammte in seinen Augen ein Funke auf.

»Schluss jetzt, Don Louis!« sagte der andere Pflanzer, ein älterer Mann, und legte dem Jüngeren die Hand auf den Arm. »Du weißt, dass der Junge zu d'Iralas Familie gehört.« Pablo entfernte sich, ohne die Ankömmlinge weiter eines Blickes zu würdigen.

»Es ist unerhört!« schrie Louis Mendez, vom Pferde springend. »Wie komme ich dazu, mir von einem Indio dergleichen bieten zu lassen? Den Burschen möcht' ich auf meiner Hacienda haben. Der wäre bald klein. Ich begreife d'Irala nicht.«

Sie gingen durch den Patio der Veranda zu, wo Don Antonio sie bereits erwartete. »Nett von ihnen, einmal bei uns vorzusprechen«, sagte d'Irala und geleitete die Gäste zu den Damen. Die Begrüßung verlief in den zeremoniösen Formen der spanischen Etikette, doch saß man gleich darauf plaudernd beim Tee.

»Doña Maria entwickelt sich langsam zu einer vollendeten Schönheit«, sagte der alte Fonseca schmunzelnd, »es wird nicht lange dauern und sie überstrahlt alle unsere Señoritas.«

»Mach mir die kleine Hexe nicht eitel«, lachte d'Irala. »Sie hat vorerst noch allerlei bei Pater Bernardo zu lernen, und da hapert's ein bisschen.«

»Das ist wahr, ich muss es zugeben«, lächelte Maria, »ich eigne mich nicht sehr für die Gelehrsamkeit. Dafür ist Pablo um so eifriger.«

»Ah, Don Pablo, der Indianerprinz!« Mendez lachte verärgert auf. »Offen gestanden, d'Irala«, sagte er, »ich begreife nicht, wie du einen Indio an deinem Tisch dulden kannst. Und du weißt, dass es niemand begreift. Gewisse Grenzen sollten unter allen Umständen eingehalten werden.«

Don Antonio runzelte die Stirn. »Ich gebe dir das zu, Mendez«, sagte er, »obgleich – –; es ist ein schwieriger Fall. Du kennst die Zusammenhänge.

Und außerdem - ich bin in diesem Fall außer Verantwortung. In unseren Häusern bestimmen die Damen die Etikette. Wende dich an Doña Maria.«

In Marias Augen flackerte wieder die heimliche Unruhe. Ihr blasses Gesicht wurde um einen Schein bleicher, aber aus ihrer leisen Stimme klang Festigkeit und Entschlossenheit. »Es wird wenig Sinn haben, darüber zu sprechen«, sagte sie, »ich bin mit Pablo aufgewachsen; er ist mein Bruder. Er ist gut und brav und klüger als mancher Weiße. Für seine Farbe kann er nicht.«

Der alte Fonseca sah das Mädchen mit offenem Lachen an. »Gewiss nicht, Señorita«, sagte er, »aber er ist nun einmal braun, und braune Leute - -«; er brach ab, seine Stimme schlug um, wurde kalt. »Eure Sentiments in Ehren, Señorita«, stieß er heraus, »aber Indios gehören nicht in ein weißes Haus. Das war so und ist so, seit weiße Männer in diesen Ländern leben.«

Marias blasses Antlitz erstarrte zu eisiger Kälte; sie schwieg.

De Fonseca sah es, und der Zwiespalt, der ihn bewegte, malte sich in seinem Gesicht. Er war ein ehrlicher Mann, ein gerader Kerl, der seine Leute gut behandelte und bei dem auch kein Indio zu klagen hatte. Aber er setzte sich auch nicht mit ihnen an einen Tisch. Er tat nicht das schlechthin Unmögliche. Andererseits, man kränkte hierzulande eine Dame nicht; eine Dame hat auch dann recht, wenn sie unrecht hat. Aber - wusste man denn eigentlich, wer diese junge Dame war? Sie war mit diesem Indio zusammen geborgen und nach ihrem kindlichen Benehmen offenbar zusammen erzogen worden; die Sache war ärgerlich. Man hätte erst gar nicht davon anfangen sollen. Nun musste man wohl oder übel etwas sagen, und man konnte nur das sagen, was jeder Caballero in diesem Falle sagen würde.

»Es ist mir peinlich, d'Irala«, fuhr er fort, »und wie die Dinge liegen, hätten wir besser gar nicht darüber gesprochen. Aber du kannst erwarten, dass ich meine Meinung sage. Ich begreife nicht, wie du den Jungen, der gewiss ein ordentlicher Kerl ist, wie einen Weißen erziehen konntest. Was hat das für einen Sinn? Es bringt weder uns noch ihm Vorteil!«

»Das weiß ich nun nicht ganz«, sagte d'Irala ernst, »ich bin im Grunde deiner Meinung, und die Sache hat mich Überwindung gekostet, das kannst du mir glauben. Indessen, wer weiß? Vielleicht ist es ganz gut, ein paar rote Leute zu haben, die über eine abgeschlossene Bildung verfügen. Es könnte eine Zeit kommen, wo sie uns nützen.«

»Möge uns der Himmel bewahren!« rief de Fonseca empört. »Das fehlte noch, dass wir uns zur Durchsetzung unserer erworbenen Rechte eines Tages roter Hilfe bedienen müssten!«

»Wahrhaftig, das wäre das Letzte!« fiel Mendez ein, »das wäre der Anfang vom Ende! Überhaupt«, setzte er hinzu, »nennen wir die Dinge doch beim Namen: Mensch ist Mensch und Vieh ist Vieh!«

Eine Teetasse klirrte, zwei Sessel wurden gleichzeitig zurückgeschoben. Marias blasses Gesicht flammte plötzlich vor Zorn. Sie wandte sich mit brüsker Bewegung ab und verließ die Veranda. Und auch die so gelassene und innerlich sichere Señora schien sich nur noch mit Mühe zu beherrschen. Sie habe noch einige Anordnungen zu treffen, bemerkte sie kalt und folgte dem hocherregten Mädchen.

Die Männer blieben nun doch betroffen zurück; d'Iralas Gesicht war finster verschattet. Er zerbiss seine Zigarette und warf sie in den Aschenbecher. Irgendwie muss das ein Ende haben, dachte er.

Der alte de Fonseca fing die schwelende Unruhe ab. »Peinlich, dass wir deine Damen gekränkt haben, d'Irala«, sagte er, »aber es gibt Grundsätze, über die man nicht hinweg kann. Übrigens führen uns wichtigere Dinge hierher. Aus der Hauptstadt sind sonderbare Nachrichten gekommen. Und sie scheinen diesmal mehr zu sein als Gerüchte. Wenn nicht alles täuscht, hat Pedro Sarmiento in San Cristobal die Fahne des Aufruhrs erhoben und ist dabei, mit schnell zusammengewürfelten Truppen auf die Hauptstadt zu marschieren. Was das für Truppen sind, kannst du dir denken. Er hat alle Bandidos, weiße und farbige Halunken, gesammelt, und deren gibt es eine ganze Masse. Das Land wimmelt davon.«

D'Irala war unwillkürlich blass geworden. »Also wieder Bürgerkrieg!« stieß er heraus. »Woher hast du die Nachricht?«

»Ein Eilbote brachte sie von Chicacao. Bist du deiner Leute sicher?«

»Sicher?« Don Antonio zuckte die Achseln. »Meiner Vaqueros und Peons bin ich sicher. Die Indianer sind indolent, und die Mischlinge – wer wollte da etwas sagen?«

»Die Mischlinge sind die Gefahr. Da sind wir schon wieder bei dem Thema. Man hätte von vornherein selbst mit drakonischen Mitteln auf klare Scheidung sehen müssen. Die Toleranz, die Verwaschenheit der Ansichten rächen sich jetzt. Die Mischlinge sind immer die Ersten, wenn es irgendwo einen Aufruhr gibt. Da hat Sarmiento leichtes Spiel. Übrigens, die Bewegung scheint bereits erhebliche Kreise gezogen zu haben. Hast du noch nichts bemerkt?«

»Nein, bisher nicht. Del Roca liegt abseits der großen Straßen.«

De Fonseca stand auf. »Ich wollte dich gewarnt haben«, sagte er. »Es wird gut sein, wenn du dich über die Stimmung unter deinen Leuten orientierst. Greife beim ersten Anzeichen unverzüglich scharf durch. Lass jeden verdächtigen Burschen auf der Stelle ohne langes Federlesen hängen.«

»Und die Regierung?« fragte d'Irala. »Warum lässt sie es überhaupt erst soweit kommen? Und sollte sie wirklich nicht die Macht haben, einen etwaigen Aufstand im Keim zu ersticken?«

De Fonseca hob die Schultern und ließ sie mit müder Bewegung wieder fallen. »Die Regierung«, sagte er gedehnt, »du weißt doch, wie das ist. Der einzige Mann, der Sarmiento vielleicht mit einigem Erfolg entgegentreten könnte, Lerma, der Conde ist alt. Und es ist nicht einmal nur das Alter; seit er damals seine Tochter verloren hat, ist nichts mehr mit dem Mann anzufangen. Trotzdem wird man ihn wohl jetzt an die Spitze der Armee berufen; es ist ja kein anderer da, der überhaupt infrage käme. Wie Hakta mir schreibt, besteht die Gefahr für den Staat darin, dass es Sarmiento gelingen könnte, die Mayas im Lande für sich zu gewinnen. Der Kazike der Ketches, Chamulpo, ist ein böser Geselle, und es heißt, er wäre bereits von Sarmiento gewonnen. Trifft das zu, dann wird das Ganze eine böse Sache.«

»Dass in diesem Lande nie Ruhe wird!« sagte d'Irala. »Ein Aufstand löst den anderen ab; wir kennen es schon gar nicht mehr anders.« Er hatte sich auch erhoben und ging mit großen Schritten in der Veranda auf und ab. »Wie ist das«, sagte er nach einer Weile stehenbleibend, zu Mendez gewandt, »ist der Conde Lerma nicht dein Verwandter?«

Mendez verzog sein hochmütiges Gesicht zu einem ironischen Lächeln. »In der Tat, Don Antonio«, sagte er, »er ist mein Großonkel. Aber zu meinem Leidwesen hat er an seinem zärtlichen Großneffen nie besonderen Gefallen gefunden. Ich bin zwar gegenwärtig sein nächster Verwandter und demzufolge auch sein Erbe, aber vielleicht ist es gerade das, was ihm Verdruss bereitet.«

»Dass er sein Eigentum lieber seinen Kindern hinterlassen hätte, darfst du ihm nicht verübeln«, sagte d'Irala spöttisch. »Ich würde dir empfehlen, seine Launen mit Geduld zu ertragen, seine Jahre sind sicher gezählt.«

»Oh, möge der Himmel seine Tage verlängern«, lachte Mendez, »ich strebe nicht nach seinem Eigentum.«

Ein Vaquero betrat die Veranda; der Mann schien gehetzt und machte einen verstörten Eindruck. Aber Don Antonio, mit seinen Gedanken beschäftigt, gewahrte das nicht. »Was willst du?« fragte er kurz.

»Eine merkwürdige Geschichte, Señor«, meldete der Mann. »In den Wäldern nach dem See zu hat sich eine starke Schar bewaffneter Indios gelagert.«

Ein dreifacher Überraschungsruf quittierte die Mitteilung. »Eine Schar bewaffneter Indianer?« rief de Fonseca, »und hier in der Nähe einer Hacienda? Das gibt es doch wohl nicht.«

»Es ist aber so, Señor.« Der Vaquero schlug mit dem Hut leicht gegen seine Stiefel. »Ich habe Pepe und Andrés dort gelassen, die Leute zu beobachten und bin unverzüglich hierher geritten, um Meldung zu machen.«

»Wieviel sind es?« fragte d'Irala.

»Es mögen immerhin ihrer hundert sein.«

»Verdammt!« fuhr Mendez auf. »Haben wir den Feind schon im Land? Das fehlte gerade noch!«

Der Jäger Tamay ging draußen an der Veranda vorüber; d'Irala rief ihn an, und der Mann kam herein. Die lange Büchse in der Hand, stand der sehnige braune Geselle mit undurchdringlichem Gesicht vor den Männern.

»Am See lagern bewaffnete Indianer, Tamay«, sagte d'Irala.

»Ich weiß es, Señor«, antwortete gleichmütig und unbeweglich der Jäger.

»Du weißt es?« Don Antonios Stirn zog sich finster zusammen.

»Ich kam, es Euch zu melden, Señor.«

»Was wollen sie? Weißt du das auch?«

Der Indianer hielt seinem Blick stand; in seinem verwitterten braunen Gesicht war gar nichts zu lesen. »Es sind friedliche Leute«, sagte er. »Sie kommen von einem Jagdzug zurück und wollen im Wald übernachten. Morgen früh ziehen sie weiter.«

»Jagdzug?« Das herausgezischte Wort drückte den stärksten Zweifel aus. Wenn ich hinter deiner Stirn lesen könnte! Dachte d'Irala. »Sind es Mayas?« fragte er.

»Nein, Señor, Chiapateken; sie sind auf dem Wege nach ihrer Heimat.«

»Und du bürgst dafür, dass sie friedlich gesonnen sind?«

»Tamay bürgt dafür.«

D'Irala zögerte einen Augenblick. »Gut«, sagte er schließlich. »Trotzdem wollen wir keine Vorsichtsmaßnahme außer Acht lassen. Rufe sämtliche Peons und was an Vaqueros da ist, zum Herrenhaus. Auch die Neger sollen kommen.«

Tamay bewegte fast unmerklich den Kopf, wandte sich lautlos und ging. Die Männer beschlich angesichts seines bronzenen Rückens ein sonderbares Gefühl.

»Bist du dieses Mannes sicher, Don Antonio?« fragte de Fonseca. »Chiapateken hier? Das ist mehr als sonderbar.«

D'Irala antwortete nicht gleich. Schließlich zuckte er die Achseln. »Sicher«, sagte er, »sicher! Ich stecke nicht in ihm drin. Er dient mir seit einer Reihe von Jahren und hat sich bis jetzt als zuverlässig und pflichttreu erwiesen. Aber was beweist das schon? Diese Leute haben eine andere Zeitrechnung als wir. Man kann einen Indio zehn Jahre lang kennen, um plötzlich festzustellen, dass man ihn immer noch nicht kennt.«

»Der Kerl hat etwas Tückisches an sich«, sagte de Fonseca. »Ist er ein Xinka?«

»Nicht einmal das kann ich dir sagen. Er spricht ihre Sprache, aber es ist gerade so gut möglich, dass er ein Maya oder ein Zapoteke ist.«

»Klarer, oder vielmehr höchst unklarer Fall!« sagte de Fonseca. »Verbirgt der Mann seine eigene Herkunft, so hat er Gründe dafür. Indianer pflegen mit ihrem Stamm eher zu prahlen. Sei vorsichtig, Don Antonio. Chiapaindianer hier bei uns? Eine höchst unglaubwürdige Geschichte! Sarmiento steht fern von hier im Osten, dessen Räuberbande kann es auch nicht sein. Sei auf der Hut, Don Antonio.«

Die Nacht war inzwischen hereingebrochen, schnell und unvermittelt, wie es in diesen Landstrichen geschieht. Diener kamen und brachten Windlichter. Die Señores ließen sich nieder, um über die zunächst zu treffenden Vorkehrungsmaßnahmen zu beraten.

Während sie dort saßen und miteinander sprachen, stand der Indio Pablo an die Rückwand des Hauses gelehnt und starrte düster vor sich hin. Die hochfahrenden, verächtlichen Worte des jungen Mendez hatten ihn schwer getroffen, schwerer als er jemals einem Menschen gezeigt hätte. Es ist eben so, dachte er, ich spüre es ja nicht erst seit heute. Genau genommen habe ich es mein ganzes Leben lang gespürt, und alle Liebe und Freundlichkeit der Frauen vermag nicht darüber hinwegzutäuschen. Ein Indianer ist ein Vieh! Brütete er; gut, sollen sie mich für ein Vieh halten! Ich bin Indianer, ich will sein, was ich bin. Meine Vorfahren waren die Herren dieses Landes. Die Weißen sind aus der Fremde gekommen, haben die Meinen erschlagen, ihr Land und ihr Eigentum geraubt und den roten Mann zum Sklaven erniedrigt. – Er knirschte mit den Zähnen, die Haut über seinen Backenknochen straffte sich. Ich hasse sie! Dachte er; ich sehne den Tag herbei, da sie zum Lande hinausgejagt werden, hinaus auf das Meer, über das sie einst gekommen sind!

»Was denkst du?« fragte eine leise Stimme. Pablo zuckte zusammen. Es war gut, dass es dunkel war; jetzt wäre es ihm schwer geworden, den Widerstreit der Empfindungen auf seinem Gesicht zu verbergen. »Mariquita«, sagte er leise, »hast du mich gesucht?«

»Ja«, flüsterte das Mädchen, »ich bin es, und ich habe dich gesucht. Ich weiß, dass du dich grämst. Aber du sollst es nicht.«

»Warum sollte ich mich grämen?« Er hatte sich schon gefasst, und seiner gleichmütigen Stimme war keinerlei Erregung mehr anzumerken. »Sie haben mir die Grenze zwischen Weiß und Rot wieder sichtbar gemacht«, sagte er, »es ist gut so.«

Maria nahm seinen Arm und zwang ihn, mit ihr auf und ab zu gehen. »Nein«, sagte sie, »es ist nicht gut. Es ist keine Grenze da, ich will nicht, dass sie da ist. Du bist mein Bruder. Du bist hier zu Hause, wenn ich hier zu Hause sein soll. Hat Doña Inez, hat Don Antonio dich je gekränkt? Sie sind nicht gut zu dir?«

»Doch«, entgegnete Pablo, »sie sind gut zu mir, denn sie dulden mich deinetwegen in ihrer Nähe.«

»Nein, sie haben dich lieb, ich weiß es gewiss. Sei ehrlich, Pablo. Bist nicht oft du selbst es, der die Grenze aufrichtet? Du bist zuweilen stolzer und unnahbarer als ein kastilianischer Grande.«

»Ich bin, wie ich bin.« Die Stimme des Jungen klang ruhig und gelassen, doch klang ein dunkler Unterton durch, der Maria aufhorchen ließ. Sie kannte den Gefährten ihrer Kindheit genauer als irgendein anderer Mensch. »Mein Stolz ist meine Waffe, meine einzige«, fuhr Pablo fort, »ihn wenigstens soll man mir nicht nehmen. Lasse ich es an Ehrerbietung und Dankbarkeit fehlen? Dann belehre mich, und ich will mich bessern.«

»Nein, nein, das tust du gewiss nicht.«

»Sie aber sehen auf meine Hautfarbe wie auf ein Verbrechermerkmal herab. Ich bin nicht ihresgleichen, und selbstverständlich sind sie die bessere Rasse. Indianer sind Hunde in ihren Augen.«

Maria schwieg, aber sie presste seinen Arm, als müsse sie ihn beschwichtigen. Was sollte sie sagen?

»Alle denken sie so, auch Don Antonio. Rede mir nichts vor. Er ist gut erzogen, und er liebt dich. Und außerdem ist er ein ehrlicher Mann. Aber er denkt so, ich weiß es. Mendez wollte mit der Peitsche nach mir schlagen, er wollte mich absichtlich demütigen.«

Sie presste seinen Arm fester. »Mendez ist kein Caballero«, flüsterte sie. »Er wollte dich schlagen? Es ist entsetzlich.«

»Zum zweiten Schlag hätte er keine Zeit mehr gehabt, glaube es mir.«

»Pablo! Um Gottes willen! Bändige dein Blut!«

Der Junge machte sich in sanfter Bewegung los; wäre es heller gewesen, Maria hätte ein Aufleuchten in seinen Augen gesehen. »Ich bin besser, bin mehr wert als alle!« sagte er; es klang, als träfe er eine nüchterne Feststellung. »Und ein Feigling wie Mendez wollte nach mir schlagen!«

»Von mir hat er keinen Blick mehr zu erwarten«, sagte Maria, »deine Feinde sind auch die meinen. Und im Übrigen bleibst du der, der du bist.«

Pablo lachte kurz auf. »Ja«, sagte er, »ein Peon mit der Erziehung eines spanischen Caballeros. Von Jahr zu Jahr fühle ich es mehr. Aber ich will das nicht länger ertragen. Was tue ich eigentlich hier? Was habe ich hier zu suchen? – Ich bin mit mir zurate gegangen hier draußen im Dunkeln« – er griff nun selbst wieder nach dem Arm des Mädchens. »Höre zu, Mariquita«, fuhr er fort, »mein Entschluss ist gefasst. Ich bleibe nicht länger hier bei den Weißen. Wo jeder hergelaufene Haderlump mir mit der Peitsche drohen kann. Mein Platz ist bei den Leuten meiner Farbe. Nicht bei dem elenden Sklavengesindel hier, bei den Xinkas, die ihren Stolz und ihren Anspruch für ein Linsengericht verkauften, o nein. Ich bin ein Maya, ich weiß es. In den Wäldern leben freie Leute meines Stammes; zu ihnen will ich.«

»Was sagst du da?« Maria war schon bei der ersten Andeutung seiner Absichten stehen geblieben; sie legte die Hände auf seine Schultern, er fühlte ihr Gesicht nahe dem seinen. »Nein«, stammelte sie, »was sind das für unsinnige Gedanken! Wie kommst du nur darauf? Nein, du meinst es nicht ernst. Du kannst das nicht tun! Du kannst mich nicht allein lassen. Wir gehören doch zusammen, waren immer zusammen. Was soll ich denn hier ohne dich?«

Der Junge schwieg, er strich dem Mädchen sacht über das Haar. »Mariquita«, sagte er nach einer Weile, »kleine Mariquita! Ich weiß wohl, dass wir zusammengehören. Das Schicksal hat uns vereint. Ein Schicksal, von dem wir nichts wissen. Unser Weg kommt aus dem Dunkel, und er führt ins Dunkel. Nein, ich will dich nicht verlassen, Maria, und ich werde dich gewiss nie vergessen, wenn uns das Schicksal dennoch auseinanderreißt.« Er schwieg wieder ein Weilchen und fuhr dann etwas gedämpfter fort: »Es kommt eines Tages, ich weiß es gewiss. Ich kann hier auf die Dauer nicht bleiben, wenn ich nicht zugrunde gehen will. Ich will ja nicht heut und nicht morgen fort, aber eines Tages ist es soweit.«

Sie nahm wieder seinen Arm. »Komm mit zur Señora«, sagte sie, »sie ist gut, und sie liebt dich gewiss. Du wirst sie nicht betrüben wollen.« Er machte sich frei. »Nein, Mariquita«, sagte er, »ich kann jetzt nicht ins Haus gehen, solange die Fremden dort sind. Ich will ein wenig durch die Felder streifen.« Sie zögerte, aber sie redete nicht weiter auf ihn ein; sie kannte ihn und wusste, dass es keinen Sinn hatte. Er ließ ein leises Lachen hören, ein Lachen, das selten an ihm war, und das eigentlich nur sie kannte. »Du brauchst dich nicht zu beunruhigen«, sagte er leise, »ich gehe nicht fort jetzt, ich komme bestimmt zurück.«

»Bald?« - »Ja, bald.«

Sie drückte noch einmal seine Hand und huschte dann um das Haus herum fort. Pablo aber ging mit großen Schritten zu den Agavenfeldern hinüber, in denen er untertauchte.

Er gewahrte nichts davon, dass sich Vaqueros und Peons aus den Ställen im Hause sammelten, dass es in den Arbeiterhäusern lebendig wurde und auch von dorther die Männer zusammenströmten. Er fand sich, in Gedanken versunken, durch die Dunkelheit dahinschreitend, schließlich auf dem weiten Platz wieder, der sich vor der Front des Hauses ausdehnte. Hier lehnte er sich an einen Baum und starrte durch die Dunkelheit zu der hell erleuchteten Veranda hinüber, auf der Don Antonio mit Doña Inez, Doña Maria und den Gästen weilte. Er war ruhiger geworden, aber er fühlte mit einer fast grimmigen Genugtuung, dass er ein Ausgeschlossener war, ein Deklassierter, ein Farbiger. Und nur bei dem Gedanken, dass Maria zu den anderen gehörte, fühlte er einen leichten, stechenden Schmerz.

Plötzlich wurde er aus seinen Betrachtungen gerissen; dicht neben ihm tauchte eine dunkle Gestalt auf. Blitzschnell griff er nach dem langen Messer, das er nach Landessitte auf dem Rücken im Gürtel trug.

Er hörte eine raunende, heisere Stimme: »Fürchte nichts. Ein Freund steht hinter dir.« Die Worte waren in der Mayasprache geflüstert, in die Pablo in der Tat durch den alten Tamay eingeweiht worden war, wobei eine dunkle Erinnerung ihm sagte, dass sie einmal in ferner Zeit vor seinen Ohren erklungen war, ehe er spanisch gesprochen hatte.

»Wer bist du?« fragte er leise in der gleichen Sprache zurück, das Messer noch immer zur Abwehr bereit, während seine Augen sich mühten, die Dunkelheit zu durchdringen. Er sah nichts als die schwachen Umrisse einer schlanken Gestalt.

»Sage mir eins«, raunte der Fremde, »bist du der Enkel Nezualpillis, des Königs?«

Was für eine sonderbare Frage, von einem Fremden in dunkler Nacht heimlich gestellt! Pablo fühlte sich von geheimen Schauern angeweht; den Sinn der Frage wusste er nicht zu deuten, geschweige, dass er eine Antwort gewusst hätte. »Ich verstehe dich nicht«, stammelte er, »ich weiß nicht, was du willst.«

»Trägst du das Zeichen der Könige auf der Brust?« raunte der andere.

Das Zeichen der Könige?

Das sonderbare Gefühl in Pablo wuchs; auf seiner Brust waren geheimnisvolle Zeichen eingeätzt; wie sollte er wissen, was sie bedeuteten?

»Wie soll ich das wissen?« flüsterte er. »Auf meiner Brust sind Linien eingegraben; ich weiß sie nicht zu deuten.«

»Tamay hat sie dir nicht erklärt?«

»Tamay? Nein. Weiß er davon? Wie kommst du darauf?«

»Kannst du nicht die Königsbinde in den Zeichen erkennen?«

»Ich kann nichts erkennen. Wer bist du? Was willst du von mir?«

Der andere zischte, nahe seinem Ohr: »Rette dich! Dir droht Gefahr! Große Gefahr! Der Tod! Traue Tamay nicht! Der Panther schütze dich!«

Ein Schatten glitt fort. »Warte doch, warte«, flüsterte Pablo und wollte nach dem Schatten greifen, aber er griff in die Luft. Der Junge war wie betäubt. Welch sonderbarer Vorgang! Wer war der Fremde? Was hatte seine Warnung zu bedeuten? Das Zeichen der Könige? Was war das? Warum sollte er Tamay nicht trauen? Er mühte sich, Ordnung in die wirren Bilder zu bringen, die plötzlich seine Seele bestürmten; es wollte ihm nicht gelingen. Irgendwo war da ein Zusammenhang, ein unbekannter, in dumpfen Träumen geahnter; es riss und zerrte an ihm. Er hätte jetzt nicht unter Menschen gehen können, jetzt weniger als vorher.

Plötzlich hörte er flüsternde Stimmen; Schatten huschten durch die Dunkelheit, schienen auf den Hintereingang des Hauses zuzustreben. Und wieder drangen Worte der Mayasprache an sein Ohr; er verstand: »Kein Blutvergießen, wenn es nicht unbedingt notwendig ist. Aber haben müssen wir ihn, tot oder lebendig! – Folgt Tamay, er wird euch führen, ich decke euch den Rücken!« raunte eine andere Stimme.

Im Augenblick war Pablo hellwach, alle Träume waren versunken. Gefahr, unbekannte Gefahr näherte sich dem Hause, in dem Maria weilte. Er schrie. Er sann gar nicht nach, er überlegte nicht, der Schrei, der gellende Warnungsschrei brach aus ihm heraus: »Achtung! Bandidos!« Er sprang in langen Sätzen auf den Hauseingang zu, den anderen den Weg abzuschneiden. Und brach unter einem wuchtigen Schlag besinnungslos zusammen.

Auf der Veranda hatte man den Hilfeschrei vernommen, Maria hatte Pablos Stimme erkannt.

»Pablo!« rief sie, fast gelähmt vor Entsetzen, »es ist Pablo! Er ruft um Hilfe!«

Draußen blieb alles still, nirgendwo rührte sich ein Laut, niemand näherte sich dem Hause. Don Antonio und de Fonseca liefen hinaus, von dem zögernd nachkommenden Mendez gefolgt. Sie stießen auf die wachenden Vaqueros. Die hatten flüchtig einen Trupp Männer gesehen, der sich eilig nach dem Wald entfernte.

Man rief nach Tamay, dem Jäger. Er kam heran; er hatte nichts gesehen.

Da Don Antonio einen Überfall erwartete, ließ er an verschiedenen Stellen große Feuer anzünden, um die Umgebung zu erhellen. Aber weit und breit blieb alles ruhig, nicht der geringste Anschein deutete auf einen Feind. Nur Pablo war fort. Man durchstreifte die ganze Umgebung, er war und blieb verschwunden. Doña Inez war in großer Sorge, Maria böser Ahnungen voll, der Verzweiflung nahe. Niemand dachte an Schlaf.

Lange nach Mitternacht kam ein Vaquero vom Walde herab und meldete, dass die Indianer trotz der herrschenden Dunkelheit abgezogen seien.

Der Mann hatte im Übrigen nichts Verdächtiges bemerkt. Die Indios hatten, offenbar einem plötzlichen Entschlusse folgend, aber schweigend und ohne Hast, den Lagerplatz geräumt.

Man hielt trotz dieser Nachricht die einmal getroffenen Vorsichtsmaßregeln bei. Ein unerwarteter Überfall auf eine einsam gelegene Hacienda durch eine streifende Indianerhorde war hier jederzeit möglich. Um so mehr, wenn bereits tatsächlich der Bürgerkrieg wütete und weite Landstrecken von Männern entblößte. Aber die Nacht wurde durch keinerlei Zwischenfall gestört. Der helle Tag kam herauf; es war alles friedlich und still.

Aber Pablo blieb verschwunden.

Tamay, der Jäger, und zwei Vaqueros, die als außerordentlich geschickte Fährtensucher galten, eilten nach der Waldstelle, wo die fremden Indios gelagert hatten. Die Leute hatten eine breite Spur hinterlassen. Sie waren in guter Ordnung nach Norden gezogen. Die Männer folgten der Spur einige Leguas weit, vermochten aber nichts zu entdecken, das auf Pablos Verbleib gedeutet hätte.

Tamay wollte das Zeichen zur Umkehr geben, als einer der Vaqueros plötzlich stehen blieb, sich bückte und einen kleinen Gegenstand aufhob. Es war ein kleines seidenes Halstuch, das Pablo unzweifelhaft getragen hatte. Der Jäger äußerte sich nicht, aber in den beiden Hirten war nun erst die Spürlust entfacht, sie durchsuchten jeden Quadratzentimeter des Bodens, und bald darauf fand der andere Vaquero ein flaches Bleistück an einer zerrissenen Schnur, ohne Zweifel ein indianisches Abzeichen. Auf der einen Seite der kleinen runden Bleiplatte war ein Heiligenbild in primitiver Manier eingeritzt, die andere Seite zeigte verschnörkelte, ineinanderfließende Linien von eigenartiger Führung.

»Es ist genug«, sagte der ältere der Vaqueros, »wir wissen, was wir wissen wollten. Don Pablo ist von den Indios entführt worden.« Er hielt Tamay das Bleistück unter die Nase. »Welches Volk hat solche Zeichen?« fragte er.

Tamay sah gleichgültig auf die kleine Metallplatte; in seinem dunklen, zerrissenen Gesicht regte sich nichts; seine Augen blickten gleichmütig. »Ich weiß es nicht«, sagte er.

»Du weißt das nicht?« Der Vaquero, ein älterer Mann, lächelte ein wenig spöttisch. Aber plötzlich verhärtete sich sein Gesicht; er sah den Jäger aus zusammengekniffenen Augenlidern scharf an. »Das ist aber merkwürdig«, sagte er, »Tamay kennt indianische Zeichen nicht? Dann will ich es ihm sagen. Es waren Mayas, die hier lagerten, die Linien auf diesem Totem bilden das Mayazeichen.«

Tamay zuckte die Achseln. »Dann bist du klüger als ich«, sagte er. Der andere streifte ihn mit einem schrägen Blick. »Das möchte wohl sein«, sagte er dunkel.

Auf del Roca erregte die Meldung des Vaqueros nicht geringe Bestürzung. Die Señores waren äußerst betroffen, und Maria war außer sich. Sie wollte, dass sofort Maßnahmen ergriffen würden, um den Räubern den Gefangenen abzujagen.

Die Männer berieten, was zu tun sei, sie zogen auch Tamay hinzu.

»Und du hieltest die Indianer für Chiapateken?« fragte ihn Don Antonio, nachdem er die Meldung des sehr zuverlässigen Vaqueros gehört hatte.

»Es waren Chiapas«, antwortete Tamay.

Der alte Fonseca fuhr auf. »Torheit!« rief er, »sicherlich hat dein Vaquero recht; es werden Mayas gewesen sein. Wo um alles in der Welt sollen Chiapateken hierher kommen?« Mendez zuckte die Achseln. »Rote sind Rote«, sagte er, »ich weiß nicht, was die Aufregung soll. Sei froh, dass du den Burschen los bist.«

»Schweig still«, antwortete d'Irala kalt. »Ich weiß selbst, was ich zu tun habe. Wir werden den Jungen wiederbekommen«, sagte er. »Haben die Indios ihn fortgeschleppt, ist es ihnen sicherlich nur um das Lösegeld zu tun. Pablo gehört zu meinem Hause, und ich werde nicht sparen.« Das sei selbstverständlich in der Ordnung, bemerkte de Fonseca; er würde nicht anders handeln.

D'Irala wandte sich dem älteren Vaquero zu: »Was meinst du, Pepe«, fragte er, »werden sie den Jungen töten oder schleppen sie ihn nur mit sich fort?«

»Ich glaube das letztere«, antwortete der Mann, »töten konnten sie ihn auch schon hier, wenn sie das wollten.«

»Du meinst also auch, dass sie des Lösegeldes wegen –«

Der Vaquero schüttelte nachdenklich den Kopf. »Ich weiß nicht«, sagte er, »diese Mayas aus den Bergen –«

»Du bleibst also dabei, dass es Mayas waren?«

»Ich bin absolut sicher, Señor. Ich kenne das Zeichen. Und ich bin sicher, Tamay kennt es auch. Es ist mir rätselhaft, wie er dazu kommt –«

Der Jäger sah finster vor sich hin.

»Diese Bergmayas hängen noch an ihrem alten Aberglauben«, fuhr der Vaquero fort. »Wer weiß, was sie mit dem Jungen vorhaben.«

»Jedenfalls hatten sie es auf den braunen Prinzen abgesehen«, sagte de Fonseca. »Hätte die Bande sich sonst noch irgendwo an Leben und Eigentum vergriffen, hätten wir längst davon gehört.«

»Es kommt mir auch so vor«, sagte d'Irala nachdenklich. »Ich frage mich nur, welchen Grund sie haben konnten, ihn zu entführen.«

»Vielleicht wollten sie einen ihres Stammes unter sich haben, der dank deiner Großzügigkeit in der Weisheit und Gelehrsamkeit der alten Christen aufgewachsen ist«, spottete Mendez. »Hören wir doch endlich damit auf«, setzte er, zum Ernst übergehend, hinzu, »beschäftigen wir uns lieber mit dem Aufstand Sarmientos. Hier muss wirklich etwas geschehen. Wird dieser Räuberhauptmann nicht im ersten Anlauf zurückgeworfen, schneiden sie uns allen die Kehle ab. Ich muss machen, dass ich nach Hause komme. Vielleicht haben die Mayas auch mir einen Besuch abgestattet. Sobald ich Neues erfahre, sollst du es wissen.«

Auch de Fonseca erklärte, den Heimweg antreten zu wollen, und Don Antonio, mit seinen eigenen Gedanken beschäftigt, verspürte auch wenig Neigung, sie zu halten. Bald ritten die beiden Hazienderos, von ihren Dienern gefolgt, in das Land hinaus.

Als sie fort waren, setzte d'Irala sich noch einmal mit den beiden Vaqueros zusammen. Den Jäger hatte er fortgeschickt. Er hatte diesen Mann schon desöfteren mit geheimem Misstrauen betrachtet; sein jetziges Verhalten blieb unerklärlich. Der Mann galt unter den Xinkas hier selbst für einen Maya, aber selbst wenn er das nicht war, schien es ausgeschlossen, dass er eine indianische Zeichenschrift nicht zu deuten wusste. »Wir müssen etwas tun, Männer«, sagte er, »ich kann den jungen Mann, der vierzehn Jahre in meinem Hause lebte, nicht einfach seinem Schicksal überlassen. Hast du einen brauchbaren Vorschlag, Pepe? Einen Anhaltspunkt?«

Der alte Vaquero sann lange nach. »Man macht sich so seine Gedanken, Señor«, sagte er schließlich. »Sie müssen ja nicht stimmen, aber bei diesen Indianern gibt es geheimnisvolle Dinge. Habt Ihr noch nichts vom Nagual gehört?«

»Nagual?« Der Haziendero schüttelte den Kopf. »Da ist eine dunkle Erinnerung«, sagte er, »irgendwo habe ich den Namen gehört, aber ich weiß nicht – –«

»Es ist ein Geheimbund, Señor, der sich über alle Stämme des Mayavolkes erstreckt. Die Leute erkennen sich an geheimen Zeichen, sie haben geheime Zeremonien. Es soll schrecklich dabei hergehen, wie man hört. Sie hassen alle Christen, sind Todfeinde der Weißen.«

»Pablo ist ja kein Weißer.«

»Man weiß nicht, wie das zusammenhängt; es ist ja auch nur eine Vermutung. Ich glaube, dass Don Pablo ein Maya ist. Er trägt ein sonderbares Zeichen auf der Brust, verschlungene Linien; wer weiß, was es bedeutet! Was es den Mayas bedeutet!«

»Was soll man damit anfangen?« sagte Don Antonio. »Und selbst wenn da irgendein Zusammenhang wäre, den wir nicht ahnen, den vielleicht, nein sicherlich, Pablo selber nicht ahnt, wie sollten die Indios denn erfahren haben, was für ein Zeichen der Junge auf der Brust trägt?«

»Das frage Tamay, Señor.«

»Schon wieder Tamay. Sie haben oft beisammengesessen, der Junge und der Jäger. Dies und das ist gemunkelt worden. Der Junge sprach ja nie, er war verschlossen, man wusste nie, was er dachte. Man weiß auch nie, was Tamay denkt.«

»Beide sind Indios, Señor. Und wahrscheinlich sind beide Mayas.«

»Meinetwegen. Ich weiß es nicht.« Der Haziendero, der nachdenklich auf und ab gegangen war, blieb stehen. »Aber was hilft uns das alles?« sagte er. »Was können wir tun?«

»Wenn Ihr wollt, Señor, reiten wir den Indios nach. Gebt uns ein paar Unzen Gold mit, das tut manchmal Wunder.«

»Die sollt ihr haben. Am Gold soll es nicht fehlen. Macht euch fertig, sucht verlässliche Leute zusammen und reitet los. Bringt mir den Jungen wieder. Meine Damen sind außer sich, und auch ich möchte bei Gott nicht, dass ihm etwas Böses geschieht.«

Die Männer gingen und bereiteten alles vor. Wenig später verließ eine kleine, wohlberittene und bewaffnete Schar erfahrener Vaqueros und Peons, reichlich mit Geldmitteln versehen, die Hacienda. Am Waldrand stand Tamay, der Jäger, und sah ihnen nach. Sein bronzenes Antlitz war unbewegt.

Zwei Tage vergingen in ruhelosem Warten. Der Friede des Hauses war dahin. Maria strich verstört, mit tränennassen Augen, ein Schatten ihrer selbst, durch das Haus. Alle Liebe der Señora, alles gütige Zureden Don Antonios vermochten sie nicht zu erheitern. In ihr war ein dunkles Gefühl, eine dumpfe Angst, die ihr fast das Herz abschnürte; sie aß kaum und gab auf alle Fragen nur einsilbige Antworten. Sie konnte stundenlang starr an einem Platz sitzen oder stehen und mit leeren Blicken vor sich hinsehen. Aber jedes Geräusch, das draußen hörbar wurde, ließ sie zusammenfahren. Für d'Irala war es ein Glück, dass die beunruhigenden Nachrichten über die fortschreitende Entwicklung des Aufstandes ihn so beschäftigten und in Atem hielten, dass er kaum Zeit fand, über das Schicksal des verschwundenen Jungen nachzudenken.

Am dritten Tage nach Pablos Verschwinden traf auf del Roca ein alter Indianer in Begleitung farbiger Diener ein, dessen Kleidung und Haltung ihn in nichts von den kreolischen Hazienderos unterschied. Nur die Hautfarbe des Mannes verriet den reinrassigen Ureinwohner. Der Mann ritt vor das Haus und verlangte Don Antonio d'Irala zu sprechen.

Der Haziendero ließ den Besucher auf die Veranda führen. Der gut gekleidete Fremde, dessen kurzgeschnittenes Haar stark ergraut war und in dessen klugem, gutgeschnittenem Gesicht ein Paar sehr lebendige Augen blitzten, verbeugte sich mit vollendetem Anstand.

»Felipe Arana, General der Republik Mexiko«, stellte er sich vor.

Don Antonio sah erstaunt auf den Mann. »General?« fragte er gedehnt.

»Sehr wohl, Señor«, versetzte der Indianer. »Ich habe als General der Republik unter Morelos und Guerero die Schlachten des großen Freiheitskampfes mitgeschlagen.« Der Mann sprach ein klares, sauberes Spanisch, seine Haltung war würdig und ungezwungen. D'Irala lud ihn zum Sitzen ein, bot Zigarren an und wartete, dass der Fremde ihm den Grund seines Besuches eröffnen möchte.

Nachdem die üblichen Höflichkeitsphrasen getauscht waren, lehnte Arana sich in seinen Sessel zurück, sah den Haziendero aus seinen klugen Augen an und sagte: »Unter ihrem Schutz, Señor, lebt seit einer geraumen Reihe von Jahren ein junger Mann meines Stammes. Ich würde gern Näheres über ihn erfahren und, wenn möglich, mit ihm sprechen.«

D'Irala sah überrascht auf. »Oh, sie sprechen von unserem Pablo?« sagte er.

»So nennt man ihn wohl. Ich wüsste gern, wann und unter welchen Umständen er in ihr Haus gekommen ist.«

»Das werde ich ihnen sagen, Señior«, versetzte der Haziendero, »aber zunächst muss ich ihnen etwas sehr Bedauerliches mitteilen. Pablo ist nämlich seit drei Tagen verschwunden.«

»Verschwunden?« Arana fuhr auf. »Was heißt das?«

D'Irala berichtete in kurzen Worten über das, was geschehen war. Mit regungslosem Gesicht hörte der Indianer ihm zu. Er äußerte sich zunächst auch nicht, nachdem der Haziendero schwieg. »Ich wäre ihnen sehr dankbar, wenn sie mir zunächst die erbetene Auskunft erteilen würden«, sagte er.

Don Antonio erzählte ihm aus der Erinnerung, unter welchen Umständen er seinerzeit den kleinen Indio zusammen mit dem weißen Mädchen gefunden habe. »Wir hatten damals wie heute Bürgerkrieg im Lande«, schloss er seinen Bericht, »alle Nachforschungen, die ich wegen der Herkunft der Kinder anstellen ließ, blieben vergeblich.«

»Wie lange liegt das nun zurück?« fragte der Indianer.

»Rund vierzehn Jahre.«

»Und der Junge war ihrer Schätzung nach damals vier Jahre alt?«

»Ungefähr. Zwischen drei und vier vielleicht.«

Der Indianer schwieg und sah mit verschlossenem Gesicht vor sich hin. In diesem Augenblick betraten Doña Inez und Doña Maria die Veranda. Don Antonio stellte den braunen Gast vor, ohne freilich den Generalsrang, den jener genannt, zu erwähnen; dagegen wehrte sich alles in ihm. Der Indianer verbeugte sich mit ruhiger Höflichkeit und nahm dann sogleich das unterbrochene Gespräch wieder auf.

»Haben Sie, Señor, oder hat sonst jemand auf der Brust des Jungen eine Tätowierung bemerkt?«

Don Antonio sah ihn aufmerksam an. »Jawohl, Señior«, entgegnete er, »sowohl ich als auch meine Frau und auch andere. Er trägt eine sonderbare Zeichnung ineinandergeschlungener blauer Linien auf der Brust. Wir haben viel darüber gerätselt, aber auch die hier lebenden Indianer wussten die Zeichen nicht zu deuten.«

Der Indianer zog ein Stück fein gegerbter Tierhaut aus der Tasche und entfaltete es. »War es diese Zeichnung?« fragte er. Don Antonio, die Señora und Doña Maria sahen gleichzeitig darauf hin. Doña Inez entfuhr ein Überraschungsruf. »Das ist es«, rief sie aus, »das ist das seltsame Zeichen, über das ich manchmal nachgedacht habe.«

»Trägt der Jüngling dieses Zeichen, fügt ihm kein Maya ein Leid zu«, sagte Arana und steckte das Stückchen Tierhaut wieder fort.

»O mil gracias santissima!« flüsterte Maria. »Wo mag er sein? Wo mag Pablo sein?«

Der alte Indianer ließ einen leisen Seufzer hören; er sah starr vor sich hin. »Gefunden und gleich wieder verloren«, murmelte er. Es war wie eine Anwandlung von Schwäche, aber sie währte nur Sekunden. Dann richtete der Mann sich auf und sah die Anwesenden nacheinander mit ruhiger Aufmerksamkeit an. »Ich bin Ihnen eine Aufklärung schuldig«, sagte er. »Sie werden wissen wollen, was mich zu meinen Nachforschungen veranlasst. Hören Sie zu. Die Geschichte mag Ihnen seltsam genug klingen. Die Mayas sind als Volk schon vor Jahrhunderten untergegangen; Sie wissen es, und wir brauchen nicht darüber zu reden. Aber sie haben auch noch Jahrhunderte nach ihrem staatlichen Zusammenbruch die überlebenden letzten Glieder ihres alten Königshauses heiliggehalten. Sie waren in all der Zerrissenheit der Mittelpunkt, der ruhende Pol; alle

Hoffnungen auf völkische Wiedergeburt verknüpften sich mit den noch lebenden Königssprossen.«

Er schwieg einen Augenblick, als müsse er sich sammeln, und fuhr dann mit gleichmäßig ruhiger Stimme fort: »Das Geschlecht der Könige ist ausgestorben bis auf Hualpa, den Sohn Jungunas, den wir den Stern nannten. Als Junguna starb, wurde sein eben zweijähriger Sohn Hualpa von einem verworfenen Mann unseres Volkes geraubt. Es geschah dies zweifellos aus dem Grunde, den letzten Träger des königlichen Erbes auszulöschen, denn jener Mann behauptete, selbst mit dem Königshause verwandt zu sein. Er hoffte, auf diese Weise Titel und Würde zu erben, um so seinen Einfluss auf die Stämme der Mayas zu mehren. Ich selbst bin damals mit einer Schar verlässlicher Männer den Räubern auf den Fersen gewesen; vergeblich. Wir fanden Hualpa nicht bei dem betreffenden Mann und konnten unsere Behauptung nicht beweisen. Wir hielten das Kind für tot. Da aber nicht einmal sein Tod zu beweisen war, konnten wir an seinen mutmaßlichen Mördern keine Rache nehmen. Jener Mann aber gebot überdies über sehr viele verschworene Anhänger. –«

Arana schwieg abermals; der Haziendero und seine Damen rührten sich nicht. Der Indianer sprach weiter:

»Vor einigen Wochen erst erhielt ich die Nachricht, dass der letzte Enkel der Könige hier in Ihrem Hause unter Ihrem Schutze lebe. Ich machte mich auf, ihn heimzuholen in den Schoß seines Volkes. Die männlichen Mitglieder des alten Herrscherhauses tragen das Zeichen, das ich Ihnen zeigte, auf der Brust. Ich zweifle nicht mehr, dass Hualpa vierzehn Jahre lang in Ihrem Hause gelebt hat. Ich danke Ihnen für die ihm erwiesenen Wohltaten im Namen seines Volkes.«

Maria war totenblass; ihre Augen flackerten. Das soeben Erfahrene mengte sich in ihrer Fantasie mit dem jüngst Erlebten. Pablo, der Königsenkel - darum haben sie ihn geraubt; es ist klar. Aber so wird ihm auch nichts geschehen, dachte sie. Nur werde ich ihn wiedersehen? Werde ich ihn jemals wiedersehen? Sie stützte den Kopf in die Hand, um die Tränen zu verbergen, die ihr heiß in die Augen stiegen. Doña Inez strich ihr sacht über das Haar.

»Die Sache ist klar«, fuhr Arana nach einer längeren Pause fort. »Hinter diesem Raub steckt Chamulpo, eben der Mann, der damals das einjährige Kind raubte. Er hat ebenso wie ich erfahren, das Hualpa lebt und hat ihn entführen lassen. Denn heute müsste dieser Junge, wüsste er um seine Abstammung und erführen die Mayas etwas von seiner Existenz, ihm noch weit gefährlicher werden als vor rund sechzehn Jahren.«

»Aber wie soll dieser Mann das erfahren haben?« sagte d'Irala.

Arana lächelte dünn. »Ich habe es ja auch erfahren«, sagte er. »Es ist da noch manches dunkel«, fuhr er fort, »wir wissen beispielsweise nichts über die Zeit zwischen dem damals erfolgten Kindesraub und dem Zeitpunkt, da das Kind von Ihnen auf den Schiffstrümmern gefunden wurde.«

»So ahnen Sie auch nicht, welcher Familie Doña Maria entstammt?« fragte die Señora, »und ich hoffte schon -«

Der Indianer schüttelte leicht den Kopf. »Nein«, sagte er, »aber aus dem Zustand, in dem die Kinder damals gefunden wurden, dürfen wir schließen, dass Gott das Königskind damals in gute Hände gab, wie er ihm auch hier« - er verbeugte sich leicht vor den Damen - »gute Freunde schenkte.«

»Wollen Sie mir nicht sagen, wie Sie von der Anwesenheit des jungen Mannes in meinem Hause erfuhren?« fragte der Haziendero.

Arana erwiderte seinen Blick. »Warum nicht?« sagte er. »In Ihrer Umgebung muss ein Maya leben. Durch seine Botschaft erfuhr jener Chamulpo von der Anwesenheit Hualpas in diesem Hause. Und durch Chamulpo erfuhr es der Mann, der einst von diesem gedungen war, das Kind zu ermorden; wir nennen ihn Azual. Azual hat seinen Auftrag damals nicht ausgeführt; er hat das Kind, wie er später gestand, einem Panther vorgeworfen. Wohl nicht ohne Absicht, denn nach den Gebräuchen unseres Volkes war der Panther der in Tiergestalt verkörperte Schutzgeist Hualpas. Azual ist schwer erkrankt. Als er jetzt erfuhr, dass das durch ihn dem Panther vorgeworfene Kind lebe, brach er zusammen und sandte mir seinen Sohn, um mich zu unterrichten. Das ist alles.«

»Es klingt ein wenig wirr für meine Ohren« - Don Antonio d'Irala lächelte matt, »was mich aber interessiert, ist Folgendes: Sie sagten, hier in meiner Umgebung lebe ein Maya, und der habe jenem Manne, von dem Sie sprachen, die Nachricht gesandt, dass Pablo - ich darf ihn wohl weiter so nennen - hier lebe. Kennen Sie diesen Maya?«

»Ich kenne ihn nicht, oder besser: Ich weiß noch nicht, ob ich ihn kenne. Der Sohn Azuals sagte mir, dass es sich um Ihren Jäger handele.«

»Sieh da – Tamay!« Don Antonio pfiff leicht durch die Zähne. »Da erklärt sich manches.« Er wandte sich an Arana. »Wollen Sie den Mann sehen?« fragte er.

»Es wäre mir lieb.«

D'Irala klingelte und forderte den eintretenden Diener auf, den Jäger Tamay unverzüglich zur Stelle zu schaffen. Der Neger eilte davon und wenige Minuten später stand Tamay auf der Veranda. D'Irala beobachtete ihn scharf, und es schien ihm, als ob seine bronzene Haut beim Anblick Aranas einen Grad blasser werde. Doch war das bei einem Indianer schwer zu sagen. Niemand bemerkte, dass gleichzeitig ein junger, schlanker Indianer herangehuscht kam und hinter dem Geländer, durch die dort wachsenden Zierpflanzen verdeckt, stehen blieb.

Der Mann, der sich als General Arana eingeführt hatte, erhob sich; in seinen dunklen Augen flammte es kurz. »Sieh da«, sagte er, »das hätte ich mir denken können, du Hund!«

Der junge, schlanke Indianer hinter der Veranda brachte vorsichtig eine Büchse auf den Jäger Tamay in Anschlag; aber das bemerkte niemand.

»Wo ist der Enkel der Könige?« rief Arana dem Jäger zu; die Frage kam scharf wie ein Beilhieb. Und sie verfehlte auch ihre Wirkung nicht; der immer gelassene, immer unbewegte Tamay zuckte wie unter einem Schlage zusammen, ein scheuer, gehetzter Ausdruck trat in seine Augen, die unsicher umherirrten.

»Antworte!« herrschte Arana und zwang den anderen, durch die Kraft seines Blickes, ihn anzusehen. Es vergingen Sekunden, eine halbe Minute vielleicht, dann kam es störrisch, widerwillig von den Lippen des Jägers:

»Chamulpo hat ihn holen lassen.«

»Wo wurde er hingeführt?«

»Ich weiß es nicht.«

»Du bist verflucht, und du weißt es, Verräter. Deine Seele wird niemals Ruhe finden, wenn dem Enkel der Könige ein Leid geschieht!«

Der Jäger atmete schwer, man sah, wie es ihn würgte. Er war nicht mehr imstande, sein Gesicht zu beherrschen. »Bürge mir, dass ich bei meinen Vätern ruhen werde, und ich werde ihn wieder holen«, sagte er schließlich, Arana mit einem scheuen Blick streifend.

»Nein!« Aranas Stimme klang wie geschliffener Stahl. »Nein«, wiederholte er. »Geh, Lump! Deinem Schicksal entgehst du nicht. Ich will dich nicht mehr sehen.«

Nun entging selbst d'Irala, der von der in der Mayasprache geführten Unterredung nichts verstanden hatte, nicht, dass der Jäger die Farbe wechselte. Er duckte sich wie unter einem Peitschenschlag und verließ die Veranda.

»Er ist ein von seinem Volke ausgestoßener Verräter, zu jedem Verbrechen fähig«, sagte Arana. »Es ist kein Zweifel: Er hat Hualpa erkannt und hat ihn an Chamulpo verraten.«

»Er wird die Hacienda noch in dieser Stunde verlassen«, versetzte d'Irala.

Ein leises Zischen wurde von der Veranda vernehmbar; Arana horchte auf. »Das ist der Sohn Azuals, der mir die Nachricht gebracht hat«, sagte er, »darf er eintreten?«

Der Haziendero gestattete es, und Arana winkte dem jungen Indianer, dessen Kopf über der Brüstung der Veranda sichtbar geworden war. Der stand gleich darauf vor ihm; er hielt die Büchse in der Hand. Er schien nur Arana zu sehen. »Soll ich ihn töten, Kazike?« fragte er.

Der General maß ihn mit einem ruhig abwägenden Blick. »Nein«, sagte er. »Wie kamst du hierher?«

»Ich bin mit den Leuten Chamulpos gekommen und dann zurückgeblieben. Ich dachte mir, dass du kommen würdest, Kazike.«

»Weißt du, wohin sie den jungen König gebracht haben?«

»Nein, aber ich werde es wissen.«

»Du kanntest ihn?«

»Ich kannte ihn nicht, habe ihn aber nach der Beschreibung, die wir von ihm hatten, erkannt und mit ihm gesprochen, um ihn zu warnen. Er stand unter einem Baum und sah zu dieser Veranda herüber. Dann muss er unsere Leute bemerkt haben, denn er sprang plötzlich vor und stieß einen gellenden Warnungsschrei aus; da schlug Tamay ihn nieder. Die anderen schleppten ihn fort.«

»Wussten die Männer, wen sie fortführten?«

»Ich habe es vielen heimlich ins Ohr geflüstert.«

»Und du glaubst, du wirst ihn finden?«

»Sie haben ihn in die Berge geführt. Ich werde ihn finden.«

Arana trat einen Schritt auf den jungen Indianer zu, er legte ihm leicht die Hand auf die Schulter. »Rette den Enkel der Könige, und dein Vater wird Ruhe im Grabe finden«, sagte er.

Der Indianer erwiderte seinen Blick. »Mein Vater hat mir im Sterben befohlen, den König zu retten«, sagte er, »ich werde seinen Befehl ausführen.«

»Das Mayavolk wird es dir danken, mein Sohn. Weißt du, wo sich Chamulpo aufhält?«

»Ich weiß es nicht genau, aber es wird nicht schwer zu erfahren sein; er wird bald von sich reden machen. Er will Krieg führen gegen die weißen Häuptlinge in der Stadt. Ich weiß, dass er Botschaft nach Yucatán sandte, um auch die dort lebenden Mayas zum Kampf aufzurufen.«

»Es ist gut, Sohn Azuals«, sagte Arana. »Hier ist etwas Geld, du wirst es brauchen. Mache dich sogleich auf den Weg. Du weißt, wo du mich findest, wenn du mich brauchst.« Er reichte dem jungen Manne die Hand, der sich rasch entfernte.

Arana unterrichtete darauf d'Irala und die Seinen über den Inhalt der Unterredung, die er mit dem Indianer geführt hatte. Don Antonio veranlasste, dass dem Mann eines seiner besten Pferde gesattelt werde. »Gott gebe, dass er den Jungen findet«, sagte er. In Maria, die den Zusammenhang der Dinge begriffen hatte, lebte wieder Hoffnung auf. Als der General Arana sich bald darauf verabschiedete, reichte sie ihm mit warmem Lächeln die Hand. »Pablo und ich gehören zusammen«, sagte sie,

»zum ersten Male sind wir getrennt. Möge er bald wieder bei uns sein.« Der alte Indianer strich ihr sacht über die Hand und sah ihr mit einem gütigen Blick in die Augen. »Gott mag die weiße Blume schützen«, sagte er, »und alle, die gut zum Königsenkel waren.« Sich d'Irala zuwendend, fuhr er fort:

»Ich muss heute noch weit reiten, um bald bei den Meinen zu sein. Wenn Ihnen der alte Arana einen Rat geben darf, Señor: Treffen Sie alle möglichen Vorkehrungen. Der Aufstand, den General Sarmiento gegen Ihre Regierung unternommen hat, birgt große Gefahren. Ich weiß, dass Chamulpo, der Kazike der Kekchis, sich auf seine Seite gestellt hat, und dass bereits Sendboten nach Yucatán unterwegs sind, um die dortigen Mayastämme aufzurufen. Meinem Einfluss ist es bisher gelungen, die Leute ruhig zu halten, aber ich kann für die Zukunft nicht bürgen. Hätte ich Hualpa, den jungen König, hier gefunden, wäre es leichter gewesen. Seinem Befehl hätten sich alle Mayas gebeugt, auch die Krieger Chamulpos. Dieser weiß das, und eben deshalb fürchtet er den Jungen und sucht ihn zu vernichten. Rechnen Sie übrigens auf General Arana und seine Hilfe.« Er verbeugte sich noch einmal mit ruhigem Anstand und wandte sich um. Bald darauf verließ er mit seinen Begleitern die Hacienda.

D'Irala und die Seinen sahen sich an. »Das Ganze kommt mir vor wie ein Spuk aus Urvätertagen«, sagte der Haziendero mit einem schwachen Versuch zu lächeln. Aber instinktiv wusste er, dass das mehr als ein Spuk war. Seine Kenntnisse der Urgeschichte des Landes waren gering. Dass die Mayas einmal die Herren dieses Landes gewesen und dass uralte Königsgeschlechter hier jahrhundertelang geherrscht hatten, wusste er indessen immerhin. Die Indianer waren verschlossen; niemand enträtselte die geheimen Hintergründe ihres Lebens. Wer konnte wissen, welche Kräfte da in der Tiefe noch wirksam waren! Die mysteriöse Königswürde des jungen Pablo imponierte dem Konquistadorenenkel nicht eben sehr, aber er gedachte des verschwundenen Hausgenossen mit Wärme und offener Sympathie und wünschte nicht nur Marias wegen, dass er ihn sobald als möglich heil und gesund wiedersehen möchte. Ernster und beachtenswerter erschienen ihm die Gefahren, von denen der indianische General im Zusammenhang mit den Bürgerkriegswirren gesprochen hatte. Er beschloss, alle nur denkbaren Vorkehrungen zu treffen, um die einsam gelegene! Hacienda wenigstens vor räuberischen Überfällen streifender Banden zu schützen.

Zunächst veranlasste er, dass Tamay, der Jäger, die Hacienda verließ. Er rief einen Großteil der anwesenden Arbeiter zusammen und brandmarkte den Indianer vor deren Augen als Schuft und Verräter. »Wirst du in einer Stunde noch im Umkreis von del Roca gesehen, lasse ich dich peitschen, bis dir das Fleisch von den Knochen fällt!« sagte er. Der Indianer, fahl unter der bronzenen Haut, warf ihm einen Blick verzehrendsten Hasses zu, dann wandte er sich und ging, ohne sich noch einmal umzuwenden.

Vier, fünf Tage vergingen, ohne dass irgendwelche Nachricht die Hacienda erreichte, und mit jedem Tag wuchsen Marias Unruhe und Angst. Am fünften Tag kamen die Vaqueros zurück. Sie hatten nichts erreicht. Die Indianer, die Pablo entführten, hatten sich nach einiger Zeit in zwei Gruppen geteilt, die in verschiedener Richtung davongezogen waren. Die Männer waren auf gut Glück der einen Abteilung gefolgt, bald darauf aber mit einer aus Weißen, Negern und Mischlingen bestehenden Schar Aufständischer zusammengetroffen und nur mit Mühe der Gefahr entgangen, den raubend und sengend das Land durchstreifenden Mordbrennern in die Hände zu fallen. Da eine weitere Verfolgung der Indianer unter diesen Umständen aussichtslos schien, waren sie umgekehrt. Ihren Mitteilungen nach musste der Aufstand Sarmientos bereits eine große Ausdehnung erfahren haben.

Maria brach, als sie diese Nachrichten erfuhr, in haltloses Schluchzen aus, und auch der übrigen Hausgenossen bemächtigte sich ernste Sorge. Alle fühlten es, dass schwere Tage bevorstanden.

In des Feindes Gewalt

Als Pablo aus der Betäubung erwachte, in die ihn der heftige Schlag über den Kopf versetzt hatte, sah er sich im Wald von einem Kreis bewaffneter Indianer umgeben. Es war Nacht, einige Feuer brannten und beleuchteten mit ihrem flackernden Schein die rauen, verschlossenen Gesichter der Männer. Pablo gewahrte keinen feindlichen Blick; er sah viele dunkle Augen mit ruhiger Aufmerksamkeit auf sich gerichtet.

Gefangen! Dachte er, ich bin also gefangen! Sofort verschloss sich sein Gesicht und zeigte einen Ausdruck hochmütigen Stolzes, wie es ihn immer zeigte, wenn er sich in innerer Abwehr befand. Er sah sich um, er gewahrte hier und da einen bewundernden Blick. Die meisten Indianer machten einen zerlumpten, räubermäßigen Eindruck, sie schienen an dem reich und geschmackvoll gekleideten jungen Stammesgenossen Gefallen zu haben. Pablo sah es mit Verachtung, sein Blick ging über die Männer hinweg, als seien sie nicht da.

Ein älterer Mann trat auf ihn zu und redete ihn in der Mayasprache an. »Wir müssen dich fortführen«, sagte er, »und es wird gut für dich sein, wenn du dich schweigend fügst. Ich würde nicht gern harte Maßregeln gegen dich ergreifen.«

Pablo verstand jedes Wort, aber er wollte jetzt nicht verstehen; seine durch Weiße erhaltene Erziehung brach durch. »Wenn du willst, dass ich dich verstehen soll, musst du spanisch mit mir reden«, sagte er kalt.

Ein verwunderter Blick traf ihn; gleichzeitig verhärteten sich die Züge des Mannes. »Wie, bist du denn kein Maya?« fragte er.

»Ich bin es, Bandido. Du wirst es noch zeitig erfahren!« Er sah durch den Mann hindurch.

»Du solltest vorsichtiger sein«, sagte er, »du bist in meiner Gewalt.«

Pablos Auge suchte den dunklen, gestirnten Himmel über den Wipfeln der Bäume. »Ich bin in der Hand des Ewigen, Unsichtbaren!« sagte er leise, als spräche er zu einem Dritten.

Der Indianer wandte sich scheu. Man spürte, dass er sich nicht wohl in seiner Haut fühlte. Er rief die Leute zusammen und gab Befehl zum

Aufbruch. »Wo ist Tenanga, der Sohn Azuals?« fragte er. Er war nicht da.

»Die Blancos werden ihn gefangen haben«, meinte ein Mann. Der Anführer zuckte die Achseln: »So mag er selber seine Fesseln lösen; wir müssen fort.«

Pablo wurden die Hände auf dem Rücken gefesselt, man hob ihn in den Sattel eines Maultieres. Seine Füße wurden unter dem Bauch des Tieres gleichfalls mit einem Riemen zusammengebunden.

Die Mayas waren alle beritten. Einige hatten Brände aus den Feuern gerissen und bedienten sich ihrer als Fackeln, um den Weg zu erleuchten. Pablo wurde von einigen mit Lanzen und Büchsen bewaffneten Reitern in die Mitte genommen. Zwischen dunklen Baumreihen, auf deren Blättern das Licht der Feuerbrände fantastisch spielte, zog der Trupp die raue Straße entlang nach Norden. Kein Wort wurde gesprochen.

In der Seele des Jungen aber tobte der Aufruhr; er begriff nicht, was da vor sich ging. Warum entführte man ihn? Und warum behandelte man ihn als Gefangenen? Was hatte die dunkle Warnung des jungen Indianers zu bedeuten? Hatte er sich nicht selbst erst vor Kurzem mit dem Gedanken getragen, die Weißen zu verlassen und zu den Mayas zu gehen? Waren es nicht Männer seines Volkes, die ihn nun, gewaltsam geraubt, gefangen davonführten? Er grübelte und grübelte, aber er fand keinen Zusammenhang.

Stunden ritten sie so, dann wurde in einem engen Felsental haltgemacht. Erst als Pablo aus dem Sattel gehoben wurde, stellte er fest, dass die größere Anzahl der Mayas zurückgeblieben war, nur etwa ein Dutzend Reiter waren bei ihm geblieben. Er wurde neben einem Feuer niedergelegt, die Füße wurden ihm wieder gebunden, während man ihm die Handfesseln löste. Man bot ihm gebratenes Fleisch und Maisbrot, und er aß, um bei Kräften zu bleiben. Man brachte ihm Wasser in einer Kürbisschale, und er löschte in großen Zügen seinen Durst. Bald darauf schlief er ermüdet ein.

Die Sonne war bereits aufgegangen, als man ihn weckte. Er sah sogleich, dass nur noch die Hälfte der Männer da war, die ihn hierhergeleitet hatten. Er wurde aufs Pferd gehoben und gefesselt, und die Reise nahm ihren Fortgang. Sie kamen in ein tiefes Felsental, dessen schroffe, zerklüftete Wände an die tausend Meter aufragten. Der Anführer bog in einen schmalen Felspfad ein, und der Aufstieg begann. Pferde und Maultiere nahmen den engen Pass, als befänden sie sich auf einer glatten Straße, sie schienen hier zu Hause. Immer höher ging es hinauf, immer schwindelerregender wurde der Blick in die Tiefe. Der Weg führte ständig nahe am Abgrund vorüber. Als sie höher kamen, sahen die hohen Bäume auf der Sohle der Barranca winzig und zierlich wie niedrige Sträucher aus.

Pablo fühlte sich wenig wohl in seiner Haut. Hände und Füße waren ihm gebunden, er war ganz auf die Geschicklichkeit seines Pferdes angewiesen, hatte keine Möglichkeit, das Tier zu lenken oder zurückzureißen; der geringste Fehltritt musste ihn in den Abgrund stürzen. In seinem hart verschlossenen Gesicht war nichts von der Unruhe zu lesen, die ihn bewegte. Sie erreichten den Rand der furchtbaren Schlucht und befanden sich nun auf einer mit saftigem Gras bedeckten, von Baumgruppen durchsetzten Ebene, die im Süden von einer Kette zackiger Berggipfel begrenzt wurde.

Ein fantastischer Anblick bot sich dem Auge. Pablo, der sich kaum jemals weit von del Roca entfernt hatte, wusste so gut wie nichts von der Schönheit seines Vaterlandes; er riss die Augen auf und glaubte sich in eine Traumwelt versetzt.

Von den Küsten der Ozeane erstreckt sich das Land in immer wechselnden Formationen, ansteigend zu schwindelerregenden Höhen und vereinigt in sich alle Klimate. An den Küsten und in den tief liegenden Tälern herrscht die Glut der heißen Zone mit all ihrer Pflanzenpracht; auf den von eisigen Winden umtobten Höhen ragt steil die nordische Fichte zum Himmel empor. Die vulkanische Glut des Erdinnern, die einst gewaltige Felsbrocken zu Bergen türmte und die Barrancas aufriss, glüht noch nach; die Berge rauchen noch, und dann und wann speien sie Feuer wie in alter Zeit. So erbaute die Natur hier in großartiger Steigerung eine Kulisse von traumhafter Schönheit, an der sich das Auge nicht sättigen kann.

Die kleine Reiterschar setzte sich in Galopp; sie verhielt erst am Rande einer zweiten Barranca, die wie ein dunkles Höllental zu ihren Füßen gähnte. Der Führer wechselte ein paar Worte mit seinen Leuten, die Pablo nicht verstand, dann begann der Abstieg auf schmalem Felsenpfad. Pablo ritt als Vorletzter in der Reihe; hinter ihm ritt ein Mann mit düster verschlossenem Gesicht und unruhigen Augen; er trug gleich den anderen die lange Lanze.

Sie mochten in ihrem halsbrecherischen Abstieg einige Hundert Meter tiefer gekommen sein, als die gefährlichste Stelle des Weges nahte. Der Pfad wurde hier so schmal, dass die Tiere buchstäblich nur noch Fuß vor Fuß setzen konnten. Zur Linken ragte himmelansteigend die schroffe Felswand, rechts gähnte in steilem Abfall die grausige Tiefe. Und eben hier machte der Pfad eine schroffe Biegung. Die berggewohnten Tiere bewegten sich nur noch tastend vorwärts und schnaubten ängstlich. Die ersten Reiter waren um den Felsen herum verschwunden, Pablo nahte sich der gefährlichen Stelle. Seine Nerven waren zum Zerreißen gespannt, er fühlte dumpf den Ansprung doppelter Gefahr; er sah nicht, dass der hinter ihm reitende Indianer die Lanze zum Stoß erhob, er hörte nur den gellenden Schrei des Mannes, als er samt seinem Tier hinter ihm in die Tiefe stürzte. Ein plötzlich von der Höhe herabsausender Felsbrocken hatte das Pferd am Kopf getroffen und ins Wanken gebracht.

Alle hatten den Todesschrei gehört, doch keiner vermochte an dieser Stelle auch nur den Kopf zu wenden. Pablos Maultier blieb zitternd stehen. Pablo, alle Kraft zusammenraffend, flüsterte ihm Schmeichelworte ins Ohr, und das Tier, vorsichtig sichernd, nahm die Biegung und trug ihn um den gefährlichen Felsvorsprung herum.

Der Pfad führte dann noch weiter an Abgründen entlang, noch immer konnte es keiner der Reiter wagen, den Kopf zu wenden. Schließlich war der Anführer unten angelangt und wandte sich im Sattel. Pablos Blick traf auf den des Mannes; er sah das nackte Entsetzen darin glimmen, ein bei einem Indianer ungewöhnlicher Anblick.

Nun erkannten auch die anderen, dass ihr Gefährte, der letzte in der Reihe, abgestürzt war; sie sahen Pablo an, und in ihren stoischen Zügen malte sich ein Ausdruck abergläubischer Scheu.

Einer der Männer wandte sich dem Anführer zu und sagte: »Du hast Böses im Schilde geführt, Zabualga, aber die Unsichtbaren haben den Enkel der Könige geschützt.«

Der Anführer streifte den Mann mit einem vernichtenden Blick. »Schweig!« zischte er, »du weißt nicht, was du redest. Chamulpo hat befohlen, den Burschen von den Blancos zu holen. Wir haben ihn geholt. Das ist alles.«

Die Worte waren leise gesprochen, aber Pablo hatte sie verstanden. Chamulpo! Dachte er, wer ist Chamulpo? Was will er mit mir? Ich sollte abstürzen an jener Felsbiegung, aber der Ewige hat mich beschützt. Warum will dieser Mann mich töten? Was heißt das mit dem ›Enkel der Könige‹? Der Kopf schmerzte ihm vom vielen Denken, aber er begriff nichts.

Der Weg wurde schweigend fortgesetzt; er führte bald, nun aber auf breiterem, gangbarem Pfad, wieder aufwärts. Auf der Höhe angelangt, ließ man die Pferde ausgreifen, bis hochstämmiger Wald die Reiter umfing.

Ein einzelner Reiter näherte sich dem Trupp, sprach kurz mit dem Anführer und entfernte sich wieder. Die Männer stiegen auf einen kurzen Befehl hin von den Pferden, und auch Pablo wurde herabgehoben. In einem einsam gelegenen, verfallenen Rancho wurde gerastet. Erst spät am anderen Morgen stiegen die Männer wieder in die Sättel. Sie ritten den ganzen Tag und verbrachten abermals eine Nacht im Walde. Pablo, der nun reichlich Gelegenheit gehabt hatte, die Gesichter zu studieren, erkannte, dass nicht alle Indios Mayas waren. Er wurde auf das Strengste bewacht, an Flucht war nicht zu denken. Er fürchtete nach der Erfahrung auf dem schmalen Felsengrat ständig um sein Leben; er rechnete damit, dass irgendwann eine Kugel oder ein Messerstich auf ihn lauerte, aber dann nahm er wahr, dass der Maya, der nach dem Abstieg von der gefährlichen Stelle mit dem Anführer gesprochen und der Unsichtbaren gedacht hatte, die den Enkel der Könige schützten, ständig in seiner Nähe weilte und dass schweigende Ehrfurcht aus seinen Mienen sprach. Er war überzeugt, dass dieser Mann ihn schützen würde, und wurde darüber ganz ruhig.

Aus düsterem Waldschatten gelangten sie auf eine kleine angebaute Fläche; zwischen Feldern und Gärten standen mehrere indianische Häuschen. Sie hielten. In der Nähe eines größeren Hauses lagerte eine Schar bewaffneter Indianer. Pablo musste mit seinen Begleitern am Waldrand zurückbleiben; der Anführer ritt zu dem Hause hinüber, stieg aus dem Sattel und trat ein. Es verging eine ganze Zeit. Dann kam ein Mann aus dem Hause heraus und schrie einige kurze Befehle. Die lagernden Indianer erhoben sich, bestiegen die in der Nähe weidenden gesattelten Pferde und ritten ab.

Der Mann winkte den Reitern, die Pablo hierher gebracht hatten. Er wurde aus dem Sattel gehoben; seine Handgelenke ließ man gefesselt. Er wurde in das Haus gebracht und in ein kleines niedriges Zimmer geführt.

Er sah vor sich einen breitschulterigen, untersetzten Mann, einen Indianer mit einem groben, brutalen Gesicht; der Mann war nicht mehr jung. Wäre das kalte und grausame Gesicht nicht gewesen, der Anblick des Indianers hätte einen grotesken Eindruck gemacht. Er trug das baumwollene Hemd und die hirschlederne Hose, die alle Indianer hierzulande zu tragen pflegten, seine nackten Füße steckten in derben Schuhen. Über den massigen Oberkörper aber hatte er eine alte, verblichene Uniformjacke gezwängt, die so eng war, dass sich die Knöpfe nicht schließen ließen. Die Litewka trug die Rangabzeichen eines Generals der Armee. Ein schwerer Reitersäbel war mithilfe eines indianischen Gürtels um die Hüften geschnallt. Ein groteskes Raubtier, eine als Clown kostümierte Bestie! Pablo verschlug der Anblick fast den Atem. Der Mann sah den gefesselten Jungen an der Tür an, wie ein Raubtier seine Beute betrachtet; in seinen dunklen, gefährlichen Augen glitzerte es; er ließ einige Minuten schweigend verstreichen. Und das war gut, es gab Pablo Zeit, sich zu wappnen. Das Antlitz des Jungen war ausdruckslos; seine Augen sahen durch das uniformierte Untier hindurch.

»Wer bist du?« fragte der Mann nach einer Weile lauernd.

»Das wirst du besser wissen als ich«, antwortete der Junge lakonisch.

»Vielleicht!« Es zuckte kurz in den etwas geschlitzten Augen des Mannes. »Aber vielleicht möchte ich es von dir hören. Weißt du, vor wem du stehst?«

»Ich vermute, vor dem Jefe einer Räuberbande.«

»Hund!« Der Mann riss den Säbel aus der Scheide; er begegnete Pablos kaltem, entschlossenem Blick und ließ ihn wieder sinken. – Ich weiß nicht, was das alles bedeutet, dachte Pablo, aber ich beginne, etwas zu ahnen. Enkel der Könige! Das Wort ging ihm durch den Kopf, er entsann sich der Worte, die der junge Indianer ihm unter dem Baum auf dem Hofe von del Roca zugeflüstert hatte, des geheimnisvollen Zeichens, das er auf der Brust trug, der ehrfürchtig-scheuen Blicke, mit denen die bewachenden Mayas ihn gestreift hatten; von tief innen aufbrechender Stolz durchflammte ihn ganz und verlieh ihm eine Sicherheit, die er selbst kaum begriff.

»Warum hast du mich durch deine Bandidos rauben und hierher schleppen lassen?« fragte er scharf. »Weißt du, was du tust? Du wolltest mich durch einen deiner Mörder in die Barranca stoßen lassen; ein Höherer hat die Tat abgewendet und deinen Mordgesellen bestraft.« Er straffte sich noch etwas; in seinen dunklen Augen flammte es auf. »Weißt du, dass der letzte Abkömmling eines Geschlechtes vor dir steht, dem deine Vorfahren ehrfurchtsvoll die Fußsohlen küssten?«

Und wieder zuckte die uniformierte Bestie kaum merklich zusammen; ein tückisches Blinzeln kam in seine Augen. »Oh, die Schlange ist gefährlicher, als ich dachte«, raunte er, »nun, wir wollen sehen, dass wir ihr schnell den Kopf zertreten.«

Er stieß mit der Säbelspitze auf den Boden; ein alter Neger betrat den Raum, dessen Leib nur aus Knochen und Sehnen zu bestehen schien. Die Augen des Negers waren entzündet, er blinzelte mit ihnen. »Was befiehlst du?« fragte er, sich an den Uniformierten wendend.

»Wo ist Chimal?«

»Draußen, Herr.«

»Sind die Soldados fort?«

»Alle bis auf die Leibwache.«

»Gut. Komm etwas näher.«

Der Neger trat dicht an ihn heran, und der Mann mit der Generalsjacke flüsterte ihm einige Worte ins Ohr, die Pablo nicht verstand. Ein breites Grinsen verzog das Gesicht des Negers. Der Uniformierte streifte Pablo mit einem finsteren Blick und verließ das Haus. Gleich darauf setzte sich draußen ein Pferd in Galopp.

Der Neger, der den Jungen wie ein Stück Schlachtvieh gemustert hatte, stieß einen gellenden Pfiff aus, wenig später betrat ein alter, einäugiger Indianer das Zimmer, der nach Landessitte nur mit Hemd und Hose bekleidet war. Der Mann hatte ein fahles, düsteres Gesicht, dem das fehlende Auge einen beinahe gespenstischen Ausdruck verlieh. »Was gibt's?« wandte er sich in spanischer Sprache an den Neger.

»Führ das Hühnchen da in den Keller«, sagte der. »Der Kazike hat es uns anvertraut. Hebe es gut auf, es ist ein kostbares Hühnchen.«

Der Indianer sah seinen jungen Stammesgenossen an; den durchlief ein Schauder, aber er hielt dem Blick des Einäugigen stand.

»Folgt mir, Señorito!« sagte der Indianer, öffnete die Tür und hieß Pablo voranschreiten. Der Neger stand lauernd in halbgebückter Haltung und ließ ihn vorübergehen. Seine Augenlider kniffen sich zusammen; sein Mund öffnete sich zu einem breiten Grinsen und enthüllte zweiunddreißig prachtvolle Zähne, ein Raubtiergebiss.

Der Conde

Der Aufstand des Zambos Sarmiento hatte bereits eine erhebliche Ausdehnung erreicht, als man in del Roca die ersten Nachrichten darüber erhielt. Die Verbindungslinien des Landes waren schwierig; schon ein durch Regenfluten überschwemmter Gebirgsbach vermochte oft tagelang den Verkehr lahmzulegen.

Der Präsident hatte, wie man auf del Roca voraussah, in der äußersten Gefahr den einzigen Mann an die Spitze der Armee berufen, der aufgrund seiner Persönlichkeit und seiner Erfahrung befähigt schien, dem Aufstand mit einigem Erfolg entgegenzutreten: den alten General Carlos de Lerma. Lerma, ein müder, von einem schweren Geschick niedergedrückter alter Mann, war ungeachtet aller körperlichen Beschwerden dem Ruf unverzüglich gefolgt, hatte seinen abgeschiedenen Landsitz verlassen und war in die Hauptstadt geeilt. Er war ein sehr populärer, bei Bürgern, Soldaten und Landbesitzern gleich beliebter Mann; das streifende Raubgesindel, das in dem zerrütteten Staatswesen wieder sein altes Treiben begann, kannte ihn und hatte Grund, ihn zu fürchten.

Lerma war einer der ältesten, vornehmsten spanischen Familien entsprossen; er hatte den Rang eines Granden von Spanien und dem Grafentitel seit Langem entsagt, hieß aber noch immer und nicht nur bei seinen Stammesgenossen kurzweg »der Conde«.

An einem der Tage, da der junge Pablo von den Mayas in die Berge entführt worden war, saß der General, schon in Uniform, im Gartenzimmer seines an die Plaza grenzenden Hauses und schrieb; ein Adjutant trat herein und meldete den Señor Fernando de Callego.

»Wer?« fragte der General, der nicht richtig gehört zu haben glaubte, von seinen Papieren aufsehend.

»Señor Callego«, wiederholte der Offizier.

Ein flüchtiges Lächeln huschte über das zerrissene, verwitterte Gesicht des alten Soldaten. »Herein mit ihm!« rief er, »es gibt doch noch Freuden auf dieser Welt.«

Der Offizier ging, und gleich darauf trat ein alter Mann in straffer Haltung ein, dem man auch in Zivil sofort den Soldaten ansah.

»Amigo mio!« rief der General und ging mit ausgestreckten Armen auf den Ankömmling zu, »das nenne ich eine Freude. Sei willkommen, mein Freund!«

Der Mann in Zivil nahm die dargebotene Hand und drückte sie fest. »Da hast du mich, Don Carlos«, sagte er, »mit Haut und Haar. Nun stell mich dahin, wo du mich haben willst. Einstweilen halten die alten Knochen ja noch zusammen.«

»Ich kann dir gar nicht sagen, wie gelegen du mir kommst«, versetzte Lerma, »komm setz dich zu mir. Ich brauche dein Organisationstalent. Noch heute schlage ich dich dem Präsidenten als Chef des Generalstabes vor.«

Callego lachte kurz auf und streckte sich behaglich in einem Sessel aus. »Stell mich hin, wo du willst«, sagte er. »Zwar, ob ich noch zum Generalstabschef tauge – –«

»Du taugst. Du bist der Einzige, der taugt, Fernando. Um es gleich zu sagen: Ich hätte dich in jedem Falle rufen lassen. Aber ich wusste nicht – wir haben lange nichts voneinander gehört; wo kommst du jetzt her?«

»Direkt von Mexiko. Ich habe von dem Aufstand gehört und mich sofort auf den Weg gemacht, um Guatemala meine Dienste anzubieten. Leider musste ich einen Großteil des Weges zu Lande machen, deshalb komme ich später, als ich wollte. Die Häfen haben die Burschen ja schon im Besitz.«

»Leider«, nickte Lerma.

»Wir werden sie wieder nehmen.«

»Ja, wir werden. Aber – –«; Lerma unterbrach sich selbst und strich sich mit einer fahrigen Bewegung über das gelichtete weiße Haar. »Wir wollen uns nichts vormachen, Amigo«, sagte er, »es sieht böse aus. Wir haben weder Waffen noch Geld. Einst hat mich das nicht gehindert, Armeen aus der Erde zu stampfen, du weißt es, aber ob ich es heute noch kann? Und nun der Gegner: Sarmiento ist bei aller Brutalität ein geriebener Bursche. Er hat geschickt agitiert, alle Unzufriedenen, alle Straßenräuber, aber – auch nahezu alle Farbigen stehen hinter ihm. Er lebt von Mord und Plünderung, aber seine Macht nimmt von Tag zu Tag zu. Den neuesten Nachrichten nach steht er bereits am Rio de la Pasion und rüstet sich zum Zug auf die Hauptstadt. Ich habe ihm entgegengeworfen, was ich verfügbar hatte. Es war nicht eben viel. Kriege ich keinen Zuzug vom Süden, unterstützt uns San Salvador nicht mit Waffen und Geld, dann wird, fürchte ich, Sarmiento bald den Turm der Kathedrale hier sehen, und wir können uns in die Berge zurückziehen.«

Callego hatte aufmerksam zugehört. »Und die Mayas? Hat er sie auch?« fragte er jetzt.

Der Conde zuckte die Achseln. »Ich fürchte ja«, entgegnete er. »Mindestens stehen sie stark unter dem Einfluss des Kaziken Chamulpo, dessen du dich entsinnen wirst, und das sagt eigentlich genug. Dieser Chamulpo ist nicht zu unterschätzen, seine Verschlagenheit gibt seiner Brutalität nichts nach. Einstweilen wartet er ab, er sieht mit Interesse zu, wie die Dinge sich entwickeln; sicher ist, dass er mit seinen Mayas eines Tages das Zünglein an der Waage bilden wird.«

»Kann man ihn nicht gewinnen?«

Lerma zog ein verdrießliches Gesicht. »Mir graut vor solchen Notwendigkeiten«, sagte er, »das ist schlimmer als das Trojanische Pferd. Immerhin, ich bin Realist genug, um die Dinge zu sehen, wie sie sind. Ich habe deshalb Verhandlungen mit Chamulpo angebahnt; bisher hatten sie das von mir erwartete Ergebnis: Er ist bereit, uns dreitausend Mayas zuzuführen, aber er stellt Bedingungen, über die man überhaupt nicht verhandeln kann, wenn man die Grundfesten des Staates nicht erschüttern will.«

»Die erscheinen mir bereits erschüttert«, bemerkte Callego trocken. »Und wie steht es mit den Mayas in Yucatán?«

In dem fein geschnittenen, müden Gesicht des Conde erschien ein Zug von Resignation. »Wir wissen noch nichts«, sagte er, »bisher haben sie sich nicht gerührt, aber ich bin sicher, dass Chamulpo seinen ganzen Einfluss aufbieten wird, um sie für sich zu gewinnen. Es sind harte, wilde und tapfere Leute, die Mayas aus Yucatán; sie haben den Mexikanern gegenüber ihre Unabhängigkeit gewahrt und sind leicht imstande, zu einem entscheidenden Faktor in der gegenwärtigen Auseinandersetzung zu werden. Seien wir uns ruhig darüber klar: Verfügt der Kazike über einige Tausend dieser kampfgewohnten Männer zuzüglich zu unseren eigenen Mayas, dann entscheidet er hier in Guatemala den Bürgerkrieg. Und dann liegt, auf welcher Seite er auch kämpft, die Gefahr nahe, dass alles zugrunde geht, was wir seit dem Abzug der Spanier aufgebaut haben.«

Der General schwieg, und auch sein Besucher sah eine Weile, in Nachdenken versunken, vor sich hin. Dann hob er den Kopf und sah den Conde an. »Hör zu, Don Carlos«, sagte er, »du hast mir im Grunde nicht viel Neues gesagt. Ja, ich glaube, dass ich deine Mitteilungen ergänzen kann. Kennst du den General Arana?«

»Dem Rufe nach, ja. Er ist doch ein Maya?«

Callego nickte. »Ja, er ist ein Maya, und ich kenne ihn seit Jahren. Er ist ein besonnener Mann und ein erfahrener Soldat. Und auf sein Wort ist Verlass, ich habe es erprobt. Ich habe ihn auf meiner Reise hierher getroffen und sehr eingehend mit ihm gesprochen. Wir sprachen auch von Chamulpo. Arana ist mit ihm tödlich verfeindet; von seinem gefährlichen Einfluss auf die Mayastämme spricht er ähnlich wie du. Dieser Einfluss geht auf Zusammenhänge zurück, die wir in den letzten Tiefen vielleicht nicht ganz begreifen. Wir kennen in friedlichen Zeiten unsere Mayas als ruhige und ordentliche Leute, sie sind größtenteils Christen geworden, und nach außen hin deutet kaum etwas darauf hin, dass da noch andere Einflüsse walten. Sie walten aber, sie bewahren allerlei dunkle Erinnerungen an ihre Vorzeit, und sie bewahren sie wie Heiligtümer. Sie sprechen nur nicht davon und gewiss nicht mit Weißen. Chamulpo soll, wie Arana mir sagte, mit dem alten, schon vor langer Zeit in der Hauptlinie ausgestorbenen Königshause der Mayas verwandt sein; oder vielmehr, er soll eine solche Verwandtschaft behaupten; Arana bestreitet nämlich, dass sie besteht. Jedenfalls scheint es Chamulpo gelungen zu sein, seine Landsleute an diese Abkunft glauben zu machen. Arana, der ja auch keineswegs ohne Einfluss und Anhänger ist, versicherte mir, dass er seine ganze Autorität aufbieten werde, um die Mayas in Yucatán von einer Beteiligung am Bürgerkrieg abzuhalten, setzte aber gleich hinzu, dass er überzeugt sei, sich hinsichtlich des Einflusses mit Chamulpo nicht messen zu können.«

»Die Dinge liegen so, dass wir keine Kraft entbehren können«, sagte Lerma, »ich werde Arana schreiben.«

»Tu das«, versetzte Callego, »er kennt dich, und es wird ihm gewiss eine Ehre sein, von dem Sieger von Dolores und Chinaja einen Brief zu erhalten.«

Die alten Freunde schwiegen eine Weile; Callego sah das müde, zerfallene Gesicht des Conde, er erinnerte sich alter Zeiten, und die Rührung überkam ihn.

»Was hast du getrieben in den ganzen Jahren?« fragte er leise.

Lerma sah ihn mit einem trüben Lächeln an. »Nichts«, sagte er, »ich bin damals, als ich die Revolution niedergeschlagen hatte, aufs Land gegangen. Dort habe ich gelebt, wie man eben lebt, wenn man allein ist. Du weißt doch am besten – –«

»Ja, ich weiß. Es muss ein furchtbarer Schlag für dich gewesen sein. Hast du nie wieder etwas gehört?«

»Nie. Es kam alles so schnell und so unerwartet damals; ich begreife es heute noch nicht. Du weißt, Mercedes war mein einziges Kind; ihre Mutter war mir schon früh vom Tode geraubt worden. Nun hatte sie selbst schon eine Tochter – ich sehe sie noch heute vor mir, die junge strahlende Mutter und das kleine Mädchen. Da kam der Aufstand, und die Sicherheit des Landes war in meine Hand gegeben. Diego flüchtete mit Frau und Kind und kam glücklich nach Mexiko. Als es an der Zeit war, die Ordnung im Lande wieder herzustellen, rief ich ihn zurück. Da musste er diese unglückselige Reise nach England antreten; ach, schweigen wir davon.«

Callego sah mit allen Anzeichen der Überraschung auf. »Was für eine Reise nach England?« fragte er.

»Ach, es waren Dinge politischer Art. Diego de Pinnol wollte gewisse Verhandlungen für uns führen und Waffen kaufen. Man hat von dem Schiff, das ihn hinübertragen sollte, nie wieder etwas gehört.«

Callego schüttelte den Kopf. »Hier stimmt etwas nicht«, sagte er. »Dein Schwiegersohn ist damals gewiss nicht nach England gefahren. Er hat mit Doña Mercedes und dem Kind in Acapulco eine französische Brigantine bestiegen, um nach San José zu segeln.«

»Was sagst du da?« Der Conde sah aufs Äußerste betroffen auf.

»Ich weiß es bestimmt«, antwortete Callego. »Zwar, ich erinnere mich, dass Pinnol nach England wollte, er hat diese Absicht aber im letzten

Augenblick aufgegeben und sich nach San José eingeschifft, um rascher auf den Kampfplatz zu gelangen.«

Der Conde schien völlig verwandelt, sein Gesicht war gerötet. »Ich begreife nichts«, stammelte er, »was erzählst du da nur?«

»Ich sage, was ich sicher weiß. Ich selbst habe de Pinnol und die Seinen seinerzeit an Bord begleitet und mich dort von ihnen verabschiedet. Ich sehe deine Mercedes und ihr Kind noch vor mir. Sie freute sich so, zu dir zurückkehren zu können. Erst zwei Jahre später erfuhr ich, dass die Brigantine San José niemals erreicht hat.«

»In Acapulco sind sie an Bord gegangen, sagst du?«

»Ganz gewiss.«

Der Conde schwieg eine Weile; seine Augen blickten schon wieder leer, immer wieder fuhr er sich mit dieser fahrigen Bewegung über die hohe Stirn und das schüttere Haar. »Im Grunde bleibt es sich ja gleich«, sagte er. »So oder so ist der Ozean ihr Grab geworden.«

Callego war aufgestanden und ans Fenster getreten, um dem alten Kameraden Zeit zu lassen, sich zu fassen. Nach einer Weile wandte er sich um und streifte den im Sessel Zusammengesunkenen mit einem teilnehmenden Blick. »Deine Familie ist groß, Don Carlos«, sagte er leise.

Der Conde fuhr zusammen. »Ja«, antwortete er, »sie umfasst alle Guatemalteken.«

»Gewiss. Aber das meinte ich jetzt nicht.«

»Nun, von meinen lieben Blutsverwandten reden wir besser nicht.«

»Deine Schwester hatte doch einen Sohn – –«

»Er ist tot.«

»Aber er hatte auch schon wieder einen Sohn, soweit ich mich entsinne?«

»Von ihm wollen wir lieber erst recht nicht reden. Ich halte ihn für einen Schurken, und ich würde mich keinen Augenblick wundern, ihn auf der Seite der Aufständischen zu finden. Daneben ist er sicherlich damit beschäftigt, meine Tage zu zählen. Nun, seine Enttäuschung nach meinem Tode wird groß sein.«

Er hatte diese Worte kaum ausgesprochen, als der Adjutant eintrat und den Señor de Mendez meldete.

»Da hätten wir ihn«, knurrte der General, »das hat mir gerade noch gefehlt.« Sein Gesicht hatte sich finster verschattet, und zunächst sah es so aus, als ob er den Besucher abweisen lassen wollte, doch besann er sich schließlich anders und befahl, ihn hereinzulassen. »Bleibe ruhig hier und sieh dir meinen Herrn Großneffen an«, wandte er sich an Callego. »Ich vermute, es wird recht aufschlussreich sein.« Callego nickte und zog sich in den Hintergrund des Zimmers zurück.

Gleich darauf stand Mendez im Raum. Er sah keineswegs unvorteilhaft aus, machte vielmehr im ersten Augenblick einen gewinnenden Eindruck.

»Was verschafft mir die unerwartete Ehre?« fragte der Conde kurz.

»Liegt das nicht nahe?« Mendez hatte sich mit vollendeter Ehrerbietung verneigt. »Ich hörte, dass du an die Spitze der Armee berufen wurdest. Ich hielt es für meine Pflicht, mich dir zur Verfügung zu stellen.«

»Hoffentlich bringst du Geld und Männer mit?«

»Du scherzt, verehrter Großoheim.« Der junge Mann zeigte ein beinahe verblüfftes Gesicht. »Woher sollte ich Geld in diesen Zeiten nehmen? Dass im Übrigen mein ganzes Eigentum zur Verfügung des Staates steht, ist in der Stunde der Gefahr selbstverständlich. Männer mitzubringen, hatte, wie die Dinge liegen, keinen Sinn. Meine Vaqueros sind unzuverlässig und die Indios erst recht, wie du dir selber sagen wirst.«

»Sodass du nur deine werte Person dem Staat zur Verfügung stellst?«

»Mehr kann ich im Augenblick leider nicht bieten.«

»Gut.« Der General machte eine verabschiedende Bewegung. »Melde dich bei Oberst Lopez und lass dich in das Lanceroregiment einreihen, das gegenwärtig gebildet wird.«

»Ich verstehe vielleicht nicht ganz«, sagte Mendez gedehnt, »du wirst mir eine Eskadron geben?«

Der Conde maß den Großneffen mit einem erstaunten Blick. »Du stellst sonderbare Fragen«, sagte er. »Zu Offizieren kann ich nur kampferprobte Soldaten machen; das gilt grundsätzlich, und jetzt in der Gefahr gilt es erst recht.«

Der junge Mann zuckte zusammen, ein Schatten lief über sein Gesicht. »Louis de Mendez als gemeiner Soldat!« presste er heraus.

Lerma streifte ihn mit einem kalten Blick. »Nicht nur Louis de Mendez«, sagte er, »er teilt diese Ehre mit zahllosen jungen Männern edelster Abkunft. Und es wird ausschließlich an dir liegen, dir die Rangabzeichen eines Capitanos in Kürze zu verdienen. Es geht hier um Leben und Tod. Zu Führern brauche ich erprobte Soldaten.«

Callego, im Hintergrund stehend, sah, dass Mendez sich gewaltsam beherrschte. Er sah sein verzerrtes Gesicht. Der Gedemütigte verbeugte sich knapp. »Louis Mendez wird seine Pflicht tun. Lebwohl, Großoheim«, sagte er und ging in guter Haltung zur Tür. Lerma rief ihn nicht zurück.

»Mir scheint, du bist ein wenig hart mit ihm umgegangen«, sagte Callego nähertretend, »der junge Mann sieht gar nicht übel aus.«

»Nein, deshalb fallen auch alle möglichen Leute immer wieder auf ihn herein«, versetzte der Conde. »Aber ich nicht mehr. Ich sehe ihm bis auf den Grund der Seele. Ich habe ihn mit erzogen, nachdem seine Eltern tot waren, und ich habe mir redliche Mühe gegeben, ihn zu meinem Erben zu erziehen. Da war jede Mühe vertan. Er ist verlogen, habsüchtig, grausam und feige; ich habe bisher, von einiger äußerer Haltung abgesehen, keine gute Eigenschaft an ihm entdecken können. Er hat meine Leute gequält und geschunden, hat Unsummen auf seine künftige Erbschaft hin verspielt, die ich dann bezahlen musste, und hat sich bisher alles in allem als ein Lump erwiesen. Die Augen restlos geöffnet hat mir sein Verhalten, als ich einmal in seiner Gegenwart in Gefahr geriet. Ein angeschossener Jaguar nahm mich an und warf mich zu Boden. Er stand neben mir; den Ausdruck, den er im Gesicht hatte, werde ich bis zu meinem Ende nicht vergessen; er rührte keinen Finger. Mein alter Pepe kam dann im letzten Augenblick dazu und erlegte die Bestie. Mendez behauptete später, die Angst um mich habe ihn gelähmt. Ich habe diese ›Angst‹ in seinem Gesicht gesehen. Schweigen wir von ihm.«

Sie sprachen dann über andere, näherliegende Dinge. Und während sie sprachen, stand Louis de Mendez mit hassverzerrtem Gesicht im Hausflur. »Wir werden sehen, wir werden sehen, alter Narr!« murmelte er vor sich hin. Heraustretend rief er seinen Peon, stieg auf sein Pferd und jagte, von dem Diener gefolgt, in schnellem Galopp davon.

Er war kaum fort, als auf beinahe zu Tode gehetztem Pferd ein Lancero vor dem Hause des Generals aus dem Sattel sprang. Er wurde Lerma gemeldet und augenblicklich in das Zimmer geführt, in dem auch Callego noch weilte.

»Was bringst du?« fragte der General.

Der Soldat überreichte einen Zettel, und Lerma las laut:

»Gestern bei Fleagura mit Übermacht angegriffen, habe ich nach dreistündigem, hartem Kampf weichen müssen. Die Verluste sind schwer. Ich werde die Pässe von Colino zu halten suchen, brauche aber dringend Verstärkung.
Minas.«

Der General ließ den Zettel sinken. »Warst du dabei?« fragte er den Lancero. Der sah ihn aus schweiß- und schmutzverkrustetem Gesicht an. »Ja, General.«

»Warum seid ihr vor den rebellischen Schuften davongelaufen?«

Der Mann reckte sich, sein Gesicht flammte auf. »Wir sind nicht davongelaufen, General«, sagte er. »Wir haben einer erdrückenden Übermacht weichen müssen.«

Lerma hatte sich schon gefasst, er streifte den Soldaten mit einem warmen Blick. »Ruhe dich aus und lass dich verpflegen, Mann«, sagte er, ihm ein Geldstück reichend.

»Mil gracias, Excellenza!« Der Lancero nahm die Münze, grüßte militärisch und ging.

»Das Unheil rückt näher«, sagte der Conde. »Minas ist ein tapferer Soldat, der nicht ohne äußerste Not weicht. Komm abends wieder, Fernando, ich will noch einige Befehle geben und dann zum Präsidenten gehen.«

Callego drückte ihm warm die Hand. Als er ging, betraten die diensttuenden Adjutanten das Zimmer, um die Befehle des Oberkommandierenden entgegenzunehmen. Bald darauf jagten die Ordonnanzen ins Land.

Die Flucht

Pablo wurde von dem Einäugigen eine Treppe hinab und einen wenig erhellten Gang entlanggeführt. Vor einer schweren Holztür blieb der Indianer stehen und stierte Pablo mit seinem einen Auge an; der hielt dem Blick stand und regte sich nicht.

Der Indianer nickte stumm vor sich hin, als habe sein forschender Blick eben das gefunden, was er suchte; er sagte gedämpften Tones: »Rufe zu den Unsichtbaren; ich kann nichts für dich tun.«

Darauf öffnete er die Tür, ließ Pablo eintreten und verschloss sie sorgfältig hinter dem Jüngling. Der suchte sich umzublicken, aber es war zunächst, als stehe er vor einer schwarzen, undurchdringlichen Wand. Sein Auge hatte Mühe, sich an die Finsternis zu gewöhnen. Er verlor jetzt etwas von der unter Menschenaugen sorgfältig bewahrten Fassung; er wusste nicht, welch dunklem Schicksal er da überliefert war, aber er fühlte, dass ein naher, schrecklicher Tod auf ihn lauerte. Und so war es natürlich, dass die Bilder der Vergangenheit seines kurzen Lebens vor ihm auftauchten: del Roca, Doña Inez und das helle, freundliche Bild Marias, der weißen Schwester, deren Leben Gott in frühester Kindheit auf rätselhafte Weise mit dem seinen verbunden.

Warum will dieser finstere Mann mit der lächerlichen Uniformjacke mich töten? Fragte er sich. Ich muss ihm hinderlich sein, mein bloßes Dasein muss ihm Gefahr bedeuten. Warum? Er wusste von den alten Mythen des Mayavolkes nur, was er in Büchern gelesen und was Tamay, der Jäger, ihm erzählt hatte. Er war durch Padre Bernardo im christlichen Glauben erzogen worden; die abergläubischen Vorstellungen seiner Stammesgenossen, die er ohnehin nur vom Hörensagen kannte, waren ihm keine Realität. Waren sie mehr als Sage und Mythos? Barg sich hinter ihnen greifbare Wirklichkeit?

›Bist du der Enkel Nezualpillis, des Königs?‹hatte der junge Indianer ihn damals gefragt, ›trägst du das Zeichen der Könige auf deiner Brust?‹ Und wenn es so wäre, dachte er; es muss wohl so sein, ja, ich fühle es, dass es so ist. Aber wo ist der Sinn eines solchen versunkenen Königtums? Oder soll ich nur irgendeinem finsteren Aberglauben geopfert werden? Er hatte den Mann im Generalsrock beobachtet; es war unwahrscheinlich. Was also dann? Warum bedeutete das alte Königszeichen auf der Brust für seinen Träger den Tod? Er konnte zu keiner Klarheit kommen; der Stoizismus des Indianers ergriff Besitz von ihm. Er konnte sein Schicksal nun nicht mehr ändern; er musste es abrollen lassen.

Er unterschied nun bereits, dass er sich in einem ummauerten Raum befand, der sich nach oben hin wölbte und an den Wänden mehrere nischenartige Vertiefungen zeigte. Eine Bank war da, und einige viereckig behauene Steine lagen an den Wänden.

Die Tür, durch die er gekommen war, bildete die einzige Öffnung in dem kellerartigen, zum Teil tief unter der Erde liegenden Raum. Pablos Hände waren gebunden, aber auf dem Rücken trug er unter dem Rock noch das landesübliche Messer im Gürtel; die Narren hatten es nicht gefunden. Aber was konnte es ihm nützen? Seine Bande begannen zu schmerzen; er sah sich um. Sein Blick fiel auf einen der am Boden herumliegenden Steine. Er kniete sich nieder; der Stein hatte messerscharfe Kanten. »Das ist gut«, murmelte er, »so werde ich doch nicht kampflos sterben.« Er begann den Strick, der seine Handgelenke zusammenhielt, an der Kante des Steines hin und her zu scheuern; es währte kaum eine Minute, da zerriss die Fessel, und seine Gelenke waren frei. Er rieb die erstarrten Hände und griff nach dem Messer. »Nun mögen sie kommen«, murmelte er, »sie werden mich nicht wie eine Katze abwürgen.«

Er ließ sich auf dem Stein nieder, das Messer in der Hand, und starrte vor sich hin. Minuten vergingen, reihten sich aneinander, vielleicht zu Stunden, er wusste es nicht. Er war auf das Letzte gefasst.

Ein leises Zischen ließ ihn zusammenzucken; er hob lauschend den Kopf. Das Zischen wiederholte sich. Er gab auf die gleiche Weise Antwort. Worte kamen irgendwoher, dunkel, raunend, wirr, er verstand sie nicht. Er wusste nicht einmal, woher sie kamen. Von der Tür gewiss nicht. Er ging, die Wände entlangtastend, aufmerksam horchend, umher. Da kam es wieder, Worte der Mayasprache, sie drangen von oben durch die gewölbte Decke zu ihm herab: »Hörst du mich nicht?«

»Ja«, raunte er, verhaltend lauschend, »ich höre dich. Wer bist du?«

»Der, der dich schon einmal gewarnt hat, Enkel der Könige. Hast du die Hände frei?«

»Ja.«

»Gut. Ich lasse dir jetzt ein Lasso herab. Warte.«

Sekunden später senkte sich die Schlinge eines geflochtenen Lassos von oben herab. Pablo griff danach und begann daran emporzuklettern. Er erreichte die Decke und sah nun erst, dass hier eine Öffnung war, groß genug, seinen schlanken Körper durchzulassen. Er kletterte weiter. Die Öffnung nahm ihn auf; sie erwies sich als eine schornsteinartige Röhre; schwacher Dämmerschein wurde von oben her spürbar. Die Röhre schlug einen Winkel, dann noch einen; jetzt wurde es heller. Er stemmte die Füße gegen die gemauerten Wände und kletterte an dem geflochtenen Seil empor. Sein Kopf tauchte ans Licht; er sah über sich ein Gesicht. Ein junger Indianer kauerte zwischen dichten Ceibaschößlingen und hielt das Lasso. Über ihm entfalteten sich die Zweige eines riesigen Baumes.

Pablo sprang auf die Erde; der junge Indianer erhob sich und begrüßte ihn lächelnd. Als Pablo sprechen wollte, legte er warnend den Finger an die Lippen. Dann wälzte er einen Stein über die Öffnung, der Pablo entstiegen war, ohne sie allerdings ganz zu verschließen.

»Sei mir gegrüßt, Sohn Jungunas«, sagte der Retter, »ich bin Tenanga, der Sohn Azuals, und bin ausgesandt, dich deinen Feinden zu entreißen.« Er sprach im Flüsterton; es war mehr ein Zischen.

Pablo überflog die schlanke Gestalt des Jünglings, der nur wenige Jahre älter sein mochte als er selbst. Der stand da, in grünem Jagdhemd und hohen Ledergamaschen; seine Hand hielt eine lange Büchse. Sein Gesicht war jung, glatt und Zutrauen erweckend, die Augen ruhten mit einem beinahe ehrfürchtigen Blick auf dem Jungen, den er dem finsteren Verlies entrissen hatte.

»Frage jetzt nicht viel«, flüsterte Tenanga, »du wirst alles erfahren; ich war dir auf der Spur, und ich dachte mir, dass Chamulpo dich hierher bringen würde. Ich kannte das Verlies von meinem Vater.«

»Wer ist Chamulpo, und wer ist dein Vater?« fragte Pablo.

Der andere wehrte ab. »Später, später!« sagte er. – »Still«, unterbrach er sich gleich darauf und legte das Ohr an die schmale Öffnung der Röhre, die der von ihm darübergewälzte Stein gelassen hatte. Pablo kauerte sich neben ihm nieder und lauschte ebenfalls. Er hörte von unten Worte in spanischer Sprache heraufdringen: »Du hast ihn entfliehen lassen, Rothaut; der Kazike wird dir die Haut in Fetzen reißen lassen.« Pablo erkannte die Stimme: Das war der Neger. »Wo ist er?« jammerte er, »schaffe Rat, Chimal, es geht um unser Leben.«

»Sie haben Licht«, flüsterte Pablo; er sah es daran, dass schwache Strahlen sich an den Wänden der winkeligen Röhre brachen.

»Es wird ihnen nichts nützen«, flüsterte Tenanga zurück.

Sie hörten Schritte von unten heraufdringen; gleich darauf eine Stimme, die Pablo als die des einäugigen Indianers erkannte. »Hier liegt der Strick«, klang es herauf, »wo ist der Bursche?«

Eine Weile war Schweigen, dann drang die Stimme des Negers herauf: »Komm, Chimal, wir wollen die Bluthunde loslassen, die fürchten sich nicht vor Geistern.« Pablo sah fragend seinen Retter an.

»Es ist nichts«, sagte der, »sie mögen es tun. Ich habe ihnen Pfeffer vor die Nase gestreut; sie sind mindestens einen Tag lang ohne Witterung, und wir sind hier von Dornen wie von einer undurchdringlichen Mauer umgeben.«

Eine ganze Weile verging; sie hörten unten die schwere Tür schlagen, dann war lange Zeit Stille. Schließlich wurde es aber oben lebendig; ein Hund heulte, scheltende Stimmen drangen zu ihnen.

»Die Bestien sind toll, Chimal, sieh nur, wie sie umherrasen und die Nasen am Boden scheuern.«

»Sperre sie ein, es hat keinen Sinn. Die Unsichtbaren haben ihm geholfen.«

»Oh, es ist furchtbar, es kostet mich das Leben!« stöhnte der Neger, »geh, Don Chimal, hole Huntoh, den Zapoteken, er ist gestern zurückgekommen, er ist der Einzige, der helfen kann.«

Tenangas Augen funkelten, als der Name Huntoh an sein Ohr drang. Pablo betrachtete ihn aufmerksam. »Du kennst Huntoh?« fragte er.

»Ja, ich kenne ihn.«

»Ist er gefährlich?«

»Er ist ein großer Jäger, ein bedeutender Rastreador und ein vortrefflicher Schütze. Gefahr von ihm droht uns nur, bis ich ihn vor meiner Büchse habe; der Sohn Azuals kann auch schießen.«

Die Stimmen des Negers und des Einäugigen verklangen; es wurde still. »Was werden wir beginnen?« fragte Pablo.

»Wir müssen in die Berge, doch vorher musst du andere Kleider und eine Büchse haben. Kannst du schießen?«

Pablo lächelte: »Ich glaube schon. Ein Wild habe ich bisher nur selten gefehlt; auf Menschen habe ich noch nicht schießen müssen.«

»Es ist gut. Vielleicht wirst du es müssen. Ich bin der Jäger Chamulpos, des Kaziken, der dich verfolgt; mein Vater war es vor mir, er ist tot. Chamulpo wird dir Kleider und Waffen leihen müssen. Hör zu, Sohn Jungunas; wir müssen hier warten, bis es dunkel ist, solange sind wir hier sicher. Das Geheimnis dieses Mauerwerkes kennt nur Chamulpo selbst. Außer ihm kannte es nur mein Vater, und von ihm kenne ich es. Aber das weiß Chamulpo nicht.«

Zuweilen drangen Geräusche herüber, Reiter kamen und andere ritten fort, die Stimmen des Negers und des Einäugigen mischten sich mit anderen Stimmen, dann wurde es wieder still. Stunden verrannen.

Die Nacht sank herab, am Himmel funkelten die ersten Sterne auf. Fledermäuse und Leuchtkäfer schwirrten durch die Luft, der Wind zerrte an den Wipfeln der Bäume. Irgendwo schienen Reiter in der Nähe zu lagern; sie hörten Lachen und Schwatzen herüberdringen.

»Wir wollen uns bereit machen«, sagte Tenanga; »es gilt vor allem, unsere Spuren unkenntlich zu machen; die deine erkennt man unter Tausenden.« Er schnitt eine große Anzahl von Schlinggewächsen, die die Dornen durchwucherten, heraus und umwand mit ihnen Pablos Reitstiefel. Das Gleiche tat er dann bei sich selbst.

Sie waren von einer undurchdringlichen Dornenhecke eingeschlossen. Tenanga kauerte sich am Boden nieder, griff vorsichtig in die Dornen hinein und zog gleich darauf ein künstlich eingefügtes Bund Dornsträucher heraus. »Äußerste Vorsicht«, flüsterte er Pablo zu, »die Dornen reißen arge Wunden.« Mit größter Behutsamkeit kroch Pablo durch die schmale Öffnung. Er kam ungefährdet hindurch, seinen Kleidern freilich bekam der Weg schlecht. Erschöpft ließ er sich jenseits der Hecke in das Farnkraut fallen. Bald war Tenanga bei ihm.

Zwischen hoch aufgeschossenen Farn- und Lorbeerbüschen bewegten die beiden sich vorwärts; Tenanga ging voran, dem nahen, hochstämmigen Wald zu. Durch dichte Stämme gedeckt, lugten sie zurück und gewahrten eine Schar sorglos um lodernde Feuer gelagerter Reiter, deren Pferde in der Nähe weideten. Tenanga gab das Zeichen zum Weitergehen. Sie gingen nicht lange, dann hielt der Führer vor einem Dickicht an. Er reichte dem dicht hinter ihm gehenden Pablo die Hand und zog ihn in das Gebüsch. Sie standen vor einem niedrigen Felsen.

»Hier müssen wir in die Erde«, flüsterte Tenanga, die Hand des anderen haltend, »sei vorsichtig, es führen Stufen hinab.« Sie betraten eine dunkle Öffnung und schritten alsdann wohl an die fünfzig Stufen eines gewundenen Weges hinab, dann hielt Tenanga inne. Schweigen und undurchdringliche Finsternis herrschte ringsum. Kein Laut drang von oben herab.

Tenanga entzündete einen Kienspan, dessen düsteres Licht gleich darauf die nächste Umgebung erleuchtete. Pablo sah sich in einer von der Natur gebildeten Felsenhöhle, die Menschenkunst bis zu dieser Tiefe zugänglich gemacht hatte. Zu seinen Füßen war ein Wassertümpel, neben dem einige Tongefäße standen. Eine dunkle Öffnung deutete auf weitere unterirdische Räume.

»Wo sind wir?« fragte Pablo.

»Am Quell der Tiefe«, flüsterte Tenanga; seine Stimme hallte von den Felswänden wider. »Hier holten schon vor Jahrhunderten die Leute unseres Volkes Wasser, sieh, da stehen noch ihre Krüge. Niemand hat sie seit jener Zeit berührt.«

Pablo fühlte sich von sonderbaren Schauern angeweht; ihn fröstelte. »Seit Jahrhunderten – unberührt?« stammelte er.

»Seit Menschenaltern wagt niemand mehr, hierher zu kommen«, sagte Tenanga. »Böse Geister sollen hier hausen. Außer vom Kaziken ist die Höhle allein von meinem Vater und mir betreten worden. Wenige nur kennen den Eingang, und die fürchten und fliehen ihn.«

»Und was suchte der Kazike hier?«

Tenanga betrat, mit dem Kienspan leuchtend, eine Nachbarhöhle. »Komm, Sohn Jungunas«, sagte er, »Chamulpo hat hier ein geheimes Versteck. Nur mein Vater und ich kennen es außer ihm.«

Mit Erstaunen nahm Pablo wahr, dass die Nachbarhöhle wohnlich eingerichtet war. Schränke, Koffer, ein Ruhebett waren da. An den Wänden hingen Kleider, Sättel, Zaumzeug und Lassos. Überall lehnten Waffen: Büchsen, Lanzen und Säbel.

»Du siehst«, sagte Tenanga, »der Kazike hat sich hier eine Wohnung geschaffen. Du wirst dir einen Jagdanzug und eine Büchse von ihm leihen, er hat treffliche Waffen von den Americanos bekommen.«

Pablo nahm eine Doppelbüchse in die Hand, betrachtete sie und ließ die Hähne spielen. Er hielt sie an die Wange; sie war schön gearbeitet und lag ihm gut im Arm. »Dort drüben findest du Kugeln, Pulver, Zündhütchen«, sagte Tenanga und deutete auf eine Kiste. Er nahm ein Jagdhemd herab, suchte leichte Lederschuhe und hohe Gamaschen aus weichem Rindleder hervor. »Kleide dich um und lege dich schlafen«, sagte er, »du wirst morgen deine Kräfte brauchen.«

»Bleiben wir die Nacht hier?«

»Bis zur Morgendämmerung. Wir müssen den Tag abwarten, um durch die Wälder gehen zu können.«

Pablo legte das ganz Neue, schön nach indianischer Weise verzierte Jagdhemd an. Tenanga befreite ihn von seinen Stiefeln, steckte ihm die Füße in die leichten Schnürschuhe und hüllte seine Beine in die langen Gamaschen. Ein Gürtel, eine Mütze und eine Jagdtasche vervollständigten schnell die Ausrüstung.

»Nun schlafe, Sohn Jungunas, Tenanga wacht über dich«, sagte der Retter. Pablo fühlte nun erst seine Müdigkeit. Er streckte sich auf das Lager und war schon nach Sekunden eingeschlafen. Tenanga saß stumm und starr wie ein Götzenbild zu seinen Häupten, die Büchse in der Hand.

Er schlief tief und fest. Als er Tenangas Hand auf seiner Schulter fühlte, sprang er auf. »Es ist Zeit«, flüsterte der junge Indianer, »die Sterne erbleichen.« Pablo erhob sich frisch und gestärkt. Tenanga reichte ihm eine Tafel Schokolade und ein Stück Maisbrot; mit Wasser löschten sie ihren Durst. Sie füllten Pulverhorn und Kugelbeutel und machten sich marschfertig. Alles, was auf die Anwesenheit Fremder in der Höhle hätte schließen lassen, hatte Tenanga schon während der Nacht entfernt. Sie gingen die Stufen hinauf; oben löschte Tenanga den Kienspan, mit dem er geleuchtet hatte.

Es war fast noch Nacht; in den riesigen Zeder-, Chicazamote- und Mahagonibäumen rauschte es dumpf. Die Morgenluft war wie ein laues Bad. Tenanga, der seine eigene Fußkleidung mit Mokassins vertauscht hatte, die er in der Höhle gefunden, schritt voran durch Buschwerk, das nur schwer zu durchdringen war. Sie verzichteten gleichwohl auf Anwendung der scharfen Machete; es galt, jegliche Spur zu vermeiden.

Der Tag kam herauf, und die Natur erwachte zu neuem Leben. Die Papageien ließen ihre scharfen Schreie hören, langgeschwänzte Affen sprangen von Ast zu Ast; überall zwitscherten Vögel. Die Wipfel der Waldriesen leuchteten im warmen Gold der Morgensonne, aber zu ihren Füßen blieb eine Dämmerung, die auch der heraufkommende Mittag nicht zu verscheuchen vermochte. Fernab aller Menschenwege führte ihr Weg bergauf. Die Hitze wurde drückend, sie suchten Ruhe an einer Quelle. Aber nicht lange; Tenanga drängte vorwärts. Er ließ keinen Zweifel daran, dass er den Zapoteken Huntoh fürchtete.

*

Der Kazike Chamulpo – er war der Mann mit dem Generalsrock über dem Baumwollhemd – traf wider Erwarten seiner Diener schon nach kurzer Zeit wieder im Tale ein, begleitet von einer Schar seiner ihm auf Tod und Leben ergebenen Reiter.

Als er das Haus betrat, trat ihm der Neger Abrahan entgegen; er machte ein Gesicht wie ein geprügelter Hund und zitterte am ganzen Leibe.

»Wie siehst du denn aus?« herrschte Chamulpo ihn an. »Ich hoffe, dein Schützling – – – schläft?«

Der Neger zitterte stärker. »Herr, Herr«, stammelte er, »die bösen Geister sind am Wege, wir waren machtlos gegen sie.«

Das dunkle Gesicht des Kaziken erstarrte zu einer drohenden Maske. »Was heißt das?« flüsterte er heiser. »Wo ist der, den ich dir anvertraute?«

Die Stimme schwoll an; sie schleuderte durch die bloße Wucht der Worte ein heulendes schwarzes Bündel zur Erde. »Wir haben nichts versäumt, nichts, Herr«, ächzte der Neger, »die bösen Geister müssen ihn entführt haben.«

»Er ist fort?« Das kam wie ein Hieb.

»Fort, fort, wir wissen es nicht!« heulte Abrahan.

Der schwere Säbel des Kaziken fuhr aus der Scheide; der Neger brüllte wie ein Vieh, das abgeschlachtet wird. Der Einäugige kam heran; in seinem Gesicht war nichts zu lesen, doch erschien es auf eine gespenstige Weise fahl. Sein Blick traf den Kaziken; der erstarrte in der Bewegung. »Berichte, Chimal«, sagte er leise und ließ den Säbel sinken.

»Ich weiß nichts, Herr«, sagte der Indianer, »wir wissen alle nichts. Die Unsichtbaren haben ihn entführt.« Und er berichtete mit anscheinend stoischer Ruhe, was geschehen war. Mit gleicher Ruhe hörte der Kazike zu, aber seine Schultern zuckten unter dem bunten Rock. Er hörte die Worte des Indianers, er verstand ihren Sinn; er kannte seine Leute, hatte keinen Grund, an der Richtigkeit ihrer Worte zu zweifeln. Was also war geschehen? Chamulpo war ein Indianer, er war nicht frei von Aberglauben, aber er hatte zu viel und zu lange mit Weißen verkehrt, um einem Wahn zu erliegen.

»Der Bursche war gebunden, Chimal?«

»Als ich ihn einschloss, waren seine Hände gefesselt, aber er hat die Fessel an der Kante eines Steins durchgescheuert; wir fanden den Strick.«

Das war gut; es war ein natürliches, erklärliches Geschehen. Was aber geschah dann? Niemand kannte die Anlage des geheimen Verlieses, kein Lebender außer ihm. Aber selbst wenn der Gefangene sie gekannt hätte, was hätte es ihm ohne Hilfe von außen genützt? Wer aber konnte geholfen haben, da niemand das Geheimnis der Dornenhecke kannte? Einen Augenblick zuckte der Name Tenanga durch seinen Kopf. Es mochte immerhin sein, dass der junge Indianer durch seinen Vater davon erfahren hatte. Woher aber sollte er wissen, dass der Gefangene da unten weilte, und was für einen Grund sollte er haben, ihn zu befreien? Er verwarf den Gedanken. »Kommt mit herab«, befahl er kurz, »Licht, Abrahan.«

Gleich darauf standen die drei Männer beim Schein einer großen Laterne in dem nach Art der Mayabauten gewölbten Raum. Chamulpo hatte Tür und Schloss untersucht und beide fest und unversehrt gefunden. Er ließ seine Augen durch den Raum schweifen; die Öffnung im Deckengewölbe war nicht einmal im Schein der Laterne wahrzunehmen. An dem Stein lag noch der durchgescheuerte Strick. Er durchsuchte das Gewölbe mit peinlichster Sorgfalt und wusste schon während des Suchens, dass es unnütz war. Er fand nichts.

Hinaufgehend fragte er: »Was habt ihr weiter unternommen, um hinter das Geheimnis dieser Flucht zu kommen?«

»Ich habe zu Huntoh, dem Zapoteken, gesandt«, sagte Chimal; »er ist der größte Spurfinder des Landes.«

»Es ist gut. Schicke ihn zu mir, wenn er kommt.«

Chamulpo winkte den beiden zu gehen und umschritt, in Gedanken versunken, das durch die undurchdringliche Dornenhecke gut verwahrte Gebüsch, das den Ausgang der Röhre verbarg. Er gewahrte nichts Verdächtiges. Huntoh! Dachte er, Huntoh ist gut, aber ich werde mich hüten, ihm dieses Versteck zu zeigen; wer weiß, ob ich es nicht eines Tages brauche.

Während er noch überlegte, wie er sich die Kunst des Spurenlesers dienstbar machen könnte, ohne sein Geheimnis preiszugeben, kam ein Indianer in Jägertracht auf ihn zu. Der Mann war breitschultrig und von kräftigem Gliederbau, seine Hautfarbe war einen Ton dunkler als die anderer Indianer. Er hatte ein kluges Gesicht, das aber durch einen tückischen Zug um die Augen entstellt wurde.

»Du wünschtest mich zu sprechen, Kazike«, sagte der Mann; er bediente sich der spanischen Sprache.

Chamulpo sah ihn finster an. »Ja, Huntoh«, antwortete er, »ich habe eine lohnende Beschäftigung für dich. Der Dummkopf Abrahan hat einen Gefangenen, einen äußerst gefährlichen Burschen, entfliehen lassen; du solltest ihn mir fangen, lebend oder tot.«

»Gib mir den Anfang der Spur, Kazike, und ich werde ihn finden«, versetzte der Zapoteke.

»Komm mit, ich will dir deine Aufgabe erklären.«

Chamulpo, von Huntoh gefolgt, schritt dem Hause zu. Drinnen sprachen sie lange miteinander. Schließlich erschien der Zapoteke wieder und ging gemessenen Schrittes in den Wald. Kurze Zeit später sprengte eine stattliche Anzahl Reiter nach verschiedenen Seiten davon.

*

»Wohin führst du mich, Tenanga?« fragte Pablo; sie waren schon lange unterwegs.

»Zunächst muss ich dich aus Chamulpos Machtbereich herausbringen«, entgegnete Tenanga, »die Täler hier sind vom Stamm der Kekchis besiedelt; Chamulpo ist ihr Kazike, und sie hängen ihm an, um so mehr, als sie glauben, dass er dem Haus der Könige verwandt ist.«

»Gut. Und weiter? Wohin sollen wir dann gehen?«

»Ich will dich zum General Arana bringen. Arana ist ein Maya, und mein Vater kannte ihn gut. Er ist General der mexikanischen Republik, obgleich er die Mexikaner an der Spitze der Mayas zweimal in blutigen Schlachten geschlagen hat, um unserem Volk in Yucatán die Unabhängigkeit zu bewahren.«

»Weiß Arana, wer - - ich bin?«

»Er war deinem Vater befreundet, Hualpa. Er hat von dir gehört und hat dich bereits in del Roca gesucht; leider kam er zu spät.« Und Tenanga berichtete dem aufhorchenden Jungen von dem Besuch Aranas auf der Hacienda und von seiner Unterredung mit d'Irala und den Doñas.

Pablo hörte aufmerksam zu und schwieg eine Weile in sich hinein. Schließlich sah er den anderen mit offenem Blick an. »Wenn ich der Enkel der Könige bin«, sagte er, »und wenn den Mayas ihr altes Königshaus heute noch heilig ist, warum verfolgt mich Chamulpo? Warum will er meinen Tod?«

»Ich weiß nicht, ob der Kazike seine Verwandtschaft mit einer Seitenlinie des Königshauses beweisen kann«, versetzte Tenanga, »wahrscheinlich kann er es nicht; deine Abkunft vom geraden Stamm aber ist unzweifelhaft, wenn du das Zeichen trägst. Würde im Mayavolk bekannt, dass du lebst, wäre es in jedem Fall mit Chamulpos Herrschaft vorbei. Chamulpo aber ist machtgierig, er will seine Stellung im Mayavolk unter allen Umständen behaupten, zumal er nicht viele persönliche Freunde hat.«

»So ähnlich habe ich es mir selbst gedacht«, sagte Pablo; »aber ich bin unter Weißen groß geworden und erzogen worden, es ist nicht so leicht für mich, die Zusammenhänge zu begreifen. Sage mir aber noch eines: Du bist doch Chamulpos Mann, dein Vater war Jäger in seinem Dienst, wie du sagtest. Warum verrätst du ihn, indem du mir hilfst?«

Tenanga antwortete nicht gleich, er sah eine Weile düster vor sich hin. »Ich will es dir sagen, Hualpa, König«, begann er schließlich, »aber wirf keinen Stein auf das Andenken meines Vaters; er hat Schuld auf sich geladen. Ja, er war Jäger des Kaziken und ihm blind ergeben. Als Junguna, dein Vater, gestorben war, raubte dich mein Vater auf Chamulpos Befehl. Er sollte dich töten, aber er scheute sich, Königsblut zu vergießen und warf dich dem Panther vor. Du weißt wohl, unter den Blancos groß geworden, gar nicht, dass jeder Maya bei der Geburt einem Schutzgeist in Tiergestalt anvertraut wird. Dein Schutzgeist war der Panther. Die Raubkatze, der du vorgeworfen wurdest, hat dich nicht getötet, aber das haben weder Chamulpo noch mein Vater Azual erfahren; sie hielten dich für tot, und mein Vater litt schwer unter der Erinnerung an seine Tat. Viele Jahre später - mein Vater war schwer erkrankt und bereitete sich darauf vor, diese Welt zu verlassen -, da sandte Tamay, der Ausgestoßene, Botschaft an Chamulpo, dass das Kind mit dem Königszeichen auf der Brust auf der Hacienda del Roca lebe. Mein Vater erfuhr es und erschrak in tiefster Seele. Ich musste ihm heimlich schwören, alles zu tun, und den Königsenkel vor dem Verderben zu schützen. Ich habe es geschworen, und so stehe ich an deiner Seite.«

Pablo sah dem Jüngling tief in die Augen und drückte ihm stumm die Hand. »Ich bin deinem Vater nicht gram, Tenanga«, sagte er nach einer Weile, »er mag seinen Frieden haben.« Tenangas Augen leuchteten auf.

»Aber sage mir noch eines«, fuhr Pablo fort, »was ist es mit Tamay, dem Alten, der als Jäger auf del Roca lebte? Den ›Ausgestoßenen‹ nanntest du hin vorhin. Warum hat er mich verraten? Ich habe oft und lange mit ihm gesprochen, er hat mich die Sprache meiner Vorfahren gelehrt, und ich begreife sein Handeln nicht.«

»Tamay ist ein Verräter«, sagte Tenanga. »Als die Mayas gegen Mexiko kämpften, ist er des Goldes wegen zu den Mexikanern gegangen. Er ist ausgestoßen, jeder Maya kann ihn totschlagen wie einen räudigen Hund.«

Pablo schauerte unwillkürlich zusammen; verworrene Vorstellungen stritten in ihm. »Ich verstehe das nicht«, flüsterte er, »er war immer verschlossen und finster, aber ich habe ihm niemals ein Leid getan; er musste doch wissen, welchem Schicksal er mich auslieferte, wenn er mich an Chamulpo verriet?«

»Er hat es gewusst«, sagte Tenanga finster, »er kennt ja Chamulpo.« Und wieder sah sich Pablo von heimlichem Grauen geschüttelt. Er sah sich als Abkömmling einer Welt, die er nicht mehr begriff. Alles war zwiegesichtig geworden. Die Bilder und Vorstellungen, die aus jener Welt auf ihn eindrangen, zogen ihn auf eine magische Weise an, um ihn gleich darauf abzustoßen. Er schwieg lange, und das Rätsel, dem er nachspürte, stand in seinen Augen.

»Wie ist es mit den Zapoteken?« fragte er nach einer Weile. »Sind sie den Mayas nicht feindlich gesinnt? Tamay äußerte sich so. Am Meer, da, wo ich aufgewachsen bin, lebten keine Zapoteken, sondern nur Xinkas. Die Xinkas sind Knechts- und Sklavenseelen«, setzte er hinzu. »Man kann sie peitschen, und sie winseln.«

»Du hast recht«, antwortete Tenanga, »die Zapoteken sind Todfeinde der Mayas. In Chiapa und Oajaca sind sie stark; hier in Guatemala haben sie sich zwischen unsere Stämme gedrängt; wir haben wiederholt mit ihnen kämpfen müssen.«

»Und doch steht der Zapoteke, den du fürchtest, in Chamulpos Dienst?«

»Ja. Ich kann es dir nicht erklären, bei Chamulpo gibt es manches Geheimnis. Er ist ein verschwiegener Mann, aus dem niemand klug wird. Seit der Krieg wieder im Lande wütet, ist er noch schweigsamer geworden.«

»Krieg? Ist denn Krieg im Land?«

»Weißt du das nicht?«

»Ich habe noch nichts davon erfahren.«

»Sarmiento, ein Zambo, hat einen Aufstand gegen die Regierung entfesselt, er hat eine große Armee um sich gesammelt und soll schon auf die Hauptstadt marschieren.«

Pablo horchte auf. Er wusste aus eigener Anschauung nichts vom Bürgerkrieg, aber Antonio d'Irala hatte oft von früheren Aufständen erzählt, er hatte selbst auf Regierungsseite gegen Aufständische im Kampf gestanden. »Und Chamulpo?« fragte er, »schließt er sich dem Aufstand an?«

»Das weiß man nicht. Man weiß nur, dass er dabei ist, die Mayas zu sammeln und für den Krieg vorzubereiten. Er hat es sogar fertigbekommen, sich mit den Zapoteken zu verbünden, die wahrscheinlich gemeinsam mit ihm handeln werden. Huntoh bekäme er auch so, ohne mit den Zapoteken verbündet zu sein. Der Mann ist für Geld zu allem zu haben, er würde auch sein eigenes Volk verkaufen.«

Krieg! Bürgerkrieg! Dachte Pablo, und seine Gedanken eilten nach del Roca. Das Bild des Mädchens Maria tauchte vor ihm auf; es versetzte ihm einen Stich. Wenn sie in Gefahr käme, ohne dass er an ihrer Seite sein könnte! Aber was konnte er, ein unsteter Flüchtling, beginnen? Er fühlte schmerzlich seine Ohnmacht und begann wieder in sich hinein zu schweigen.

Tenanga unterbrach schließlich sein Sinnen. »Wir müssen bei der bedrohlichen Lage des Landes um so vorsichtiger sein«, sagte er, »endgültig in Sicherheit bist du erst an der Grenze Yucatáns. Es war ein großes Glück, dass Chamulpo abwesend war, als ich dich aus dem unterirdischen Kerker herausholte. Der Neger und der Einäugige werden an Geisterspuk glauben.«

»Wie ist es dir nur gelungen, meiner Spur zu folgen?« fragte Pablo.

»Ich bin dir nicht gefolgt. Aber ich hörte von den Vaqueros der Hacienda, dass die Mayas, die dich entführten, sich in drei Gruppen geteilt hätten, und da vermutete ich, dass man dich durch die Barrancas führen würde, um dich dort in einen Abgrund stürzen zu lassen. Chamulpo hätte dann schlimmstenfalls immer sagen können, er habe dich heimholen wollen, doch unglücklicherweise seiest du abgestürzt. Vorsichtshalber hatte ich allen Männern zugeflüstert, dass du der Enkel der Könige seiest. Immerhin, es waren Leute dabei, die auch nicht davor zurückgeschreckt wären, Königsblut zu vergießen. Entgingst du dem dir sicherlich zugedachten Tod, dann konntest du eigentlich nur in dem kleinen Hause Chamulpos sein, in das er sich zurückgezogen hat, um von dort aus dem Kampf in den Tälern zuzuschauen. Das Geheimnis des unterirdischen Verlieses kannte ich, wie du weißt. Also nahm ich Don Antonios bestes Pferd und eilte dir auf den kürzesten Wegen nach. Die Unsichtbaren haben es gefügt, dass ich noch rechtzeitig kam.«

In Pablos Seele tobte der Aufruhr. Zuviel war es, was da plötzlich auf ihn einstürmte. Vor Tagen noch war er ein junger unbeachteter Indio auf der Besitzung eines Weißen, geduldet, aber insgeheim über die Achsel angesehen. Über Nacht war er zum Abkömmling eines uralten Königsgeschlechtes geworden und, wenn man die Bemühungen des Kaziken Chamulpo bedachte, ihn aus dem Wege zu räumen, möglicherweise nicht ohne Einfluss auf die nächsten Geschicke des Landes. Er fasste das noch nicht, es wurde ihm in der einschneidenden Bedeutung noch nicht klar, aber er ahnte, fantasiebegabt und nicht ohne angeborenen Ehrgeiz, schon etwas von traumhaften Möglichkeiten. Sein Stolz jedenfalls, den er bisher schon gegenüber der dem Indio entgegengebrachten Verachtung als wirksame Waffe erprobt hatte, wuchs beträchtlich.

Er warf den Kopf mit einer ihm eigenen Bewegung in den Nacken. »Führe mich zu dem General Arana, Tenanga«, sagte er, »es scheint, dass viel auf dem Spiel steht, und ich bin gewiss, dass die Unsichtbaren auch weiter mit mir sein werden!« Er sagte: Die Unsichtbaren, und wieder drangen geheimnisvolle Schauer durch seine Seele. Er war in der christlichen Religion erzogen worden, aber nun drang es von allen Seiten auf ihn ein, aus dem Dunkel strömte es auf ihn zu, das uralte Geheimnis seines Volkes schien aufgebrochen in ihm, ein geheimes Sendungsbewusstsein begann ihn zu erfüllen. Sie nahmen ihre Büchsen und brachen auf. Der Aufstieg durch die Wälder war schwierig, das Unterholz war dicht, und immer wieder musste der voranschreitende Tenanga mit seiner Machete erst die Bahn brechen. Gegen Abend erreichten sie nackte Felsengebilde und beschlossen, in der Nähe eines Quells in einer kleinen Höhle zu übernachten; von trockenem Gras bereiteten sie sich ihre Lagerstätten. Tenangas Jagdtasche barg noch Maisbrot und einige Schokoladetafeln, sodass sie imstande waren, eine kärgliche Abendmahlzeit zu halten.

Pablo schlief lange und tief. Als die Stimmen der Vögel den Morgen ankündigten, erwachte er. Tenanga war nicht da. Er trat aus der Höhle heraus in den schon warmen Sonnenschein und ward abermals von der Schönheit, Lieblichkeit und Fantastik der Landschaft überwältigt, die sich seinen Blicken bot. Über Berg und Tal, über Felsgipfel, Wälder und blumengeschmückte Barrancas flog sein Blick zu den Cerros hinauf, deren wild zerrissene Spitzen im rötlichen Morgenlicht glühten. Aus den Tälern stiegen weißliche Nebel, sie umflatterten die Häupter der Bergriesen wie wogende Schleier.

Dem Jungen war es, als blicke er in eine Traumlandschaft hinein; er hatte nicht gewusst, dass dieses Land, sein Land, so schön war! Über dieses Land hatten einst seine Väter geherrscht. Fremde waren gekommen und hatten es geraubt, hatten die Seinen erschlagen und zu Sklaven erniedrigt. Heute prunkten diese gleichen Fremden mit ihrer Herkunft, in Stolz und Dünkel sahen sie auf den Maya hinab; Pablo verkrampfte unwillkürlich die Fäuste, etwas wie kalter Hass kroch in ihm hoch. Er sah die Erde, die Welt, sich selbst in einem neuen Licht und fühlte in sich eine Verpflichtung wachsen, die, das wusste er nun schon, bereits mit ihm geboren war.

Ein leichter Schritt schräg hinter ihm ließ ihn zusammenfahren, er fuhr herum. Tenanga stand hinter ihm und lächelte ihn an. »Was sinnst du, Sohn Jungunas?« fragte er.

»Es ist schön hier«, sagte Pablo, immer noch abwesend mit seinen Gedanken.

Tenanga sah sich um, und ein Zug von Verwunderung erschien auf seinem verschlossenen Indianergesicht. »Ja«, sagte er, »du sagst es, und es ist wohl so. - Aber es war immer so«, setzte er nach einem Weilchen hinzu. Und dann war er schon wieder ganz in der Gegenwart. »Wir müssen weiter, Herr«, raunte er, »es sind Pueblos in der Nähe, ich habe uns etwas zu essen besorgt, aber wir müssen eilen, unser Weg ist noch weit.« Sie hielten eine schnelle Mahlzeit und brachen dann auf. Auf den Spuren Tenangas folgte Pablo in die Felsenwelt. Kandelaberkakteen von dreißig bis vierzig Fuß Höhe erhoben sich auf den steinigen Wänden und streckten ihre massigen, sieben bis acht Fuß langen Ausläufer weit über die Ränder hinaus. Sie zogen durch tiefe Täler, die in dunklerem und hellerem Grün leuchteten, von vielfarbigen Blumen wie kostbare Teppiche durchwirkt. Nach langem Marsch erreichten sie, niedersteigend, wieder dichten tropischen Wald.

Bevor sie in das Dunkel hineintraten, zuckte Tenanga, der die Augen unentwegt am Boden hatte, zusammen. »Komm«, flüsterte er, Pablo winkend, der dem mit unendlicher Vorsicht Voranschreitenden in das dichte

Buschwerk folgte. Hinter einem massigen Ceibabaum blieb Tenanga lauernd stehen. Pablo, der nichts bemerkt hatte, fragte ihn flüsternd, was es denn gäbe.

»Der Zapoteke ist hier«, flüsterte Tenanga zurück.

»Woher weißt du das denn?« fragte Pablo verblüfft.

»Dort ist seine Spur.« Er wies mit der Hand auf eine bestimmte Stelle. Pablo sah nichts, er gab seinem Zweifel Ausdruck.

»Eine Spur, die ich einmal gesehen habe, kenne ich immer wieder«, sagte Tenanga, »ich bin von klein auf zum Rastreador erzogen worden, die Erde mit ihren Zeichen ist das einzige Buch, in dem ich lese.«

»Kann der Zufall nicht den Mann hierher geführt haben?«

»Nein. Ich bin überzeugt: Er ist uns nachgesandt. Die bösen Geister sind am Wege. Kauere dich dort zwischen die Farne, mach dich schussfertig und halte Augen und Ohren offen. Es gibt kein Tier dieser Wildnis, das schlauer und listiger wäre als dieser Zapoteke. Ich will die Spur untersuchen.«

Während Pablo, unsicher und ein wenig erregt, der Weisung des erfahrenen Indianers folgte und sich mit gespannten Büchsenhähnen zwischen den Farnen niederließ, kroch Tenanga mit der Vorsicht eines anschleichenden Raubtieres davon. Pablo hörte und sah nichts; traumhafte Stille herrschte ringsum. Es währte lange, bis Tenanga zurückkam. Er kauerte plötzlich neben ihm; Pablo hatte ihn gar nicht kommen gehört, geschweige gesehen. »Du musst vorsichtiger sein, Sohn Jungunas«, zischte Tenanga, »man könnte dich umbringen, ohne dass du es merkst.« Pablo lachte ein wenig verlegen.

»Der Zapoteke ist da«, fuhr Tenanga fort, »er hat fünf oder sechs Männer bei sich. Sie sind im Wald verstreut, um unsere Spuren zu suchen; sie glauben, uns vor sich zu haben.«

»Aber wie sollte das möglich sein? Wir haben keine Vorsicht außer Acht gelassen.«

»Ich weiß es nicht. Ich weiß nur, dass es so ist.«

»Was beginnen wir?«

»Wir müssen das Wasser suchen; es hinterlässt keine Spur.«

»Ist ein Fluss in der Nähe?«

»Nein, der See von Tepaneca.«

»Du weißt den Weg dahin?«

»Ja. Folge mir, vermeide jedes Geräusch und schweige. Zische ich wie eine Schlange, dann sinke augenblicklich zu Boden. Begegnen wir einem von den Ladrones, darf nur die Machete gebraucht werden, ein Schuss würde uns die anderen auf den Hals hetzen. Verlierst du mich aus den Augen, gehe auf Mittag zu und du triffst auf den See, dort will ich dich schon wiederfinden.«

»Ich folge dir«, sagte Pablo. »Ich fühle, dass ich hilflos bin ohne dich.«

Tenanga lauschte einen Augenblick angespannt mit verhaltenem Atem, dann erhob er sich mit äußerster Vorsicht; ohne zu schwanken, wandte er sich halb rechts und drang in das Buschwerk ein. Pablo ging dicht hinter ihm, die scharfe Machete in der Hand. Geräuschlos bewegten sie sich vorwärts. Pablo hörte den hämmernden Schlag seines Herzens. Das Gefühl, in schier undurchdringlichem Dickicht, im Gewirr von Schlingpflanzen und Lianen dahinzuschleichen, jederzeit gewärtig, einen Feind vor sich auftauchen zu sehen, hatte etwas unheimlich Beängstigendes.

Ganz plötzlich, ein leises Zischen ausstoßend, sank Tenanga zur Erde; zwei Sekunden später hockte Pablo neben ihm. Tenanga hob vorsichtig sichernd den Kopf und wies mit der Hand nach vorn. Pablo sah: Nur wenige Hundert Meter vor ihnen ging ein Indianer, die Büchse in der Hand, durch das Gesträuch; er kam direkt auf sie zu.

»Ein Zapoteke«, flüsterte Pablos Gefährte. »Du siehst, er kommt auf uns zu. Hält er die Richtung bei, hat er in wenigen Minuten unsere Spur. Warte«, zischte er, Büchse und Jagdtasche ablegend, und war gleich darauf im undurchdringlichen Dickicht verschwunden. Wie ein Schatten, lautlos, gespenstisch, kam der fremde Indianer näher; seine Augen hafteten unverwandt am Boden. Pablo, die Büchse schussbereit in der Hand, hielt ihn im Blick. Der Zapoteke zuckte plötzlich zusammen, stand, hob lauschend den Kopf. Im gleichen Augenblick tauchte ein zweiter Schatten hinter ihm auf, eine Machete blitzte auf, und der Mann sank zusammen. Pablo schlug die Hände vor das Gesicht, ein Schauder ging durch seinen Leib. Warum? Dachte er, warum verfolgen sie mich? Warum muss Hass und Mord zwischen uns sein? Was tat ich ihnen denn?

Er kam nicht zum Nachdenken; Tenanga tauchte neben ihm aus dem Gebüsch. »Er wird unsere Spur nicht mehr kreuzen«, sagte er; ein finsterer Ernst überschattete sein junges Gesicht. »Komm«, - er nahm Büchse und Jagdtasche auf - »wir müssen eilen. Wenn die anderen unsere Spur noch nicht haben, werden sie sie jedenfalls bald finden. Dieser Huntoh ist mit den Bösen im Bunde.«

Er schlug, das Buschwerk zerteilend, wieder die bisherige Richtung ein. Pablo folgte ihm wortlos. Nach einer Stunde angestrengten Marsches standen sie am Ufer eines schilfumsäumten Baches.

»Der See ist nahe«, sagte Tenanga. »Weiß Huntoh, dass ich dein Führer bin, und ich fürchte, er weiß es, dann sagt er sich, dass ich den Wasserweg wählen werde. Ist er schon am Ufer, kann nur äußerste Vorsicht uns retten. Hoffentlich finden wir ein Canoa. Kannst du rudern?«

Pablo bejahte. »Rudern und segeln. Ich bin am Meer groß geworden.«

Tenanga nickte befriedigt. »Das ist gut«, sagte er. »Warte hier ein wenig, ich will ein Canoa suchen. Die Fischer aus den Pueblos verstecken ihre Fahrzeuge oft hier im Schilf. Sei auf der Hut.«

Der Bach war ziemlich breit, aber seicht. Pablo sah seinen Retter im Uferschilf untertauchen; er stand selbst, fremden Augen unsichtbar, zwischen hohen Schilf- und Bambusstauden. Eine Zeit lang vernahm er nichts als das eintönige Rauschen des Schilfrohres; er lauschte mit allen Sinnen. Und mit einem Male glaubte er, fremde Geräusche zu vernehmen. Das war hinter ihm; er wandte vorsichtig den Kopf und witterte wie ein Tier. Auch er war ja ein Sohn der Wildnis; der Instinkt für die Gefahr war ihm angeboren.

Er unterschied bald darauf das leise Plätschern eines Ruders. Sich bückend und die Büchse fester fassend, sah er angestrengt in die Richtung, aus der das Geräusch kam. Und erkannte gleich darauf im Wasser des Baches ein Boot; zwei Männer saßen darin.

Hatten sie ihn etwa bemerkt? Der eine ließ das Ruder sinken, sie griffen die Büchsen fester; ihre Blicke waren genau auf die Stelle gerichtet, wo er stand. Er vernahm einen gedämpften Ruf, die Männer hoben die Gewehre; sicher hatten sie ihn gesehen. Sollte er zurückspringen? Er duckte sich noch etwas tiefer, da krachten auch schon zwei Schüsse; zischend gingen die Kugeln über seinem Kopf durch das Rohr. Im gleichen Augenblick schoss er schon; er hatte gar nicht überlegt, wohl aber gezielt. Zwei Schüsse krachten, und die beiden Männer im Boot stürzten nieder. Der eine sank auf den Boden des Bootes, der andere fiel kopfüber in das Wasser. Mit schnellen, in langer Übung erlernten Griffen lud Pablo die Doppelbüchse; er lauschte, aber alles blieb still.

Entschlossen trat er aus dem Schilf heraus in das seichte Wasser. Das Canoa kam ihm entgegengetrieben. Die schussfertige Büchse in der Hand ließ er es herankommen und hielt es an.

Im Boot lag ein Indianer auf dem Gesicht; der Mann atmete schwer. Pablo wandte den schweren Körper um. Der Indianer stöhnte. Der Junge sah: Er war durch die Brust geschossen, lebte aber noch. Auch musste die Wunde bei der Richtung des Schusskanals nicht unbedingt tödlich sein. Die dunklen Augen des Mannes sahen Pablo mit schwer zu deutendem Ausdruck an; er erwartete wohl den tödlichen Schuss.

Pablo hielt dem Blick stand. »Steig aus, wenn du kannst«, sagte er leise auf Spanisch, »ich will dein Leben nicht. Geh.«

Der Mann erhob sich mühsam; er schwankte, die Hand auf die Wunde nahe der Schulter pressend. Pablo half ihm über den Bootsrand; er torkelte wie ein Betrunkener, drohte mehrmals zu fallen, hielt sich aber aufrecht, schwankte durch das seichte Wasser und tauchte im Uferschilf unter. Pablo blickte stromauf; von dem zweiten Indianer war nichts zu gewahren. Er trat in das Canoa, ergriff ein Ruder und trieb das leichte Gefährt mit schnellen Schlägen den Bach hinab.

Er war erst einige Hundert Meter gerudert, als Tenanga aus dem Uferschilf heraustrat. »O Hualpa, du hast kämpfen müssen«, sagte er aufgeregt; er war blass unter der dunklen Haut.

»Komm ins Boot, sie sind hinter uns«, antwortete Pablo. Tenanga schwang sich in das Gefährt und griff sogleich nach dem Ruder. Pfeilschnell schoss das Canoa durch das Wasser.

»Du hast zweimal geschossen«, sagte Tenanga.

Pablo nickte finster und berichtete in kurzen Worten. »Den Verwundeten habe ich laufen lassen«, sagte er.

Tenanga sah ihn erschrocken an. »O Hualpa, das hättest du nicht tun dürfen«, stammelte er, »die Giftschlange muss man töten.«

»Ich töte keinen Verwundeten«, sagte Pablo; der andere sah ihn mit großen Augen an, er schwieg. Zwischen dichtem Schilf und hohen Bambusstauden glitten sie schweigend dahin; sie näherten sich bereits der Mündung des Baches.

»Ob wir bei der Einfahrt einen Angriff zu erwarten haben?« fragte Pablo.

Tenanga schüttelte den Kopf. »Ich glaube nicht. Der Boden ist dort am Ufer sumpfig, und Huntohs Leute sind weit verstreut. Gefahr haben wir nur von einem schnellen Canoa zu erwarten, aber wir haben unsere Büchsen, und du kannst schießen, Herr.«

Durch einen Schilfsaum hindurch, der sich quer über die Mündung zog, trafen sie auf eine im Sonnenlicht glänzende Wasserfläche, die von dunklen Wäldern umgeben war. Verlassen und still lag der See, einsam und unberührt, als hätte nie eines Menschen Fuß seine Ufer betreten. Außer einigen schwimmenden Wasservögeln war weit und breit kein Lebewesen zu erblicken.

»Wir wollen bis auf Büchsenschussweite hineinfahren«, sagte Tenanga, »dann müssen wir nach Westen umbiegen, dort ist der Ausfluss des Sees.«

Sie waren beide geübte Ruderer; pfeilschnell glitt das leichte, aus Baumrinde gefertigte Fahrzeug über die spiegelnde Fläche. Nichts Verdächtiges war an den Ufern zu gewahren. Sie nahmen schließlich den Kurs nach Westen und mäßigten nun das Tempo ein wenig. Pablos Gedanken schweiften durch Zeit und Raum. Er hatte töten müssen, zum ersten Mal in seinem Leben. Es war zur Verteidigung des eigenen Lebens geschehen, freilich, aber es drückte ihn doch. Die majestätische Schönheit des einsamen Waldsees glitt an seinem Auge vorüber, er nahm sie nicht wahr, aber zuweilen war es ihm, als tauche Marias lächelndes Antlitz mit den warmen, klaren Augen vor ihm auf, und ein dumpfer Druck senkte sich auf seine Seele.

Tenanga durchspähte ruhig und gleichmütig, aber mit wacher Aufmerksamkeit das bewaldete Ufer. »Können wir nicht quer über den See fahren?« fragte Pablo, der seine Blicke gewahrte. Tenanga verneinte. »Wir würden dann auf Pueblos stoßen, deren Einwohner Chamulpo unbedingt ergeben sind. Sie würden uns fangen und dem Kaziken ausliefern. Nein, wir müssen den Fluss erreichen, er trägt uns schnell und spurlos hinab. Später, wenn unsere Spur endgültig verwischt ist, werden wir dann durch die Wälder gehen. Findet der Zapoteke kein Canoa, muss er weit um den See herumlaufen, um den Fluss zu erreichen.«

Gemächlich trieben sie das Boot durch das kaum bewegte Wasser. Der eine der daraus vertriebenen Zapoteken hatte seine Büchse darin zurückgelassen, ein Gewehr mit Steinschloss. Ein großer, weiter Poncho lag im Vorderteil des Gefährtes. Tenanga lud die abgeschossene Büchse und legte sie neben die eigene. Der Wind frischte etwas auf, das Wasser begann sich zu kräuseln.

Plötzlich, mit einer ruckhaften Bewegung, zog Tenanga das Ruder ein. »Da sind sie«, stieß er heraus. Pablo folgte seinem Blick. Hinter einem Ufervorsprung erschien eine Barca, die, von sechs Männern gerudert, ihnen eilig entgegenkam. Zwei Männer saßen, die Büchse in der Hand, im Vorderteil, einer steuerte im Stern des Gefährtes.

»Schnell! Jetzt gilt es das Leben!« zischte Tenanga.

»Nein!« Pablo warf mit einer herrischen Bewegung den Kopf zurück. »Es wäre sinnlos«, sagte er, »sie hätten uns in einer knappen halben Stunde. Dann wären wir erschöpft und würden unsicher schießen. Wir haben unsere Gewehre; lass sie herankommen.«

Der andere streifte ihn mit einem bewundernden Blick; er legte die Ruder aus der Hand und griff nach der Büchse. »Du hast recht, Sohn Jungunas«, sagte er leise.

Sie waren ohne Zweifel gesehen worden. Die ruhige Entschlossenheit, mit der sie hielten und den Gegner erwarteten, mochte in der Barca nicht ohne Eindruck geblieben sein; das Fahrzeug hielt außer Schussweite. Der Wind begann stärker zu wehen; das leichte Canoa tänzelte auf den bewegten Wellen.

»Wir können hier nicht bleiben«, sagte Tenanga, »bei diesem Wellenschlag haben wir das Boot in wenigen Minuten voll Wasser. Außerdem können wir aus dem schaukelnden Fahrzeug heraus nicht sicher schießen. Und entfliehen können wir auch nicht; sie hätten uns in wenigen Minuten.«

Freilich, auch die Barca wurde hin und her geworfen, doch lange nicht so stark wie das kleine Fahrzeug der Flüchtlinge.

»Reich mir den Poncho herüber, der da vorn liegt«, sagte Pablo.

»Was hast du vor?«

»Wir wollen segeln.«

Tenanga stieß einen Überraschungsruf aus; ein Lächeln erschien auf seinem Gesicht. Pablo befestigte die eine Ecke des großen viereckigen Überwurfes an der Spitze seines Ruders und klemmte dessen anderes Ende in einer breiten Spalte der primitiv gefertigten Sitzbank fest. Er knüpfte mithilfe seines Gefährten zwei andere Enden des Ponchos an dem primitiven Mast und an der Bank fest und hatte auf diese Weise eine Art Behelfssegel hergestellt, das sich sogleich unter dem Anprall des in ihrer Fahrtrichtung wehenden Windes blähte. Die Segelfläche war nur klein, gleichwohl war die Hilfe, die es leistete, beträchtlich; in großen Sprüngen schoss das leichte Canoa über das Wasser.

Denen in der Barca war nicht entgangen, was da geschah. Das schwerere Fahrzeug setzte sich in Bewegung und näherte sich stetig. Tenanga hatte in einem der im Bug sitzenden Zapoteken Huntoh erkannt; als er in Schussnähe zu sein glaubte, hob er die Büchse, zielte und schoss. Aber das Canoa schwankte zu sehr; der Schuss traf den am Steuer sitzenden Mann, der mit hochgeworfenen Armen kopfüber ins Wasser stürzte. Das brachte die Barca zum Halten.

Das Canoa aber flog nun mit wachsender Schnelligkeit über das Wasser; bald war es klar, dass die viel schwerere Barca nicht würde folgen können. Sie blieb weit hinter dem kleinen Segler zurück.

Doch noch gab die Barca nicht nach. Mit aller Ruderkraft, deren sie fähig war, jagte sie hinter dem Schiffchen her. Die Flüchtlinge hatten bereits einen sehr erheblichen Vorsprung gewonnen, als plötzlich der Wind nachließ, um bald darauf ganz einzuschlafen. Und noch trennte sie eine weite Entfernung von dem Ausfluss des Sees, den sie erreichen mussten. Sie griffen zu den Rudern und trieben das Canoa mit schnellen, kräftigen

Schlägen vorwärts. Die Männer in der Barca aber nahmen ihren Vorteil wahr; sie folgten mit schäumendem Bug. Und jetzt waren sie im Vorteil.

Näher und näher kamen die Verfolgten dem Ufer, aber auch die Barca holte ständig auf.

»Nun geht es wirklich ums Leben, Sohn Jungunas«, flüsterte Tenanga. Pablo antwortete nicht. Hinter ihnen krachte ein Schuss; eine Kugel verzischte im Wasser. Der Schuss war noch zu kurz gegangen, aber immerhin, die Verfolger waren in Schussnähe. Wieder krachten zwei Schüsse; sie waren bei dem rasenden Lauf der Barca unsicher gezielt; die Kugeln verfehlten um einige Meter ihr Ziel.

Aber nun trennten sie auch nur noch einige Hundert Meter von dem Ausfluss des Sees.

»Da ist das Schilf!«

»Schnell! Geradeaus!«

Und schon rauschten die Halme neben ihnen. Der Schilfgürtel war nun dünn; gleich darauf waren sie schon in freiem, sanft dahinströmendem Wasser.

»Nach rechts!« raunte Tenanga.

Ruckhaft gehorchte das Canoa der lenkenden Hand. Im letzten Augenblick, da, wo sie noch eben gefahren waren, schlugen zwei Kugeln ins Wasser.

»Vorwärts!« Tenanga keuchte. »Ich kenne den Fluss.« Sie bogen in einen sich rechter Hand öffnenden Seitenarm ein und ließen den Hauptstrom liegen.

Jetzt brach die Barca durch das Schilf, nahm den Weg auf den Fluss.

Aber Huntoh, der Zapoteke, ist schlau. Auch er kennt diese Abzweigung des Tepaneca und trifft danach seine Maßnahmen. Als er das Canoa nicht sieht, weiß er, dass es rechts eingebogen ist. Gelandet können die Flüchtlinge hier nicht sein; das Ufer ist sumpfig. Er wendet und biegt gleichfalls in den Seitenarm ein. Er kann jubeln: Sie können ihm nicht mehr entrinnen, denn es ist ein toter Wasserarm, in den sie eingebogen sind.

»Vorwärts«, keucht Tenanga, »oder, bei den Unsichtbaren, sie haben uns.« Sie geben her, was an Kraft in ihnen ist.

»Durch das Schilf! Schnell!« Sie brechen in die auseinandergleitende Schilfwand ein und - sitzen fest, haben niedrigen, festen Boden vor sich.

»Heraus!« keucht Tenanga.

Sie springen in das Schilf, ziehen das leichte Gefährt mit vereinten Kräften aufs Land, tragen es keuchend vorwärts - zwanzig, dreißig Schritte - schon leuchtet durch die dünnen Schilfhalme das Wasser des Flusses; sie hetzen heran, bringen das Canoa ins Wasser, springen hinein, ergreifen die Ruder und jagen schon wieder über die glitzernde Fläche, gefördert von der Strömung, die mit ihnen fließt.

Als sie um einen waldigen Vorsprung herumbiegen, nimmt Tenanga sein Ruder aus dem Wasser. »Nun lass uns ruhen, Sohn Jungunas«, sagt er, »der Zapoteke braucht viel Zeit, um uns nachzukommen; er muss einen großen Umweg machen. Die Barca können sie nicht über das Land bringen, sie ist viel zu schwer.« Er lächelt. »Ich kenne den Jalaté doch besser als er«, sagt er stolz.

Pablo zog gleichfalls das Ruder ein. Er sah ein, sie hatten beide Ruhe nötig, die Anstrengung war zu groß gewesen. »Was aber wird nun weiter?« fragte er schließlich.

»Wir gehen den Fluss hinab bis zu den Felsen«, entgegnete Tenanga, »dort können wir dann an Land gehen, ohne Spuren zu hinterlassen. Dann suchen wir den Rio-Negro auf und fahren ihn hinab bis an die Grenze Yucatáns. Dort treffen wir den General Arana.«

Sie verschnauften noch ein Weilchen und griffen dann wieder zu den Rudern. Rechts und links an den Ufern erhoben sich dunkle Wälder. Sie lagen in vollkommener Einsamkeit, nirgends war etwas zu erblicken, was auf die Anwesenheit oder die Nähe von Menschen deuten konnte.

»Wird der Zapoteke uns weiter verfolgen?« fragte Pablo nach einer Weile.

»Er wird alles versuchen, was ihm klug und nützlich erscheint. Wir müssen die Felsen erreichen, darauf kommt alles an. Dort ist auch Chamulpos Einfluss nicht mehr so groß.«

Der Fluss machte eine Biegung, Tenanga stieß einen unterdrückten Schrei aus. »Schatten der Finsternis!« rief er, »da kommt die Barca.«

Ja, sie kam, Pablo sah es; in rasender Geschwindigkeit kam sie heran.

»Was nun?« fragte der Junge, »gehn wir an Land?«

Tenanga schüttelte finster den Kopf. »Da wären wir rettungslos verloren. Es sind ihrer zu viele.«

Sie jagten dahin und gaben das letzte ihrer Kräfte her, aber die Barca kam näher; es war sinnlos, ihr auf die Dauer entgehen zu wollen.

»Wir müssen den Turm der Mayas aufsuchen«, flüsterte Tenanga, »dort müssen wir uns wehren. Die Unsichtbaren mögen mir verzeihen, ich war zu sorglos.«

Eine neue Biegung zeigte ihnen inmitten des Stromes ein düsteres, von wildem Buschwerk überwuchertes Mauerwerk. Ein dunkles Rauschen ward vernehmbar, das schnell anschwoll.

»Was ist das, Tenanga?«

»Die Stromschnellen. Wir können sie nicht hinabfahren, nicht umgehen, nicht das Land aufsuchen. Unsere einzige Rettung ist der Turm dort.«

Immer näher kam die Barca. Doch schon lag das verwitterte Mauerwerk unmittelbar vor ihnen.

»Nimm die Büchse«, keuchte Tenanga, »wir müssen rasch Deckung suchen; es führt eine Treppe nach oben.« Er lenkte das Boot nach einer künstlich angelegten, noch gut erhaltenen Landungsstelle.

»Hinaus!« zischte Tenanga.

Sie ließen die Ruder fallen, ergriffen die Büchsen und sprangen gleichzeitig an Land, auf die Treppen zueilend. Fast hatten sie sie erreicht, da krachte ein Schuss. Pablo warf die Arme hoch und stürzte lautlos zusammen.

Tenanga stieß einen Entsetzensschrei aus; wie ein Tiger fuhr er herum. Er sah Huntoh, den Zapoteken, im Bug der treibenden Barca, die noch rauchende Büchse in der Hand.

»Hund!« schrie der Jüngling, die Büchse hochreißend. »Du hast den letzten König der Mayas getötet.« Der Schuss krachte, das Mündungsfeuer blitzte auf, und der Zapoteke im Boot brach zusammen. Tenanga griff nach der entfallenen Büchse von Pablo, riss sie hoch, zielte und schoss. Ein zweiter Insasse der Barca stürzte; die Barca ergriff eilig die Flucht und strebte dem Ufer zu.

Mit versteinertem Gesicht ließ Tenanga sich neben dem zusammengesunkenen Körper des jungen Königsnachkommen auf die Knie gleiten. Seine Schultern zuckten wie im Krampf, und ein dunkles Stöhnen brach über seine Lippen.

Die Enkelin des Conde

Auf del Roca war das Leben verändert; der Krieg, eben erst in das Bewusstsein der Menschen getreten, hatte sein Recht angemeldet. Antonio d'Irala hatte sich mit allen waffenfähigen Leuten der Hacienda dem General de Lerma zur Verfügung gestellt; im Hause selbst waren die Damen, von farbigen Dienern betreut, zurückgeblieben. Doña Inez trug das Unabänderliche mit der stolzen Gelassenheit der Spanierin, aber sie war still geworden, und ihr immer ein wenig blasses Gesicht drückte die Sorge aus, die sie innerlich zerquälte. Still war auch die immer fröhliche, dem Heiteren zugewandte Maria geworden; sie bangte nicht nur um den Pflegevater, der ihr ja so gut wie ein leiblicher war; die Angst um den Gefährten ihrer Kindheit, den braunen Jungen, der ihr trotz seiner Farbe stets als ein Bruder erschienen war, hielt sie in ständiger Unruhe. Denn kein Laut über das Schicksal des jungen Mannes hatte bisher die Hacienda erreicht, alle Nachforschungen waren im Sande verlaufen.

Es war ein stiller, heiterer Vormittag. Auf der Hacienda war es ruhig. Doña Inez und Doña Maria kamen aus der kleinen Kapelle, in der sie nach dem alten Brauch des Hauses für die Abwesenden gebetet hatten. Sie betraten die Veranda und ließen sich auf den Korbsesseln nieder. Das blasse Antlitz der Señora zeigte eine bewundernswerte Ruhe, in Marias leicht gerötetem Antlitz aber zuckte es von verhaltener Nervosität. Ihre Finger zerrten an den Spitzen eines Taschentuches. »Warum ist Krieg?« fragte sie. »Ich verstehe das nicht. Ich hasse den Krieg! Warum sind die Menschen böse?«

»Nicht alle Menschen sind böse, Mariquita«; die Señora streifte das Mädchen mit einem beinahe tadelnden Blick, »wir aber müssen uns fügen. In das Unvermeidliche muss man sich immer fügen.«

»Oh, dass ich ein Mädchen bin!« Maria zerrte an dem Taschentuch, »dass ich hier sitzen muss. Nichts tun kann, um Pablo –«

»Pablo beschäftigt dich?« Die Frage kam in einer Mischung von Trauer und leichtem Spott.

»Ja, er beschäftigt mich. Wundert dich das? Er ist mein Bruder, und ich liebe ihn. Ich bange um ihn.«

»Er ist nicht dein Bruder, Maria. Er ist ein Indio. Es ist natürlich, dass du ihn liebst, aber auch deine Liebe kann aus ihm keinen Weißen machen.«

Maria wollte Einwendungen erheben, aber die Señora schnitt ihr das Wort ab. »Nein, lass mich einmal reden«, sagte sie, »auch ich bange um Pablo and hoffe und wünsche, dass ihm nichts Böses widerfahren sei. Ich glaube auch nicht, dass ich es ihm gegenüber einmal an Liebe und Sorgfalt fehlen ließ, schon deinetwegen nicht. Aber vielleicht sollten wir in dieser jähen Trennung dennoch Gottes Fügung erkennen. Hör zu, Maria, Pablo gehört einem anderen Volk an, er hat eine andere Farbe, von ihm zu dir führt auf die Dauer kein Weg. Du wirst das einsehen und begreifen lernen.«

»Ich werde das gewiss niemals begreifen«, brach es aus Maria heraus; ihre Augen flammten. »Hat Gott nicht alle Geschöpfe, weiße, braune und sogar schwarze, geschaffen? Pablo stammt, wie wir nun hörten, von den Großen seines Volkes ab; wer weiß, wozu er berufen ist! Aber ich kenne sein Herz, besser als ihr alle, die ihr nur seine Hautfarbe seht, ihn für stolz und hochfahrend haltet, weil er sich immer dagegen wehren musste, erniedrigt zu werden; ich weiß, dass er mir zugewandt bleibt, was auch immer geschehen mag. Und auch ich werde ihm zugewandt bleiben. Ich möchte wissen - wissen -«; die Unruhe riss sie aus dem Sessel auf, staunend nahm die Señora des Mädchens leidenschaftliche Erregung wahr - »oh, warum kann ich nichts tun?« schluchzte Maria, die den Tränen nun nicht länger mehr zu wehren vermochte.

Doña Inez begriff die Erregung des Mädchens, aber sie begriff nicht, wie man seine Gefühle so offen enthüllen und sein Äußeres so wenig beherrschen konnte. Sie hatte bereits Worte des Befremdens auf der Zunge, als einer der indianischen Diener die Veranda betrat.

»Was gibt's, Pepe?«

Der Diener meldete den Señor de Mendez. Er bitte um die Erlaubnis, den Damen seine Aufwartung machen zu dürfen.

Nein. Ich will ihn nicht sehen! Wollte Maria schreien, aber sie schwieg, nur in ihrem Gesicht war zu lesen, was sie empfand. Auch Doña Inez war einigermaßen befremdet, aber sie war weit entfernt davon, das zu zeigen. Außerdem konnte man einen Nachbarn in diesen Tagen der Unruhe nicht fortschicken. »Wir bitten«, sagte sie kurz. Der Diener verschwand.

»Bitte, Mama, lass mich gehen«, sagte Maria, die Señora maß sie mit einem ruhigen Blick. »Aber nein«, sagte sie, »welche Unhöflichkeit! Du bleibst natürlich.«

Gleich darauf stand Louis de Mendez in der Veranda. Er machte wie immer einen gepflegten Eindruck und verbeugte sich mit vollendeter Artigkeit, den Damen die Hand küssend, die ihm von Maria freilich entzogen wurde, kaum dass er sich darüber geneigt. Das Mädchen sah die Unruhe in dem blassen Gesicht, die unsteten, flackernden Augen; ihr Widerwille wuchs.

»Ich bin ein wenig erstaunt, Señor«, sagte Doña Inez, »Sie sind nicht im Felde?« Die Ironie in ihren Worten war kaum verborgen, aber durch ein entwaffnendes Lächeln getarnt.

»Sie haben gut spotten, Señora«; Mendez zeigte seine tadellosen Zähne, »tatsächlich wage ich kaum noch, mich unter Menschen blicken zu lassen, indessen es ist wahrhaftig nicht meine Schuld, wenn ich zivil hier herumlaufe. Mein teurer Herr Großoheim, dem ich mich sofort zur Verfügung stellte, glaubte auf meine Hilfe verzichten zu müssen.«

»Wie sonderbar von dem General, der doch jeden Arm braucht!« Maria hatte das gesagt; ihre dunklen Augen blitzten vor Spott. Die Señora indessen fragte ablenkend: »Ich hoffe, Sie bringen uns trotzdem Nachrichten vom Kriegsschauplatz.«

»Im Gegenteil«, bedauerte Mendez, »ich bin eigentlich hier vorbeigekommen, um vielleicht etwas zu erfahren. Ich war im Norden, wo noch alles ruhig ist und bin erst gestern zurückgekehrt. Dies ist sozusagen mein erster Besuch in der Nachbarschaft.«

Die Señora, die inzwischen zum Sitzen aufgefordert und auch selbst wieder Platz genommen hatte, zeigte unentwegt ein kühl beherrschtes Gesicht. »Ich habe nur spärliche Nachricht von Don Antonio«, sagte sie, »es ist aber jedenfalls kaum zu bezweifeln, dass der Aufstand an Ausdehnung gewinnt. Die Stadt Guatemala soll, den letzten Nachrichten zufolge, von den Regierungstruppen geräumt sein.«

In Mendez' kalten Augen blitzte es für Sekunden auf. »Oh«, sagte er gedehnt, »hat mein Herr Großoheim etwa eine Schlappe erlitten?«

»Die strategischen Gründe, die General Lerma veranlassten, die Stadt einstweilen aufzugeben, sind mir nicht bekannt«, versetzte die Señora kühl. »Es ist ja wohl allgemein bekannt, dass Sarmiento mit großer Übermacht auftritt.«

»Die Hauptstadt aufgeben, heißt beinahe den Krieg verlieren«, sagte Mendez und wiegte wie in schwerer Sorge den Kopf, »dass es soweit kommen musste!«

»Mein Mann ist nicht so pessimistisch«, bemerkte Doña Inez, »er hofft im Gegenteil, dass der Fall der Hauptstadt die schläfrigen Herzen aufwecken und auch die Gleichgültigen zu den Fahnen rufen werde. Steht das Land wirklich auf, werden die Motineros nimmermehr siegen.«

»Was mir Sorge macht, ist die Haltung des Indiohäuptlings Chamulpo«, sagte Mendez wie in Nachdenken versunken. »Wenn ich nicht irre, spielt dieser halbwilde Kazike der Bergmayas eine beachtliche Rolle in dem Bruderkampf. Es sieht fast so aus, als hätte er seine schwankende Haltung inzwischen aufgegeben und sich auf die Seite der Aufständischen geschlagen.«

»Davon weiß ich nichts«, versetzte Doña Inez.

Die Señora ließ Tee und Gebäck servieren, sie gab sich höflich und ungezwungen, Marias Gesicht dagegen erschien versteinert. Sie würdigte den über seine Angelegenheiten plaudernden Gast keines Blickes. Das plötzliche, unangemeldete Auftauchen eines alten Vaquero machte der nur noch müde dahinfließenden Konversation ein Ende. Der Mann sah erhitzt und ein wenig verstört aus.

»Was gibt es, Benito?« fragte die Señora, die aufgestanden war und ihre innere Unruhe nur schwer zu verbergen vermochte.

»In den Bergen ist eine Schlacht im Gange«, berichtete der Vaquero, »wir hörten schon am frühen Morgen den Kanonendonner. Ich habe mich auf den Weg gemacht. Es ist vielleicht gut, wenn Vorsorge getroffen wird.«

Auch Maria und Mendez waren aufgefahren; im blassen Gesicht des jungen Mannes zuckte es unruhig. »Habt ihr etwas von Don Antonio gehört?« fragte die Señorita.

»Leider nichts. Ich war bei den Herden. Das Gefecht war ziemlich weit weg.« Er zögerte einen Augenblick und trat unruhig von einem Fuß auf den anderen. »Wenn ich die Señora und die Señorita in die Berge führen soll«, stieß er schließlich heraus, »es ist vielleicht besser, ich wollte mir jedenfalls erlauben –«

»Nein! Nein!« Doña Inez schüttelte den Kopf. Ihre dunklen Augen brannten in dem bleichen Gesicht. »Ich will genauere Nachrichten abwarten«, sagte sie leise.

Mendez, dessen innere Unruhe von Minute zu Minute gestiegen war, räusperte sich. »Es tut mir herzlich leid«, sagte er, »aber das sind Nachrichten von solcher Bedeutung, dass ich schleunigst meine Hacienda aufsuchen möchte.« Maria sah durch ihn hindurch, als sei er gar nicht vorhanden; die Señora lächelte kaum merklich. »Wir finden es sehr begreiflich, dass Sie nach Hause wollen, Señor«, sagte sie, »wir wünschen eine glückliche Reise.« Sie neigte verabschiedend flüchtig den Kopf, und Mendez verschwand schneller, als er gekommen war. Der Vaquero Benito stand noch immer da. »Was soll ich nun tun, Señora?« fragte er. »Soll ich hier zu Ihrer Verfügung bleiben? Oder soll ich in die Berge reiten und versuchen, etwas zu erfahren?«

»Ja, ja, reite, Benito, wenn du nicht zu erschöpft bist.« Doña Inez ließ nun, nachdem Mendez gegangen war, ihrer inneren Unruhe freien Lauf. »Vielleicht erfährst du etwas von Don Antonio. Du weißt, in welcher Sorge wir sind.«

»Erschöpft?« Der Vaquero lachte kurz auf. »Ich bleibe achtundvierzig Stunden im Sattel«, sagte er. »Ich will nur ein bisschen essen, dann reite ich.«

»Tu das, Benito. Lass dir Essen geben, und dann nimm Pferde, Leute, Geld, was du brauchst. Und komm zurück, sobald du nur kannst.«

Von draußen ließ sich schneller Hufschlag vernehmen; vor der Veranda sprang ein Lancero-Offizier aus dem Sattel. Maria schrie auf, und die Señora musste nach einer Sessellehne greifen, um sich zu halten. Da stand Don Antonio bereits in der Veranda und hielt Frau und Tochter in den Armen.

»Ja«, sagte er, sich freimachend, »ich bin es wirklich. Habe ich euch sehr erschreckt?«

»Wie könntest du uns erschrecken?« Doña Inez lächelte schon wieder, »nun, wir haben hier ziemlich schlechte Nachrichten erhalten. Seid ihr auf der Flucht?«

»Nein, obgleich es wahrhaftig nicht gut aussieht. Aber für diesmal haben wir die Motineros geworfen.« Don Antonio nahm das Käppi ab; er gewahrte erst jetzt den noch immer an der Tür stehenden Vaquero. »Wo kommst du denn her, Benito?« fragte er erstaunt.

»Er kam, mir zu sagen, dass in den Bergen gekämpft würde. Er wollte uns holen, um uns für den äußersten Fall in Sicherheit zu bringen«, sagte Doña Inez anstelle des Mannes. Der Haziendero, der nur zerstreut zugehört hatte, nahm den Alten beim Arm und führte ihn ein Paar Schritte seitwärts. »Kennst du die Wege durch die Berge, Benito?« fragte er.

»Gewiss, Señor.«

»Du wirst sofort einige Männer zusammenrufen und führen müssen, damit man uns nicht in den Rücken fällt. Kannte Tamay die Pfade nicht auch?«

»Sicher kannte er sie.«

»Mach dich fertig, Alter. Wie viel Mann brauchst du?«

»Fünfzig Mann halten die Pässe gegen eine ganze Armee, wenn sie schießen können.«

»Gut. Wir müssen sie zusammenbekommen. Halte dich bereit, wir müssen warten, bis der General kommt.« Er wandte sich, während der Vaquero abging, seiner Frau zu. »Hinter mir reitet der Conde«, sagte er, »es ist vorerst gar keine Gefahr. Er ist von einer Anzahl Offizieren und der Stabswache begleitet und wird zunächst bei uns Quartier nehmen. Bereite sogleich alles vor.«

»Oh, warum sagtest du das nicht sofort?« Doña Inez, glücklich, den Gatten bei sich zu haben und die Gefahr fürs Erste beseitigt zu sehen, ging eilig ins Haus, um ihre Anordnungen zu treffen. Don Antonio sah ihr mit einem etwas verlorenen Lächeln nach und wandte sich dann um. Maria stand am Tisch und sah ihn an; zwischen ihren Wimpern schimmerten Tränen. »Mariquita!« Er trat auf sie zu und fasste sie bei den Schultern. »Du freust dich?« fragte er.

»Wie kannst du fragen? Wenigstens bist du wieder da.« Sie senkte ein wenig den Kopf. »Wenn doch Pablo auch - -«, sagte sie leise.

»Pablo? Ihr habt nichts von ihm gehört?«

»Nichts.«

»Ich hatte einige Mayas in der Eskadron. Einem von ihnen, einem klugen und tapferen Burschen, habe ich gesagt, für wen man unseren Pablo hält. Ich habe ihn ausgesandt, um nach ihm zu forschen, aber er hat nichts erfahren. Wir werden abwarten müssen. Der Krieg macht alles so schwierig, aber ich bin sicher, dass ihm nichts geschehen ist.«

Er unterbrach sich selbst und wies zur Veranda hinaus: »Da kommt der General.« Eine Lancero-Eskadron kam herangesprengt, an ihrer Spitze eine Gruppe von Stabsoffizieren. Während Don Antonio hinauseilte, um den Conde zu begrüßen, schlüpfte Maria ins Haus.

Louis de Mendez war auf dem Wege zu seiner Hacienda. Die Straße führte durch dichten, hochstämmigen Wald. Der junge Mann war in nachdenkliche Betrachtungen versunken. »Sie haben den großen Feldherrn also bis hierher zurückgeworfen«, murmelte er vor sich hin; »das ist interessant. Man wird sich für diesen Herrn Sarmiento interessieren müssen, wenn man aus dem Zusammenbruch noch etwas retten will.« »Und wenn du dich dann doch täuschst«, höhnte eine andere Stimme in ihm, »der alte Lerma hat schließlich schon hoffnungslosere Situationen gemeistert, das Blatt könnte sich auch diesmal noch wenden.« - ein selbstgefälliges Lächeln spielte um seine Lippen. Man wird eben klug wie die Schlange sein müssen, dachte er, nur nicht vorprellen, sondern hübsch alle Wege offenhalten.

Ein Schatten tauchte auf, Mendez riss das Pferd zurück. Aus dichtem Buschwerk heraus trat ein Mulatte. Der Kerl hatte eine abschreckende Visage. Er grinste über das ganze Gesicht.

Mendez stieß einen Pfiff aus. »So«, sagte er mit gerunzelter Stirn, »da bist du ja endlich. Caramba, ihr lasst mich warten!«

»Ging wahrhaftig nicht früher, Señor«, sagte der Mulatte.

»Na und? Wie steht's? Was habt ihr erreicht?«

Der Mulatte grinste. »Wenig, Señor. Schwere Sache. Nicht heranzukommen. Ist zu gut bewacht, der alte Bursche. Hat eine verdammt gefährliche Leibwache.«

»Wo sind die anderen?«

»Hinter mir. Werden bald da sein.«

Das Gesicht des jungen Hazienderos sah plötzlich grausam verwandelt aus, es war, als sei ihm eine Maske abgenommen; mit einer Mischung aus Hass, Hohn und Verachtung sah er auf den Mulatten. »Wenn man sich mit euresgleichen einlässt«, knirschte er, »zahnlose Hunde!«

In den Augen des Beschimpften blitzte es gefährlich, er zeigte die Zähne: »Werden schon noch beißen!«

Mendez' Züge hatten sich schon wieder geglättet. »Was hat es in den Bergen gegeben?« fragte er, »da war doch ein Gefecht.«

»Lerma wurde auf dem Rückzug angegriffen, hat die Motineros geworfen und die Pässe besetzt.«

»Wird ihm nicht mehr viel helfen«, knurrte der Señor. »Kommt ihm Sarmiento jetzt in den Rücken, ist er verloren.«

Der Mulatte grinste schlau: »Ja, Señor, aber Sarmiento kennt die Felspfade nicht.«

»Gibt es niemand, der sie ihm zeigen könnte?«

»Es könnte immerhin jemand geben«, sagte der Mulatte, unentwegt grinsend und dem Caballero zu Pferd mit unverschämter Vertraulichkeit ins Gesicht starrend.

Ein breitschultriger Neger und ein Indianer traten aus dem Buschwerk auf die Straße. Mendez sah sie finster an. »Wenn ihr so weitermacht, ist es besser, ich verzichte auf eure Hilfe«, sagte er. Der Neger zog die Schultern hoch; auch er grinste. »Habe gar keine Lust, meinen Kopf daranzusetzen«, sagte er.

»Wär' auch schade darum«, höhnte Mendez.

Der Neger verkniff die Augen. »Wir werden uns unser Geld schon verdienen«, zischte er, »die Sache macht sich jetzt einfacher. Der General ist auf dem Wege nach del Roca.«

»Was sagst du da?« Mendez war unwillkürlich zusammengefahren. »Der Teufel, das wäre eine Sache!« rief er; sein hübsches Stutzergesicht war zu einer Grimasse verzerrt. »Also gut, Burschen, ich verlasse mich auf euch.« Sein Blick fiel auf den Indianer, der Einzige, dessen Züge nichts als stoische Ruhe und Gelassenheit verrieten. »Nun, Tamay«, sagte er, »schweigsam wie immer. Was meinst du denn zur Lage?«

Der ehemalige Jäger der Hacienda del Roca wandte dem Reiter ruhig seine Augen zu. »Conde großer Krieger«, sagte er, »Motineros Narren!«

»Höchstwahrscheinlich, aber lassen wir das jetzt. Du kennst die Gebirgspässe?«

»Ja.«

»Sarmiento wird seinen Angriff zweifellos wiederholen, denn er muss Lerma verhindern, mit dem Rest seiner Truppen nach San Salvador zu entkommen.«

»Es ist wahrscheinlich.«

»Also gut, höre zu. Ich werde dir ein paar Zeilen für Sarmiento geben. Du wirst zu ihm gehen und wirst dich erbieten, einen Teil seiner Truppen durch die Berge zu führen. Er wird dich belohnen und ich auch.«

Der Indianer nickte gleichmütig. »Gut. Und der Conde?« setzte er lauernd hinzu.

»Braucht dich jetzt nicht mehr zu interessieren. Wird Tito mit dem Neger besorgen.« Er wandte sich an den Mulatten und den Schwarzen. »Ihr macht euch auf den Weg nach del Roca«, sagte er. Er langte in die Tasche, holte einige Gold- und Silberstücke heraus und warf sie unter die Drei, wie man Hunden Brocken zuwirft. Und wie Hunde lagen der Mulatte und der Neger gleich darauf an der Erde und rauften sich. Tamay sah diesem Treiben verächtlich zu; er regte sich nicht.

»Vorwärts, Tamay, du bleibst hinter mir«, rief der Caballero und gab seinem Pferd die Sporen. Der Indianer nahm den Weg durch den Wald.

*

Einen Abend und eine Nacht weilte General de Lerma auf del Roca. Die Nacht verlief ruhig und ohne Zwischenfälle. Die ausgestellten Posten wussten am Morgen nichts Neues zu melden. Offiziere und Soldaten schliefen noch, als der General zur Veranda hinaustrat. »Lassen Sie sie schlafen«, sagte er zu dem diensttuenden Adjutanten, »sie werden ihre Kräfte nötig haben.«

Er trat in den Garten hinaus; der Morgen war klar und hell, die Luft von Blütenduft erfüllt. Lerma liebte diese friedlichen Morgenstunden im Freien; er ging, die Hände auf dem Rücken verschränkt und in ernste Gedanken versunken, zwischen den blühenden Bosketts auf und ab. Kommt Salvero jetzt von San Salvador heran und steht der Süden zu uns, treffen vor allem die amerikanischen Waffenlieferungen rechtzeitig ein, dann kann alles noch gut werden, dachte er. Wenn nur Sarmiento nicht im letzten Augenblick noch diesen tückischen Mayakaziken auf seine Seite bringt. Der Punkt machte ihm Sorge. Antonio d'Irala hatte ihm am vergangenen Abend von einem jungen Indianer erzählt, der in seinem Hause groß geworden sei und von dem nun behauptet werde, dass er von dem alten Königsgeschlecht der Maya abstamme. Er hatte viel darüber nachdenken müssen. Der Junge war fast gleichzeitig mit dem offenen Aufflammen des Bürgerkrieges auf rätselhafte Weise verschwunden; eine sonderbare Geschichte.

Lerma teilte durchaus das eingewurzelte Vorurteil seiner Landsleute gegen alle Menschen anderer Farbe. Aber er war ein nüchterner Soldat, der die Verhältnisse und die besonderen Umstände seines Landes studiert und gelernt hatte, auch mit dem Unwägbaren zu rechnen. Dieser Chamulpo bezog seine Macht aus dem Einfluss, den er auf seine Stammesgenossen ausübte. Und dieser Einfluss basierte auf der Annahme, dass Chamulpo mit dem ehemaligen Königsgeschlecht verwandt sei. Wie gut wäre es gewesen, diesen indianischen Jungen, vorausgesetzt, dass d'Iralas Behauptungen zutrafen, gegen den Kaziken auszuspielen. Es hätte von schlechthin entscheidender Bedeutung sein können. Kaum ein Zweifel, dass Chamulpo sich des Burschen bemächtigt hatte; wahrscheinlich lebte er in diesem Augenblick schon nicht mehr.

Der Conde näherte sich einer aus Myrten und Rosazeen gebildeten Laube; durch das schattige Grün schimmerte es weiß. Vermutlich eine der Damen des Hauses, die ebenso wie ich die Morgenstunde liebt, dachte er und war im Begriff, umzukehren; in eben diesem Augenblick trat Maria, die Unruhe und Sorge so früh vom Lager getrieben hatten, in den Eingang der Laube.

Der General blieb stehen, er fühlte plötzlich, dass er zitterte, er glaubte sich im strahlenden Licht der jungen Morgensonne von einem Spuk genarrt. Das war doch nicht möglich. Das gab es doch nicht. Seine Augen weiteten sich, er starrte auf das Mädchen wie auf eine Erscheinung. »Mercedes«, stammelte er.

Maria sah den alten Soldaten aus weit geöffneten Augen an. Was hatte er denn? War ihm nicht gut? Fast eine Minute standen sie sich gegenüber, dann überwand Maria ihre Scheu und tat einige Schritte auf Lerma zu. »Ich bin Maria, Don Antonios Tochter«, sagte sie leise, ein bisschen eingeschüchtert durch das sonderbare Verhalten des Mannes.

Es gab dem alten Mann einen Ruck, er fuhr sich mit einer fahrigen Bewegung über die Augen, als müsse er einen Schleier wegziehen. »Verzeihen Sie, Señorita«, sagte er, »ich glaubte wahrhaftig, eine Erscheinung zu sehen; diese Ähnlichkeit ist erstaunlich.«

Wem gleiche ich denn, wollte Maria fragen, deren Befangenheit unter den Worten des Generals zu schwinden begann, in eben diesem Augenblick aber trat Doña Inez hinter einem Boskett hervor; Lermas Gestalt straffte sich, er küsste der Señora die Hand. »Es tut mir leid, den Morgenspaziergang der Damen gestört zu haben«, sagte er.

»Nicht doch, Exzellenza«, Doña Inez lächelte, »es waren die Aufregungen des gestrigen Tages, die meine Tochter und auch mich nicht schlafen ließen. Wir sind sonst niemals so zeitig im Garten. Lassen Sie sich durch uns ja nicht stören.«

Maria war zu der Mutter getreten. »Denke dir, Mama«, sagte sie, »ich habe Exzellenz unwissentlich erschreckt. Ich gleiche offenbar einem Menschen seiner Bekanntschaft.«

Lerma sah sie mit einem großen Blick an, und wieder stand das nackte Erstaunen in seinen Augen. »Es ist das in der Tat eine seltsame Sache«, wandte er sich an Doña Inez, »die Señorita erinnert mich in geradezu verblüffender Weise an meine Tochter Mercedes, die mir schon vor vielen Jahren entrissen wurde.«

»Mercedes?« Die Señora sah dem alten Mann mit einem langen, nachdenklichen Blick in die Augen, »die Mutter Marias hieß Mercedes«, sagte sie, »sie ist ja nicht unser Kind, das Meer hat sie uns zugeführt.«

»Mercedes? – Das Meer?« Die Augen des Generals sahen aus, als wollten sie aus den Höhlen heraus. »Wann?« schrie er plötzlich und starrte die Damen wie ein Irrsinniger an. »Das Meer sagen Sie? Wann ist das geschehen?«

Maria begann zu zittern. Da stand ein Mann vor ihr, er trug Uniform, er war alt, und sein zerfurchtes, pergamentfarbenes Gesicht war verzerrt, als würde es von Entsetzen und Hoffnung gleicherweise bewegt. »Wann?« fragte er noch einmal und stand, etwas vorgebeugt, wie eine Statue, Maria anstarrend, als wäre sie ein Geist.

Doña Inez fühlte, wie ein Schauer sie überlief. »Vierzehn Jahre«, stammelte sie, »vierzehn Jahre ist das jetzt her, da scheiterte ein Schiff an unserer Küste. Ein Wrackteil wurde angetrieben, mein Mann holte ein kleines Mädchen – unsere Maria – und einen indianischen Knaben herunter; sie waren die einzigen Überlebenden des Schiffes.«

Dem General wurde es dunkel vor den Augen, er griff um sich, als müsse er sich stützen, Maria unterdrückte einen Schrei. Aber der Mann hatte sich schon wieder gefasst, er war sehr blass jetzt, seine Haut schien von innen durchleuchtet, und in seinen Augen war die Bewegung seines Herzens zu lesen. »Hören Sie, Señora«, sagte er und wunderte sich über den blechernen Klang der eigenen Stimme, »meine Tochter Mercedes mit ihrem Mann Don Diego Pinnol, ihre kleine Tochter und ein indianischer Junge, den sie auf der Flucht gefunden und mitgenommen hatten, verließen vor vierzehn Jahren im Juni Acapulco, um nach San José zu segeln; man hat nie wieder von ihnen gehört, das Schiff, mit dem sie fuhren, ist zweifellos gesunken. Gleich darauf brach der Krieg aus. Er verhinderte alle direkten Nachforschungen. Ich habe dann außerdem von mir aus nichts unternommen, weil ich bis vor Kurzem annehmen musste, das Unglück sei auf dem Atlantischen Ozean geschehen. Ich sehe die Señorita vor mir, und ich meine, meine Tochter zu sehen. Es ist kein Zweifel. – Es ist kein Zweifel, kein Zweifel!« wiederholte er einige Male, den starren Blick immer noch auf das Mädchen gerichtet.

Maria hatte sich an den Arm der Señora gehängt, auch ihre Augen waren weit aufgerissen, sie zitterte nun am ganzen Leibe. Doña Inez strich ihr sacht über das Haar, aber auch sie hatte Mühe, ihre Erregung zu verbergen. Nein, es ist wohl kein Zweifel, dachte auch sie, aber was nun? Was nun? Er wird sie mir entführen - sie ist doch meine Tochter - ich habe sie doch erzogen - sie war immer da - ich kann doch nicht; sie zwang sich zur Ruhe, sie sah dem General mit einem ernsten Blick in die Augen. »Es wäre wunderbar«, sagte sie leise, »eine wunderbare Fügung - wir werden alles prüfen, überlegen, werden Feststellungen treffen.« Immer noch strich ihre Hand über den Scheitel des Mädchens, sie zwang sich zur Sachlichkeit, zum Nachdenken. »Marias Wäsche war mit einem P gezeichnet«, sagte sie. »Die Kleine kannte ihren Familiennamen nicht, aber sie sprach von ihren Eltern als von Don Diego und Doña Mercedes. Ich habe das Hemdchen, das Kleidchen noch.«

Lerma hatte ihre Worte in sich hineingesogen, er machte eine fahrige Geste. »Unter dem P muss ein winziges M stehen«, sagte er, »meine Tochter pflegte ihre Wäsche selber zu zeichnen, ich habe das einige Male gesehen.«

»Ja«, sagte die Señora, schwer atmend, »ja, es ist so.«

»So hätte ich - nach so viel Jahren - meine Enkelin wiedergefunden«, stammelte der Conde, »ich fasse es noch nicht. Fasse es noch nicht.«

Maria sah die Hilflosigkeit des alten Mannes, es versetzte ihrem Herzen einen Ruck. Sie löste sich aus dem Arm der Señora und trat auf den General zu. Sie legte ihm die Hand auf den Arm und sah ihm mit einem warmen Lächeln in die Augen; er riss das Mädchen an seine Brust und strich ihr immer wieder über den dunklen Scheitel. »Mercedes«, stammelte er, »meine kleine Mercedes.«

Schnelle Schritte näherten sich, Don Antonio trat heran und blickte leicht befremdet auf die Gruppe. Mit wenigen Worten war er aufgeklärt; er war zunächst fassungslos. »Welche Fügung«, murmelte er mehrmals, »welche Fügung!«

Man begab sich zum Hause zurück. Der General hatte sich völlig gefasst, er schien verwandelt, sein Gang war elastischer, sein Gesicht leuchtete, er schien um Jahre verjüngt. Der Señor und die Señora möchten nicht etwa besorgt sein und törichte Befürchtungen hegen, sagte er. Er drückte d'Iralas Arm. »Ihr habt Elternrechte an dem Kind erworben«, sagte er, »ich werde sie gewiss nicht beschneiden. Aber dulden müsst ihr mich nun schon in eurem Kreis.« Maria hing nun an seinem Arm; ihr war wunderlich zumute. Mein Großvater! Dachte sie, Mutters Vater! Und ich gleiche meiner Mutter! Wie wunderbar das alles ist! Wahrhaftig, wie ein Wunder!

Der Freude des Wiederfindens war keine lange Spanne beschert; der Ernst der Stunde forderte sein Recht. Meldungen liefen ein, und der General und seine Offiziere saßen bald angestrengt über ihren Generalstabskarten. Die Hilfstruppen von San Salvador wurden gemeldet; ein Versuch, die Stellungen Lermas auf heimischen Felspfaden zu umgehen, war bisher nicht gemacht worden, wohl aber hatte man den seit Pablos Entführung verschwundenen indianischen Jäger Tamay unter verdächtigen Umständen festgenommen. Die Gesamtlage sah sich nicht ungünstig an.

Im Laufe des Vormittags erschien der Señor Louis de Mendez auf der Hacienda und begehrte den General zu sprechen. Lerma empfing ihn im Beisein der Familie d'Irala.

»Ich habe soeben erst von Ihrer Anwesenheit erfahren, verehrter Großoheim«, sagte der junge Mann geschmeidig, »und ich freue mich, dass Ihnen die Strapazen des Feldzuges nicht anzumerken sind.« Er setzte ein bescheidenes Lächeln auf. »Hoffentlich komme ich heute zu gelegener Stunde«, setzte er hinzu, »wahrhaftig, Sie haben mich unlängst schändlich behandelt.«

Lerma sah ihn mit kalter Aufmerksamkeit an, auch sein Gesicht verzog sich jetzt zu einem Lächeln. »Ich bin in der Tat guter Laune«, sagte er leichthin, »und wahrhaftig, ich habe Grund dazu. Was mir heute begegnet ist, begegnet einem nicht alle Tage. Wie gut, dass du da bist, mein Sohn, du hast auf diese Weise Gelegenheit, eine alte Bekannte als Verwandte zu begrüßen. Darf ich dir vorstellen« - er wies auf Maria, deren Antlitz sich eisig verschlossen hatte, kaum dass Mendez das Zimmer betrat - »du kennst die Señorita bereits und du kennst sie doch nicht« - es blitzte in seinen Augen vor heimlichem Spott - »Doña Maria de Pinnol, meine leibliche Enkelin.«

Mendez sah ihn an, als habe der Alte den Verstand verloren; seine Lippen zuckten, er sah zu Maria hinüber, aber für die war er offenbar eine Art Glaswand, er sah wieder Lerma an; der schlug die Beine übereinander und entzündete sich eine Zigarette. »Eine wunderbare Fügung«, sagte er, »ich habe selber daran zu schlucken gehabt, bis ich es begriff. An das Glück glaubt es sich noch schwerer als an das Unglück, aber es ist wahrhaftig so, jeder Zweifel ist bereits ausgeschlossen. Freust du dich nicht?« Der Hohn in der Stimme des Generals war nun unverkennbar.

Mendez stammelte irgendetwas, sinnlose Worte. Ich muss mich beherrschen, dachte er, ich muss mein Gesicht beherrschen. Der Alte ist übergeschnappt, man sollte ihn einsperren. Selbstverständlich war diese ganze romantische Geschichte erlogen, ein Grund, ihn beiseitezuschieben, ihn um sein Erbe zu bringen. Er bezwang sich, er würgte hinunter, was ihm in dicken Brocken in der Kehle saß, er zauberte sogar wieder ein Lächeln auf seine Wangen.

»Ich bin ein wenig überrascht«, sagte er, »und ich verstehe vielleicht auch nicht ganz. Ich vermute, Sie wollen die junge Dame an Kindes statt annehmen?«

»Aber warum denn?« Lerma wurde nun richtig gemütlich, ein jovialer alter Herr, er strich sich den Bart, sah sich mit blitzenden Augen im Raum um und lachte seinen Großneffen an. »Warum denn?« wiederholte er, »das hat ja Señor d'Irala schon vor vierzehn Jahren getan. Sie ist ja meines Kindes leibhaftiges Kind, und ich bin auf meine alten Tage doch noch einmal Großpapa geworden.«

»Fassen Sie sich nur«, schaltete Don Antonio sich ein, »mich hat's auch erst gepackt, und am liebsten hätt' ich's bestritten, aus Eifersucht nämlich, dass unsere Maria nicht mehr ausschließlich uns gehören soll, aber es ist gar kein Zweifel möglich. Diese junge Dame hier ist Maria de Pinnol, die leibliche Tochter des verstorbenen Señor Diego de Pinnol und seiner gleichfalls verstorbenen Gattin Mercedes de Lerma.«

Das war denn doch wohl zu viel. Es ist ungeheuerlich, dachte Mendez, es ist ein abgekartetes Spiel, aber sie sollen es beweisen. Der Schweiß stand ihm in großen Tropfen auf der Stirn. »Hoffentlich lässt sich der Beweis der Abstammung noch führen«, presste er zwischen den Zähnen heraus und ärgerte sich gleich darauf über seine eigene Dummheit.

»Oh, dieserhalb machen Sie sich ja keine Sorge«, versetzte phlegmatisch der General, »wir haben Beweise in Händen, die vor jedem Gerichtshof des Landes bestehen. Übrigens werde ich die ganze Geschichte noch heute juristisch in Ordnung bringen. Schließlich herrscht Krieg, und sogar ein alter Haudegen ist sterblich.«

Das walte der Teufel! Dachte Mendez.

»Du scheinst dich gar nicht zu freuen?«

»Ich bin noch so erstaunt – –«; Mendez biss die Zähne zusammen. Weg! Dachte er, jetzt nur hier weg, das ist ja nicht auszuhalten! Er fasste sich, seine Stimme hatte einen schnarrenden Ton. Er sagte: »Aber ich werde das schon noch begreifen. Und ich werde auch noch Gelegenheit haben, meine Freude zu bezeigen und Doña Maria als – Cousine zu begrüßen. Jetzt möchte ich nicht länger hier stören. Sie erlauben – –«

Er verbeugte sich kurz und verließ den Raum; kein Abschiedswort folgte ihm.

In sich versunken, betäubt fast von dem unerwarteten Schlag, saß er im Sattel. Er zweifelte innerlich nicht mehr, dass sich die Dinge so verhielten, wie er gehört hatte. Was aber dann? Was dann? Der Verlust der Erbschaft bedeutete seinen völligen Ruin, da sein gesamtes Vermögen nur noch aus Schulden bestand. Man musste überlegen, es musste etwas geschehen, sofort musste etwas geschehen. Aber was? Was?

Er ritt durch den Wald, sah nicht rechts noch links. Er sah erst auf, als am Zügel seines Pferdes gerissen wurde. Der Mulatte stand vor ihm; hinter diesem, dicht am Waldrand, zeigte der Neger seine Zähne. »Ah«, sagte er, »ihr seid da. Das ist gut, gut. Hört zu!« Er beugte sich aus dem Sattel und legte dem Mulatten die Hand auf die Schulter. »Es ist anders geworden, alles anders. Lasst den Alten in Ruhe. Vorerst. Keine Hand wird gerührt. Habt ihr verstanden?«

»Verstanden schon, aber –«. Der Mulatte grinste.

»Heut Nacht bei der Grotte. Dort erhaltet ihr weitere Befehle!« sagte Mendez; er war plötzlich wach. Er gab seinem Pferd die Zügel frei und sprengte davon. Die Ladrones sahen ihm nach.

Auf del Roca wurde dem General ein Brief überreicht, der dem Jäger Tamay abgenommen worden war. Er las ihn aufmerksam durch und steckte ihn in die Tasche. Noch am Nachmittag verließ er die Hacienda. Der Feind hatte seinen Angriff nicht wiederholt, außerdem kommandierte hier der erfahrene und zuverlässige Callego. General de Lerma aber ritt, von der Lancero-Eskadron gefolgt, den von San Salvador heranrückenden Verbündeten entgegen.

Der Tempelwächter

»Er lebt! Er lebt! Der Enkel der Könige lebt!« flüsterte Tenanga; er richtete sich auf. Minutenlang hatte er neben dem scheinbar leblosen Körper Pablos gekniet, zitternd vor Schmerz, Ingrimm und Hass. Aber nun hob ein schwacher Atemzug die Brust des Liegenden, gleich darauf schlug er die Augen auf. Aus seiner kleinen Wunde an der Seite sickerte Blut.

»Atme! Atme gut durch, Hualpa«, flüsterte der Kniende, »es ist alles gut, deine Wunde ist nicht gefährlich, wir werden sie heilen.«

Der Verwundete ließ seine Augen umherschweifen; etwas wie Verwunderung stand darin. »Was ist denn? Was ist?« murmelte er. Und dann versuchte er sich aufzurichten, sein Gesicht verzerrte sich. »Ich weiß«, murmelte er, »ich bin getroffen, in den Rücken. Muss ich sterben?«

Tenanga hatte die Wunde bereits vorsichtig entblößt. »Nein«, sagte er, »Nein, König, du musst nicht sterben. Die Unsichtbaren haben dich geschützt. Die Kugel ist abgeglitten und hat die Rippen umgangen. Es ist nicht gefährlich.« Er war schon dabei, Pablos Hemd in Fetzen zu reißen. Er lief mit den Linnenstreifen die Treppe hinunter ans Wasser, tauchte sie ein und kam schnell wieder zurück. Sorgfältig kühlte er die Wunde, legte die Kompresse auf und umwickelte sie mit langen Streifen, sodass sie festlag und die nicht sehr starke Blutung gestillt wurde. Pablo war schon wieder völlig bei Sinnen, der harte Fall hatte ihn betäubt. Nachdem Tenanga ihn provisorisch gebettet hatte, sah er nach den Feinden aus; die Angst um den Getroffenen hatte ihn eine Zeit lang alle Sorgfalt vergessen lassen. Aber von den Verfolgern war weit und breit nichts mehr zu erblicken. Vielleicht glaubten sie ihre Aufgabe mit Pablos Fall erfüllt, vielleicht hatten sie sich auch zurückgezogen, weil Tenanga ihren Anführer niedergestreckt hatte. Möglicherweise fürchteten sie auch, sich dem leicht zu verteidigenden Turm zu nahen. Fort waren sie jedenfalls.

»Ich will dir ein Lager bereiten«, sagte Tenanga und ging in den Turm hinein, der im oberen Teil zwei leere Gemächer aufwies, deren Fensteröffnungen auf den Fluss hinauswiesen. Auf dem Umgang, der den viereckigen oberen Teil des Turmes umgab, wuchsen Gras und allerlei Buschwerk. Tenanga sammelte Laub und dürres Gras, schleppte es in eines der Gemächer und errichtete auf diese Weise ein primitives Lager. Dann ging er zu Pablo hinab, der zwar nicht allein zu gehen vermochte, indessen, auf Tenangas starken Arm gestützt, die Zähne zusammenbeißend, in den Turm hineinwankte und bald auf dem Lager gebettet war.

Tenanga war unermüdlich um ihn besorgt, er brachte ihm Wasser vom Fluss, um seinen Durst zu löschen, und fragte immer wieder nach etwaigen Wünschen. Aber Pablo hatte keine Wünsche, er war nur müde und fühlte sich matt.

»Schlafe, Hualpa«, sagte Tenanga, »ich werde dich ein Weilchen allein lassen. Ich will sehen, ob noch Feinde im Wald stecken und versuchen, uns ein Wild zu schießen; es ist nötig, dass du bald kräftige Nahrung bekommst. Du bist sicher hier, es wird sich niemand an das alte Gemäuer wagen, und außerdem entferne ich mich nicht weit.«

»Geh nur«, antwortete Pablo leise, »ich bin sehr erschöpft. Die Ruhe wird mir gut tun. Ich danke dir für deine Hilfe.«

Tenanga nahm seine Büchse und ging leise hinaus. Vor Pablos halbgeschlossenen Augen begannen seltsame Schleier zu wogen, die noch seltsamere Bilder zu verbergen schienen. Er hätte gern gewusst, was das für Bilder seien. Es war ihm, als sähe er eine plumpe, geduckte Gestalt, er wusste nicht, war es ein Mann oder Weib, der Kopf war im Verhältnis zum Körper übergroß, starre, leere Augen sahen ihn an. Doch verschwand das Bild schon wieder, bevor es noch deutlich geworden, um einem anderen, kaum in der Kontur erkennbaren, Platz zu machen. Es war ihm, als träten aus Nischen Gestalten auf ihn zu, unhörbar, schwebend, sie erschreckten ihn durch ihre Lautlosigkeit.

Plötzlich ließ ein leises Kichern ihn zusammenzucken. Er riss die Augen auf, schloss sie gleich wieder wie in jähem Schreck und öffnete sie abermals. Wachte oder träumte er? Nein, er träumte wohl nicht. Das Kichern ertönte abermals, es klang blechern und hohl, Pablo aber, nun auf die Hände gestützt und halb aufgerichtet, sah einen Mann vor sich stehen, einen Indianer zweifellos, und zwar einen Greis; langes, weißes Haar rahmte das tief braune, faltige Gesicht und fiel auf die schmalen Schultern herab. Der Mann, ein Männchen eigentlich, vielleicht vom Alter geschrumpft, trug eine Art Pantherfell, aus dem nackte, magere Arme heraussahen. Die ebenso mageren Beine steckten in langen ledernen Gamaschen. In dem weißen Haar waren ein paar wippende Federn befestigt. Der Mann hielt in den Händen Bogen und Pfeile. In seinem dunklen, ledernen Gesicht brannten ein Paar kleine, dunkle Augen in einem unheimlichen Glanz. Der Mann kicherte abermals. Der Blick, mit dem er Pablo ansah, schien auf eine eigentümliche Weise leer. »Bist du zurückgekommen?« fragte er jetzt, seine Stimme klang hoch, beinahe schrill, fast wie die eines Kindes. Die Worte waren in der Mayasprache gesagt.

Er träumte also nicht. Er versuchte sich weiter aufzurichten; seine Augen forschten in dem Antlitz des Mannes. »Wer bist du?« flüsterte er, von einem unheimlichen Grauen gepackt; war es ihm doch, als sei da ein uraltes Bildwerk auf geheimnisvolle Weise lebendig geworden. »Es wird Zeit! Es wird hohe Zeit!« flüsterte der Mann.

Pablo unterdrückte ein Stöhnen. »Wer du auch bist«, sagte er, »ich bin verwundet, habe vor Feinden hier Zuflucht gefunden –«

»Ich weiß, ich weiß!« sagte der Mann, er stieß plötzlich ein schrilles Gelächter aus, »sie haben ganze Arbeit gemacht, die Blancos; es ist keiner übrig geblieben. Auch du, Nezualpilli, bist lange schon tot. Warum bist du zurückgekommen?« Ein Wahnsinniger! Dachte Pablo, ohne Zweifel ein Wahnsinniger. Er war so müde, so erschöpft, das Denken fiel ihm so schwer, er hätte sich am liebsten zurückgleiten lassen und die Augen geschlossen. Aber dieser kleine wahnsinnige Indianer war eine Realität, und von dieser Realität ging etwas Bedrohliches aus. Vielleicht war doch ein Zugang zu den verschütteten Schächten seines Bewusstseins; der Jüngling fühlte, er müsse heraus aus dieser sonderbaren Traumwelt, hinein in Aufmerksamkeit heischende Wirklichkeit. Er zwang seinen Blick in die flackernden Augen des sonderbaren Greises und sagte auf Spanisch: »Ich bin Pablo del Roca« (er hatte, solange er bei d'Irala war, den Namen der Hacienda als den seinen geführt).

Mit den gespenstischen Zügen des Mannes ging, kaum dass diese spanischen Worte erklungen waren, eine merkwürdige Veränderung vor sich. Es war, als straffe sich die Haut, in die leeren Augen kam Leben, ein forschender, misstrauischer Ausdruck ergriff Besitz von ihnen, selbst die Stimme erschien verändert, einen Ton dunkler und natürlicher:

»Wie kamst du hierher?«

»Auf der Flucht. Wir wurden verfolgt, eine Kugel traf mich, ein Freund schleppte mich hierher.«

»Wer verfolgte dich?«

Pablo zögerte; er wusste nicht, ob es geraten sei, den Namen Chamulpo zu nennen. Dieser Fremde war ihm mit seinen plötzlich natürlichen und verständlichen Fragen nur noch rätselhafter geworden.

»Blancos? Sind es Blancos, die dich verfolgen?«

»Nein. Ein mächtiger Indianer ist es.«

»Ein Indianer? Dich?« Der Alte beugte sich ruckhaft herab, starrte ihn an. Pablo sah mit Grauen, wie der Ausdruck seiner Augen schon wieder wechselte. »Nezualpilli«, murmelte der Alte, »Nezualpilli, wie kommst du hierher?«

»Ich bin ein Maya, aber ich bin unter Weißen erzogen worden«, sagte Pablo und mühte sich, seiner Stimme Festigkeit und seinen Blicken Kraft zu geben. Der Alte horchte auf, er fuhr sich mit der knochigen Hand über die Stirn, er schien nachzudenken, plötzlich erschien sein Gesicht auf eine grausame Weise hilflos und verlassen. »Tanub auch«, murmelte er, »Tanub ist auch unter Blancos erzogen, sie wollten ihn zum Priester machen, von dem Mann am Kreuz sollte ich lehren, aber sie sind dazwischen getreten« – er sah sich mit scheuen Blicken in dem düsteren Gemach um, »siehst du sie an den Wänden, die Schatten der Könige?« flüsterte er, »sie wollten es nicht, sie wollten Tanub nicht lassen, sie sind unter den Schwertern der Blancos gefallen, Tanub durfte nicht dem Gott ihrer Mörder dienen.«

Pablo starrte ihn an. Er ist wahnsinnig, dachte er wieder, sein Geist ist verwirrt, aber er ist ein Mensch, kein Gespenst, ich brauche mich nicht zu fürchten. Es ist noch Vernunft in ihm, man muss sie nur wecken. Er wollte etwas sagen, aber seine Wunde schmerzte, er musste sich fallen lassen, ein leises Stöhnen kam über seine Lippen.

Im Augenblick kniete der Alte an seiner Seite, Bogen und Pfeile hatte er fallen lassen. »Du bist verwundet?« fragte er, wieder mit ganz natürlicher Stimme, »lass sehen, ich verstehe mich darauf.« Und schon begann er, mit unendlicher Sorgfalt den Verband zu lösen. »Es ist nichts«, murmelte er, »es ist gar nichts. Ich werde dir Kräuter auflegen. Wo ist dein Freund?«

»Er wollte versuchen, ein Wild zu schießen.«

Der Alte runzelte die Stirn. »Dummes Zeug«, lispelte er, »warum kommt er nicht zu mir? Ich habe alles. Alles, was du brauchst.« Er verband die Wunde wieder, und das mit solcher Umsicht und Geschicklichkeit, dass ein behutsamer Arzt es nicht besser gekonnt hätte. »Du musst zu mir kommen«, flüsterte er, »kannst hier nicht bleiben. Tanub wird dich pflegen, wird dich heilen.«

»Ihr wohnt in der Nähe, Señor?«

»Was fragst du so dumm? Weißt du nicht, wo Tanub wohnt? Jeder weiß es.« Pablo schwieg; seine Augenlider senkten sich, Traum und Wirklichkeit gingen ineinander über, er wusste nicht, war der Alte Wirklichkeit oder war er doch nur ein Traum?

Plötzlich kicherte es wieder neben ihm. Er riss die Augen auf, sah, der Alte hockte am Boden. »Siehst du das Bild?« fragte er mit der hellen schrillen Stimme. Sein, magerer Arm war ausgestreckt und wies auf eine Wand; er zitterte. Pablo folgte dem Blick und sah: Er hatte auch das Bild von vorhin nicht geträumt. An der Wand erhob sich ein Relief, es schien herauszutreten; je länger Pablo es anstarrte, je lebendiger wurde es.

»Weißt du, wer das ist?« flüsterte der Alte.

»Nein, Señor.«

Wieder das leise, kichernde Lachen. »Niemand weiß es.« Die Schultern des kleinen Mannes zuckten. »Niemand außer Tanub. Axopil ist es, der König. Er hat diesen Turm gebaut, vor vielen Hundert Jahren. Kannst du die Zeichen der Mayas lesen?«

»Nein, ich kann es nicht.«

Und abermals das heillose Kichern, der Greis rieb sich die Hände, ein irrsinniges Lächeln verzerrte sein zerknittertes Gesicht. »Niemand kann sie lesen, niemand auf Erden außer Tanub. Die Gelehrten der Blancos wissen nichts von ihnen, Tanub allein entschlüsseln sie sich.« Er wiegte im Sitzen den schmalen, schmächtigen Oberkörper hin und her. »Die Estrangeros kommen«, kicherte er, »Americanos, Alemans und Ingleses. Sie forschen in den Königspalästen nach den Zeichen der Vergangenheit, die ihre Väter ausgelöscht haben, sie suchten die Zeichen zu deuten, aber die alten Steine geben ihr Geheimnis nicht preis. Niemand liest die Geschichte der Könige, nur Tanub kennt sie, Tanub, der bei den Priestern war. Da ist ein Aleman, ein großer Gelehrter, er weiß viel, sehr viel, er will die Zeichen enträtseln, aber er kann es nicht, auch er kann es nicht.«

Pablo war wieder ganz wach; mit aufmerksamem Staunen lauschte er den halb irren, halb vernünftigen Reden des alten Indianers. Der wiegte sich hin und her und sah über ihn weg, als sei er gar nicht vorhanden. Ein leiser Schritt wurde hörbar, Tenanga stand im Raum, er hatte die Büchse in der Hand und sah verwundert auf den hockenden Alten. Pablo atmete auf. »Tenanga«, sagte er, »wie gut, dass du wieder da bist.«

»Ich habe unten am Ufer einen Kahn gesehen«, versetzte der Ankömmling, »einen Kahn mit zwei Leuten darin. Da kam ich zurück.«

Der Alte schien den Eingetretenen erst jetzt zu bemerken, er erhob sich und ging mit einer gravitätischen Feierlichkeit auf ihn zu. »Ist das dein Freund?« fragte er, zu Pablo gewandt.

»Ja, es ist Tenanga, der Sohn Azuals.«

Der Alte stieß einen heiseren Schrei aus; seine Augen schienen aus den Höhlen zu wollen, er starrte den jungen Jäger an. »Azual«, lispelte er, »der Sohn Azuals?«

Tenanga war zurückgetreten und hatte die Büchse fester gefasst; er ließ den Alten nicht aus dem Auge. »Mein Vater war Azual«, sagte er.

Der Greis ließ sein Kichern ertönen, lauter jetzt, schriller, gespenstiger. Plötzlich brach es ab, er flüsterte, den flackernden Blick auf Tenanga gerichtet: »Weißt du, wo Azual ist?«

»Ja«, sagte Tenanga mit zitternder Stimme, »er ist tot.«

»Tot! Tot!« rief der Alte, seine Stimme schnappte über, er machte den lächerlichen Versuch, sich aufzurecken. »In der Nacht ist er«, rief er, »in der ewigen Nacht: Er hat den König, den letzten König, den Enkel Nezualpillis, erschlagen!«

Tenanga, von diesen herausgeschrienen Worten wie von einem Schlag getroffen, begann am ganzen Leibe zu zittern; er starrte auf den Alten wie auf eine Erscheinung. »Der Enkel der Könige lebt«, flüsterte er, »Azual hat ihn nicht erschlagen, und Hualpa hat ihm verziehen. Dort liegt er, frage ihn selbst.«

Der wilde Ausdruck in des Alten Gesicht erlosch, er sah aus, als lausche er in sich hinein, dann wandte er sich und sah Pablos dunkle Augen auf sich gerichtet. »Hualpa hat verziehen. Azuals Seele wird im Licht wohnen«, sagte der Jüngling.

Da ging ein Zittern durch den Körper des Greises, er kniete neben Pablos Lagerstätte nieder. »Hualpa«, flüsterte er, »du bist Hualpa, der Enkel, du bist wiedergekommen. Ich habe es gewusst. Tanub hat es gewusst. Er hat es in den Sternen gelesen. Der Enkel war tot, Azual erschlug ihn auf Chamulpos Befehl, aber Tanub wusste, dass er wiederkommen würde zu seiner Zeit. Sei willkommen, Hualpa, willkommen, König, im Reich deiner Väter!«

Lange saß er so; die Jünglinge schwiegen. Plötzlich erhob er sich, ein Verwandelter wieder, dem man nicht anmerkte, dass sein Geist verwirrt war. »Ihr müsst mit mir kommen«, sagte er, »Tanub wird den König heilen, niemand wird ihn bei mir suchen, niemand wird ihn finden. Von Tanubs Haus wird er seinen Ausgang nehmen. Kommt. Es ist Zeit.«

Sie hoben den Verwundeten auf; es erwies sich, dass der kleine Greis noch über erstaunliche Kräfte verfügte. Sie trugen ihn aus dem Turm und die Treppe hinab. Unten lag ein Canoa, ein Indianer und ein indianischer Knabe waren darin. Sie hoben Pablo hinein und betteten ihn auf ein Lager von Fellen. Tenanga trug die Waffen in das Fahrzeug und half dem Alten beim Einsteigen.

Der Indianer und der Knabe, die in dem Boot gewesen waren, griffen schweigend zu den Rudern; sie lenkten das Fahrzeug stromauf. Tenanga folgte in seinem eigenen Canoa.

Schweigend legten sie den Weg zwischen den düsteren Waldufern zurück. Nach einer Stunde bogen sie in einen Seitenarm ein, der von dichtem Schilf gesäumt wurde. An einer flachen, sandigen Stelle legten sie an. Düsteres, grün überwuchertes Mauerwerk zeigte sich ihren Blicken. In der Nähe wuchsen Bananen; ein Maisfeld dehnte sich aus.

Auf einen Wink des Greises wurde Pablo emporgehoben und nach dem Gemäuer hinübergetragen, das von außen den Eindruck einer Ruine machte. Es zeigte sich indessen, dass diese Ruine im Inneren erhaltene Gemächer aufwies, die wohnlich eingerichtet waren; seltsame Figuren schmückten die Eingänge. Man trug Pablo auf ein weiches Bett. Eine alte Indianerin erschien und brachte Fleisch, Tortillas und Kaffee. Der Alte griff Pablo wie ein weißer Arzt nach dem Puls. »Du hast nur schwaches Fieber, Sohn Jungunas«, sagte er, »du wirst bald gesunden. Hier in Tanubs Haus bist du sicher.«

Das Haus der Könige

Pablos Wunde heilte schnell. Der wunderliche Alte, der inmitten der zerfallenen Ruine hauste, erwies sich als ein Mann von hohem Wissen und scharfem Geist, der freilich manchmal der Trübung verfiel, sobald die Bilder und Vorstellungen der versunkenen indianischen Vorzeit in ihm lebendig wurden. Er war wie Pablo unter Weißen aufgewachsen und in einem spanisch-katholischen Priesterseminar erzogen worden, hatte sogar schon die niederen Weihen erhalten. Damals begann er, die Vorgeschichte seines Volkes zu studieren, versenkte sich in die alten Mythen und grub hier, wohl vom Instinkt geleitet, erheblich tiefer als mancher weiße Gelehrte, der dieser Vergangenheit nachspürte. Darüber aber, über der gleichzeitigen Beschäftigung mit christlichen und heidnischen Vorstellungen, begannen sich ihm die Bilder zu verwirren, es geschah, dass sein Geist zeitweise aussetzte und Wahn und Wirklichkeit, Vergangenheit und Gegenwart ineinanderglitten. Der Christengott, den er bekannte, und die alten indianischen Gottheiten, die unbewusst in ihm lebten, rangen miteinander, und er geriet in eine Art Dämmerzustand, der ihn unfähig machte, die begonnenen Studien fortzusetzen. Er schied aus dem Priesterseminar aus, widmete sich weiter seinen historischen Forschungen und zog sich schließlich, ein wunderlicher Greis, in die Einsamkeit zurück. Das Wissen lag gespeichert in ihm, aber es ward streckenweise verschüttet und kam nur dann und wann in Bruchstücken ans Licht. Auf dem Priesterseminar hatte er den Namen Franzisco geführt, aber er nannte sich längst wieder mit seinem indianischen Namen Tanub.

Der Alte pflegte Pablo mit Liebe und Hingebung, er kannte alle Kräuter und wusste um ihre Heilkraft. Er glitt wie ein Schatten durch die Räume; zuweilen fuhr Pablo unter dem unheimlichen Kichern zusammen, das aus irgendeinem Winkel zu ihm herüberdrang, er hörte den Alten flüstern und raunen, und mystische Schauer durchliefen ihn. Bald danach aber konnte es geschehen, dass Tanub neben ihm auftauchte, sich an seinem Lager niederließ und irgendeine nüchterne und sachliche Frage hatte.

Der Junge sehnte sich danach, seine vollen Kräfte wieder zu erlangen. Oft gingen seine unruhigen Gedanken nach del Roca. Er hatte dann das Gefühl, dass Maria in Gefahr sei, und er beklagte seine Ohnmacht. Um so mehr, als sein Verstand ihm sagte, dass er auch nach seiner völligen

Wiederherstellung nicht nach der Hacienda reiten könne, sondern den General Arana aufsuchen müsse.

Er sprach mit dem alten Tanub von seinen Sorgen und Plänen, er lauschte seinen Berichten von der alten, versunkenen Zeit, die immer mit der sachlichen Pedanterie des Gelehrten begannen, um bald darauf in dunkle Fantasien abzugleiten, aber nie erwähnte er das geheimnisvolle Zeichen auf seiner Brust. Er fürchtete sich vor den fantastischen Deutungen des Alten, weil sie ihn selber verwirrten und in Konflikte stürzten, die er nicht übersah. Pablo war ja in einem spanischen Hause als guter Christ erzogen, er glaubte und bekannte den Gekreuzigten auf Golgatha, und doch geschah es immer wieder, dass die mythischen Kräfte der eigenen Vergangenheit in ihm aufbrachen und gebieterisch Beachtung forderten. Das verwirrte ihn und machte ihn unsicher; das dunkle Geraune des alten Tanub war unter diesen Umständen nicht eben die richtige Medizin für ihn.

Von dem im Lande tobenden Bürgerkrieg schien man in der stillen Waldeinsamkeit hier nichts zu wissen. Tenanga meinte übrigens, dass man hier schon nicht mehr sehr weit von der Grenze Yucatáns sei.

Eines Tages, Pablo ging schon wieder umher und fühlte sich bereits ziemlich kräftig, fragte Tanub ihn, ob er nicht einmal das Haus der Könige sehen wolle. Der Junge saß im Schatten einer alten Algarobe im Garten, Tenanga befand sich auf der Jagd.

»Das Haus der Könige?« fragte der Junge.

Der Alte schien ganz vernünftig, sein Gesicht war verschlossen und still. »Es ist nicht sehr weit«, sagte er, »und der Tag ist günstig.«

Er sei bereit, sagte Pablo und unterdrückte die heimliche Stimme, die ihm riet, einer Versuchung zu widerstehen.

Sie gingen durch den düsteren Wald, der Alte immer um einige Schritte voran, auf einen Stecken gestützt. Wohl eine halbe Stunde wanderten sie so; plötzlich, vor einem dichten Gebüsch, blieb Tanub stehen, wandte sich um und sah Pablo mit einem seltsamen Blick an. In dem Jungen stieg etwas auf unter diesem Blick, er stand wie gebannt vor der beinahe feierlichen Gebärde, mit der der Alte jetzt die Büsche zerteilte. Er folgte ihm mit einem Herzen, das schwer war von Ahnungen, und stand gleich darauf, da die Büsche hinter ihm zusammenfielen, wie erstarrt.

»Du stehst vor dem Haus deiner Väter«, flüsterte Tanub.

Und Pablo sah: Auf einem von Bäumen und Unterholz gesäuberten freien Platz erhob sich ein Gebäude, wie er es noch niemals geschaut, weder im Traum noch im Bild. Über dreißig breiten ansteigenden Stufen erhob sich die noch gut erhaltene Frontfassade eines gewaltigen Bauwerkes. Zehn dunkle Schächte führten von der breiten Terrasse aus in das Innere. Bildwerk, Schnitzereien und reicher ornamentaler Schmuck von sonderbarer Fantastik der Form deckte die ganze Front. Fabelwesen schienen es, die mit seltsam verschlungenen Gliedmaßen und glotzenden Gesichtern den jungen Indianer anstarrten, der regungslos dastand und mit aufgerissenen Augen das Wunder betrachtete, nicht anders, als sei er aus der Gegenwart gerissen und in eine fremde, ferne Welt versetzt, die dennoch irgendwo immer schon in ihm gelebt.

Der Bau war zerfallen, uraltes, geborstenes Mauerwerk, Überrest einer längst versunkenen Kultur, Zeuge einer Vergangenheit, die schon vor Jahrhunderten im Blut ertrank. Erhalten schienen nur die Front und die hinaufführende Treppe, und auch sie verwittert und lange schon zum Tode verurteilt, gespenstiger Rest nur einer gestorbenen Zeit.

Pablo sah es, aber in seiner Knabenseele geschah jetzt ein Aufbruch, es riss an ihm, die Fassade des Palastes belebte sich, er sah die Männer seines Stammes auf der Treppe, wie sie mit gemessenen, feierlichen Bewegungen Stufe um Stufe nahmen; seine Augen flammten in dunklem Glanz, um sich gleich darauf zu umschatten: vorbei! Traum! Vergangenheit! Verschwunden die Mayafürsten, arm, elend und ausgestoßen der kärgliche Überrest ihres Volkes, machtlos und arm vor den Stufen der Königstreppe des Palastes der Letzte des alten Königsstammes!

Der Greis hatte, auf seinen Stecken gestützt, stumm an seiner Seite gestanden. »Komm«, sagte er jetzt; es kam nur wie ein Hauch, als habe das laute Wort hier keinen Platz. Er schritt die zerbröckelnden steinernen Stufen hinauf, auf den Haupteingang zu. Pablo folgte ihm zögernd, scheu, von wirren, widerstrebenden Gedanken bewegt. Die steinernen Bildnisse geheimnisvoller Gottheiten, teilweise wunderbar erhalten, flankierten die Pforte; die ornamentale Linienführung erschien seltsam verworren, verriet aber einen höchst eigenwilligen und beeindruckenden Kunstverstand. Es erwies sich, dass nicht nur die Fassade noch stand. Auch von den übrigen Mauern waren große Teile erhalten, eine Anzahl Säle und Zimmer zeigten noch die ursprüngliche Form. Selbst die alte

Bedachung war stellenweise noch vorhanden, an anderen Stellen schien der blaue Himmel hinein. Die Steinfliesen des Bodens waren mit Schildkröten in erhabener Arbeit verziert. Die Farbe der ursprünglich bunt ausgemalten Wände war fast gänzlich zerstört, nur da und dort leuchtete sie noch in dunkler Tönung durch. Aber fast in allen Gemächern war in der abgeblätterten Malerei noch eine ehemals rote Hand zu erkennen, die mit ausgestrecktem Finger nach Osten wies.

Langsam schritten sie durch die zerfallenen Räume; sie sprachen kein Wort. In einem der größeren Säle zeigte sich, fast bis zur ganzen Höhe reichend, ein Kreuz. »Das Kreuz Christi«, sagte Pablo überrascht. Der Alte wiegte den Kopf, das Lächeln um seinen faltigen Mund war ganz abwesend. »Das Zeichen des Regengottes«, flüsterte er. Pablos Auge verdunkelte sich.

Sie betraten einen anderen Saal; hier waren an den Wänden noch deutlich die Konturen überdimensionaler Bildwerke erkennbar. Geduckt von dem schier erdrückenden Schmuck einer fantastischen Ornamentik wuchsen aus dem Geschlinge ineinanderlaufender Linien sonderbare Figuren heraus. Jede dieser Figuren, die einmal Götter, Priester oder Könige dargestellt haben mochten, trug auf der Brust ein seltsam verschlungenes Zeichen, das Pablo mit heimlichem Schauder als das gleiche erkannte, das ihm selbst eingebrannt war. Im Übrigen waren die Wände von oben bis unten in halb erhabener Arbeit mit geheimnisvollen Zeichen bedeckt, die mit nichts Ähnlichkeit besaßen, was Pablo jemals gesehen hatte.

»Der Saal der Inschriften«, flüsterte Tanub. »Hier ist die Geschichte unseres Volkes aufgeschrieben, die Geschichte vor der Eroberung, von der Zeit an, wo die Mayas vor den Azteken nach Süden flüchten mussten, um eine neue, glanzvollere Heimat zu schaffen. Siebzehn Königsbilder siehst du hier an den Wänden, sie beginnen mit dem großen Nimaquiché. Ich werde dir einmal von diesen Königen und ihren Taten erzählen. Denn Tanub liest diese Zeichen, Tanub allein.«

Starr, von geheimnisvollen Kräften überwältigt, gleichsam als sei er urplötzlich aus allen Bindungen gerissen und in eine fremde und zugleich vertraute Welt hineingestellt, stand der Jüngling da; er war blass unter der dunklen Haut, seine Lippen waren fest geschlossen, und in seinen Augen brannten heimliche Feuer. Lange stand er so, dann griff Tanub ihn am Arm und führte ihn schweigend hinaus.

Im Hof des umfangreichen Gebäudekomplexes wuchsen Unkraut und Gras. Einige uralte verkrüppelte Bäume dehnten ihre Zweige. Hier herrschte die Wildnis. Hinter dem Palast erhob sich ein mächtiger pyramidenartiger Bau.

»Der Tempel, das Haus der Götter«, raunte Tanub.

Sie verließen den Palast und gingen weiter durch den Wald. Überall zeigte sich verfallenes, von Busch- und Strauchwerk überwuchertes Mauerwerk, seltsam geformte, mit Bildwerk bedeckte Säulen erhoben sich am Weg. Andere kleinere Tempelruinen ragten zwischen dem Grün, die Straßenfluchten waren noch zu erkennen; sie waren weit ausgedehnt und ließen auf eine Stadt von erheblichem Umfang schließen, die hier mitten im Urwald begraben lag.

Tanub führte Pablo auf die Höhe eines Ruinenberges; hier war offenbar einmal ein Wall gewesen, der zur Verteidigung der Stadt gedient haben mochte. Das zerfallene Bauwerk fiel nach der anderen Seite hin schroff zu einer Schlucht ab, an einigen Stellen waren noch Brustwehren erkennbar. Aber das Buschwerk wucherte, die Lianen schlangen sich über die zerbröckelnden Mauern, die riesigen Baumkronen verfilzten sich ineinander, sodass hier eine Art mystische Dämmerung herrschte wie in einer Gruft.

Der Alte setzte sich auf die Brüstung. »Hier hat der letzte Kampf stattgefunden«, sagte er leise. »Hier sind sie gestorben, die Mayas, Mann für Mann. Dort stand Nezualpilli« – er wies mit der Hand nach rechts – »als Alvarado mit seinen Eisenreitern geritten kam, von dorther, sieh doch, von dort. Über Leichen hinweg musste er sich den blutigen Weg bahnen, jeden Fußbreit dieser Erde musste er erkämpfen. Sie haben ihn, ihren König, mit ihren Leibern gedeckt, bis zum letzten Atemzug, die Krieger der Mayas. Der König fiel unter Alvarados Schwert, und alle folgten ihm in den Tod, alle.« Der Alte erhob sich, ganz plötzlich veränderte sich sein Gesicht, es erlosch gleichsam, in den alten Augen funkelte der unheimliche Glanz, der Pablo beim ersten Begegnen erschreckt hatte.

»Da«, keuchte Tanub und wies mit dem knochigen Finger in das Gestrüpp, »siehst du sie? Siehst du sie kämpfen. Sie kommen heran! Das ist Nezualpilli! Er ficht, er kämpft, er blutet aus zahllosen Wunden! Sie fallen, fallen, weichen« – die Stimme brach um, wurde schrill, ein irrsinniges Lächeln erschien auf des Alten Gesicht, er stammelte wirre Worte, kleine helle Schreie entsprangen seinen welken Lippen, gingen in einem sinnlosen, gespenstigen Kichern unter; das Männchen zitterte wie im Krampf, und die Augen, die in das Nichts sahen, schienen nicht mehr von dieser Welt.

Pablo war wie betäubt, all sein Denken war verwirrt, er zwang sich gewaltsam in die Gegenwart. Selbst noch im Vollbesitz seiner Kräfte führte er den zitternden, vor sich hinkichernden Alten in seine Behausung zurück.

In dieser Nacht schlief er kaum. Er suchte die verworrenen Bilder seines Inneren zu ordnen und aus den geheimnisvollen Zeichen einer Vergangenheit, die so plötzlich vor ihm erstanden, die nüchterne Forderung der Wirklichkeit abzuleiten. Erst mit dem dämmernden Morgen sank er in Schlaf.

Er erwachte von dem lauten und hellen Klang einer fremden Stimme. Spanische Worte drangen an sein Ohr, aber sie wurden mit einem sonderbar fremden Akzent gesprochen. »Da wären wir wieder einmal, ehrwürdiger Waldgreis«, sagte die Stimme, »hoffentlich stören wir deine Ruhe nicht gar zu sehr.«

Er hörte die Stimme des Alten antworten, die wieder völlig vernünftig klang: »Du bist immer willkommen, Don Carlos. Du weißt, dass ich mich an deiner Arbeit freue. Nur die Zeichen, die du enträtseln willst, wirst du niemals deuten.«

»Wart's ab«, sagte der mit dem fremdartigen Spanisch, »wart's ab, mein Lieber. Haben wir die Hieroglyphen der alten Ägypter enträtselt, werden wir eines Tages auch das Geheimnis der Mayaschrift lösen. Ich habe dir übrigens einige Puros mitgebracht, Don Franzisco oder Señor Tanub, wenn du das lieber hörst. Ich habe bemerkt, dass du ein gutes Kraut nicht verachtest.«

Pablo erhob sich und sah durch die kleine Fensteröffnung, die sein Zimmer mit dem Gemach verband, aus dem die Stimmen zu ihm herüberdrangen. Er sah einen ziemlich großen, kräftigen Mann mit frischem Gesicht und blondem Haar, der eben einige Zigarrenkisten aus seiner Reisetasche nahm und dem alten Tanub überreichte. Der Mann trug einen hellen Sommeranzug, auf dem Tisch lag ein breitrandiger Panamahut. Unweit von ihm stand ein jüngerer Mann, dessen Haar nur wenig dunkler war und einen leichten rötlichen Schimmer hatte; er trug Reitstiefel, ein farbiges Hemd und eine Büchse quer über den Rücken.

»Mil gracias«, sagte Tanub, öffnete eine der Zigarrenkisten und roch daran, »du weißt, was uns hier in den Wäldern fehlt. Diese Räume gehören dir, und alles, was ich besitze, ist dein Eigen. Verweile darin, solange du willst, und schalte nach Belieben.«

»Ich werde deine Gastfreundschaft tatsächlich ein wenig in Anspruch nehmen müssen, bevor ich zur Küste aufbreche«, versetzte der Fremde. Pablo, der sich inzwischen angekleidet hatte, betrat den Nebenraum. Er sah gerade noch, dass der jüngere Mann die Behausung verließ und erblickte durch das Fenster einige gesattelte Maultiere und deren indianische Treiber.

»Oh«, sagte der Fremde, Pablo aus blauen Augen überrascht anblickend, »dein Hausstand hat sich vermehrt, Tanub?«

Der Alte, der sich eine Zigarre angesteckt hatte, genießerisch rauchte und dem nichts mehr von der gestrigen Geistesverwirrung anhaftete, stellte mit einer Handbewegung vor: »Don Pablo del Roca.« Der Jüngling verbeugte sich und nahm die ihm dargebotene Hand des fremden Mannes. »Don Carlos Sadelar, ein gelehrter Herr und ein Aleman«, sagte der Alte.

Er hieß nicht Sadelar, der Aleman, er hieß Doktor Sattler, aber es war Tanub unmöglich, diesen Namen auszusprechen. Er sah den jungen Indio mit einem warmen, freundlichen Blick an; das edel geschnittene Gesicht, das spanisch geschnittene Haar und die sichere Gewandtheit des Jungen mochten ihm merkwürdig vorkommen. »O Señorito«, sagte er, »haben Sie etwa auch meinen alten Freund und Gönner Don Franzisco aufgesucht, um historische Studien zu treiben?«

Pablo lächelte. »Nein, Señor«, entgegnete er, »mich hat der Zufall hierher verschlagen.«

»Ein europäischer Maya« - Doktor Sattler schien einigermaßen verblüfft - »denn Sie sind doch ein Bergmaya, nicht wahr?«

»Ich stamme aus dem Westen, Señor, und bin an der Küste des Ozeans aufgewachsen«, sagte Pablo ablenkend. Die gelassene und sichere Art des Auftretens und das saubere Spanisch, das der Jüngling sprach, machten entschieden Eindruck auf den deutschen Gelehrten. »Sie haben das Liceo besucht?« fragte er.

»Nein, Señor, ich habe nur Privatunterricht erhalten, und es liegt nicht an meinem guten Padre Bernardo, wenn ich dabei nicht sehr weit gediehen bin.«

»Nun, es freut mich, Sie kennenzulernen«, sagte Sattler abschließend, »man trifft verhältnismäßig selten auf gebildete Indianer. Ich dachte, die Ruinenstadt habe Sie hergelockt.«

»Ich habe sie gestern zum ersten Male gesehen.«

»Ein gewaltiger Anblick, nicht wahr?«

Pablos Gesicht verschloss sich. »Die gestorbene Stadt hat mich, den Nachkommen derer, die sie einst erbauten, begreiflicherweise tief beeindruckt«, sagte er knapp.

Der Fremde lächelte. »Ich bin eigens nach Mittelamerika gekommen, dieser Ruinen wegen«, sagte er. Der alte Tanub schaltete sich ein. »Was hast du in Yucatán gefunden, Señor Doktor?« fragte er.

»Oh, allerlei«, entgegnete Sattler. »Ich war in Palenque und Umal, den großen Ruinenstädten, sie bewahren das Beste, was von den Urbewohnern dieses Kontinents zurückgeblieben ist; die Überreste Mexikos etwa können sich damit nicht entfernt vergleichen.«

Auf dem Gesicht des Alten dunkelten Schatten. »Azteken«, kicherte er, »stumpfsinnige Azteken haben dort gebaut, ihr dürftiges Wissen stammt von den Mayas.«

»Ich möchte glauben, dass du recht hast, Don Franzisco«, versetzte der Deutsche, »die Mayainschriften werden vielleicht den Beweis dafür erbringen.«

Der Alte kicherte fast lautlos in sich hinein. Sattler achtete gar nicht darauf. Er fuhr, sich an Pablo wendend, fort: »Diese großen, umfangreichen und gewiss einst dicht besiedelten Städte sind erschütternde Zeugen einer untergegangenen Welt, von der wir nicht wissen, welche Möglichkeiten noch in ihr lagen, wenn sie nicht in der Entwicklung vernichtet worden wäre. Es sind schon Jahrzehnte vergangen, seit wir in Europa zum ersten Mal von diesen Ruinenstädten inmitten unwegsamer Urwälder hörten. Seitdem ist die Wissenschaft unentwegt tätig, das Dunkel aufzuhellen, das sie umgibt.«

Tanub hatte sich gesetzt, er rauchte mit Behagen seine Havannazigarre. »Du bist gewiss ein großer Gelehrter, Don Carlos«, sagte er jetzt, »du weißt mehr von unserer Geschichte als die meisten Spanier. Im Seminar haben sie mich mit allerlei Schriften gequält, aber von der Vergangenheit der Mayas wussten die frommen Padres so gut wie nichts. Da hat mir der Wind eine Kunde zugetragen – –«, er schwieg, machte einige fahrige Bewegungen, in seine Augen kam ein Glimmern und Flimmern.

Der Deutsche mochte mit dem Wesen des Alten vertraut sein; er fiel ein. »Ich verlasse das Land bald, Don Franzisco«, sagte er, »aber ich wollte nicht abreisen, ohne dich noch einmal zu sehen.«

Die Gefahr war gebannt. »Oh, du willst in deine Heimat zurück?« fragte Tanub.

»Ja, ich will nach Hause, meine Zeit ist um. Und außerdem flammt Guatemala im Bürgerkrieg; ich möchte nicht in das Kriegsgetümmel hineingeraten.«

Diese Bemerkung, von Doktor Sattler nur so nebenbei hingeworfen, weckte in Pablo wieder die Besorgnis um seine Pflegeschwester. Er beschloss, so schnell wie möglich seinen Weg nach Norden fortzusetzen, den General Arana aufzusuchen und dann sogleich nach del Roca zurückzukehren. Als sich der Deutsche, für den seine Leute draußen ein Zelt aufgeschlagen hatten, bald darauf zurückzog, während der alte Tanub in seinem Pablo schon in dem bekannten lethargischen und geistesabwesenden Zustand dahockte, entfernte sich der Jüngling, um noch einmal zu den Ruinen zurückzukehren, die einen so nachhaltigen und erschütternden Eindruck auf ihn gemacht hatten.

Bald darauf stand er abermals vor dem zerfallenen Königspalast, schritt die große Freitreppe hinauf und wandelte durch die leeren Räume wie durch die Bilder eines Traumes. Wie mächtig mussten die Fürsten gewesen sein, die solche Paläste erbauten, wie hochgebildet das Volk, das die Bauten errichtete.

Der hochragende, in Terrassen aufsteigende Tempelbau lockte ihn an. Auf zerfallenen Treppen, die von Terrasse zu Terrasse anstiegen, erkletterte er ihn. Er erreichte die oberste Plattform. Hier stand ein mit halb zerstörten Götzenbildern geschmückter Altar von eigenartiger Form. Pablo blickte sinnend auf den Palast hinab und über die Ruine hinweg auf die dunkle Pracht der endlosen Wälder. Langsam stieg er wieder hinunter und betrat noch einmal das Königshaus.

Im Saal der Inschriften besah er sich die Bilder der Könige, eines nach dem andern. Die Züge der Gesichter waren nicht mehr zu erkennen, nur die Umrisse waren noch einigermaßen deutlich. Er merkte nicht, wie die Stunden verrannen.

Die frische Stimme des Gelehrten riss ihn aus seinem Sinnen. Doktor Sattler stand am Eingang des Saals und lachte ihn an. »Nun, Señorito«, sagte er, »versenken Sie sich in die Vorzeit Ihres Volkes?«

Pablo wandte sich um und erwiderte des anderen offenen Blick. »Ja«, sagte er leise, »und mir ist, als stiege ich in den Schacht meiner eigenen Seele hinab.«

Der Gelehrte kam heran; Pablo wies auf die Anschriften an den Wänden. »Niemand vermag das zu lesen?« fragte er.

»Im Augenblick noch nicht«, entgegnete der Deutsche, »aber wir nähern uns dem Geheimnis. Bis jetzt kennen wir nur die Zahlzeichen, die der Himmelsgegenden und der verschiedenen Gottheiten.«

»Tanub behauptet, die Zeichen entziffern zu können«, sagte Pablo.

Der Deutsche lächelte. »Der gute Alte gerät leider in Verwirrung, sobald er auf die Mayageschichte kommt«, sagte er; »Sie werden das ja bemerkt haben. Sobald seine Fantasie zu spielen beginnt, schweigt sein Verstand. Ich zweifle nicht, dass er irgendeine fantastische Deutung der Inschriften hat, aber die Lösung des Rätsels kennt er sicherlich nicht. Das wenige, das wir wissen, ist über jeden Zweifel erhaben, und davon hat er, wie ich mich überzeugen konnte, keine Ahnung.«

»Als ich ihn zuerst traf, sah ich ihn mit Federn geschmückt und mit Bogen und Pfeilen in den Händen«, lächelte Pablo. »Ich war nach dem ersten Schreck überzeugt, einen Irrsinnigen vor mir zu haben.«

»Sein Geist ist periodisch gestört«, versetzte Sattler, »aber er verfügt nichtsdestoweniger über erstaunliche Kenntnisse von der Geschichte seines Volkes, doch vermag er nie zum Grund vorzustoßen; sobald er in die Tiefe kommt, verwirrt er sich, und die Bilder erschlagen ihn. Das ganze ziemlich im Dunkel liegende Gebiet der Mayageschichte kann endgültig erst die Wissenschaft erhellen.«

»Was ist das für ein Zeichen, Señor? Kennen Sie es?« fragte Pablo und zeigte auf die Brust einer der Gestalten an der Wand; seine Stimme hatte einen rauen Klang.

»Dies, Señorito, ist das Zeichen der Könige aus dem Stamm Nimaquichés, die hier herrschten«, entgegnete der Deutsche, ohne einen Augenblick zu zögern. »Sie werden es auf allen Bildwerken wiederfinden. Wenn Sie so wollen, eine Art Familienwappen, um mich modern auszudrücken.«

»Beherrschten diese Könige sämtliche Mayastämme?«

»Nein. Es haben hier verschiedene Königreiche existiert, die sich untereinander blutig bekämpften; soviel wissen wir sicher. Doch muss Quiché, in dessen einstiger Hauptstadt wir uns hier befinden, das mächtigste dieser Reiche gewesen sein; jedenfalls war es dasjenige, das den Spaniern nach ihren eigenen Berichten den hartnäckigsten Widerstand entgegensetzte.«

Ein leiser, rascher Schritt ließ sich hinter ihnen vernehmen; Pablo fuhr herum und sah Tenanga vor sich, der zwei Tage lang abwesend war. Er trug die Büchse in der Hand und schien sehr erhitzt.

»Tenanga? Was gibt's?« fragte Pablo in der Mayasprache.

»Der Zapoteke ist da«, sagte Tenanga kurz.

»Der Zapoteke? Huntoh? Ich denke, er ist tot, gefallen von deiner Hand.«

»Er wird, ebenso wie du, Herr, nur verwundet gewesen sein. Jedenfalls ist er da, ich sah seine Spur.«

»Das ist schlimm. Ich sehne mich, fortzukommen.«

»Du kannst jetzt nicht fort, Herr.« Der junge Jäger schüttelte nachdrücklich den Kopf. »Es geht etwas vor in den Wäldern«, sagte er, »ich weiß nicht, was es ist. Aber es wird lebendig ringsum, ich bin mehrmals auf starke Scharen Bewaffneter gestoßen.«

»Mayas?«

»Das vermochte ich nicht zu erkennen, ich sah sie nur aus der Ferne und kehrte zurück, um dich vor dem Zapoteken zu warnen.«

»Hast du Tanub unterrichtet?«

»Ja, aber ich weiß nicht, ob er begriffen hat; er hat mich hierher geschickt und gesagt, es wäre keine Gefahr.«

Pablo wandte sich dem Deutschen zu. »Verzeihen Sie, Señor Doktor, dass wir uns hier in einer Ihnen fremden Sprache unterhielten«, sagte er, »dies ist Tenanga, mein Freund. Er brachte mir Nachrichten, die mir zu denken geben.«

»Hoffentlich gute?«

»Nein. Ein ziemlich mächtiger Mann beehrt mich mit seinem Hass. Kaum bin ich seinen Nachstellungen entgangen, da beginnt es schon wieder von Neuem. Ich muss sogleich zu Tanub zurück. Und ich würde Ihnen empfehlen, unsere Gesellschaft auf dem Rückweg zu meiden; es wäre möglich, dass Ihnen Unannehmlichkeiten daraus entstehen.«

»Sie scheinen mich für einen Feigling zu halten«, versetzte der Doktor. »Sie sagen mir, dass Ihnen Gefahr droht und muten mir zu, mich zu drücken. Ich denke, wir gehen zu dreien.«

»Ich muss Sie warnen, Señor.« Pablo lächelte leicht und wandte sich dann an Tenanga. »Ist der Weg zu Tanubs Haus frei?«

»Wer will das sagen? Wir müssen jedenfalls vorsichtig sein.«

»Also führe uns.«

Tenanga schienen die Ruinen nicht unbekannt. Er führte Pablo und Doktor Sattler durch einen von Buschwerk getarnten Ausgang in den Wald und schlich sodann, die schussfertige Büchse in der Hand, mit unendlicher Vorsicht vor ihnen her. Die beiden anderen folgten schweigend. Sie erreichten das Haus, ohne irgendein Anzeichen von Gefahr zu entdecken. Zu Pablos Verblüffung fanden sie den seltsamen Alten in der wunderlichen Aufmachung, in der er ihnen zuerst begegnete. »Oh«, sagte der Doktor, ein Lächeln unterdrückend, »wir finden unseren Freund wieder als Krieger der Vorzeit, da wird nicht viel mit ihm anzufangen sein.«

Der Alte starrte Pablo an, in seinen Augen glimmte der Wahnsinn. »Bist du Nezualpillis blutigem Schatten begegnet?« fragte er mit seiner hohen Fistelstimme.

»Sieh mich an, Tanub«, sagte Pablo und mühte sich, den unstet flackernden Blick des Greises zu erhaschen, »der Zapoteke ist mit seinen Leuten wieder auf dem Weg.«

Der Alte machte eine fahrige Bewegung und schüttelte die knochige Faust mit den Pfeilen. »Hunde!« krächzte er, »Zapoteken! Hunde! Sie sollen vertilgt werden!«

Mit einem mitleidigen Blick wandte der Jüngling sich ab. »Der Zapoteke hat mich im Auftrag meines Feindes schon einmal verfolgt und verwundet«, sagte er, »wir glaubten ihn unschädlich gemacht zu haben, aber nun höre ich, dass er wieder auf dem Wege ist. Diesen Leuten ist alles zuzutrauen. Der Angriff gilt mir allein. Unserem alten wunderlichen Freund hier und Ihnen droht gewiss keine Gefahr. Es wird deshalb am besten sein, ich befreie das Haus von meiner Gegenwart und gehe mit meinem Freund durch die Wälder.«

»Was sagst du da?« fuhr Tanub plötzlich dazwischen, und es wurde nun nicht klar, ob Fantasie oder Einsicht aus ihm sprach, »werden die Unsichtbaren dich nicht schützen? Ist das Haus der Könige nicht da? Tanub kennt jeden Winkel dort, Tanub ganz allein. Soll das Haus der Könige nicht den Letzten des Stammes bergen? Sie können dich lange suchen dort, hi, hi! Tanub kennt es. Er kennt auch die Gräber der Könige dort, die niemand sonst kennt.«

»Was meinst du, Tenanga?«

»Der Weg durch die Wälder ist gefährlich, Herr. Das Haus der Könige wird dich sicher bergen, bis wir ohne Gefahr nach Norden gehen können.«

»Wie ist es, Señor Doktor« – Pablo wandte sich an Sattler –, »haben Sie auf Ihrem Weg etwa größere Trupps von Eingeborenen bemerkt?«

»Doch«, versetzte der Deutsche, »mehrmals sogar, aber in ziemlicher Entfernung. Auch schienen mir alle diese Trupps keinen kriegerischen Eindruck zu machen. Ich möchte annehmen, dass sie zuweilen auch mich erblickt haben, ich blieb aber völlig unbehelligt.«

Tenanga sagte: »Der Zapoteke weiß, dass du hier bist, Herr. Das ist ganz unzweifelhaft. Aber sie werden der Estrangeros wegen nicht wagen, dich hier anzugreifen. Sie werden sich in einen Hinterhalt legen, um dir aufzulauern.«

»So will ich das Haus der Könige aufsuchen«, versetzte Pablo, »es mag mich schützen.« Der Gedanke, im Palast seiner Vorfahren Zuflucht zu suchen, übte auf ihn eine magische Gewalt aus.

»Mein Begleiter und ich sind mit vortrefflichen Büchsen bewaffnet«, sagte Doktor Sattler, »und wir verstehen sie auch zu gebrauchen. Wir werden Sie deshalb bis zu den Ruinen geleiten, Señorito. Dass sie Ihnen im Falle ernsthafter Gefahr gute Zuflucht zu bieten vermögen, glaube ich aufgrund meiner früheren Forschungen sicher. Und, offengestanden, ich bin sehr begierig, die Gräber der Könige zu sehen, von denen unser alter Freund sprach; sie sind mir bisher entgangen.«

Der Reisebegleiter Sattlers, ein junger Deutscher namens Franz, wurde herbeigerufen. »Sind die Gewehre in Ordnung, Franz?« fragte der Doktor.

»Selbstverständlich. Jederzeit schussbereit.«

»Gut. Wir wollen den Señorito hier nach den Ruinen begleiten. Und es sind, wie ich höre, einige Spitzbuben am Weg, die ihm nachstellen. Wir werden ihm mit unseren Büchsen den Weg sichern.«

Franz sah aus, als mache die Aussicht auf eine Begegnung mit Bandidos ihm Spaß; er versicherte sehr energisch seine Bereitschaft.

Schon kurze Zeit später war die kleine Kolonne im Wald; die Nacht war nicht mehr fern; sie kommt in diesen Breiten unvermittelt. Der alte Tanub in seinem fantastischen Aufputz, Bogen und Pfeile in der Hand, schlich voran; er lebte offenbar in der Vergangenheit, was ihn aber keineswegs hinderte, außerordentlich wachsam zu sein. Tenanga folgte ihm, diesem Pablo, und die beiden Deutschen beschlossen den Zug. Sie bewegten sich fast lautlos auf dem weichen Boden des düsteren Waldes und erreichten den Palast ohne jeden Zwischenfall. Sie betraten das Gebäude durch die gesträuchüberwucherte Pforte, durch die sie Tenanga vorhin hinausgeführt hatte. In dem Gang, der sie gleich darauf aufnahm, war es dunkel, aber Tanub schien hier jeden Fußbreit Boden zu kennen.

Ein leises Geräusch ließ Tenanga stutzen; er griff nach der Machete. Plötzlich flammte Licht auf; Tanub hatte einen Kienspan in Brand gesetzt. Bei dem aufzuckenden Schein sah Tenanga wenige Schritte vor sich an die Mauer geschmiegt den Zapoteken Huntoh, dessen Augen in dem düsteren Licht wie die eines Raubtieres funkelten. Mit einem gellenden Schrei sprang der junge Maya auf ihn zu. Da erlosch das Licht, tiefe Dunkelheit herrschte ringsum.

Die Männer, von dem unvorhergesehenen Vorgang jäh überrascht, standen wie erstarrt, laut- und bewegungslos. Man hörte das wilde Atmen zweier miteinander ringender Männer.

»Licht!« schrie Pablo in Todesangst um seinen treuen Begleiter, dem in der Finsternis niemand beizuspringen vermochte. Er erriet, dass Tenanga den Zapoteken persönlich vor sich hatte. Gesehen hatte er ihn bisher nur aus der Entfernung und demzufolge bei dem unsicheren Licht auch nicht wiedererkannt.

»Licht!« schrie er noch einmal. Ein schrilles, unheimliches Gelächter aus dem Munde des alten Tanub war die einzige Antwort. Das Ringen dauerte fort.

Und dann flammte das Licht wieder auf; der Span brannte. Bei seinem roten Schein gewahrten die Umstehenden zwei im wütenden Ringen begriffene Männer, von denen jeder mit der Linken die Rechte des Gegners gefasst hielt, in der die blanke Machete glänzte.

Der Zapoteke war augenscheinlich stark und überaus gewandt, aber Tenanga war ihm gewachsen. Schon wollte Pablo hinzustürzen, als Huntoh bei einer Wendung in die Reichweite des Deutschen Franz kam. Der griff zu, erfasste das lang herabhängende schwarze Haar des Mannes und riss ihn mit einem kräftigen Ruck zu Boden. Im Augenblick lag Tenanga über ihm.

»Nicht töten!« schrie Pablo.

»Töte! Töte ihn!« gellte die Stimme des Alten, der den Kienspan hielt.

In diesem Augenblick gelang es Tenanga, dem Zapoteken die Machete zu entwinden. Pablo sprang zu, und im Nu war der heimtückische Angreifer gefesselt. Tenanga erhob sich keuchend; der Niedergeworfene sah den Königsenkel, das kostbare Wild, das er so lange gejagt und bis in das Haus seiner Ahnen verfolgt hatte, mit Augen an, in denen der Zorn über seine Niederlage zu lesen stand.

Der alte Tanub hüpfte, den flackernden Kienspan in der knochigen Hand schwenkend, in sonderbaren Sprüngen umher, sein zusammengeschrumpftes Greisengesicht war zu einer Grimasse verzerrt. »Töte! Töte ihn!« gellte es immer wieder. Ein Blick Pablos, der ihn von ungefähr traf, brachte ihn zum Schweigen, er begann zu zittern und gleichsam in sich zusammensinken.

»Wo sind deine Gefährten, Zapoteke?« wandte Pablo sich an den Gebundenen.

Der Rastreador hielt seinem Blick mit vollendeter Gelassenheit stand, aber er antwortete nicht. Pablo zuckte die Achseln und wandte sich ab. »Bindet ihm die Füße«, gebot er. Tenanga, der sich inzwischen von den Anstrengungen des Kampfes erholt hatte, war es offensichtlich eine Freude, dem Befehl nachzukommen. Pablo aber wandte sich an den Alten, der ihn, zusammengeduckt, wie eine Erscheinung anstarrte. »Führe uns zu den Gräbern der Könige, Tanub«, sagte er leise. Der Alte zuckte zusammen, ein gehetzter Ausdruck kam in seine Augen, doch er zögerte keinen Augenblick; stumm wandte er sich und begann mit seinen trippelnden Schritten den engen Gang hinabzugehen; die anderen folgten. Tenanga, der der Zuverlässigkeit des alten Tanub nicht trauen mochte, hatte dessen Tasche weitere Kienspäne entnommen und sie angezündet. Tanub führte die kleine Gesellschaft durch mehrere einander kreuzende Gänge und hielt endlich vor einer, wie es schien, geschlossenen Mauer.

»Nur einer darf mir folgen«, flüsterte er, »nur einer, der Eine!« Er wandte sich um und beleuchtete mit der erhobenen Fackel Pablos maskenhaft verschlossenes Gesicht. Dessen Augen schienen in einem inneren Feuer zu glühen. Für die beiden Deutschen hatten die Vorgänge etwas Sonderbares, beinahe Gespenstisches. Sie blieben mit Tenanga stehen. Pablo aber folgte dem Alten um einen bisher unsichtbar gewesenen Mauervorsprung herum und befand sich nach wenigen Schritten durch einen schmalen, ummauerten Gang in einem großen, kühlen Gewölbe, das das schwache, zuckende Licht des Kienspans rötlich durchflammte, ohne es erhellen zu können.

»Hier schliefen die Könige!« flüsterte der Alte.

»Wo?«

Der dürre Arm Tanubs wies nach den Wänden hinüber, die im Dunkel lagen. »Hier ruhten sie in ihren Nischen«, flüsterte er, »da kam der Spanier, schändete die Stätte der Toten, nahm, was an Gold in den Gräbern war und warf die Gebeine der Könige den Kojoten vor.«

Pablo nahm dem Alten die Fackel aus der Hand und ging langsam an den Wänden entlang. Er sah die tiefen, ausgemauerten Nischen, in denen die sterblichen Reste der Mayafürsten geruht hatten; kahl und leer starrten sie dem Enkel entgegen; unverständlich blieben ihm die geheimnisvollen Zeichen an den Gräbern. Hier und da sah er die modernden Fetzen alter Gewänder; wertloser Schmuck aus Kupfer oder grünem Jadeit lag verstreut umher, sonst gähnte überall Leere.

Der Alte hatte sich in einer Ecke zusammengekauert, er folgte dem umherschreitenden Jüngling mit unruhigen Blicken. Der kam zurück und ließ die Fackel sinken. »Die Könige sind tot«, flüsterte er; die kaum gehauchten Worte klangen hohl in dem steinernen Gewölbe, »alle sind tot, auch der Letzte.«

Von irgendwoher kam verworrenes Geräusch, schnell aufbrandender Lärm, grell durchstoßen von einem gellenden Warnungsruf Tenangas. Die zornige Stimme der Deutschen wurde vernehmbar, dann war wieder alles still. Pablo, von jähem Schreck durchzuckt, stand lauschend; der alte Tanub zitterte am ganzen Leib.

»Gefahr! Sie sind in Gefahr!« stieß der Jüngling heraus und war schon wieder ganz in der Wirklichkeit; er eilte dem Ausgang zu und erreichte ihn, als eben eine Schar bewaffneter Männer hereindrang, von denen einige Kienfackeln trugen. Bevor Pablo auch nur den Ansatz einer Bewegung machen konnte, war ihm ein dunkles Tuch über den Kopf geworfen, ihm die Waffe entrissen, die Hände gebunden und ein Knebel in den Mund geschoben. Er fühlte sich von kräftig zupackenden Händen hochgerissen und fortgetragen. Am Luftzug fühlte er, dass er ins Freie kam; er wurde auf seine Füße gestellt, er hörte das dumpfe Gemurmel einer großen Menschenmenge. Er wurde weitergezerrt, das Stimmengemurmel stieg an, schließlich blieb man mit ihm stehen; irgendjemand nahm ihm die Decke vom Kopf.

Er sah vor sich ein fantastisches Bild. Er stand am Fuße der durch unzählige Feuer bis zur Spitze erleuchteten Tempelpyramide. Er sah viele Hunderte von Indianern, die Blumen im Haar trugen, zu Füßen des Bauwerks versammelt, von ringsum entzündeten, weithin strahlenden Feuern beleuchtet. Auch der alte Königspalast schwamm in einer Aura von rötlichem Licht.

Von irgendwoher klang eine dunkle Stimme in der Mayasprache auf.

»Die Unsichtbaren wollen fünf Opfer haben«, sagte die Stimme, »sie selber haben sie uns zugeführt.«

Der Jüngling war wie betäubt. Er sah das schauerlich-groteske Bild und begriff nichts von dem, was da geschah. Es war ihm, als sei er durch einen dunklen Zauber in den Schoß der Vergangenheit zurückgeworfen, als sei da eine mystische, mit den Sinnen nicht zu fassende Verwandlung vor sich gegangen.

Aber er sah, er fühlte, er hatte den brandigen Geruch der Fackeln in der Nase; kein Zweifel, er lebte. Er sah sich in seiner nächsten Nähe um und erblickte dicht neben sich den Zapoteken, Tenanga und die beiden Deutschen. Alle vier waren gleich ihm gefesselt, alle hatten gleich ihm Knebel im Mund. Nur Tanub war frei, er trug das indianische Gewand der Vorzeit, den indianischen Federschmuck im Haar und Bogen und Pfeile in den Händen. Sein Gesicht war zur Grimasse verzerrt, in seinen flackernden Augen brannte der Wahnsinn, er hüpfte mit grotesken Sprüngen umher und schien ebenso wenig wie der ganze gespenstige Vorgang von dieser Welt zu sein.

Sein irrer Blick fiel auf den gefesselten Jüngling, er sprang vor ihn hin, senkte vor ihm mit grausiger Grandezza Bogen und Köcher. »Die Unsichtbaren leben«, lispelte er, »ihre Macht ist nicht tot! Du, Königsenkel, wirst bald in der Sonne wohnen, die Götter haben dich ausersehen, auf dem Altar ihrer Hoheit zu sterben! Wisse: Das Fest der dreizehn Tage hat begonnen, alle zweiundfünfzig Jahre wird es gefeiert, und heute ist der Tag! Preise dich glücklich, Unsterblicher, zur Sühne der Erschlagenen den Tod erleiden zu dürfen!«

Wahnsinnig! Dachte Pablo, er ist nun wirklich wahnsinnig! Aber die anderen! Alle diese Mayas mit den wilden, finsteren Gesichtern, wo kommen sie her? Was wollen sie? Träume ich? Bin ich schon tot und befinde mich bereits in der anderen Welt? Der Tempel strahlte. Jetzt, in dem rot flammenden Licht erschien er nicht als eine Ruine; all das lag jenseits jedes Begreifens. Er schloss die Augen, er öffnete sie wieder, er kniff sich mit Daumen und Zeigefinger der gefesselten Rechten in den Ballen der Linken; es war kein Zweifel, er lebte. Dies alles war unbegreifliche Wirklichkeit. War er das Opfer eines Massenwahns? Aber können Hunderte von Menschen gleichzeitig dem Wahnsinn verfallen? Der Schweiß trat ihm auf die Stirn, er fühlte eine entsetzliche Leere im Kopf, er konnte nicht mehr denken, weil das Unbegreifliche, Unfassbare nicht mehr denkbar ist. Er schloss abermals die Augen, um wenigstens nicht mehr sehen zu müssen.

Der tiefe, lang anhaltende Ton eines Muschelhornes ließ ihn zusammenfahren. Gleich darauf setzte Gesang ein, eintönig, durchdringend, geheimnisvoll erregend eben durch seine Monotonie, eine grässliche Untermalung des gespenstigen Bildes.

Aus einem unteren Raum der Tempelpyramide traten mehrere Männer hervor; sie trugen lange weiße Gewänder und seltsamen Schmuck im Haar. Sie schwenkten sonderbar geformte Pfannen, auf denen scharf duftendes Räucherwerk glimmte. Ihnen folgten die ähnlich gekleideten Männer, die den monotonen Singsang erschallen ließen. Es mochte alles in allem ihrer vierzig sein. Hinter ihnen ging allein und für sich ein in lange dunkle Gewänder gekleideter Mann, dem das lange schwarze Haar das Haupt umflatterte.

In langsamem, feierlichem Zug umwandelten die Männer einige Male die Pyramide, wobei unablässig der schauerliche monotone Singsang ertönte, von dumpfen Trommelschlägen begleitet.

Plötzlich brach der Gesang ab. Die Männer da oben schienen einige geheimnisvolle Zeremonien vorzunehmen, deren Einzelheiten Pablo nicht zu erkennen vermochte. Dann ertönte abermals die dunkle Stimme, die vorhin von den Opfern gesprochen hatte; sie rief irgendetwas, das Pablo nicht verstand. Doch wurde ihm im gleichen Augenblick wieder das dunkle Tuch über den Kopf geworfen, und er wurde vorwärtsgerissen, Stufen hinauf. Das Tuch von seinem Kopf wurde entfernt, und Pablo bot sich ein großartiger Anblick. Er stand neben den vier anderen Gefesselten auf der obersten Plattform der Tempelpyramide; vor ihm, von zahllosen brennenden Fackeln angestrahlt, ragte die Ruine des alten Königshauses, deren Höfe und innere Räumlichkeiten gleichfalls erleuchtet waren.

Hinter sich und um sich herum sah Pablo die Männer in den langen weißen Gewändern. Jetzt trat der dunkel gekleidete Mann vor die Gruppe der Gefesselten hin; in seiner Faust blitzte ein Messer; wieder erscholl dumpfer Gesang; Pablo verstand die Worte nicht, die da in einem gedehnten, monotonen Rhythmus gesungen wurden, aber er zweifelte nun nicht mehr daran, dass er ebenso wie der Zapoteke und seine Freunde zu Opfern irgendeiner uralten grausigen Zeremonie ausersehen waren. Auch die beiden Deutschen schienen nicht daran zu zweifeln, ihre ernsten, bleichen Gesichter verrieten es.

Pablos Blick traf sich mit dem Doktor Sattlers. »Es ist entsetzlich«, murmelte der, »das ist eine Opferzeremonie des Nagualbundes; ich kenne die Riten, glaubte aber nicht, dass sie ihre Schlächtereien heute noch ausüben.«

Pablos fieberhaft arbeitendes Gehirn vermochte noch immer nicht mit dem grausigen Geschehen fertig zu werden. Waren dies Bräuche, die seine Väter geübt? Ein Schauder erfasste ihn; er wollte es nicht glauben. Alles, was dunkel in ihm aufgestanden war in den letzten Tagen, erschien nun plötzlich in einem ganz anderen Licht, das Zeichen auf seiner Brust gewann eine Bedeutung, die er niemals geahnt. Seine Seele flüchtete in den Glauben zurück, in dem er erzogen; aus der Not seines Herzens sandte er seine Gebete zum Himmel empor, zu dem Gott der Liebe, zu dem Padre Bernardo ihn beten gelehrt; voller Abscheu blickten seine Augen in das grelle Licht ringsum.

Er fühlte, wie er ruhig wurde. Er zuckte zusammen, als der Zapoteke von seiner Seite gerissen und von kräftigen Händen über den Altar geworfen wurde. Er sah die Klinge im Fackellicht aufblitzen, hörte das dumpfe Rasseln der Trommeln und den lang gezogenen Aufschrei des Gemordeten und fühlte, wie sein Herz von einer eiskalten Faust zusammengekrampft wurde.

Sie näherten sich ihm, er fühlte, dass man seine Fesseln löste. Er sah Tenanga, helle Verzweiflung im Blick, eine ungestüme Bewegung machen, er sah die aufgerissenen Augen der Deutschen aus wachsbleichen Gesichtern auf sich gerichtet und fühlte, wie er vorwärtsgerissen wurde. Er riss sich los, sein Antlitz versteinerte sich, hochaufgerichteten Kopfes trat er vor den Opferaltar, von dem man den blutigen Leichnam des Zapoteken herabgeschleudert hatte.

Er sah das düstere Gesicht des Opferpriesters vor sich und sah ihm mit abgrundtiefer Verachtung in die Augen. Der Priester stutzte, einen Augenblick nur, dann gab er einen Befehl. Pablo fühlte sich an den Händen ergriffen, das Hemd wurde ihm aufgerissen; auf seiner bronzenen Brust schimmerte im roten Fackellicht das Zeichen der Könige. Der Priester stieß einen gutturalen Laut aus, seine Augen weiteten sich, er starrte auf die Brust des Jünglings. »Der König!« stammelte er. Die anderen stürzten herbei; sie sahen das Zeichen und schienen von panischem Schrecken erfasst.

»Wer bist du?« fragte der Priester schließlich in der Mayasprache.

»Hualpa, der Sohn Jungunas, der Enkel Nezualpillis!« antwortete Pablo mit schneidender Kälte, so laut, dass seine Worte weithin vernehmbar waren.

Der Priester fuhr zurück, als habe ihn ein Peitschenschlag getroffen. »Nein«, stammelte er, »nein!« Pablos Brust hob ein befreiender Atemzug; er wusste, dass der Schrecken überwunden war. »Bezweifle es, Sklave!« sagte er gleichmütig, »morde den letzten Mayakönig und versinke dann im Nichts, in das du gehörst!«

Der Priester stieß ein Heulen aus, das Messer entfiel seiner Hand. Schreckensbleich unter der dunklen tätowierten Haut starrte er auf den Jungen. Er sah das hochmütig verschlossene Gesicht des jungen Mannes, er sah das bläulich schimmernde Gebilde verworrener Linien auf seiner Brust. Es blieb, es war keine Täuschung. Er richtete sich auf. »Ein Wunder!« rief er, »die Unsichtbaren haben uns ein Wunder bereitet. Sie haben uns den Enkel der Könige gesandt.« Dann brach er vor Pablo in die Knie. »Herr«, flüsterte er, »Herr! Gebiete, was geschehen soll! Vergib den Unwissenden, die die zürnenden Götter versöhnen wollten!«

Pablo fühlte, wie eine ungeheure Kraft in ihm wuchs, sie schwellte seine Adern. »Steht auf!« sagte er, »Gott ist gerecht. Er hat durch eure Hand einen Mörder getötet, der dem letzten eurer Könige nach dem Leben trachtete. Hören die Mayas auf meinen Befehl?«

»Befiehl, Herr«, flüsterte der Priester und erhob sich. »Du hast zu gebieten.«

»So gebiete ich, dass dies das letzte Opferfest sei, das von Mayas gefeiert wurde.«

Er wandte sich um, eine Gasse scheu, ehrfürchtig auf ihn blickender Männer bildete sich, er trat zu den übrigen Gefangenen. Ein herrischer Wink mit den Augen zu den hinter ihnen stehenden Wächtern, und die Fesseln fielen. Tenanga stürzte auf die Knie und umklammerte seine Beine. »Herr«, flüsterte er, »Herr! Du bist in Wahrheit der König! Ich liebte dich, aber ich wusste nicht sicher, ob du es bist, Zweifel beschlichen mich oft, nun weiß ich es.« Doktor Sattler, dessen helle Augen vor Freude leuchteten, drückte ihm herzhaft die Hand, und auch sein Begleiter blickte ihn strahlend an.

Oben aber trat der Priester an die Brüstung der Plattform. Das Muschelhorn ertönte, dann sprach der Mann in dem dunklen Gewand mit weithin schallender Stimme:

»Männer der Mayas, ein Wunder ist geschehen. Nicht ein Opfer haben die Unsichtbaren uns geschickt, den König haben sie uns gesandt, den Letzten aus dem Geschlecht unserer Fürsten, den, der verloren schien und betrauert wurde. Hualpa, der Sohn Jungunas, ist unter uns.«

Lähmendes Schweigen folgte diesen Worten, dann brandete Jubelgeschrei auf. »Der König!« rief es von allen Seiten, »der König ist da! Zeigt uns den König!«

Pablo, bestürzt nun plötzlich und von einer heimlichen Scham befangen, stand regungslos vor den Freunden. »Du musst zu ihnen sprechen, musst zu deinem Volk sprechen«, raunte Tenanga. Des Jünglings Gestalt straffte sich. »Ja«, sagte er leise, »ich will zu ihnen sprechen.«

Er ging zum Altar zurück; der Priester und seine Diener empfingen ihn mit geneigten Häuptern. Er wandte sich dem flimmernden Palast und den im Fackellicht schwankenden dunklen Gestalten der Indianer zu und hob die Hand. Lautlose Stille trat ein. Dann begann er zu sprechen. Er hatte gar nichts überlegt, die Worte kamen aus ihm heraus, irgendwer sprach sie in ihm, er fühlte sich von einer Kraft getragen, von der er bisher nichts geahnt.

»Männer der Mayas«, sagte er, – »ein hartes Geschick hat mich früh eurer Mitte entrissen, der Wille des Ewigen hat mich zu euch zurückgeführt. Ich bin eures Blutes und will einer der Eurigen sein. Ich bin jung, und meine Kräfte sind schwach. Aber ich sehe vieles, was ihr nicht seht, und fühle manches, das ihr nicht fühlt. Meine Kraft gehört euch, ihr sollt mir dafür eure Liebe geben. Ich werde für immer in eurer Mitte bleiben. Unser Volk ist arm und schwach geworden. Der Glanz der alten Zeit ist versunken, wie die Ruinen, die ringsum im Feuer erglühen, aber das Land, in dem wir wurden und wuchsen, braucht uns heute wie einst. Wir wollen der Erde unserer Väter dienen nach unserer Kraft. Auf diese Erde verpflichte ich euch, ich, der letzte Maya, in dem noch das Blut eurer Könige fließt.«

Er schwieg; er hörte Lärm, Rufe und Jubelgeschrei, er sah erhobene Arme und sah in ein wogendes Meer von der rötlichen Glut bestrahlter Gesichter, fühlte sich am Arm ergriffen und beiseite geführt. Gleich darauf saß er im lodernden Fackelschein in einem Kreis älterer Männer, die auf ihn einsprachen. Er erkannte die Gesichter einiger der Weißgewandeten, dann auch das finstere Gesicht des Opferpriesters, der sein dunkles Priestergewand abgelegt hatte und jetzt einen einfachen schmucklosen Poncho trug.

Ringsum wurden jetzt die Feuer entzündet, und überall fanden sich erregt plaudernde Gruppen zusammen. Vor dem Kreise, in dem Pablo zwischen den Ältesten saß, tauchte die zwergenhafte Gestalt Tanubs auf; der trug noch immer seinen fantastischen Putz und schien völlig verwirrt. Er kicherte in einem fort und sprach in geheimnisvollen Andeutungen. Offenbar hatte er längst vergessen, dass man den Jungen hatte opfern wollen; er lebte im Rausch der Vergangenheit, Traum und Wirklichkeit waren ihm völlig verwirrt.

Der Mann, der das Amt des Opferpriesters ausgeübt hatte, sprach mit einer dunklen gutturalen Stimme auf Pablo ein. »Wir freuen uns, dich in unserer Mitte zu haben, Sohn Jungunas«, sagte er. »Du bist unter den Blancos aufgewachsen und kannst nicht so denken und fühlen wie wir. Bleibe in Zukunft in unserer Mitte. Ich und viele der hier Versammelten leben in der Tierra de guerra, die noch nie eines Weißen Fuß betrat, ohne es mit dem Tode zu büßen. Wir sind frei und unabhängig geblieben und leben nach der Art unserer Väter. Komm zu uns, König, wenn dir die Spanier ein Leid zufügen. Wir müssen jetzt gehen. Die aufgehende Sonne muss uns schon weit von diesem Platz sehen.«

»Ich werde wohl kommen - eines Tages«, sagte Pablo und lauschte dem Klang der eigenen Stimme nach.

Das Muschelhorn ertönte; der Priester erhob sich. »Der Tag war gesegnet«, sagte er, »er hat uns den König geschenkt. Die den Göttern Heilige Nacht geht zu Ende. Geht nun alle, woher ihr gekommen, und gedenkt dieses Tages.«

Alle erhoben sich. »Ich lasse dir einige Leute zurück, die dich begleiten sollen, solange du sie brauchst«, sagte der Priester. Er verneigte sich ebenso wie seine Begleiter und war gleich darauf mit ihnen in dem Schatten der Dunkelheit untergetaucht. Die Szene entleerte sich, wie ein nächtlicher Spuk zerstoben die Gestalten der Indianer, die Feuer und die Fackeln erloschen. Pablo war es, als habe er geträumt. Er sah sich um. Neben ihm standen auf der Terrasse Tenanga, der alte Tanub und die beiden Deutschen. Die Männer, die der Priester zurückgelassen hatte, harrten am Waldrand, Kienfackeln in den Händen. Von ihnen geleitet, schritten sie Tanubs Behausung entgegen.

In Aranas Haus

Wenige Tage nach den spukhaften Ereignissen bei der alten Tempelpyramide brachen Pablo und Tenanga, von den zurückgebliebenen Indianern begleitet, auf, um die Reise zu General Arana fortzusetzen. Der Jüngling verabschiedete sich herzlich von den beiden Deutschen; der alte Tanub saß mehr oder weniger geistesabwesend in seinem Haus; er nahm wohl nicht einmal wahr, dass Pablo ging.

Der Weg durch die Wälder verlief ohne Schwierigkeiten; Huntohs Leute schienen sich nach dem Verschwinden ihres Anführers entfernt und die Verfolgung aufgegeben zu haben. An einem strahlenden Vormittag erreichte Pablo mit seinen Begleitern eine große Hacienda, deren Wohnhaus am Rio San Indro lag, die Besitzung des Generals aus indianischem Blut.

Pablo, der einen der Maultiertreiber vorausgeschickt hatte, um ihn anzumelden, wurde auf der Terrasse von dem General empfangen. Arana legte ihm beide Hände auf die Schultern und sah ihm lange in die Augen. »Ja«, sagte er mit seiner warmen Stimme, »du bist Jungunas Sohn; es ist sein Gesicht, das mich aus deinen Zügen grüßt. Sei herzlich willkommen! Du bist nun zu Hause; alle Entscheidungen über dein ferneres Leben werden wir gemeinsam treffen.«

Nach den strapaziösen Erlebnissen der letzten Wochen fand der Junge nun endlich Gelegenheit, sich in gewohnter Weise zu erfrischen und umzukleiden. Der General hatte einen Sohn seines Alters, dessen Kleider ihm ausgezeichnet passten. Nach einem erfrischenden Bad fühlte er sich wie neugeboren. Bald saß er dem alten Indianer an der reich bestellten Tafel gegenüber und musste nun ausführlich von seinen Erlebnissen erzählen.

Die Darstellung der Vorgänge bei der Tempelpyramide erschütterte Arana sehr. »Es gibt, wie überall, so auch bei uns Menschen, die den Fortgang der Zeit nicht sehen und wahrhaben wollen«, sagte er; »wie die Dinge einmal liegen, schaden sie der indianischen Sache mehr, als sie auch nur zu ahnen vermögen. Sie geben den Weißen immer wieder Gelegenheit, den Indianer als zweitrangig, minderwertig und barbarisch hinzustellen. Wir können das Rad nicht zurückdrehen, und wir können unser Lebensrecht nur behaupten, wenn wir uns als Bürger des Landes fühlen und uns als solche bewegen.«

Im Verlauf der weiteren Unterhaltung erfuhr Pablo von dem General, sein eigenes Leben betreffend, nun erst Dinge, von denen er nichts geahnt und an die er bisher auch nicht im entferntesten gedacht hatte. Antonio d'Irala hatte dem kleinen braunen Jungen, der seinerzeit zusammen mit dem Mädchen Maria von einer Schiffsplanke geborgen worden war, den Namen del Roca gegeben, während er Maria adoptierte. Von Tenanga hatte er erfahren, dass er den indianischen Namen Hualpa führe. Nun sagte Arana ihm, dass, den Landesgesetzen entsprechend, auch die Indianer bürgerliche Vor- und Familiennamen zu führen hätten und dass er, Pablo, wie seine Vorfahren schon seit mehreren Generationen, den Namen Reynador führten. Sein Vater, indianisch Junguna genannt, habe bürgerlich Pedro Reynador geheißen und sei Besitzer umfangreicher Ländereien in Guatemala und Yucatán gewesen, die er, Arana, seither für den verschollenen Erben verwaltet habe. Er selber, bisher von den Weißen Pablo, von den Indianern Hualpa genannt, führe landesrechtlich den Namen Diego Reynador. Die Verwaltung seiner Besitzungen habe im Laufe der Jahre einen nicht unbeträchtlichen Gewinn abgeworfen, sodass eine ziemlich große Summe auf der Bank in Merida zu seiner Verfügung stehe. Den Namen Reynador (Herrscher) habe vor Menschenaltern ein Gobernador einem seiner Vorfahren zur Erinnerung an seine königliche Abkunft verliehen. Die indianischen Namen Junguna und Hualpa lebten nur im Munde der Mayas, die sich den uralten Sitten noch immer verbunden fühlten und insbesondere leidenschaftlich an ihrem alten Königshaus hingen; rechtlich hätten sie keine Bedeutung mehr.

Das wäre also der dritte Name, unter dem ich mich selbst begreifen soll, dachte der Jüngling ein wenig bitter, und ein tiefes Gefühl seiner Verlorenheit - fremd hier und fremd dort - drohte ihn zu übermannen. Aber ein Blick in Aranas gute alte Augen sagte ihm, dass er nun wohl geborgen sei.

Der General sprach dann von dem im Lande tobenden Bürgerkrieg. »Chamulpo wird von einem rasenden Ehrgeiz aufgefressen«, sagte er, »das macht ihn blind für die Wirklichkeit. Immerhin begreift er gut, von welch entscheidender Bedeutung seine Position ist. Tatsächlich stellen die Indianer gegenwärtig eine Macht dar, die niemand, auch gewiss kein weißer General, unterschätzen wird. Chamulpo stützt sich auf diese Macht. Er pocht auf das Königsblut, das angeblich in seinen Adern fließt, und das sichert ihm seinen Einfluss, den sich ein Weißer nicht vorstellen kann. Aber Chamulpo geht es nicht darum, den Indianern zu besseren

Lebensbedingungen zu verhelfen, ihre Position und ihre rechtliche Stellung gegenüber den Weißen zu stärken, ihm geht es nur darum, selbst eine Rolle im Staat Guatemala zu spielen.«

Pablo, der nun plötzlich Diego Reynador hieß, ging für den Rest des Tages wie verwandelt umher. Er hatte nach der ersten entscheidenden Unterredung mit dem General auch dessen Frau und Tochter kennengelernt - der Sohn befand sich bei der Truppe - und hatte zu seinem Erstaunen festgestellt, dass sich das Leben auf dieser, einem Indianer gehörenden Hacienda, bis auf die andere Behandlung und Rechtsstellung der indianischen Arbeiterschaft, in nichts von dem Leben in del Roca unterschied. Dass er selbst Eigentümer großer Landbesitzungen sein sollte, begriff er einstweilen noch nicht.

Er schlief in dieser Nacht wunderbar, traumlos und tief. Am nächsten Morgen setzte er sich hin und schrieb einen langen Brief an Maria, in dem er ihr alle seine wechselvollen und sonderbaren Erlebnisse mitteilte und seiner Freude Ausdruck gab, sie in aller Kürze wiederzusehen. Auch an Don Antonio richtete er einige herzliche Zeilen des Dankes für alles Gute, das er im Verlauf langer Jahre auf del Roca erfahren habe. General Arana versprach ihm, die Briefe sofort durch einen seiner erfahrensten und landeskundigsten Vaqueros besorgen zu lassen.

»Und nun wollen wir nach deinem eigenen Landsitz reiten, mein Junge«, sagte er dann; »wie ist es, willst du nun Diego oder Pablo heißen?«

»Pablo, Padrino, wenn es angängig ist«, lächelte der Jüngling, »ich glaube nicht, dass ich mich noch an einen neuen Vornamen gewöhnen kann. Maria würde doch gewiss immer wieder Pablo zu mir sagen.«

Der General schmunzelte. »Es wird nicht weiter wichtig sein«, sagte er, »wir können den Namen Pablo ja dazuschreiben lassen.«

Sie ritten, von Tenanga und einigen Peons der Hacienda Arana gefolgt, am Ufer des Flusses entlang. Arana hatte dem Jungen ein prachtvolles Pferd satteln lassen, und Pablo empfand es als eine Beglückung, nach langer Zeit wieder reiten zu können.

Sie ritten nur wenige Stunden durch eine landschaftlich reizvolle Gegend, dann tauchte das wuchtige Landhaus der Hacienda vor ihnen auf, und Pablo begriff nicht, dass dies alles sein Eigentum sein sollte. »Hier haben schon deine Väter gewohnt, und hier bist du geborgen«, sagte

Arana. Sie fanden die ganze stattliche Belegschaft der großen Besitzung zum Empfang versammelt; der junge Herr wurde mit jubelnder Freude empfangen. Der alte Vaquero, in dessen Hände Arana die Verwaltung der Hacienda gelegt hatte, hatte Tränen in den Augen, ein bei einem Indianer ungewöhnlicher Anblick. Er war schon bei Pablos Geburt auf der Besitzung gewesen.

Sie brauchten zwei Tage, um die Ländereien der Hacienda Reynador abzureiten; der General schien über alles unterrichtet, es war, als erkläre er dem jungen Mann sein eigenes Besitztum.

Anschließend ritten sie in die benachbarten Berge, wo reinblütige Mayas in dichten Ansiedlungen wohnten. Die Nachricht, dass der Sohn Jungunas lebe und zurückgekehrt sei, hatte sich wie ein Lauffeuer verbreitet; wohin Pablo kam, sah er sich mit jubelnder Freude empfangen. Manch bewundernder Blick folgte seiner jugendlich straffen Erscheinung.

Das hier hausende raue Hirten- und Jägergeschlecht hatte in allen Zeitläufen seine Unabhängigkeit zu wahren verstanden. Es unterschied sich, wie Pablo sofort wahrnahm, sehr wesentlich von demjenigen Teil der Urbevölkerung, den die Spanier jahrhundertelang in Sklaverei gehalten hatten. Er sah hier freie, kräftige Männer, die sämtlich wohlbewaffnet waren. Er sah manches Gesicht, das sich ihm bei der Tempelpyramide eingeprägt hatte. Wohin er kam, strömten die Menschen von weither zusammen; bis nach Yucatán hinein hatten die Mayas vernommen, dass Hualpa, der

Letzte der alten Könige, in die Heimat zurückgekehrt sei. Als er schließlich die Berge verließ, gaben sämtliche Häuptlinge ihm das Geleit. Sie versicherten ihm einmütig, dass sie seines Rufes gewärtig seien, wenn er ihrer bedürfe.

Er konnte sich noch nicht entschließen, auf der eigenen Hacienda zu bleiben. Er wusste, dass von der Ruhe einstweilen keine Rede sein konnte; Arana brauchte es ihm nicht erst zu sagen. Er war durch seine bloße Abkunft, ohne es zu wissen oder auch nur zu ahnen, zu einem Faktor in der gegenwärtigen Auseinandersetzung geworden und hatte keine Möglichkeit, sich den Verpflichtungen zu entziehen, die ihm aus dieser Abkunft und der treuen Anhänglichkeit der Mayastämme erwuchsen. Und er wollte es auch nicht. Er war jung, und sein Kopf war voll kühner Gedanken, er wollte tun, was ihm vom Schicksal aufgetragen war. So ritt er zunächst mit dem General zu dessen Besitzungen zurück.

In Ruhe und Gründlichkeit sprachen sie hier alle Möglichkeiten durch und berieten eingehend über die zu ergreifenden Maßnahmen. Der erfahrene General, dem die inneren Verhältnisse des Landes geläufig waren, sagte sich, dass sein eigener Einfluss mit dem jungen Königsenkel an der Seite künftig ganz anders ins Gewicht fallen müsse als bisher, da Chamulpo seine angebliche Abstammung ins Feld führen konnte. Aber es wollte mit Ruhe und Bedacht erwogen sein, welche praktischen Schlüsse aus der veränderten Lage zu ziehen seien.

Pablo weilte schon wieder einige Tage auf der Hacienda Aranas und stand eines Nachmittags auf der Veranda, als der Vaquero zurückkam, den der General mit den Briefen nach del Roca gesandt hatte. Der Mann hatte die Briefe noch; sie waren nicht bestellbar gewesen. Der Jüngling sah, von jähem Schreck und jagender Angst erfasst, in das dunkle Gesicht des Mannes.

»Die Hacienda del Roca ist ein Aschenhaufen«, sagte der Vaquero. »Don Antonio ist im Krieg, die Señora weit fort an der Küste, die Señorita ist tot, im Feuer umgekommen.«

Pablo stand wie versteinert und starrte auf den Unglücksboten. »Was denn«, stammelte er, »die Señorita - tot sagst du, verbrannt? Das ist doch nicht möglich!« Er begann zu zittern, er meinte, das Herz müsse ihm stehen bleiben. »Maria«, murmelte er, »Mariquita. Es ist doch nicht möglich!«

Der Mann sah ihn aus traurigen Tieraugen an; er senkte den Kopf. »Die Trümmer des Hauses habe ich gesehen«, sagte er leise, »die Leute dort sagen - ich habe viele befragt, sie sagen alle dasselbe: Die Señorita sei bei dem Brand umgekommen.«

Pablo atmete schwer; es fiel ihm ein, dass er wohl eine traurige Figur machen möchte; er winkte dem Mann zu gehen. In seinem Kopf war immer nur der gleiche Gedanke: Es kann ja nicht sein - Gott kann es nicht zulassen - wir werden sehen! Aber del Roca war abgebrannt; Schreckliches war geschehen. Wer hatte das getan? Urplötzlich brach der Hass in ihm auf, mischte sich mit dem brennenden Schmerz und verzerrte sein junges Gesicht. »Tenanga«, rief er, »komm schnell, Tenanga!«

Wie ein Schatten war der junge Maya an seiner Seite.

»Wir reiten«, sagte Pablo mit finsterem Gesicht, einem Gesicht, vor dessen Anblick der treue Tenanga entsetzt die Augen aufriss, »lass Pferde satteln, die besten Pferde. Wir reiten nach del Roca.«

Pablo ging auf sein Zimmer, er tat jeden Schritt, jeden Griff mechanisch wie ein Automat; die Starre seines Gesichtes lockerte sich nicht. Er zog sich um, so einfach und zweckmäßig wie möglich, warf Poncho und Sombrero über, steckte Geld ein, ergriff seine Doppelbüchse und ging wieder hinab.

Unten traf er Arana, der eben von einem Rundritt über die Felder zurückgekehrt war und bereits von dem Vaquero gehört hatte, was in del Roca geschehen war. Pablo sah ihn mit seinem starren Gesicht an.

»Ich muss reiten, Padrino.«

»Ist es nicht nutzlos, mein Junge? Die Toten bleiben tot.« Er legte ihm, wie damals bei der Ankunft, die Hände auf die Schultern. »Ich muss, Padrino. Ich weiß nichts, ich fasse nichts, ich begreife nichts. Maria soll tot sein, sagen sie. Ich kann es nicht glauben. Ich muss es sehen. Und ist sie tot, ist sie es wirklich, dann will ich ihre Asche bergen. Aber erst muss ich sehen, sehen. Wissen, was – wissen, wer das getan hat.«

»Du wirst zwischen die Armeen geraten.«

»Ich kann es nicht ändern, Padrino.«

»Nimm Begleiter mit.«

»Nein. Nur Tenanga soll mich begleiten. Allein reisen wir am sichersten.«

Arana sah ihn mit einem langen und tiefen Blick an. »Vergiss nicht, mein Junge, dass noch andere, sehr ernste Pflichten auf dich warten«, sagte er.

»Ich weiß es. Ich entziehe mich ihnen nicht. Aber jetzt muss ich reiten. Ich würde sterben, wenn du mich hieltest, Padrino.«

»Dann musst du wohl reiten. Man muss tun, was einem die innere Stimme sagt. Reite also glücklich, mein Junge. Nur sehr schwer lasse ich dich ziehen, kaum dass ich dich wiederhabe. Trägst du den Stern?«

»Ja.«

Pablo trug seit den ersten Tagen seiner Anwesenheit auf der Hacienda Aranas einen kleinen goldenen Stern von länglicher Gestalt auf der Brust, den der General ihm aus dem Erbe seines Vaters ausgehändigt hatte. Der Stern trug das gleiche Zeichen eingraviert, das ihm in blauen Linien auf die Haut tätowiert war. Jeder echte Maya wusste, wen er in dem Träger dieses Sternes vor sich hatte.

Er schwang sich aufs Pferd, das Tenanga gesattelt herangeführt hatte. »Empfiehl mich den Deinen, Padrino«, sagte er, dem General die Hand reichend, »wir sehen uns bald wieder.«

Arana drückte die Hand. »Möge Gott dich schützen, mein Junge! Kehre glücklich zurück.« Ein Wink mit der Hand, und die beiden Reiter verließen die Hacienda. Sehr ernst und sehr nachdenklich blickte Arana ihnen nach.

Die Brandstätte

Am Abend des vierten Tages erreichten sie das Tal, in dem die Hacienda del Roca gelegen war. Schon von Weitem sahen sie die geschwärzten Ruinen des Hauptbaues. Pablo schüttelte es; sein Herz krampfte sich zusammen. Eine alte Indianerin kam ihnen entgegen; sie erkannte Pablo. Schrecken und Freude malten sich gleichzeitig auf ihrem Gesicht.

»Oh, Don Pablo, du lebst noch!«

»Wie du siehst, Madrecilla.«

Die Alte wies auf die Trümmer. »Oh, es ist furchtbar«, jammerte sie.

»Sage mir, wie es gekommen ist.«

Es erwies sich schnell, dass die Alte kaum etwas wusste. Das Feuer war gegen Mitternacht ganz plötzlich ausgebrochen und viel zu spät bemerkt worden. Als der Wächter rief, stand bereits alles in lodernden Flammen. Der Mann musste geschlafen haben.

»Weiß man, wodurch das Feuer entstanden ist?« fragte Pablo.

Man wusste es nicht. Niemand wisse es, behauptete die Alte.

»Wo hat es angefangen?«

»Die Diener sagen: dort, wo Doña Maria schlief. Darum konnte sie auch nicht gerettet werden.«

»Wurden keine Versuche gemacht, sie zu retten?« Pablo wunderte sich, dass er so ruhig zu fragen vermochte. Aber vor ihm stand ein altes Xinkaweib, ihr konnte man keine Gefühle enthüllen.

»War ja alles zu spät«, jammerte die Alte. »Als man die Leute rief, war schon alles zu spät. Die Señora wurde gerettet. Oh, sie lief herum, weinte, betete und schrie um die Señorita, dann fiel sie in Ohnmacht. Es war schrecklich. Und zu löschen war nichts; es brannte schon alles.«

»Wo habt ihr Doña Maria begraben?« Pablo schauderte es vor der Kälte seiner eigenen Stimme.

»Begraben? Oh, es war nichts zu begraben«, jammerte die Indianerin, »das Feuer hat die Señorita ganz verzehrt.«

»Hat man denn nicht nach – – ihren Überresten gesucht?«

»Oh, alle haben gesucht; die Señora selbst, wir alle. Wir haben nur Trümmer und Asche gefunden.«

»Wo ist die Señora?«

»Fortgereist. Ganz weit fort. Weiß nicht.«

»War Don Antonio nicht hier?«

»Don Antonio im Krieg. War hier mit altem General. Ist fortgeritten und nicht wiedergekommen.«

»Ist der Majordomo hier?«

»Ja, Don Estevan ist hier.«

»So will ich ihn aufsuchen. Er wird mir Obdach geben. Adios, Madrecilla.«

Sie ritten zu den Wirtschaftsgebäuden hinüber, die vom Feuer nicht berührt waren, und trafen auch bald auf den Majordomo, der über Pablos Rückkehr nicht wenig erstaunt war.

Und auch er wusste nichts zu sagen. Seine Mitteilungen bestätigten im Wesentlichen nur die Aussage der alten Indianerin. »Es ist uns allen ein Rätsel, wie das Feuer so schnell um sich greifen konnte«, sagte er. »Der linke Flügel, der ja freilich nur ein Holzbau war, brannte bereits lichterloh, als wir wach wurden. Wenn irgendein denkbarer Grund vorhanden wäre, müsste man glauben, das Feuer sei angelegt worden.«

»Ich bin überzeugt davon, dass es angelegt wurde«, sagte Pablo und biss die Zähne zusammen, dass sie knirschten. Der Majordomo sah ihn verblüfft an. »Sie haben einen bestimmten Verdacht?« fragte er. Aber Pablo äußerte sich nicht mehr. Die Nacht war inzwischen hereingebrochen; sie suchten das Lager auf.

Schon bald nach Sonnenaufgang stand Pablo im Freien. Im Morgenlicht wirkte das Bild des zerstörten Hauses noch schrecklicher. Langsam ging der Jüngling um den Trümmerhaufen herum. Hinter ihm tauchte bereits Tenanga auf. Pablo suchte sich die Lage der einstigen Räumlichkeiten in die Erinnerung zurückzurufen. Da alles durcheinandergestürzt war, war das gar nicht so einfach. Aber er tastete sich schließlich zu der Stelle durch, wo ungefähr sich Marias Zimmer befunden haben musste. Auf einem halb verkohlten Balken ließ er sich nieder und stützte den Kopf in die Hand. Hier soll sie also – –, dachte er, es ist nicht zu denken. Er nahm gar nicht wahr, dass Tenanga dabei war, jede Einzelheit der Trümmerstätte zu untersuchen.

Ein älterer Mann kam heran. Es war der Vaquero, den Don Antonio seinerzeit ausgesandt hatte, die Soldaten zu den Felsenpässen zu führen, als der Conde de Lerma auf del Roca weilte. Er hatte inzwischen wie alle anderen von Pablos Rückkehr gehört und rief ihn jetzt an. »Eine traurige Heimkehr, Don Pablo«, sagte er leise.

Der Jüngling sah auf; er erkannte den Mann nicht, aber er nickte. »Ja«, sagte er, »anders, als ich sie mir gedacht hatte.«

»Sie hätten den alten General sehen sollen; er war ganz gebrochen.«

»Der General?«

»Der General de Lerma, ja. Er hatte doch gerade erst in Dona Maria das Kind seiner Tochter wiedergefunden.«

Jetzt hob Pablo abermals den Kopf. »Was sagst du da?«

»Ich bin lange auf del Roca«, sagte der Vaquero. »Viele Jahre. Ich war damals dabei, als Don Antonio Doña Maria und dich von den Wracktrümmern herunterholte. Niemand hat in all den Jahren gewusst, wer Doña Maria war. Als der General de Lerma unlängst hier war, kam es heraus. Sie war seine Enkelin.« Und er berichtete von den Vorgängen auf del Roca, die Pablo noch nicht kannte.

Der hörte nur mit halbem Ohr zu. So, Maria hatte also ihre Angehörigen gefunden. Wie närrisch das war. Und nun also war sie tot, verbrannt, zu Asche verbrannt. Er senkte wieder den Kopf. »Ja, der alte Mann mag wohl traurig sein«, sagte er stumpf.

»Es waren damals heiße Tage hier«, fuhr der Vaquero fort, »in den Bergen wurde hart gekämpft. Ich habe die Soldaten nach den Felsschluchten geführt, damit die Motineros dem Conde nicht in den Rücken fallen konnten. Da erwischten wir deinen alten Freund, den Jäger Tamay, den Don Antonio fortgejagt hatte; er wollte den Verräter spielen; er kannte die Pässe. Leider ist der Bursche uns entkommen. Ich bereue, dass ich ihn nicht gleich unschädlich gemacht habe.«

»Tamay war vor Kurzem hier«, sagte Tenanga, der in der Nähe zwischen den Trümmern herumwühlte.

Der alte Hirte fuhr zusammen: »Was sagst du da? Wer bist du?«

»Don Pablos Diener.«

Auch Pablo sah nun auf. »Tenanga ist mein Freund«, berichtigte er.

»Wo war Tamay?« fragte der Vaquero.

»Hier. Ich habe seine Spur gesehen.«

»Die möchte ich auch sehen, mein Junge«, sagte der alte Benito.

»So komm.« Tenanga kletterte über das Geröll hinweg und führte den Alten zu den Blumenrabatten, die sich um das Haus herumzogen. Pablo war aufgestanden und ging hinterher; er hatte kaum auf das Gespräch geachtet.

Tenanga blieb stehen. »Kannst du auf dem Boden lesen, Vaquero?« fragte er.

»Mindestens habe ich bisher geglaubt, dass ich's könnte.«

»So sieh her.« Tenanga deutete auf eine in dem weichen Boden noch ganz gut zu erkennende Fußspur; sie war erhalten geblieben, weil es inzwischen noch nicht geregnet hatte.

»Erkennst du diese Spur?« fragte Tenanga.

Der Hirte kniete sich nieder und sah aufmerksam hin. Dann erhob er sich wieder und schüttelte den Kopf. »Nein, ich erkenne sie nicht.«

»Hier hat Tamay gestanden«, sagte Tenanga, »es ist gar kein Zweifel. Eine Spur, die ich einmal gesehen habe, vergesse ich nicht wieder.«

»Du könntest recht haben, mein Junge«, sagte Benito langsam, »er hat einen ungewöhnlich langen Fuß. Aber was mag er hier gewollt haben?«

»Er hat das Haus angezündet.«

»Was?« Pablo schrie auf und stand gleich darauf mit funkelnden Augen neben dem jungen Spurenleser. »Er?« fragte er, »Tamay? Tamay soll es getan haben?«

»Was sollte er sonst hier? Er hatte Grund, sich an Don Antonio zu rächen. Und er tat es nach der Art eines Bandidos. Er hat auch geraubt. Sieh hier, die Spur eines Negers.«

»Eines Negers?«

»Erkennst du nicht den Plattfuß mit der langen Ferse? Das ist der Fuß eines Negers. Sie haben gemeinsam etwas getragen. Sieh, wie die Füße stehen. Weil sie etwas trugen, haben sich die Spuren tiefer eingeprägt, sonst wären sie wohl schon verwischt.«

»Wenn das alles stimmt, bist du ein großer Rastreador, mein Junge«, sagte Benito, »meinen Respekt. Ich bin ziemlich alt geworden, aber dergleichen habe ich noch nicht erlebt.«

»War er es, ist sein Leben verwirkt«, knirschte Pablo.

Er wandte sich ab und zwängte sich wieder durch die Trümmermassen zu der Stelle vor, wo er vorher gesessen hatte und wo sich seiner Meinung nach Marias Zimmer befunden haben musste. Tenanga folgte ihm lautlos; er kletterte wie eine Katze; seine funkelnden Augen schweiften ruhelos umher. Pablo aber lehnte sich gegen einen geschwärzten Mauerrest und sah, fast sinnlos vor Schmerz, vor sich hin.

Er zuckte zusammen, als Tenanga plötzlich vor ihm stand. Der sah ihm mit einem langen und ernsthaften Blick in die Augen. »Herr«, sagte er, »traure nicht mehr. Doña Maria ist nicht verbrannt.«

Pablo sah ihn an, als habe der andere den Verstand verloren.

»Sie ist nicht verbrannt«, wiederholte Tenanga, »sie ist geraubt worden.«

Pablo umklammerte seinen Arm, »Tenanga«, flüsterte er, »mach mich nicht wahnsinnig. Überlege dir, was du sagst.«

»Sie ist nicht verbrannt«, sagte Tenanga fest. »Wir hätten etwas von ihren Überresten finden müssen. Es ist nichts vorhanden, nichts. Sie wurde geraubt; Tamay und ein Neger haben sie fortgetragen.«

»Und du meinst, dass sie – – noch leben könnte?«

»Ich hoffe es. Warum sollten sie sie wegschleppen, wenn sie sie töten wollten?«

Pablo machte sich los. »Ich glaube – ich fühle, dass du recht hast«, sagte er leise. »Ich war wie erschlagen, aber im Innersten habe ich es immer noch nicht begriffen, dass sie tot sein soll. Suche, Tenanga, biete all deinen Spürsinn auf; alles, was ich habe, gehört dir.« Er fuhr sich mit der Hand über die Stirn. »Und wenn ich mich dennoch täusche«, flüsterte er, »wenn du dich täuschst? Was sollte den Mann bewogen haben, das Mädchen zu entführen?«

»Das Haus hat er sicherlich aus Rache angezündet. Don Antonio hat ihn vor den Leuten beschimpft und fortgejagt. Sage dir selbst, dass ein Indianer das nicht vergisst. Dabei ist ihm die Señorita in die Hände gefallen, und er hat sie mit seinen Spießgesellen fortgeschleppt, um Lösegeld zu erpressen.«

Pablo schüttelte den Kopf. »Das glaube ich nicht«, sagte er düster. »Wäre das der Fall, sie hätten sich schon gemeldet.«

»Herr«, sagte Tenanga, »ich weiß es nicht. Es ist nur eine Vermutung. Lass uns suchen. Wir haben das eine Ende einer Spur, das andere werden wir finden. Wir wissen, dass Tamay hier war, wir werden ihn finden. Alle Mayas stehen dir zu Diensten, Herr. Ich kenne den Fuß des Negers, der dabei war; wir werden auch den Schwarzen ermitteln. Fasse Mut, Herr, wir werden am Ende auch Doña Maria finden.«

Pablo ergriff die Hände seines treuen Gefährten und drückte sie. »Ich danke dir, Tenanga«, sagte er, »ja, wir wollen suchen.« Sie traten aus den Trümmern heraus.

»Auch ihr habt nichts von den Überresten der Señorita gefunden«, sagte Benito, der gewartet hatte, »ich wusste es gleich. Wir haben sofort nachgeforscht, als das Feuer erloschen und die Brandstätte betretbar war. Wir haben alles um und umgewühlt; es war nichts zu finden, die Glut war gerade hier viel zu groß, es ist nur Asche zurückgeblieben.« Tenanga schwieg.

Pablo aber, der sich plötzlich ruhiger fühlte, da er wieder einen, wenn auch noch so schwachen, Hoffnungsschimmer sah, wandte sich an den Vaquero. »Du sagtest vorhin etwas von einem General«, bemerkte er, »ich habe nicht richtig zuhören können, war abwesend mit meinen Gedanken, was war das mit dem General?«

Der Vaquero berichtete noch einmal, wie der alte General de Lerma an völlig untrüglichen Anzeichen in Doña Maria seine Enkelin wiedererkannte. Der Majordomo kam in diesem Augenblick dazu und bestätigte Benitos Ausführungen.

»Ja«, sagte er, »die Señorita, lebte sie noch, hieße nun Maria de Pinnol, wäre die Enkelin des Conde und eine der reichsten Erbinnen des Landes. Es gibt nur einen Menschen, der sich darüber nicht freut, das ist der Señor de Mendez, der Großneffe des General de Lerma, der das Erbe schon in der Tasche zu haben glaubte. Ich gönne ihm die Enttäuschung.«

Als man dem erfahrenen Manne berichtete, was Tenanga entdeckt hatte, und als Don Estevan hörte, dass der Jäger Tamay hier gewesen sein sollte, zeigte er sich sehr wenig überrascht und wenig überzeugt. »Tamay hier?« sagte er, »hier, wo der Strick auf ihn wartet? Immerhin, zuzutrauen dürfte dem Burschen alles sein, auch Brandstiftung und Menschenraub. Trotzdem, es scheint mir ziemlich unwahrscheinlich. Hören Sie, Señor«, wandte er sich an Don Pablo, »es ist wahrhaftig nicht meine Sache, fremde Menschen zu verleumden, aber es gibt einen Menschen, dem alles daran gelegen sein müsste, dass die Señorita verschwindet - ich nannte ihn schon.«

In Pablos Augen funkelte es gefährlich. »Mendez?« sagte er leise. Er dachte daran, wie dieser Bursche ihn einst mit der Peitsche bedrohte; kalter Hass kam in ihm hoch. »Weißt du, wo der Mann steckt?« fragte er.

»Quien sabe? Wer weiß es? Beim Heer war er nicht. Ist hier einmal mit dem alten General zusammengetroffen und dann fortgeritten. Sonst weiß ich nichts.«

»Lass, Don Estevan, ich danke dir. Tenanga hat eine Spur - und ich habe nun auch eine; wir werden den Spuren folgen.«

Der Majordomo bat Pablo zum Frühstück. Als sie sich gegenübersaßen, fragte der Jüngling: »Ist mein Brauner noch da?«

»Gewiss, Señorito.«

»Das ist gut. Ich will ihn reiten.«

Der Majordomo wollte gerne wissen, wie es Pablo während seiner Abwesenheit ergangen sei, und Pablo berichtete ihm in großen Zügen, was er erlebt hatte.

Tenanga kam und meldete, dass er die Spur eine Strecke lang weiter verfolgt habe. Sie führe auf die Straße zu.

»Gut«, sagte Pablo, »wir wollen uns unverzüglich auf den Weg machen. Lassen Sie den Braunen satteln, Don Estevan, und geben Sie auch Tenanga ein gutes Pferd; die unseren sind ziemlich erschöpft.« Der Majordomo gab die erforderlichen Befehle.

»Wo lebt Doña Inez?« erkundigte sich Pablo.

»In San José«, antwortete der Majordomo. »Dort wird sie auch bleiben, bis hier ein neues Haus entsteht.«

»Können Sie einen Boten nach San José« schicken?«

»Gewiss.«

»So will ich ihr gleich ein paar Zeilen schreiben.«

Don Estevan führte Pablo in sein Arbeitszimmer. Dieser schrieb der Señora kurz und knapp von seinen Erlebnissen und deutete auch vorsichtig seine Hoffnung Maria betreffend an. Den Brief übergab er dem Majordomo.

Unterdessen waren die Pferde gesattelt, und Tenanga hatte alles zur Abreise vorbereitet. Als sie schon im Sattel saßen und im Begriff waren, sich zu verabschieden, fragte Pablo: »Was haben Sie vom Krieg gehört? Wissen Sie, wo gekämpft wird?«

»Ich weiß nicht viel«, antwortete Don Estevan. »Wir haben hier nur vorübergehend Bekanntschaft mit dem Krieg gemacht. Nachrichten kamen immer nur spärlich und zudem sehr verspätet hierher. Es wird im Süden und Südosten gekämpft. Wenn die letzten Nachrichten nicht täuschen, soll sich die Regierungssache inzwischen gebessert haben. Die Hauptstadt ist aber noch im Besitz der Rebellen.«

Pablo nickte und reichte dem Majordomo die Hand. Gleich darauf verließ er, von Tenanga gefolgt, die Trümmerstätte von del Roca.

Verfolgung

Tenanga verhielt sein Pferd an der Stelle, bis zu der er die Spuren Tamays und des Negers verfolgt hatte. »Reite auf der Straße weiter«, wandte er sich an Pablo, »ich will hier zur Seite gehen.« Während der Königsenkel langsam weiterritt, war sein Begleiter vom Pferd gestiegen und ging, das Tier führend, einem Spürhunde gleich, durch Gras und Gebüsch. Plötzlich stutzte er und winkte, stehen bleibend, Pablo heran. Der stieg vom Pferde und näherte sich.

»Sieh her«, sagte Tenanga, auf den Boden deutend, »hier haben sie gehalten mit ihrer Last - siehst du die Spuren?« Pablo erkannte nur wenig.

»Aber hier - diese Spur wirst auch du erkennen«, sagte triumphierend der junge Fährtensucher. Er wies auf den deutlichen Abdruck eines kleinen, sehr schmalen Fußes. »Mein Gott«, stammelte er, »sollte das - - sollte Maria - -?«

»Hier hat die Señorita gestanden«, sagte Tenanga.

»Und lebte also noch«, jubelte Pablo. »Herrgott, ich danke dir.« »Es ist wenig erreicht«, sagte Tenanga, »dort sind sie auf die Maultiere gestiegen« - er wies auf die Stelle - »und auf der Straße sind Spuren nun nicht mehr zu erkennen. Reite weiter, Herr, ich will an deiner Seite bleiben.«

Pablo stieg auf und ritt langsam weiter, während Tenanga nach wie vor durch das Buschwerk schlich; sie kamen nur sehr langsam vorwärts.

Schließlich blieb Tenanga wieder stehen. »Hier haben sie die Straße verlassen und sind nach Norden geritten«, sagte er.

»Die Straße verlassen?«

»Ja. Und hier - -«, er bückte sich und hob einen zierlichen Damenschuh auf, eine Art Pantoffel eigentlich, wie er hierzulande von den spanischen Damen getragen wurde. Er reichte ihn Pablo, und der stieß einen Überraschungslaut aus. Er kannte den Schuh; es war nun kein Zweifel mehr.

»Bleib hier«, sagte Tenanga. Er ging allein weiter und kam bald zurück. »Sie sind in den Bach gegangen, der dort fließt«, sagte er. »Ich kenne die Gegend nicht. Wohin fließt der Bach, und woher kommt er?«

»Er kommt aus den Bergen und mündet in den Rio Pacio. Wenn sie ihn nicht schon bald wieder verlassen haben –«

»Nein.«

»So müssen sie hinaufgeritten sein, denn nach unten zu wird der Bach tief und seine Ufer sumpfig.«

»Wir wollen nachreiten.«

Als sie die Stelle des Baches erreichten, an der nach Tenangas Behauptung die Maultierspuren in das Wasser führten, ritten sie hinein und bewegten sich, Tenanga voran, langsam vorwärts. Nach geraumer Weile sagte der Fährtensucher: »Hier haben sie das Wasser verlassen. Dir wird nichts auffallen, aber es ist gewiss so. Ein Maultier ist hier ausgeglitten, der Abdruck ist nicht zu verkennen.« Tenanga stieg ab und ging an Land. Pablo folgte ihm. Der Wald zeigte nur wenig Unterholz.

»Sie sind nach oben geritten, Herr.«

»Also, folgen wir ihnen.«

»Kommen wir dort in Felsengebiet?«

»Ja, allerdings und das bald.«

»Das ist nicht gut.« Tenanga bewegte zweifelnd den Kopf. »Du hast oft mit Tamay in diesen Wäldern gejagt, Herr«, sagte er, »weißt du nicht, ob der Jäger hier irgendwo einen Schlupfwinkel hat?«

»Wir haben weiter oben des Öfteren in einer Gesteinshöhle gerastet und uns vor Regen geschützt«, sagte Pablo.

»Dorthin wollen wir gehen. Doch zunächst will ich der Spur nachreiten.«

Nach etwa zwei Stunden sehr beschwerlichen Reitens, stellenweise durch Gestrüpp und Dornen, erreichten sie, aus dem Walde heraustretend, eine abschüssige Fläche, auf der aus dem Geröll heraus spärliche Grashalme wuchsen. Dahinter ragten dunkle Felswände auf.

»Wo ist die Höhle, Herr?« fragte Tenanga.

»Vor uns - dort!« Pablo wies mit der Hand.

»Reite voran; wir wollen sie untersuchen.«

Sie traten bald darauf zwischen die Felsen und erreichten nach einiger Zeit eine kleines Tal, schwach mit Gras bewachsen und von einigen Bäumen bestanden.

»Dort ist die Höhle.« Pablo deutete auf eine von Büschen eingefasste dunkle Öffnung im Fels.

Tenanga stieg vom Pferd, machte seine Büchse schussfertig und ging vorsichtig auf die Höhle zu. Er lauschte einige Zeit, ging dann hinein und kam gleich darauf zurück.

»Sie waren hier«, sagte er, »komm.«

Auch Pablo stieg nun ab; sie banden die Pferde an und betraten gemeinsam die Pablo von früher her bekannte Höhle.

»Hier die Spur Tamays«, sagte Tenanga.

»Sie könnte älter sein.«

Tenanga schüttelte den Kopf. »Da die Spur des Negers«, sagte er, »und hier, sieh, der Fußabdruck der Señorita, ein Fuß mit, einer ohne Schuh.«

Nein, es war kein Zweifel, sie hatten hier gerastet. Pablo fühlte, wie seine Pulse vor Aufregung jagten. Es drängte ihn weiter, aber Tenanga machte ihm klar, dass eine kurze Rast unerlässlich sei, wenn sie bei Kräften bleiben wollten; er sah es ein. Tenanga pflockte die Pferde mit den Lassos an, damit sie Weidefreiheit hätten, und holte dann seine in der Küche des Majordomos wohlversehene Jagdtasche herbei. Zum ersten Male seit Tagen aß Pablo mit einigem Appetit.

»Glaubst du, dass der weiße Señor, von dem der Majordomo sprach, seine Hände im Spiel hat?« fragte Tenanga, während sie aßen.

»Es ist mehr als wahrscheinlich«, antwortete Pablo, »ich kenne den Mann, er ist zweifellos ein Lump. Und das Erbe des Conde hätte ihn, den verschuldeten Spieler, zum reichen und unabhängigen Manne gemacht.«

»Ich verstehe dergleichen nicht«, versetzte Tenanga lakonisch.

»Ich verstehe auch manches nicht«, sagte Pablo. »Wenn Mendez der Anstifter dieser dunklen Geschichte ist, warum ließ er Maria lebend verschleppen? Beim Brand umgekommen, das wäre doch ein sehr plausibler Tod gewesen; ohnehin glaubte es jeder bereits. Solange sie lebt, kann er nicht erben.«

»Du vergisst, dass Tamay im Spiel ist«, lächelte Tenanga. »Und Tamays Gründe verstehe ich besser. Hass kann ich verstehen«, sagte er. »Vielleicht weiß der Blanco gar nicht, dass die Señorita noch lebt.«

»Wenn sie noch lebt!« Pablos Blicke verdüsterten sich. »Was nun?« fragte er leise, »wie finden wir sie?«

»Wir werden sie finden, es gibt so viele Möglichkeiten nicht«, sagte Tenanga. »Überall, wo freie Mayas leben, kann Tamay sich nicht sehen lassen; er ist geächtet. Möglich, dass er sich zu Chamulpo geflüchtet hat; durch ihn hoffte er ja wieder zu Ehren zu kommen, deshalb hat er dich, Herr, ja an den Kaziken verraten. Möglich, dass er auch irgendwo ein Versteck hat, wo er seine Beute verborgen hält, bis sie ausgelöst wird.«

Pablo erhob sich seufzend. Sie tränkten die Pferde noch an dem nahen Quell und setzten dann ihren Weg fort. Eine Zeit lang vermochte Tenanga den Maultierspuren noch zu folgen, dann wurde der Boden felsig, und es war nichts mehr zu erkennen.

Sie ließen die Tiere ruhig fortschreiten, standen aber bald vor steil aufgetürmten Felswänden, die sich in mächtigen, wild zerklüfteten Formationen schichteten, endlos nach links und nach rechts. Was nun?

»Irgendwo muss hier der Engpass sein, der über das Gebirge führt«, sagte Pablo, »der einzige Weg durch die Felsmassen auf viele Stunden weit. Tamay kannte ihn, das weiß ich genau. Aber wo ist er? Wir müssen ihn suchen.«

Nirgends waren Tier- oder Menschenspuren zu erblicken, und auch das schärfste Auge vermochte in den zerklüfteten Felsmassen keinen Eingang zu gewahren.

»Lassen wir die Pferde suchen, Herr«, sagte Tenanga, »sie wittern vieles, von dem der Mensch nichts sieht.«

Das mochte richtig sein. Guatemala bringt wohl mit die trefflichsten Pferde der Welt hervor. Von edlem arabischem Blut, aus Spanien eingeführt, sind sie nicht nur ausdauernde Renner, sondern wetteifern auch mit den Maultieren in der sicheren Ersteigung der Felspfade. Kein anderes Pferd vermöchte auf den schmalen Pfaden, an grausigen Abgründen vorbei, mit solcher Sicherheit zu gehen.

»Gut«, sagte Pablo, »wir haben keine Wahl. Überlassen wir es den Pferden, den Pass zu finden.«

Sie gaben den Tieren die Zügel frei, und Pablos Brauner ging langsam und mit unendlicher Vorsicht, unruhig witternd, an den Felsen entlang. Er bog schließlich ganz von selbst in eine Öffnung ein, die sich scheinbar gleich wieder schloss. Sie schloss sich aber nicht, sondern mündete nach wenigen Schritten zur Rechten in einen schmalen Pfad. Hier, zwischen himmelan ragenden Felsen, an gähnenden Abgründen entlang, trug der Braune seinen Reiter mit unfehlbarer Sicherheit dahin. Sie legten langsam einen furchtbaren Weg zurück, den sie ohne den Instinkt des Tieres sicherlich niemals gefunden hätten.

Die Sonne begann schon zu sinken, als sie aus dem Felsengewirr heraus ins Freie traten. Kein Zweifel, sie hatten den Pass über den Rücken der Sierra gefunden, den nur ganz wenige Menschen kannten. »Ein glücklicher Stern hat uns geführt, Tenanga«, jubelte Pablo, »ich will weiter an diesen Stern glauben.«

»Ihre Tiere sind hier gegangen«, sagte Tenanga, »hier und da hat ein Huf das Geröll gestreift; ich sah es.«

Nach wenigen Hundert Schritten tat sich ein liebliches Tal vor ihnen auf, in dessen Mitte sich zwischen grünen Fruchtbäumen ein kleines Pueblo erhob. Sogleich begann Tenanga wieder, den Boden nach Spuren zu durchsuchen, doch gewahrte er nichts, das auch nur den geringsten Anhaltspunkt hätte gewähren können. »Es hat auf dieser Seite der Sierra geregnet«, sagte er, »alle Spuren sind verwischt.«

»Was beginnen wir?«

»Kennt man dich dort im Pueblo, Herr?«

Pablo schüttelte den Kopf. »Ich glaube es nicht. Hier wohnen nur Xinkas, ebenso wie an der Küste, und die rühren sich nicht von der Stelle, wenn sie nicht unbedingt müssen. Auch dehnen sich die Sierra und der Wald zwischen dem Dorf hier und den Haciendas an der Küste.«

»So wollen wir hinabreiten und uns zunächst ein Obdach suchen«, versetzte Tenanga, »vielleicht erfahren wir auch etwas, das wissenswert ist.«

»Vorwärts, wir wollen das Dorf aufsuchen.«

Der Weg erlaubte nun, dass sie schneller ritten. Vor dem Dorf holten sie einen alten Indianer ein; der blieb an der Seite des Weges stehen und betrachtete sie aufmerksam. Das Gesicht des Mannes hatte nicht viel Vertrauenerweckendes.

Pablo grüßte freundlich und fragte in spanischer Sprache nach einem Nachtlager. Der Mann mochte noch nie einen Indianer in der Kleidung eines Weißen gesehen haben; er starrte Pablo an, ohne zunächst zu antworten. »Nun«, fragte Pablo eine Tonlage schärfer, »verstehst du kein Spanisch?«

»Wenig spanisch«, radebrechte der Mann, »spreche wie ein Xinka.«

Pablo, dem der Xinkadialekt von seinem Umgang mit den Arbeitern auf del Roca im Wesentlichen geläufig war, wiederholte seine Frage in diesem Idiom.

»Wirst Raum genug finden«, sagte der Alte, »alle jungen Männer sind in den Krieg gezogen.«

»So führe uns.«

Der Mann besann sich ein wenig und sagte dann: »Ihr könnt bei mir bleiben. Bohnen und Tortillas kann ich euch bieten.«

»Es ist uns ganz gleich, wo wir bleiben«, versetzte Pablo, »führe uns also.«

»Wo kommt ihr her?« fragte der Xinka, neben ihnen hergehend.

»Von der Hacienda San Pedro, die Señor Mendez gehört«, sagte Pablo und sah den Alten forschend an. Aber der schien diesen Namen noch nicht gehört zu haben. »Wie seid ihr durch die Felsen gekommen?« fragte er.

»Wir hatten einen guten Führer.«

»Seid ihr Soldados?«

»Nein, wir sind friedliche Leute.«

»Aber was wollt ihr hier? Niemand kommt sonst in unser Pueblo.«

»Wir suchen die große Straße nach Norden. Der Majordomo auf San Pedro meinte, wir würden sie durch dieses Tal schneller erreichen.«

»Du sprichst die Sprache der Xinkas recht gut«, sagte der Indianer, »aber du bist kein Xinka.«

»Nein, wir kommen aus dem Norden.«

»Ihr seid also Mayas?«

»Du sagst es. Wir sind Yucateken auf dem Wege zur Heimat.«

Der Indianer blieb vor einem der ersten Häuser stehen. Das ganze Dorf bestand aus armseligen Hütten, aus Lehmziegeln erbaut und mit Maisstroh gedeckt; diese Hütte war eine der ärmlichsten.

»Tretet ein«, sagte der Xinka, »ihr seid bei Ixmal willkommen.«

Pablo und Tenanga stiegen ab, führten ihre Pferde nach einem kleinen, von Kaktusstauden umhegten Corral, in dem einige Maultiere weideten, nahmen den Tieren Sättel und Zaumzeug ab und begaben sich damit in das kleine Haus.

Ein altes Weib stand an dem primitiven Herd, damit beschäftigt, Tortillas zu backen. Sie starrte verwundert auf die Fremden, besonders auf Pablo; auch sie mochte in ihrem ganzen Leben noch keinen Indianer im Anzug eines Caballeros erblickt haben.

»Es sind Gäste«, sagte Ixmal zu ihr, »sie bleiben bei uns über Nacht.«

Pablo begrüßte die Frau freundlich und bat um Gastfreundschaft.

»Ihr sollt willkommen sein«, sagte die Frau, »lasst euch nieder, gleich hier nebenan könnt ihr schlafen.«

Die Hütte war jämmerlich eingerichtet; einige rohe Holzschemel und ein ebenso roher Tisch bildeten das ganze Mobiliar. Der einzige Schmuck des Raumes bestand in farbigen Heiligenbildchen an den Wänden.

Der Mann ging hinaus, um die Pferde zu füttern, und die Frau setzte die fertig gebackenen Tortillas und eine Schüssel mit den landesüblichen schwarzen Bohnen auf den Tisch. Pablo und Tenanga aßen ein wenig, um die Frau nicht zu beleidigen, dann ging Tenanga hinaus, mit dem Bemerken, er wolle nach den Pferden sehen. Er war bald darauf wieder da.

Als es dunkel geworden war, zündete die Frau einen Docht an, der in einer ölgefüllten Kokosschale schwamm; das trübe Licht vermochte den kleinen Raum nicht zu erhellen.

»Werden die Mayas fechten?« fragte der Mann, der eine Maiszigarre rauchte.

»Ich denke, dass die Bergmayas nur dann kämpfen, wenn sie angegriffen werden. Doch liegen ihre Wohnstätten weitab vom Kriegsschauplatz.«

Sie gingen bald zur Ruhe. Der Wirt ergriff die primitive Öllampe und leuchtete ihnen in den Nebenraum, in dem sich zwei aus Maisstroh notdürftig hergerichtete Lagerstätten befanden. Sie nahmen ihre Büchsen, die von dem Xinka mit großer Aufmerksamkeit betrachtet worden waren, und legten sich nieder.

»Ihr habt gute Waffen«, sagte der Xinka.

»O ja«, sagte Pablo, »und du kannst mir glauben, dass wir auch damit umgehen können.«

»Schlaft ruhig.«

»Buenas noches!« Der Alte ging hinaus.

»Ich habe die Spur des Negers gesehen«, sagte Tenanga, als sie allein waren.

»Oh – hier? War er im Haus?«

»Wenigstens dicht dabei, und zwar erst vor kurzer Zeit.«

»Danach müsste der Xinka die Bandidos kennen.«

»Höchstwahrscheinlich. Behalte die Waffe bei dir, wir sind hier nicht sicher.«

»Was fürchtest du?«

»Ich habe das Haus umschlichen. Unter dem Haufen Maisstroh dir gegenüber ist eine Öffnung in der Wand.«

»Glaubst du, dass man uns angreifen könnte?«

»Das werden die Xinkas hier angesichts unserer Büchsen schwerlich wagen; sie sind feige. Aber wer weiß, wie sie mit den Bandidos stehen? Es gefällt mir nicht, dass Tamays schwarzer Freund hier war.«

»Für was glaubst du, halten uns die Leute?«

»Sicherlich für Spione. Sie sind schon deshalb misstrauisch, weil wir durch den Felsenpass kamen. Und außerdem sind waffentragende Mayas diesem Gesindel immer verdächtig.«

»Schlaft ruhig, Herr«, sagte Tenanga. »Ich lege mich auf das Stroh dort, das die Öffnung verdeckt. Ich habe den Schlaf des Raubtieres, das leiseste Geräusch macht mich wach.«

»Sollen wir nicht doch lieber im Freien übernachten?« schlug Pablo vor. »Sinnen die Leute Böses, dann sind wir in dem engen Raum hier am meisten gefährdet.«

»Es ist wahr, Herr, wir wollen draußen schlafen.«

Sie warteten nun eine ganze Weile, bis schließlich das aus dem Nebenraum hereindringende Schnarchen verriet, dass die Xinkas schliefen. Da räumte Tenanga das Maisstroh vor dem Loch weg und kroch durch die gerade ausreichende Öffnung ins Freie. Pablo reichte ihm Waffen, Ponchos und Sättel hinaus und folgte dann nach. »Wir wollen uns in der Nähe des Corrals niederlassen«, sagte er, »dort sind unsere Pferde.« »Ja, Herr, das ist gut.«

Die Luft war hier in dem geschützten Tal mild, die Sterne standen ruhig am klaren Himmel und verbreiteten ein mattes Dämmerlicht. Die jungen Männer suchten sich in der Nähe des Corrals einen geschützten Platz unter dichten Lorbeerbüschen, die sie vor dem Nachttau schützten, und wickelten sich in ihre Ponchos.

Die innere Unruhe ließ sie nur leisen Schlaf finden. Der Tag graute schon, als Pablo Tenangas Hand auf seiner Schulter fühlte. Er fuhr auf. »Still!« flüsterte Tenanga.

Pablo lauschte und vernahm gleich darauf gedämpfte Stimmen. Durch das Lorbeergebüsch hindurchlugend, sahen sie in der grauen Morgendämmerung zwei Männer, die langsam näher kamen.

»Rasch, gib ein Maultier«, sagte einer der Männer, »ich muss in den Bergen sein, bevor die Sonne aufgeht.« Der Mann sprach spanisch.

»Ein Mulatte«, flüsterte Tenanga.

»Wirst du verfolgt?« hörte er den Xinka fragen.

»Die Lanceros des Conde waren wie die Bluthunde hinter mir«, flüsterte der andere. »Ich hab sie von meiner Spur abgebracht, aber mein Pferd fiel, und ich habe mehrere Leguas den Sattel schleppen müssen.«

»So sind sie hinter dir her?«

»Oh, wahrscheinlich. Aber bei Nacht werden sie den Weg nicht zu machen wagen, und ist es erst Tag, dann werden sie genug mit den Motineros zu tun haben; mein Schuss ist bestimmt gehört worden.«

»Was hast du getan, Tito?« raunte der Xinka.

»Wirst es schon erfahren«, sagte der Mulatte.

»Sprich nicht so laut«, warnte der Xinka, »ich habe Fremde im Haus.«

»Fremde?«

»Ja, zwei Mayas, von denen der eine wie ein Caballero aussieht.«

»Mayas? Spione also. Warum schneidest du ihnen nicht die Kehlen ab? – War Tamay hier?«

»Nein, aber der Negro.«

»Was wollte er?«

»Proviant holen.«

»Hat er nichts gesagt?«

»Er sagte nur, dass sie dich erwarteten, du wüsstest schon wo.«

»Hat sich der Blanco hier sehen lassen?«

»Nein.«

»Nun, seinetwegen wirst du noch Nachricht erhalten. Er wird schon hier auftauchen. Aber sei vorsichtig, ihm ist nicht zu trauen.«

»Ich verrate gewiss nichts.«

»Das möchte ich dir auch nicht geraten haben«, knurrte der Mulatte.

Ein Pferd wieherte.

»Wie?« fragte der Mulatte, »du hast Pferde?«

»Es sind die Tiere der beiden Mayas, die hier stehen.«

»Taugen sie etwas?«

»O ja, Vollblutpferde.«

»Ausgezeichnet! Ich ziehe ein Pferd einem Maultier vor. Rasch her damit.«

»Und was sage ich morgen früh?« gab der Xinka zu bedenken.

»Wenn sie dann noch leben, sagst du ihnen, es sei in der Nacht gestohlen worden«, entgegnete der Mulatte mit rauem Lachen, »öffne, es wird Zeit, die Sterne erbleichen schon.«

»Komm!« sagte Pablo, seine Büchse aufnehmend. Er trat aus dem Lorbeergebüsch heraus und zog die Hähne seiner Waffe auf. Die beiden am Corral fuhren herum.

»Diable! Was ist das?« zischte der Mulatte.

»Quien va alla?« rief Pablo drohenden Tones.

»Amigos! Wer seid ihr?«

»Das sollt ihr gleich erfahren. Was wolltet ihr an dem Corral?«

Pablo und Tenanga traten näher, der Mulatte griff nach der auf seinem Rücken hängenden Flinte.

»Lass die Hände unten«, sagte Pablo drohend. Der Mulatte ließ die Arme fallen. Pablo und Tenanga kamen heran. »Wer seid Ihr, und was wollt Ihr hier?« herrschte der Erstere den Mulatten an.

»Oh«, fiel der Xinka ein, »der Señor wollte nur eines meiner Maultiere leihen.«

»Ah, du bist da«, sagte Pablo, als sähe er den Indianer jetzt erst, »das ist etwas anderes. Ich glaubte, Spitzbuben hätten es auf unsere Pferde abgesehen.« Er trat, die gespannte Büchse immer schussbereit, auf die beiden zu und erkannte jetzt auch, trotz des mangelhaften Lichtes, in dem Fremden einen Mulatten.

»Oh, der Señor ist ein ehrenwerter Mann«, sagte der Xinka, »er will noch vor Sonnenaufgang weiter, ich kenne ihn und leihe ihm gern eines meiner Maultiere.« Während der Mulatte sprungbereit in geduckter Haltung stehen blieb, öffnete Ixmal den Corral und zog ein Mulo heraus, dem der Mulatte augenblicklich seinen Sattel auflegte. Der Xinka half ihm beim Aufzäumen. Pablo und Tenanga ließen die beiden ruhig gewähren. Gleich darauf saß der Mulatte schon auf dem Tier, flüsterte dem Xinka etwas zu, was die beiden nicht verstanden, griff an die Krempe seines Hutes und war gleich darauf im Schatten der Nacht verschwunden.

»Was hat euch ins Freie getrieben?« fragte der Xinka ganz ruhig, als der Reiter fort war.

»Ich hörte Geräusch, glaubte Stimmen zu unterscheiden und war um meine Pferde besorgt«, antwortete Pablo.

»Die sind gut aufgehoben; Diebe gibt es hier nicht.«

Pablo verzog das Gesicht zu einem finsteren Lächeln. »Gut für dich, Mann«, sagte er. »Aber wir wollen jetzt draußen bleiben. Die Nacht ist bald herum, und wir wollen weiter. Lass Feuer anzünden und bereite uns ein Frühstück, dann machen wir uns auf den Weg.«

Der Xinka ging hinein und weckte die Frau. Tenanga sattelte die Pferde und prägte sich dann genauestens die Spuren des Mulatten und des Maultieres ein, auf dem er davongeritten. Es wurde schnell heller, die ersten Sonnenstrahlen zuckten bereits über den tiefblauen Himmel. Die Xinkafrau brachte ihnen Kaffee und frische Maiskuchen. Sie frühstückten unter einer breitästigen Platane. Pablo reichte der Frau einen Silberpeso. »Du warst gut zu uns, Madrecilla«, sagte er, »sei bedankt.« Die Frau nahm das Geldstück mit vor Freude funkelnden Augen. Bares Geld war in diesen Hütten rar.

»Ihr erreicht die große Straße am schnellsten, wenn ihr immer nach Osten reitet«, sagte der Xinka, als sie in die Sättel stiegen. Er ging den Pferden voran, um ihnen den nächsten Weg zu weisen. Da trat die Frau dicht an Pablos Pferd heran und flüsterte: »Hüte dich vor den Bergen da drüben« - sie wies auf die nördliche Sierra - »es gibt böse Menschen dort.« Pablo dankte ihr mit einem Blick.

Sie ritten durch das schmutzstarrende Dorf mit seinen halb zerfallenen und völlig verwahrlosten Hütten; es waren erst sehr wenige Menschen munter. Schweigend ritten sie in die Morgensonne hinein, nachdem der Xinka zurückgeblieben war. Erst als sie ein dichtes Gehölz von Chicazamotes und Granaten hinter sich hatten, das sie vor etwaigen spähenden Augen vom Pueblo her verbarg, hielt Pablo den Braunen an.

»Was sagst du zu alledem, Tenanga?« fragte er.

»Tamay, der Neger und der Mulatte sind gewiss gute Freunde des Xinka, bei dem wir geschlafen haben«, antwortete Tenanga ernst.

»Das möchte ich auch glauben. Fast tut es mir leid, dass wir den Mulatten laufen ließen. Vielleicht hätte er etwas von Maria gewusst.« »Schwerlich.« Tenanga schüttelte den Kopf. »Tamay ist viel zu schlau«, sagte er, »er wird auch seinen Freunden nicht mehr als das unbedingt Notwendige verraten.«

»Sollen wir der Spur des Mulatten folgen?«

Wieder verneinte das Tenanga. »Ich würde das nicht tun«, sagte er. »Man würde uns vom Pueblo aus beobachten, und außerdem verschwinden die Spuren auf steinigem Felsen ohnehin. Auch könnte es geschehen, dass uns am Ende der Spur ein warmer Empfang bereitet würde. Ich glaube, dass die Bandidos dort in der Sierra stecken; wahrscheinlich halten sie auch die Doña dort verborgen. Lass uns weiter nach Osten reiten, wir können dann von einer anderen Stelle aus unbeobachtet in die Felsen vordringen.«

Sie ritten weiter. »Der Bursche wurde seiner Behauptung nach von Lanceros verfolgt«, sagte Pablo nachdenklich; »er sprach auch von Motineros. Danach müssten sowohl Regierungstruppen als auch Aufständische in der Nähe sein.«

»Das mag wohl sein«, versetzte Tenanga.

Aufmerksam die steinige Sierra durchforschend, ritten sie weiter. »Ich habe mich schon gefragt, ob man den Banditen nicht einfach Lösegeld bieten soll«, begann Pablo nach einer Weile. »Der Conde, Don Antonio und ich würden alles aufbieten; was kann ihnen Mendez geben? Er hat ja einstweilen selber nichts.«

»Das mag alles richtig sein«, entgegnete Tenanga, »und ich würde selbst dazu raten, wenn wir es nur mit dem Neger und dem Mulatten zu tun hätten. Ich glaube nicht, dass Tamay in erster Linie das Geld reizt. Übrigens wird er dir, Herr, von allen Menschen am wenigsten trauen; er hat dich verraten, und auch das hat er gewiss nicht des Geldes wegen getan. Erfährt er, dass du lebst und dass die Mayas in dir ihren König erkannten, muss er sich sagen, dass er keine Hoffnungen mehr hat, jemals wieder von seinem Stamm aufgenommen zu werden, und dann ist er, fürchte ich, zu Grässlichem fähig.«

Pablo schauerte im Gedenken an Maria unwillkürlich zusammen.

»Vorerst ist wohl nichts zu befürchten«, beruhigte ihn der andere, »es liegt zu sehr im Vorteil dieser Burschen, die Señorita zu hüten. Wir wollen jedenfalls die Räuber aufsuchen. Geld kannst du ihnen immer noch bieten.« Auch Pablo fand, dieser Vorschlag sei der beste.

Gegen Mittag rasteten sie in einem Wäldchen. Als sie den schmalen Waldstreifen verließen, sahen sie wieder ein Pueblo vor sich liegen. Das Gebirge zog sich noch immer zu ihrer Linken hin. Sie näherten sich dem Dorf und erblickten kurz vor den ersten Hütten ein schlankgewachsenes Indianermädchen, das einen Wasserkrug auf dem Kopfe trug.

»Herr«, sagte Tenanga, »das ist eine Mayatochter.«

»Wie sollte die hierherkommen?« fragte Pablo.

»Die Mayas wohnen hier weit verstreut, auch zwischen Zapoteken und Xinkas.« Tenanga rief das Mädchen in der Mayasprache an. Sie erwiderte den Gruß, kam näher und blickte staunend auf Pablo.

»Du bist doch ein Maya«, sagte Tenanga, »wohnen Mayas hier in dem Pueblo?«

»O ja«, antwortete das Mädchen. »Wir sind fast alle Mayas hier, nur einige wenige Xinkas wohnen unter uns.«

»So dürfen wir unter Stammesgenossen wohl auf Gastfreundschaft rechnen?« lächelte Pablo das Mädchen an.

»Das dürft ihr gewiss«, sagte das Mädchen, »wir haben auch eine Posada im Dorf.«

»Um so besser. Leben auch Weiße zwischen euch?«

»Der Alkalde und der Cura sind Blancos, außerdem noch ein Kaufmann.«

Pablo lüftete grüßend den Hut, und sie ritten an dem Mädchen vorbei in das Dorf. Ein Indianerjunge wies ihnen die Posada. Das Pueblo war bei Weitem sauberer und ordentlicher als jenes, in dem sie vorher genächtigt, doch sahen sie hier wie dort in der Hauptsache Frauen, Kinder und alte Männer in den Gassen. Neugierige Blicke folgten ihnen von allen Seiten.

Der Posadero, ein älterer Indianer, kam heraus und begrüßte sie höflich. Er nahm ihnen die Pferde ab und verwies sie in die allgemeine Wirtsstube. Während ein Junge die Pferde zum Corral führte, folgte ihnen der Posadero.

In dem ebenerdigen, ziemlich großen Raum saß nur ein einzelner alter Indianer. Er sah aus großen, dunklen Augen auf die Eintretenden, sprang plötzlich auf, riss den Hut vom Kopf und grüßte Pablo mit einer tiefen Verbeugung.

»Du kennst mich, Freund?« fragte der Jüngling.

»Ich grüße den Enkel unserer Könige«, sagte der Alte. Es erwies sich, dass der Mann bei der Zeremonie an der Tempelpyramide zugegen gewesen war. Der Posadero geriet außer sich, er wusste vor Freude nicht, was er beginnen sollte, um dem jungen Herrn den Aufenthalt in seinem Hause angenehm zu machen. Pablo dagegen wusste nicht recht, ob er sich freuen oder es beklagen sollte, dass man ihn erkannt hatte. Doch war er nun einmal erkannt, und so reichte er denn dem alten Indianer lächelnd die Hand und setzte sich zu ihm. »Du trägst Narben an der Brust, Alter«, sagte er, »warst du im Krieg?«

»Ich habe in den Bürgerkriegen gekämpft, Herr«, antwortete der Mann, »und dann unter General Arana gegen die Mexikaner.«

»So bist du ein Kriegsgefährte meines väterlichen Freundes«, sagte Pablo. »Wie ist es, habt ihr unter dem gegenwärtigen Krieg hier schon zu leiden gehabt?«

Der Mann zog die Stirn kraus. »Die Motineros waren hier«, sagte er; er schien keine gute Erinnerung an den Besuch zu bewahren.

»Sind gegenwärtig Truppen in der Nähe?«

»Ich weiß es nicht, Herr, aber es ist gut möglich. Zuweilen zeigen sich kleinere Trupps in der Ebene, bis hierher sind sie noch nicht gekommen. Kann ich dir mit irgendetwas behilflich sein, Herr, so gebiete über mich.«

»Es kann sein, dass ich deines Rates bedarf. Jetzt lass uns essen.«

Der Posadero hatte gebratene Hühner, Eier, Kuchen und Früchte gebracht und einen Tisch damit gedeckt. Pablo forderte auch Tenanga auf, sich zu ihm zu setzen; sie aßen mit gutem Appetit; der Posadero und der alte Maya ließen kaum einen Blick von Pablo.

Sie aßen noch nicht sehr lange, als draußen Hufgetrappel vernehmbar war; ein brauner Junge kam hereingestürzt und rief mit gellender Stimme: »Soldados! Lanceros kommen!«

Alle sprangen auf. »Von wo?«

»Von Westen!«

Tenanga war mit einigen Sätzen vor der Tür. »Entfliehe, Herr«, zischte der Alte, »sie stecken jeden jungen Mann, den sie sehen, in die Regimenter; alle unsere jungen Leute sind vor den Soldados in die Berge entwichen.«

»Mich gewaltsam in die Uniform zwingen?« Pablo lächelte verächtlich.

»Sie tun es bestimmt, Herr!«

Schon erschien Tenanga wieder in der Tür. »Die Pferde sind gesattelt, Herr«, keuchte er, »lass uns reiten!«

Pablo trat vor das Haus. Männer, Frauen und Kinder standen in Haufen da, dicht gedrängt; sie starrten ihn an wie ein Wunder; es wurde ihm peinlich, obgleich eitel Freude aus allen Gesichtern leuchtete. Die Männer nahmen die Hüte ab, und die Frauen kreischten und winkten. »Hualpa! König! Adler!« rief es hier und da.

»Komm, Herr, komm!« drängte Tenanga.

Pablo sprang in den Sattel; er zog den Hut und grüßte nach allen Seiten. Bevor der Braune sich indes in Bewegung setzte, erscholl donnernder Hufschlag von der Seite, wohin sich der Kopf seines Pferdes wandte. In vollem Lauf jagten acht Lanceros heran, die langen Lanzen schwingend; gleichzeitig brachen von der entgegengesetzten Seite ein Dutzend Lanzenreiter auf die Menge ein, die heulend auseinander stob.

»Ergebt euch, Hunde!« schrie ein bärtiger Sergeant, der, die Pistole in der Faust, auf Pablo und Tenanga zujagte, dicht hinter sich seine Reiter. Pablo verhielt sein Pferd, hochmütiger Trotz verzog sein Gesicht, seine Augen glitzerten kalt. Im Augenblick hielt der Sargento vor ihm; die Reiter hielten ihre Lanzen zum Stoß bereit.

»Was soll das?« fragte Pablo mit kalter Ruhe.

»Das wirst du verdammter Mordhund gleich merken!« schrie der Sergeant. »Herunter von den Pferden, bindet die Kerle!« wandte er sich an seine Soldaten. Ein halbes Dutzend der Reiter verließ die Sättel. Tenanga machte eine Bewegung zu seiner Büchse hin. »Lass das«, befahl Pablo scharf. Mit großer Geschwindigkeit waren beiden jungen Männern die Hände gebunden.

Die Indianer ringsum standen wie erstarrt; mit geweiteten Augen sahen sie auf das Schauspiel. Pablos Gesicht glich dem einer Bronzestatue.

»So, euch Mordbuben hätten wir«, sagte der Sergeant augenscheinlich befriedigt, »und ich schwöre euch; ihr sollt baumeln, und das heute noch.«

»Ich glaube«, sagte Pablo, »der Señor Sargento irrt sich. Ich bin Pablo Reynador, ein Haziendero des Nordens; ein friedlicher Mann und kein Mordbube!«

Aus zornfunkelnden Augen sah der Sargento ihn an. »So«, schrie er, »du bist ein friedlicher Mann und schießt aus dem Hinterhalt auf das Haupt unseres Conde wie auf eine Zielscheibe!«

Pablo versetzte es einen Schlag; jetzt wusste er, auf wen der Mulatte geschossen hatte. Im Augenblick übersah er die furchtbaren Folgen, die diese Tat haben konnte. »Um Gottes willen!« stieß er heraus, »General Lerma? Auf General Lerma ist geschossen worden? Sargento, ich schwöre euch – –«

»Den Offizieren vom Standgericht kannst du schwören«, unterbrach ihn der Sergeant. »Vorwärts, Compañeros!« wandte er sich den Soldaten zu, die wieder aufgesessen waren, »wir könnten mit den Motineros, den Spießgesellen dieser Mörder, zusammentreffen.«

Die Gefangenen in der Mitte jagten die Reiter davon, von den nichts begreifenden Blicken der zurückbleibenden Indianer gefolgt.

»Nachricht an alle Mayadörfer! Sie haben den Enkel der Könige gefangen!« rief der alte Indianer, »rasch, rasch, die schnellsten Läufer!« Ein Dutzend Jungen von vierzehn, fünfzehn Jahren umdrängten ihn. »Lauft, was ihr könnt«, befahl der Alte, »tragt die Nachricht in alle Dörfer: Die Regierungstruppen haben Hualpa, den Königsenkel, verschleppt, um ihn zu töten!« Die Jungen, kleine Stäbe in den Händen, stürmten davon.

Die Lanceros jagten mit den Gefangenen eine ganze Strecke dahin und ließen die Pferde dann langsamer gehen. Der leidenschaftlich erregte Sargento war ruhiger geworden; verstohlen musterte er den nach der Sitte der Weißen gekleideten jungen Indianer; der sah wahrhaftig nicht nach einem Mörder aus. Nun, man würde ja sehen. Der alte Xinka hatte ihm die beiden Burschen genau beschrieben; ein Irrtum konnte danach als ausgeschlossen gelten.

Sie kamen an einen schmalen Felsenpass. »Aufgepasst, da vorn«, rief der Sargento der Spitze zu, »die guten Freunde dieser Kanaillen hier könnten uns einen Streich spielen.«

»Wir sind keine Motineros«, sagte Pablo, in dem Wut und Erbitterung tobten und dem die Zeit Marias wegen auf den Nägeln brannte, »du tätest besser, die Mörder des Conde woanders zu suchen.«

»Wird sich finden, wird sich alles finden«, versetzte der Sargento gleichmütig.

Noch während sie in dem schmalen Felsenpass ritten, drang plötzlich das Hallen von Schüssen und lautes Geschrei zu ihnen; es kam von vorn.

»Adelante! Da kämpfen unsere Männer!« rief der Sargento. Alles setzte sich in Galopp, die Gefangenen mussten notgedrungen mitjagen. Aus dem Hohlweg herausbrechend, sahen sie eine kleine Schar Lanceros in der Uniform des Staates in erbittertem Gefecht mit einer überlegenen Reitertruppe.

»Adelante! Dort kämpft Don Antonio!« rief der Sergeant.

Die Reiter jagten vor; der Sergeant, der keine andere Möglichkeit mehr sah, die Gefangenen zu sichern, richtete die Pistole auf Pablos Kopf; vor dem festen, drohenden Blick des Jünglings ließ er sie wieder sinken. »Sei's drum«, knurrte er, »fort könnt ihr ohnehin nicht.« Damit jagte er, den Säbel ziehend, seinen Männern nach.

Kaum waren Pablo und Tenanga allein, als der Letztere seine Hände leicht aus den Fesseln löste. »Die Picaros verstehen es nicht, einen Maya zu binden«, lächelte er. Er hatte, während ein Soldat ihm die Hände band, einen von Indianern oft geübten Kunstgriff angewandt, der es ihm erlaubte, die Hände nach Belieben aus der Schlinge zu ziehen. Da man den Gefesselten sogar die Waffen gelassen hatte, um sie selbst nicht tragen zu müssen, war auch Pablo mit einem Messerschnitt frei. »Nun zurück, Herr!« flüsterte Tenanga.

Pablo schüttelte den Kopf; sein Blick hatte unverwandt bei den vorne Kämpfenden geweilt. »Nein«, stieß er jetzt heraus, »da vorn kämpft mein Pflegevater, Don Antonio. An seine Seite! Adelante!«

Er riss die Büchse von der Schulter und jagte nach vorn. Tenanga folgte ihm willenlos. Das Gefecht wogte, in einzelne Gruppen aufgelöst, hin und her. Es wurde mit Lanze und Säbel gekämpft. Die Regierungssoldaten hatten trotz des Eingreifens des Sergeants und seiner Männer ein schweres Gefecht. Verwundete und tote Pferde lagen umher, verwundete und tote Reiter daneben.

Pablo hatte im vollen Jagen einen am Boden liegenden Säbel aufgegriffen. Er jagte auf die Gruppe zu, in der er Don Antonio kämpfen sah. Mit dem gellenden Ruf: »Viva la patria!« feuerte er seine Doppelbüchse ab und hob damit zwei Motineros aus dem Sattel. Dann warf er die Büchse fort und raste, den Säbel schwingend, mitten in das Getümmel.

»Pablo!« rief Don Antonio in jähem Staunen. Auch Tenanga hatte geschossen, und seine Kugeln hatten ihre Ziele gefunden. Er griff die Lanze eines gefallenen Reiters auf und sprengte mit einem gellenden »Ala!« auf die Feinde los. Er und Pablo waren die einzigen Indianer auf der Regierungsseite, während bei den Gegnern Weiße und Farbige kämpften.

»Adelante!« rief Don Antonio; die Lanceros griffen noch einmal mit voller Wucht an. Drüben fiel der Anführer unter Pablos Säbel; die Motineros wandten sich zur Flucht. Eine Strecke weit folgten ihnen die Lanceros, dann rief Don Antonios Stimme sie zurück.

»Junge! Mein Junge! Wo kommst du nur her?« rief Antonio d'Irala, als Pablo vor ihm hielt.

Pablo lächelte. »Sargento, Don Antonio, hat mich als Mörder des Conde verhaftet und hierhergeschleppt.« Der bärtige Sergeant kam schon heran; er war ob des sonderbaren Benehmens seiner Gefangenen so verblüfft, dass er überhaupt nichts zu sagen wusste, zumal er den einen nun im vertrauten Gespräch mit seinem Chef erblickte.

»Was heißt das, Sargento«, wandte sich d'Irala an ihn.

Der Mann war völlig verwirrt. »Ein Xinka-Indianer hat uns gesagt, dass zwei flüchtige indianische junge Männer bei ihm gerastet hätten. Sie seien in großer Eile gewesen, um zu den Motineros zu kommen und hätten sich gerühmt, den Conde getötet zu haben. Er beschrieb sie uns genau, zeigte uns den Weg, den sie eingeschlagen hatten, und wir folgten ihnen. Dieses hier ist der eine der beiden.«

»Dies, Sargento, ist mein Pflegesohn Don Pablo. Glaubst du immer noch, dass er die Hand gegen den General erhoben hat?«

»Nein, Capitano, das glaube ich gewiss nicht mehr. Dieser junge Mann ist ein Held, aber kein Mörder. Caramba! Der Junge hat gefochten!« fügte er hinzu. »Verübelt es mir nicht, Señorito. Ich konnte nicht ahnen – –«

Pablo gab ihm lächelnd die Hand. »Es ist schon vergessen«, sagte er. Dann berichtete er eingehend von seinem Zusammentreffen mit dem Mulatten, in dem man zweifellos den gesuchten Mordbuben zu erblicken habe.

»So war ich also doch auf der rechten Spur«, sagte der Sargento. »Der Conde konnte es nicht lassen, selbst zu rekognoszieren. Als ich ihn sinken sah, von seinem Adjutanten aufgefangen, und den davonjagenden Mörder erblickte, packte mich der Zorn, und ich bin mit meinen Leuten hinterhergeritten. Leider verstand er es, uns zu täuschen und entkam.«

Die Lanceros hatten sich gesammelt, die Verwundeten wurden aufgelesen und notdürftig verbunden; dann ritt der ganze Trupp, ein Teil der Stabswache des Generals, langsam nach Süden zu.

»Wie habt ihr euch nur eurer Bande entledigt?« fragte der Sergeant den jungen Pablo.

»Das ist ein Mayageheimnis, ich kann es nicht verraten«, lächelte der zurück.

Sie erreichten ein Wäldchen, das einige Sicherheit gewährte, und machten halt. Nachdem Wachen ausgestellt worden waren, überließen die erschöpften Soldaten sich der verdienten Ruhe. Manch bewundernder Blick ruhte auf den beiden Indianern. Tenanga nahm diese Bewunderung, die ja auch ihm galt, mit vollendetem Gleichmut hin, aber innerlich war er nicht wenig stolz.

Pablo saß zusammen mit seinem Pflegevater etwas abseits auf einem Baumstamm. Des Hazienderos Gesicht war dunkel verhangen. »Nun bist du unser einziges Kind, Pablo«, sagte er leise, »und ich habe dir manches abzubitten.«

»Das verhüte Gott, Don Antonio«, antwortete Pablo ernst, »Doña Maria lebt, und sie soll dir wiedergegeben werden.«

D'Irala starrte ihn fassungslos an. »Was sagst du da, Junge?«

Pablo berichtete nun dem immer erstaunter aufhorchenden Don Antonio von seinen und Tenangas Nachforschungen und bisherigen Ermittlungen. Er sah, dass der harte Mann in der Offiziersuniform vor ihm zu zittern begann, er sah, dass Tränen in seine Augen traten. »Pablo, wenn das wahr wäre!« stammelte er, »Pablo, das ist der erste Lichtstrahl seit jenem schrecklichen Unglückstag.« Er stand auf und ging, von der Unruhe seines Herzens gejagt, hin und her. »Sie ist gar nicht mein Kind«, sagte er, »aber tiefer kann mir auch ein eigenes Kind nicht ans Herz wachsen. Ich will gern alles hingeben, wenn sie der Himmel mir wiederschenkt.«

Er blieb vor Pablo stehen. »Mendez?« sagte er, »sollte das möglich sein? Können Menschen so handeln? Ich weiß, dass der Conde die schlechteste Meinung von ihm hat. Aber dies - man sollte es nicht glauben!«

Es seien einstweilen alles Vermutungen, freilich ziemlich begründet, versetzte Pablo. Er würde jedenfalls nicht ruhen, bis diese Sache geklärt und Maria ihren Entführern entrissen sei.

»Durch welches Wunder bist du dem Kaziken Chamulpo entgangen?« fragte d'Irala, sich nun Pablos eigenen Erlebnissen zuwendend. Pablo berichtete kurz und knapp, was ihm Gelegenheit gab, den Spürsinn und die menschliche Treue seines Gefährten Tenanga gebührend herauszuheben.

»Gott hat seine Hand sichtbar über dir gehalten, mein Junge«, sagte der sehr erschütterte Offizier, »ich bin sicher, er wird dich auch weiterhin schützen.«

Pablo fragte seinen Pflegevater dann nach dem Stand der Kriegshandlungen. Don Antonios Gesicht verdüsterte sich. »Wir waren, von der Hauptstadt abgedrängt, unter harten Kämpfen nach Süden geworfen«, berichtete er, »hatten dann einige recht glückliche Gefechte und waren strategisch schon wieder im Vorteil, da musste ein böses Geschick uns den Führer rauben, auf dem alle unsere Hoffnungen beruhten. Ich fürchte fast: Jetzt ist alles verloren. Der Tod des Conde wird dem Gegner einen ungeheuren Auftrieb geben. Callego kann Lerma bei aller Tüchtigkeit nicht ersetzen. Wir waren ausgeritten, um die verlorene Fühlung mit dem Feind zu suchen und - haben sie gefunden. Treffe ich den General noch am Leben, wenn wir ins Lager kommen - denn es war noch Leben in ihm, als ich ihn verließ –, dann werde ich ihm mit der Nachricht über

Maria wenigstens die letzten Stunden leichter machen können. Er hängt nicht weniger an der wiedergefundenen Enkelin als ich. Auf der Stelle muss jedenfalls alles geschehen, um Maria zu befreien, und wenn ich unseren Gegner Sarmiento um Hilfe bitten muss.«

»Tue nichts dergleichen«, sagte Pablo ernst. »Ich bitte dich, Don Antonio, lass mich und Tenanga allein weiterforschen. Tenangas Spürsinn ist unübertroffen, er ist der größte Rastreador, den ich jemals sah, und wenn überhaupt einer, wird er Marias Spur finden.«

»Du willst es wagen? Du allein mit einem Gefährten?«

»Wem käme es wohl eher zu als mir? Ist Maria nicht meine Pflegeschwester? Ich habe in ihr immer meine Schwester gesehen.«

»Ich werde dir Scharfschützen mitgeben.«

»Nein, Don Antonio. Weiße Leute würden nur schaden bei dem, was wir vorhaben. Brauche ich Hilfe, kostet es mich ein Wort, und alle Mayastämme stehen hinter mir. Nur fürchte ich, es muss jetzt, wenn der Conde stirbt oder tot ist, ohne jeden Verzug gehandelt werden.«

»Das muss es wahrhaftig. Oh, das liegt mir wie ein Stein auf dem Herzen.«

»Wo glaubst du, Don Antonio, dass die Motineros stehen?«

»Höchstwahrscheinlich nach Amatitlan zu. Von dort kam auch die Streifschar, mit der ich zusammenstieß; unsere Hauptmacht lagert bei Ixhuatan.«

»Ich werde mich, wenn du den Heimweg ins Lager antrittst, von dir trennen und mit Tenanga in die Sierra eindringen.«

»Ruf mir den jungen Mann her; ich will ihm ein paar Worte sagen.« Ein Wink Pablos, und Tenanga stand aufgerichtet vor dem Offizier.

»Du hast dich als treuer Freund meines Pablo erwiesen, und du hast wie ein Mann in unseren Reihen gefochten. Ich danke dir für beides.« D'Irala sah dem jungen Indianer mit offenem Blick in die Augen und reichte ihm die Hand. Der drückte sie und erwiderte den Blick.

»Hilf mir weiter, meine von Bandidos geraubte Tochter zu befreien, und verlange dann von mir, was du willst. Ich will es dir geben, wenn ich kann.«

»Ich diene dem Enkel der Könige«, entgegnete Tenanga, »ich bedarf keines Dankes.«

»So wirst du wenigstens immer einen Freund an mir haben.«

Tenangas Augen leuchteten auf; er verbeugte sich und trat zurück. Die Lanceros rüsteten zum Aufbruch; sie wollten noch vor Einbruch der Nacht das Lager erreichen. Antonio d'Irala verabschiedete sich von dem wiedergefundenen Pflegesohn. »Bring mir Maria, mein Junge, und achte auf dich selbst«, sagte er. »Hüte dich besonders vor den Aufständischen. Wird es bei ihnen bekannt, dass Lerma durch Mörderhand fiel, haben wir bald mit einem Angriff zu rechnen. Gott sei unserem armen Lande gnädig!«

Die Soldados saßen bereits im Sattel. Don Antonio bestieg gleichfalls sein Pferd, er reichte Pablo noch einmal stumm die Hand, dann ritt er mit den Seinen davon.

Die beiden Indianer luden ihre Büchsen. »Nun komm, Freund«, sagte Pablo, »auch wir wollen nicht länger zögern.« Sie umritten den Ort, wählten die einsamsten Pfade und erreichten kurz vor Einbruch der Nacht den Fuß der Sierra, in der sie die Bandidos und auch Maria vermuteten. Eine der in dem wild zerklüfteten Gebirgsstock zahlreichen Höhlen bot ihnen ein Nachtlager. Sie pflockten die Pferde am langen Lasso fest und legten sich zur Ruhe.

Die Bandidos

Drei Männer saßen in der Einbuchtung eines kleinen Felsrandes; sie machten alle drei einen wenig vertrauenerweckenden Eindruck. Der Indianer, der etwas entfernt von den beiden anderen, mit dem Rücken gegen die Felswand gelehnt, schweigend dahockte und finster vor sich hinstarrte, mochte noch so etwas wie menschliches Interesse erwecken; er war eben ein Indianer und die Ureigenschaften seiner Rasse: Stolz, Hochmut und Verschlossenheit, zeigten sich bei ihm in besonderer Ausprägung.

Von ähnlichen Eigenschaften konnte bei den anderen beiden, die einander gegenübersaßen und gestikulierend aufeinander einsprachen, keine Rede sein; ihr Inneres stand in ihren Gesichtern geschrieben, die sich eigentlich nur in der Hautfarbe unterschieden: Sie drückten alle erbärmlichen und niedrigen Leidenschaften und Instinkte aus, deren der Mensch in der Entartung fähig ist. Des einen Hautfarbe war schwarz, die des anderen zeigte eine schmutziggelbe Tönung.

Wir kennen sie bereits alle drei: Tamay, den von seinem Volk geächteten Maya-Indianer, den Neger Slip und den Mulatten Tito. Letzterer schien gegenwärtig ausnehmend schlechter Laune. »Wenn der Blanco nicht kommt, wird er es bereuen«, knurrte er, »er scheint uns übers Ohr hauen zu wollen, aber da ist er an den Falschen geraten. Ich habe es satt, mich in Wäldern und Bergen herumzutreiben.«

»Slip weiß: möchtest in die Städte«, grinste der Neger, »auf den Tertulias mit den Señoritas tanzen. Bist ein schöner Idiot! Die Alguacils sehnen sich schon nach dir.«

»Halt's Maul, Kongoratte!« zischte Tito. »Kümmere dich um deinen eigenen Hals, für meinen sorg' ich schon selber. Ich will weg«, knurrte er, »und das gleich; nach Mexiko, da lebt es sich einfacher. Und ich warte nicht mehr. Schickt der Kerl jetzt kein Geld, lässt er es bleiben. Aber dann hat er das Nachsehen. Es gibt noch mehr Leute, die für diese besondere Ware Interesse haben.«

»Vergiss den da drüben nicht«, zischte der Neger, mit einer unmerkbaren Bewegung des Kopfes zu dem schweigsamen Indio hinüberdeutend, »er ist gefährlich, der Bursche, und was er eigentlich vorhat, wissen wir nicht.«

»Der!« Der Mulatte verzog den breiten Mund zu einer Grimasse. »Wenn's nach dem gegangen wäre, die Puppe wäre damals gleich im Feuer verkohlt.«

»Und wir könnten zusehen, ob der würdige Caballero uns bezahlt oder nicht«, grinste der Neger. »Nun hast du ihm durch deinen Meisterschuss auch noch dazu verholfen, sein Erbe gleich antreten zu können, und er ahnt noch gar nichts von seinem Glück.«

Der Mulatte lachte kurz auf. »Die Stunde wird er teuer bezahlen müssen«, sagte er, »ich möchte sie nicht noch einmal erleben.«

»Du hättest deinen Standort eben ein bisschen günstiger wählen müssen.«

»So günstig wäre er mir sicher nicht ein zweites Mal vor den Lauf gekommen, der Alte; meine Büchse ging ganz von alleine los. Aber ich kann dir sagen, ich war froh, als ich die Bluthunde abgeschüttelt hatte und bei Ixmal war. Und noch froher, als ich wieder ein Maultier unter mir hatte. Zwei rote Halunken hätten mir bald im letzten Augenblick den Spaß verdorben.«

»Zwei Rote – – wieso?«

»Ich wollte mir gerade eines von ihren Pferden aussuchen – und was für Pferde, sage ich dir –, da standen sie vor mir, hatten die langen Schießknüppel in den Händen und ließen die Hähne knacken; es war ziemlich ungemütlich.«

»Fremde?«

»Natürlich Fremde. Mayas oder Zapoteken. Der eine von ihnen sprach spanisch wie ein Hidalgo und sah auch so aus; hab' meiner Lebtag keinen roten Kerl in solcher Aufmachung gesehen.«

»Ein Maya oder Zapoteke sagst du? Beschreibe ihn näher«, ließ sich plötzlich die Stimme des Indianers vernehmen; die beiden Halunken fuhren zusammen. »Der Kerl ist noch gefährlicher als ich dachte«, knurrte der Mulatte in sich hinein. Laut sagte er, dem bisher so Schweigsamen unter Aufbietung aller Frechheit in das dunkle Gesicht sehend: »Ein hübscher Junge, sage ich dir. Wirklich, ich habe so was noch nicht gesehen. War wie ein Weißer, und zwar wie ein Caballero gekleidet, ein richtiger indianischer Prinz.«

»Und der Zweite?« fragte Tamay, ohne eine Miene zu verziehen.

»Den konnte ich nicht so genau sehen. War wohl auch noch ein junger Bursche, trug aber indianische Kleidung. Das Schießeisen hielt er auch so, als ob er damit umzugehen verstünde.«

»Werden Spione Chamulpos gewesen sein«, sagte der Neger.

Der Indianer wandte sich ab und tat wieder so, als seien die beiden anderen nicht vorhanden.

»Muss ihn jetzt mal ein bisschen aushorchen«, flüsterte der Mulatte, »die verdammte Geschichte muss zu Ende kommen. Ich brauche Geld; will über die Grenze. – Hör mal zu, Tamay«, sagte er lauter, dem Indianer zugewandt, »wie befindet sich denn unsere reizende Doña?«

»Gut«, sagte der Indianer lakonisch, ohne auch nur den Kopf zu wenden.

»Es ist aber gar nicht nett von dir, dass du sie so ganz für dich allein verwahrst. Eigentlich nicht üblich unter Compañeros. Hätte ihr gern mal einen Besuch abgestattet.«

Der Neger fletschte die Zähne und schlug sich auf die Schenkel. Tamays Gesicht aber verfinsterte sich in so erschreckender Weise, dass der Schwarze die Bemerkung verschluckte, die er schon auf seinen Wulstlippen hatte.

In diesem Augenblick ließ sich von der Talsohle aus ein lang gezogener Pfiff vernehmen. Die drei Männer griffen automatisch nach ihren Waffen. Das Pfeifen wiederholte sich.

»Es ist der Xinka«, sagte Tito.

»Sieh nach, ob er allein ist«, flüsterte der Neger.

Der Mulatte kletterte an einer Felsspalte in die Höhe und sah in die Schlucht hinab. »Ixmal und der Blanco«, rief er herab.

»Na endlich. Wird auch Zeit.« Der Neger reckte sich. »Sollen wir sie hier heraufkommen lassen?«

»Nein«, erwiderte Tamay kurz, der sich erhoben hatte, »wir gehen ihnen entgegen.«

Slip war schon wieder bei den anderen, und alle drei kletterten nun einen engen, gewundenen Felspfad hinab, bis sie ein kleines, mit wildwucherndem Buschwerk durchsetztes Tal erreichten. Der Mulatte legte zwei Finger an die Lippen und pfiff. Alle drei blieben, die Büchsen schussfertig in den Händen, hinter den Büschen stehen, unmittelbar vor dem nach oben führenden Gang. Einige Minuten vergingen, dann tauchte der Kopf des Xinka-Indianer Ixmal auf, dem gleich darauf der ganze Mann folgte. Der Weiße, der hinter ihm heraufkam, war der Haziendero Louis de Mendez.

Der Mulatte kam hinter dem Busch hervor, der seine Genossen noch immer verbarg. »Höchste Zeit, Señor«, sagte er, den lauernden Blick auf den Weißen gerichtet, »höchste Zeit, sage ich Euch, hätten verdammt nicht länger gewartet.«

Mendez' Gesicht war fahl, seine Augen flackerten. Man merkte ihm an, dass er sich wenig wohl in seiner Haut fühlte. Er verfärbte sich noch weiter, als er die Verbrechervisage des Mulatten sah. »Sei vernünftig, Tito«, sagte er, »ich bin ja erst gestern zurückgekommen.«

»Und ich habe Euch inzwischen zum reichen Mann gemacht«, sagte der Mulatte, ohne den stechenden Blick von dem anderen zu lassen. »Was werdet Ihr denn so blass? Schmerzt es Euch sehr, Euren teuren Großoheim betrauern zu müssen?«

»Was sagst du da?« Mendez war in der Tat noch einen Grad bleicher geworden, er griff um sich, als müsse er Halt suchen. »Er ist tot?« flüsterte er, »der Conde ist tot?«

»War 'ne verdammt kitzlige Sache, will ich Euch sagen«; der Mulatte spielte mit dem Büchsenhahn, ohne das Gesicht des Weißen einen Augenblick auszulassen, »hab' ihn mitten aus seiner eigenen Leibwache herausgeschossen. Sie haben mich ja gejagt; – das könnt Ihr gar nicht bezahlen, was ich in der nächsten Stunde ausgestanden habe. Aber Ihr werdet's bezahlen, da bin ich ganz sicher.«

»Er ist tot, der Alte ist tot«, murmelte Mendez wie geistesabwesend. Aber dann schoss ein Strahl triumphierender Freude in seinen trüben Augen auf. »Endlich!« flüsterte er.

»Kommen wir zu unserem Geschäft, Don Louis«, unterbrach der Mulatte die Gefühlserregung des Weißen. »Wir haben unseren Teil des Vertrages erfüllt, jetzt seid Ihr an der Reihe. Ich denke zunächst mal: Fünftausend Pesos für jeden von uns, das wäre der bescheidene Anfang. Und glaubt ja nicht, dass Ihr uns entwischen oder uns anführen könnt« - er spielte wieder verdächtig mit den Büchsenhähnen. »Mit uns ist nicht gut Kirschen essen«, setzte er hinzu, »aber darüber seid Ihr Euch ja hoffentlich klar.«

Na warte, dachte Mendez, diese Minuten wirst du mir büßen, mein Freund, die werden dir noch leidtun. Der Rest angeborenen und anerzogenen Stolzes in ihm bäumte sich auf gegen die Art, wie dieses mulattische Scheusal ihn zu behandeln wagte. Es hilft nichts, dachte er, jetzt muss ich es einstecken; Rache will kalt genossen sein. Er zwang alle seine Willenskraft zusammen, und er brachte das harmlose Lachen auf sein Gesicht, mit dem es ihm immer wieder gelang, die Gutgläubigen zu täuschen.

»Du bist ein Idiot, Tito«, rief er, »lass endlich die Pfoten von der Büchse da, du wirst dich ohnehin hüten, mich totzuschießen, denn dann hättest du deine bösen Stunden ganz gewiss umsonst durchlebt. Du sollst haben, was dir zusteht, wir brauchen darüber nicht zu reden.«

»Wirst haben, wirst haben«, äffte der Mulatte. »Jetzt, jetzt will ich haben.«

»Ja, da hast du Pech gehabt, mein Junge« - Mendez fühlte, wie seine Sicherheit wuchs. »So dumm solltest du doch nicht sein«, sagte er. »Schließlich kann ich dir doch erst Geld geben, wenn ich selbst welches habe. Und woher soll ich das denn jetzt schon haben? Meinst du, ich hätte dich um einen Freundschaftsdienst dieser Art gebeten, wenn ich Geld hätte?«

»Das ist Eure und nicht meine Sache«, versetzte der Mulatte.

»Ja, dann wirst du mich wohl totschießen müssen«, lachte Mendez. »Kannst mir dann ja die Taschen durchsuchen. Vielleicht findest du ein Zehnpesostück.«

»Wann werdet Ihr zahlen?«

»Wenn ich Geld habe, wie gesagt. Wenn mein verehrter Herr Großoheim wirklich das Zeitliche gesegnet hat, wie du sagst, werde ich mit Sicherheit Besitzer einer der reichsten Hazienden des Landes sein; die muss er mir nämlich lassen, selbst wenn er ein Testament gemacht haben sollte; ein freundliches Gesetz will es so. Aber das würde mir und dir im Augenblick wenig nützen, mein Lieber. Vielleicht hast auch du schon bemerkt, dass wir Krieg im Land haben. Und wenn du dann deinen Schädel noch ein wenig anstrengst, wirst du dir sagen, dass die besagte bildschöne Hacienda in einem Bereich liegt, der von den Motineros besetzt ist. Und die Motineros, diese unfreundlichen Leute, haben die Besitzungen des Conde beschlagnahmt und räuberischerweise zu Staatseigentum erklärt. Ich werde gegenwärtig kaum einen Bankier finden, der mir auch nur tausend Peso auf diese Erbschaft bezahlt.«

Der Mulatte machte ein verblüfftes Gesicht, aber nur einen Augenblick, dann flammte die Wut darin auf. »Was heißt das?« knirschte er, »fängt der Hund wahrhaftig schon jetzt an, uns zu betrügen? Aber das möchte ich dir nicht geraten haben. Ich habe deinetwegen hier mein Leben verwirkt; ich muss fort. Und dazu brauche ich Geld. Du hast drei Tage Zeit. Dann bist du mit fünftausend Pesos in Gold und guten Banknoten hier, oder, so wahr ich Tito heiße –«; sein Gesicht schlug um, die Wut machte einem breiten Grinsen Platz – »ich bin nämlich nicht unbedingt auf Euch angewiesen, Señor Mendez, so dumm ist Tito nicht. Es ist nicht so, dass ich verrecken müsste, wenn ich Euch auspuste. Ich hab' da noch eine andere Quelle, von der Ihr nichts ahnt; ich möchte Euch für jetzt noch nicht den Appetit verderben. Ihr habt, wie gesagt, drei Tage.«

»So nimm doch Vernunft an!« schrie Mendez, von den widerstreitendsten Empfindungen hin- und hergerissen – oh, dass er dem Kerl nicht an die Gurgel konnte! Was war das für eine heimtückische Drohung, die sich hinter den dunklen Worten verbarg? – »Nimm doch Vernunft an! Ich kann jetzt während des Krieges nicht in drei Tagen eine solche Summe beschaffen, und wenn ich der reichste Erbe des Landes wäre. Du musst mir Zeit lassen.«

»Drei Tage – fünftausend Pesos!« sagte der Mulatte; auf seinem Gesicht stand eine furchtbare Drohung, »oder wahrhaftig, das Geschäft wird Euch reuen, Ihr ahnt jetzt noch nicht wie. Geht jetzt!« herrschte er den aus aller Sicherheit geworfenen Weißen an, »ich will Euch nicht mehr sehen.« Der Büchsenhahn knackte. Mendez wandte sich ab; der im Hintergrund gebliebene Xinka wollte ihm folgen.

In diesem Augenblick trat Tamay, von dem Neger gefolgt, aus dem Gebüsch. »Bleib noch«, befahl er dem Xinka; Mendez' Kopf war schon verschwunden. Der Xinka schlich heran wie ein Hund.

»Beschreibe mir die beiden Indianer, die bei dir gewohnt haben«, sagte Tamay.

Ixmal gab eine eingehende Beschreibung insbesondere Pablos. Über das dunkle Gesicht des alten Indianers glitt ein Schatten, der aber gleich wieder verschwand.

»Wohin haben sie sich gewandt, als sie von dir gingen?« fragte er.

»Nach Osten, zur großen Straße. Aber sie werden nicht weit gekommen sein, ich habe ihnen die Lanceros nachgehetzt, die den Mörder des Conde suchten. Ich habe den Soldados gesagt, die beiden hätten sich des Mordes gerühmt.«

»Gut. Geh!« sagte der geächtete Maya; der Xinka war im Augenblick verschwunden.

Tamay kletterte zu der Felseinbuchtung hinauf, wo sie vorher gesessen hatten; der Neger und der Mulatte waren schon oben.

»Was sagst du zu der Sache?« sagte Tito, als Tamay zu ihnen trat und sich wieder gegen die Felsenwand hockte.

»Die Sache ist klar«, sagte Tamay, »dieser Mendez wird keinen Peso zahlen, aber er wird bei erster Gelegenheit entweder die Regierungstruppen oder die Motineros auf uns hetzen.« »Was deinem Hals ganz egal wäre, denn Strick« ist Strick«, grinste Slip den Mulatten an. Der streifte den Neger mit einem gefährlichen Blick. »Gut«, sagte er dann, zu Tamay gewandt, »ich rechne damit, aber er wird sich täuschen, der Señor. – Er wird sich überhaupt täuschen«, setzte er hinzu, »auch mit der Erbschaft. Denn ich bin nun der Meinung, dass wir die Señorita, von der er meint, dass sie ein Aschenhäuflein sei, an Don Antonio verkaufen. Das bringt bares Geld und ist eine sichere Sache.«

»Willst du dem Señor etwa unter die Augen treten und ihm dein reizendes Angebot unterbreiten?« grinste der Neger.

»Nein, du schwarze Perle, das will ich nicht. Das wirst du besorgen.«

»Ich?« Der Neger fletschte die Zähne.

»Du. Weil du nämlich den Leuten nicht bekannt bist und weil für die Augen eines Weißen ein Neger ohnehin wie der andere aussieht.«

Slip schüttelte den Wollkopf. »Nein«, sagte er, »Nein, Tito; es geht nicht. So unbekannt bin ich nämlich nicht. Es gibt da einige Leute - aber ich will dir einen vernünftigeren Vorschlag machen: Wir schicken den Xinka hin. Den kennt wirklich keiner.«

Der Mulatte sah ihn an, als wolle er ihm die Gedanken aus der schwarzen Stirn herausziehen; er sagte lange nichts, wiegte den mächtigen Oberkörper bedächtig hin und her. »Gut«, sagte er schließlich, »der Gedanke ist wirklich nicht schlecht. Der Ixmal ist nicht so dumm, wie er aussieht, und so schlau, uns zu betrügen, ist er auch wieder nicht. Also gut, wir machen's durch den Xinka. Und das bald. Die Regierungstruppen stehen nicht weit, es macht gar keine Schwierigkeiten. - Hast du gehört, Tamay?« wandte er sich dem Indianer zu.

Der drehte ihm ganz langsam den Kopf zu; sein Gesicht war völlig ausdruckslos. »Nein«, sagte er und erhob sich.

»Nein?« Der Mulatte sprang auf. »Was heißt das denn? Wohin willst du?«

»Einen Hirsch schießen«, sagte Tamay gleichgültig und war gleich darauf in einer Felsenspalte verschwunden.

»Der Hund!« knirschte der Mulatte, als er verschwunden war. »Möchte wahrhaftig wissen, warum wir uns mit dem Kerl eingelassen haben.«

»Nimm dich vor ihm in acht, er ist tückisch«, warnte der Neger.

»In acht nehmen!« höhnte der Mulatte, »er soll sich ja vorsehen. Ich verschwende kein Wort mehr an ihn. Der Fall ist beschlossen: Wir holen das Mädchen und verkaufen es an d'Irala.«

»Weißt du denn, wo er sie verborgen hält?«

»Verborgen? Wieso denn verborgen? Wir haben sie doch zu dreien –«

»Wo wir sie hinbrachten, dort ist sie nicht mehr«, sagte der Neger. »Wenn sie noch da wäre, hätte ich ihr längst einen Besuch abgestattet« – er verdrehte die Augen, dass nur das Weiße sichtbar blieb. »Er hat sie versteckt«, flüsterte er, »weiß auch nicht, wo.«

»Der rote Hund!« Tito stieß einen grauenhaften Fluch aus. »Aber ich finde sie«, schrie er, »er soll sich hüten! Die rote Kanaille soll sich hüten! Komm mit!«

Er kletterte die Felsen hinauf; der Neger folgte ihm.

In der Sierra

Der Morgen dämmerte, aber es war draußen noch dunkle Nacht, als Pablo erwachte. Sofort stand die Wirklichkeit vor ihm mit ihrem fordernden Anspruch, und die wieder jäh aufschießende Angst um Maria ließ ihn stärker frösteln als die frische Morgenluft, die zur Höhle hereindrang. Er täuschte sich nicht über den Grad dieser Gefahr. Er zweifelte nicht, dass der Jäger Tamay der eigentliche Räuber war. Der Gedanke hatte in einer Beziehung beinahe etwas Beruhigendes, denn er war überzeugt: Der alte Indianer würde das Mädchen vielleicht umbringen, aber sie würde nichts Unbilliges von ihm zu erwarten haben; er schauderte bei dem bloßen Gedanken, sie allein in den Händen des Negers und des Mulatten zu wissen. Andererseits wären die beiden Letzteren sehr wahrscheinlich mit Geld zu bestechen gewesen; ihnen ging es gewiss im Grunde nur um Geld. Was aber trieb Tamay?

Wer war dieser Mann überhaupt? Pablo hatte immer wieder darüber nachdenken müssen, ohne zu einem Schluss zu kommen. Der Mann war dem heranwachsenden Knaben jahrelang mit der stillen, verschlossenen und wortkargen, aber doch deutlich fühlbaren Zuneigung gegenübergetreten, die ein alternder Mann einem jungen Glied seines Stammes entgegenbringen mag. Sie hatten gemeinsam die Wälder durchstreift, waren in den Bergen herumgeklettert, hatten in Höhlen genächtigt und gemeinsam manches Jagdabenteuer bestanden. Er hatte ihn gelehrt, die Büchse zu gebrauchen, und ihn durch Übung und Unterweisung zum Jäger ausgebildet.

Und an den stillen Abenden, da sie beisammensaßen, hatte er in seiner kargen, zurückhaltenden Art von der Vergangenheit des Mayavolkes geredet; dabei war es manchmal wie ein düsterer Schatten über die Stirn des Mannes gehuscht, und der Junge hätte oft gern gefragt, was ihn bedrücke. Aber vor dem eisigen Gesicht des Alten und vor seiner abweisenden Miene war er immer im Ansatz stecken geblieben. Etwas Sonderbares, Unheimliches war immer an Tamay gewesen; Pablo entsann sich, dass es ihn vor dem finsteren Ausdruck dieses harten Gesichts manchmal heimlich geschaudert hatte.

Ganz plötzlich hatte sich das Verhältnis gewandelt, sprunghaft von heute auf morgen. Sie hatten auf einem Jagdausflug in der Höhle neben dem kleinen Engpass geschlafen. Als sie sich am Morgen erhoben, war Tamay ein anderer; in seinen Augen glitzerte etwas, das Pablo niemals darin bemerkt hatte, er behandelte ihn von Stund an rau, ja fast abstoßend. Was war in der Nacht geschehen? Hatte Tamay das Zeichen auf seiner Brust entdeckt? War hier der Grund der jähen Veränderung seines Wesens zu suchen?

Pablo wusste nun, dass Tamay ein Ausgestoßener, ein Geächteter war. Aber sollte hier wirklich der Grund dafür liegen, dass er ihn dem Kaziken Chamulpo auslieferte, in der Hoffnung, durch diesen rehabilitiert zu werden? Es erschien bei näherem Nachdenken unwahrscheinlich. Wäre es Tamay nur um die Wiederherstellung seiner Ehre, um die Wiederaufnahme im Kreis seines Volkes gegangen, er hätte wohl größere Wirkung bei den Mayas erzielt, wenn er ihnen den Königsenkel gebracht hätte. Nein, da musste noch etwas anderes sein, und dieses andere, das er nicht kannte, das ihm aber Angst machte, Marias wegen, beschäftigte ihn fortgesetzt.

Nein, Geldes wegen hatte Tamay das Mädchen gewiss nicht geraubt; der Alte war, wie fast alle Indianer, bedürfnislos; für Geld würde er seinen Raub auch nicht wieder hergeben. Wollte er aber nur den Pflegevater Marias treffen, der ihn vor den Augen der Arbeiter gezüchtigt hatte, warum hatte er sie dann nicht in den Flammen umkommen lassen? Hier war ein unlösbares Rätsel, und Pablo spürte, dass es gälte, eben dieses Rätsel zu lösen, wenn man das Mädchen wirklich befreien wollte.

Und Mendez? Dachte er. Wo stand Mendez in diesem Spiel? Sein Interesse war klar, und hinsichtlich des Grades an Schurkerei, dessen dieser Mensch fähig war, glaubte sich Pablo auch nicht zu täuschen. Aber wie weit war er im Spiel? Wusste er, dass Maria noch lebte, oder glaubte er sie in den Flammen umgekommen? Der Mulatte hatte auf Lerma geschossen, und der Mulatte steckte zweifellos mit Tamay und dem Neger zusammen. Aber hatte Mendez seinen Spießgesellen den Mordlohn schon gezahlt? Diente ihnen die Entführte als Pfand auch Mendez gegenüber? Es war nicht anzunehmen, dass Mendez schon gezahlt hatte. Wo hätte er so schnell Geld hernehmen sollen, jetzt, da Krieg war im Land? Hier, in eben diesen freilich ungeklärten Zusammenhängen, sah Pablo fast den einzigen Hoffnungsschimmer. Für den Neger und den Mulatten musste die lebende Maria eine wertvolle Geisel sein, solange sie auf Mendez' Geld warteten. Aber Tamay?

Tenanga erhob sich an seiner Seite. Pablo brach seine fruchtlosen Überlegungen ab; sie traten gemeinsam ins Freie. Alles war totenstill ringsumher, die Pferde lagen ruhig im Gras.

»Wir wollen die Höhe erklettern und Umschau halten«, sagte Tenanga. Sie tranken ein paar Tropfen aus dem vor ihnen sprudelnden Quell, stärkten sich ein wenig aus Tenangas Jagdtasche und stiegen dann, die Lassos mitnehmend und die Pferde sich selbst überlassend, nachdem sie Sättel und Zaumzeug in der Höhle versteckt hatten, die Felsen hinan.

Die Sonne ging auf; sie befanden sich schon auf stattlicher Höhe. Der Anblick, der sich ihnen bot, war von zauberhafter Schönheit. Der weithin über Berg und Tal fliegende Blick wurde nur nach Norden zu durch höherragende Felszacken begrenzt. Die Spitzen der Cerros leuchteten in rötlicher Glut, von Nebelschleiern umwogt. Im Westen dehnte sich zu ihren Füßen die fruchtbare Ebene, deren äußerster Horizont sich in violettem Schimmer verlor. Die Täler prangten ringsum im Blütenschmuck.

Sie setzten sich, um abzuwarten, bis die höher steigende Sonne die Nebel zerteilen würde. Von Osten und Westen zogen sich in der ganzen Länge des Gebirgsstockes, dessen höchste Gipfelung unmittelbar vor ihnen lag, mehrere Schluchten und Höhentäler dahin. Dorthin wies Tenanga mit der erhobenen Hand. »Da werden die Geier ihr Nest haben«, sagte er, »es muss dort viele Schluchten, Felsengen und Höhlen geben.«

»So lass uns gehen«, mahnte Pablo.

»Wir müssen zunächst wieder hinab. Tamay wird wachsam sein. Wir würden vorzeitig gesehen werden.«

Sie kletterten hinab und langten auf einer Talsohle an, von der aus die Felsen anstiegen, die sie ersteigen wollten. Schweigend, unter Aufbietung aller erdenklichen Vorsicht, gingen sie an den Felsrändern entlang, nach einer geeigneten Stelle für den gefährlichen Aufstieg suchend. Endlich erreichten sie einen Spalt, der von hinabstürzenden Wassermassen ausgewaschen schien; ihn beschlossen sie zu benutzen.

Der Anstieg ging langsam vor sich und war sehr beschwerlich. Nach Stunden erreichten sie einen kleinen Platz, auf dem spärlicher Graswuchs gedieh und einige magere Büsche wuchsen. Der Spalt lief oberhalb weiter, aber sie bedurften zunächst der Ruhe und ließen sich nieder. Sie ruhten nicht länger, als unbedingt nötig erschien. Höher steigend kamen sie in ein Tal, das, von dunklen Porphyrfelsen gesäumt, in lachendem Grün vor ihnen lag.

Pablos Blick fiel auf zerfallenes Mauerwerk, das sich, einem Adlernest gleich, hart am Felsrand erhob. Zusammengebrochene Steinwälle umgaben einen offenbar uralten Bau; Gebüsche und Bäume wuchsen auf den verfallenen Mauern, und riesige Götzenbilder lagen teilweise zerbrochen im Gras.

»Was ist das, Tenanga?« staunte Pablo.

»Das Haus des Unglücks«, flüsterte der junge Maya, »lass uns weitergehen, Herr. Ich erkenne es an dem Götterhaupt dort« – er wies auf ein an die vier Meter hohes, aus Stein gemeißeltes Bildwerk, das sich an der einen Ecke des Gebäudes in erhabener Arbeit von der Mauer abhob, »die alten Männer erzählen davon. Kein Maya betritt es oder geht freiwillig in seine Nähe.«

»Warum ist es das Haus des Unglücks?« fragte Pablo, dessen europäische Erziehung und christlicher Glaube ihn gegen Spuk und Aberglauben feiten.

»Die Spanier haben hier einst vierhundert Mayas, Männer, Frauen und Kinder, verbrannt«, raunte Tenanga; »sie hatten in der Verzweiflung die alten Götter gelästert, und die verließen sie in der letzten Not. In den Nächten hört man die Gemordeten noch heute jammern und klagen.«

»Das ganze Land ist in Blut getaucht«, sagte Pablo düster, »Ruinen und Trümmer überall.«

»Lass uns gehen, Herr«, flüsterte Tenanga dringlicher, »das Gebäude bringt den Mayas noch heute Unglück.«

»Bleibe hier, wenn du dich fürchtest, oder entferne dich«, entgegnete Pablo leise, »ich fürchte mich nicht, ich will mir das Haus ansehen.«

Tenanga wollte ihn halten, aber er war wie gelähmt. Er stand und sah, wie Pablo auf die Ruine zuging; er wollte ihm folgen, er liebte Pablo, er fühlte sich für das Leben des Königsenkels verantwortlich, aber die lähmende Furcht vor den Geistern der Gemordeten war stärker; er wagte es nicht.

Pablo stand vor dem riesigen verwitterten Götzenbild an der Ecke des Bauwerkes; die steinernen Augen waren weit aufgerissen und zeigten noch jetzt einen grauenhaften Ausdruck. Der Jüngling wandte sich ab. Über verfallene Stufen ging er nach oben und betrat die weiten, einsamen Hallen, durch die der Wind strich. Büsche, ja selbst mehrere große Bäume, wuchsen im Inneren des Gebäudes und auf den Mauerüberresten. Weitergehend gewahrte Pablo mehrere Steintreppen, die in unterirdische Räume führten, doch fühlte er keinen Trieb, hinabzusteigen. Er sah, dass die in ihrem Mauerwerk noch gut erhaltene Rückfront des Bauwerkes sich fast an die jäh ansteigende Felswand anlehnte; eine Tür führte hier unmittelbar ins Freie.

Er fühlte nichts Beunruhigendes beim Durchschreiten der verfallenen Hallen, seinem Wunsch, diese melancholischen Überreste einer längst vergangenen Zeit zu betrachten, war Genüge geschehen; er wandte sich um und verließ das Haus. Tenanga sah ihn mit unendlicher Erleichterung wohlbehalten wieder auftauchen.

»Hast du sie seufzen gehört?« fragte er mit einem scheuen, ihm sonst gar nicht eigenen Ausdruck im Gesicht.

»Ich habe nichts als das Rauschen der Winde gehört«, antwortete Pablo.

»Mögen die Unsichtbaren Böses abwenden«, flüsterte Tenanga.

Sie gingen weiter in dem Tal und suchten nach einer Möglichkeit, weiter nach oben zu dringen. Sie fanden schließlich einen passenden Aufstieg und arbeiteten sich mit Anstrengung höher. Als sie einen Punkt erreicht hatten, der einen Überblick über die wechselnden Felsformationen erlaubte, sagte Tenanga: »Es wird gut sein, wenn wir uns für kurze Zeit trennen, Herr. Geh du dort hinüber und blicke in jene Täler hinein, ich will hier nach links gehen und dort Ausschau halten. Doch verliere nie diese Fichte hier aus den Augen« - er zeigte auf einen hochstehenden, etwas verkrüppelten Baum, der von weither gesehen werden konnte -, »damit du dich zurückfindest. Wenn wir nach zwei Seiten suchen, werden wir den Bandidos schneller auf die Spur kommen.«

Pablo nickte und wandte sich nach rechts. »Droht dir Gefahr, so pfeife rasch hintereinander zweimal auf dem Finger, ist es sehr dringend, dreimal«, rief Tenanga ihm nach; »ich werde es ebenso tun.«

Sie trennten sich, und Pablo kletterte auf nicht ungefährlichem Wege vorwärts, sich so gut wie möglich gegen Späheraugen durch Büsche und Felsvorsprünge deckend. Er ließ keine Felsspalte, keinen Ausblick unbeachtet, immer in der Hoffnung, etwas zu erblicken, aber immer vergeblich; alles war einsam und öde, nirgends die Spur eines Menschen oder auch nur eines Tieres.

Er sah sich um; die Fichte war noch zu sehen. Er durfte sie nicht aus den Augen verlieren, wenn er sich in diesem Felsengewirr nicht verirren wollte. Unverdrossen, oft unter großen Anstrengungen, kletterte er höher. Zu seiner Überraschung spürte er, wie die Luft um ihn herum trüber und trüber wurde; Nebel stieg aus den Tälern herauf.

Wieder sah er sich nach der Fichte um – sie war nicht mehr zu erblicken; eine Nebelbinde hatte sich vor seine Augen gelegt. Der Nebel wurde dichter und dichter. Pablo befand sich auf einem schmalen Felspfad, der an einer Barranca entlangführte. Es war Wahnsinn, unter diesen Umständen weiterzugehen; jeder Schritt konnte den Tod bedeuten; es blieb nichts übrig, als zu warten, dass die Nebel sich höben. Erfahrungsgemäß würden sie sich nicht lange so halten.

Die Büchse auf den Knien, saß der Junge in völliger Einsamkeit da, eingehüllt von einem feuchtgrauen Mantel, den das Auge nur auf wenige Schritte hin zu durchdringen vermochte. Den an das Klima der Tierra caliente gewöhnten Jüngling fröstelte. Aber je weniger er seine Augen zu brauchen vermochte, um so aufmerksamer lauschte sein Ohr.

Er saß schon eine geraume Zeit da, als er den Klang eines sich rasch nähernden Schrittes vernahm. Er erhob sich und griff die Büchse fester. Schattenhaft erschien vor ihm eine Männergestalt, die sich rasch auf ihn zubewegte. Erst im letzten Augenblick erkannte er sie und schrie unwillkürlich auf.

Es war Tamay, der vor ihm stand.

Der schien nicht weniger überrascht; sein indianischer Stoizismus versagte. »Der Sohn Jungunas!« rief er, fühlbares Entsetzen in der Stimme.

Pablo hatte sich gefasst, er hielt die Büchse schussfertig in den Händen, bereit, bei der ersten verdächtigen Bewegung zu schießen. Aber Tamay stand regungslos, den Kolben seines Gewehres auf die Erde gestützt und starrte Pablo an wie eine Erscheinung.

»Ja, der Sohn Jungunas!« sagte Pablo, »der Panther hat ihn noch einmal geschützt!«

Und noch immer rührte der alte Indianer sich nicht.

Ich muss innerlich an ihn herankommen, dachte Pablo, mit Gewalt ist bei diesem Manne nichts zu erreichen. Er sah dem Alten fest in die Augen. »Du warst mein Freund, Tamay«, sagte er, »plötzlich wurdest du mir feind. Warum? Willst du es mir nicht sagen? Du hast die Señorita geraubt, Tamay, sie hat dir nie ein Leid zugefügt. Wo hast du sie? Warum hast du sie geraubt? Sage es mir! Sage es, wo sie ist.«

Der Alte öffnete zum ersten Male den Mund; er hatte sich wohl gefasst. Seine Augen ruhten mit finsterem Ausdruck auf dem Antlitz des Jünglings. »Suche sie!« sagte er schroff.

»Höre zu, Tamay, es geschieht dir nichts. Was war, soll vergessen sein. Don Antonio und der Conde werden dir viel Geld geben. Und auch ich. Soviel immer du willst.«

»Was soll ich mit Geld?« Das ablehnende Wort begleitete eine abschätzige Gebärde. Ich wusste es ja, dachte Pablo. Aber noch einmal nahm der Junge alle seine innere Kraft zusammen, um das Gefühl, das Wesen, das Herz des Mannes vor ihm zu erweichen.

»Ich weiß, was dich quält, Tamay«, sagte er leise. »Die Mayas zürnen dir; sie haben dich ausgestoßen. Freunde sagten mir, du habest mich an Chamulpo ausgeliefert, damit dieser dich in den Kreis deines Stammes zurückführe und die Schmach von dir nehme.« Tamays Antlitz wurde bei diesen Worten finster wie die Nacht.

Der Junge aber fuhr fort: »Ich bin Jungunas Sohn, Tamay, du weißt es. Ich vermag viel bei den Mayas. Mehr als irgendein anderer. Gib mir meine Schwester zurück, und ich will alles tun, was in meinen Kräften steht, um dich mit deinem Volk zu versöhnen. Ich zweifle nicht, dass es gelingt.«

Des Alten Gesicht schien sich noch zu verhärten; seine Stimme klang schneidend und kalt: »Du redest vergeblich, Sohn Jungunas. Spare deine Worte. Dein Vater hat mich ausgestoßen, hat mich hier ehrlos gemacht und mich zum Tode in ewiger Nacht verdammt. Er ist tot, aber sein Geschlecht soll nicht leben. Es soll ausgetilgt sein von der Erde.«

»Und wenn ich den Fluch von dir nehme, Tamay? Was Junguna einst war, bin ich heute unter den Mayas.« Er fiel in die Bildersprache des Indianers, er griff mit seinen Worten, die das verhärtete Herz da drüben rühren sollten, tief in die indianische Vorstellungswelt hinein. »Du musst nicht in ewiger Nacht weinen, Tamay«, sagte er, »du kannst aufsteigen zur Sonne, wenn Jungunas Sohn den Fluch von dir nimmt!«

»Nein!« schrie Tamay noch einmal: »Nein!« Der sonst so ruhige Mann schien plötzlich von wilder Verzweiflung gepackt. »Du kannst es nicht! Nur er konnte es, und er ist gestorben. Es gibt für Tamay keine Rettung mehr, kein Leben und keinen Tod. Nur noch den Hass!« Seine Stimme gewann wieder den unheimlichen Klang, den Pablo schon früher an ihm fürchten gelernt hatte. »Ich wollte dich deinem Vater nachsenden, sobald ich dich erkannte«, keuchte er, »aber ich wollte nicht Hand an dich legen. Deshalb sollte Chamulpo es tun.«

»Du siehst: die Unsichtbaren waren mit mir«, sagte Pablo leise.

Tamay senkte schwer atmend das Haupt.

Pablo sah ihn unverwandt an. »Und was hat das weiße Mädchen mit deinem Hass und mit meinem Vater zu tun?« fragte er. »Gib es seinen Eltern zurück.«

Aber er redete zu einem Stein. Tamays Brust schien jedem menschlichen Gefühl verschlossen. »Nein!« sagte er, und noch immer loderte der kalte Hass in seiner Stimme. »Nein! Ich bin elend geworden, sie sollen alle elend sein! Der Haziendero hat mich vor den Xinkas beschimpft, hat mich wie einen Hund fortgejagt, ich will ihm seine Puppe einst tot wiedergeben. Muss ich in die ewige Nacht hinunter, soll es hier in den Herzen der Zurückbleibenden finster sein. Ich will mit hinabnehmen, was ihr liebt. Tamays Rache soll furchtbar sein!«

Pablo, von wilder Verzweiflung getrieben, wollte auf den Mann losstürzen, als vermöchte er es, ihm das steinerne Herz aus der Brust zu reißen, aber Tamay war schon nicht mehr da, er war untergetaucht in der Nebelwand. Grimm und Jammer im Herzen, blieb Pablo zurück. Er konnte nichts tun, denn noch immer wogten die Nebel; er kam sich vor, als sei er ins Nichts gestoßen. Er tastete sich rückwärts und sank auf dem Felsvorsprung nieder, auf dem er vorher gesessen hatte. Er gab Maria verloren, nun erst recht; er sah keine Rettungsmöglichkeit mehr.

Lange saß er so, nur allmählich hob sich der Nebel. Aber er lichtete sich schließlich; schon konnte Pablo die Sonne wieder erkennen. Wind kam auf; gleich gespenstigen Schleiern wallte der Nebel empor und umschwebte die Cerros; Pablo sah die verkrüppelte Fichte. Schnell ergriff er seine Büchse und ging zu dem vereinbarten Treffpunkt zurück.

*

In einem eng begrenzten Tal lag zwischen hohen Felswänden, von Büschen und Bananenstauden umstanden, ein kleines, roh aus Holzbohlen zusammengefügtes Haus. Unweit des Häuschens befand sich eine Art Verschlag, hart an den Felsen gelehnt; aus einer Dachöffnung stieg schwarzer Rauch auf; der Verschlag schien als Küche zu dienen.

Von Zeit zu Zeit tauchte aus dem Inneren der faltige Kopf einer alten Indianervettel auf, lugte nach der Hütte hinüber und verschwand gleich wieder. Nach einem Weilchen tauchte die Alte mit einer dampfenden Schale Schokolade und einem Teller mit Maiskuchen auf und verschwand im Inneren des Häuschens.

Hier drinnen saß in dem kleinen Raum seitlich der Tür ein Mädchen, eine Weiße. Wer Doña Maria kannte, wäre von ihrem Anblick zurückgeschreckt. Sie war entsetzlich bleich, ihre Augen lagen in tiefen Höhlen und waren von dunklen Schatten umwölkt; das dunkle Haar hing wirr und ungeordnet um das schmal gewordene Gesicht. Das Mädchen hatte die Hände auf den Knien gefaltet und sah stumpf und teilnahmslos vor sich hin. Sie sah nicht einmal auf, als die Alte eintrat.

»Täubchen muss essen«, sagte die Alte, »essen und trinken.« Sie sprach wohl einen indianischen Dialekt, und das Mädchen verstand sie gar nicht. Es schien sie aber auch nicht zu interessieren, was sie sagte, sie streifte Maiskuchen und Schokolade mit keinem Blick.

»Tamay wird böse werden, wenn die weiße Taube nicht isst«, sagte die Alte, und jetzt bediente sie sich eines holperigen Spanisch; »warum will die Señorita Tamay böse machen? Er ist böse genug.«

»Was habt ihr mit mir vor?« fragte das Mädchen leise und richtete nun den leeren Blick auf die Indianerin.

»Die Señorita ist töricht; sie fragt immer dasselbe; und ich kann ihr nicht antworten.«

Marias Augen irrten umher; plötzlich glimmte eine Funke darin, sie ergriff die Alte am Arm. »Du bist dumm, Madrecilla«, flüsterte sie, »warum bringst du mich nicht fort zu den Meinen? Sie würden dir viel, viel Geld geben.«

Die Indianerin wiegte den Kopf hin und her; ihr faltiges Gesicht verzerrte sich zu einem Grinsen. »Geld ist gut«, flüsterte sie, »sehr gut! Aber Tamay ist böse und stark. Würde uns finden. Dich und mich töten. Sei gut, Señorita, trink Schokolade und iss.«

Maria ließ die Alte los, sie sank wieder in sich zusammen, und in ihre Augen kam ein grüblerischer Zug. »Was mögen sie vorhaben?« murmelte sie, »Geld kann es nicht sein. Mein Vater, mein Großvater würden gewiss viel Geld geben, und sie hätten es längst schon versucht.« Sie schüttelte den Kopf und streifte die Vettel mit einem scheuen Blick. »Der Jäger ist es«, flüsterte sie, »Tamay, der Jäger. Ja, er ist böse. Aber warum? Was taten wir ihm? Er hat auch Pablo verschleppt. Warum?«

Sie fröstelte und begann zu zittern.

»Tamay ist ein Maya«, sagte sie nach einer Weile, »Pablo ist auch ein Maya! Aber er ist nicht nur ein Maya, er ist der Enkel der alten Könige, ich habe es dir oft schon gesagt. Du wirst bestraft werden, Madrecilla, schrecklich bestraft werden.«

Die Vettel stand mit übereinandergeschlagenen Armen da, sie rührte und regte sich nicht. In ihrem kleinen, verrunzelten Gesicht war nichts zu lesen. »Die Señorita irrt sich«, sagte sie in ihrem gebrochenen Spanisch, »die alten Könige sind tot. Es gibt keine Könige mehr.«

»Der letzte der Könige lebt, Madrecilla. Und er wird mich rächen, wenn er mich nicht mehr retten kann.« Sie sagte das so hin, sie sah Pablo im Geiste vor sich; sie hatte wenig Zutrauen zu ihren Worten; diese indianische Welt war ihr so fremd, nur Pablo war nah; es graute ihr ein wenig vor seiner seltsamen Königswürde. Ihr Gefühl gab ihr die Worte ein; sie sprach mit einer Indianerin, und der ihr fremde und ein wenig unheimliche Königstitel ihres Pflegebruders schien ihr eine wirksame Waffe.

»Tamay hätte seine Hand nicht gegen einen Königsenkel erhoben«, sagte die Alte. Da war wieder das Rätsel. Jäh brach die Angst in ihr auf; sie sah im Geist Tamays finsteres Gesicht vor sich, und es schauderte sie. Sie wäre die Alte am liebsten angesprungen, hätte sie beiseite gestoßen und das Freie gesucht, aber nun rächte sich, dass sie in all der Zeit ihrer Gefangenschaft fast nichts zu sich genommen hatte; sie fühlte sich kraftlos und schwach, und eine unendliche Müdigkeit überkam sie.

»Ich werde auch so sterben«, sagte sie leise vor sich hin. Die Alte schüttelte nachdenklich den Kopf und ging stumm hinaus. Draußen warf sie scheue Blicke um sich; sie lebte in ständiger Angst vor Tamay, der ihr mit den schrecklichsten Strafen gedroht hatte, falls sie die Gefangene nicht gut bewache und irgendeinem Menschen außer ihm Zutritt zu ihr gestatte.

Maria, mit auf den Knien gefalteten Händen und gesenktem Kopf auf ihrem Schemel sitzend, fuhr vor einem leisen, eigenartigen Geräusch zusammen; sie war schreckhaft geworden in der Gefangenschaft, sie lebte fast von der Angst. Den Kopf nach rechts wendend, aus welcher Richtung das Geräusch gekommen war, sah sie durch die kleine Fensterluke auf den unweit dahinter aufragenden Felsen. Sie sah, plötzlich aufmerksam werdend, dass sich etwas den Felsen hinabschlängelte und erkannte gleich darauf, dass dieses Etwas ein Lasso war, der von einer Felszacke herunterhing und an dem sich soeben ein junger, geschmeidiger Indianer herabließ. Sie zitterte und unterdrückte mit Mühe einen Schrei, da erschien ein junges, braunes Gesicht vor der Fensteröffnung, und eine Stimme flüsterte: »Doña Maria?«

Sie war aufgesprungen, starrte auf das Gesicht; der junge Indianer legte warnend einen Finger an den Mund. »Ist Tamay hier?« raunte er. Sie schüttelte, unfähig zu sprechen, den Kopf.

Den Mann vor dem Fenster schien etwas zu erschrecken, er machte eine jähe Bewegung, flüsterte: »Pablo! Bald!« und kletterte mit den Bewegungen einer Katze an dem Seil wieder nach oben.

Maria hatte die Kraft nicht, den Jubelschrei ganz zu unterdrücken, der ihr aus der Kehle quoll; sie stand mit verzückten Augen, als die Alte im Türrahmen erschien. »Was gibt's? Was hast du?« fragte die Vettel misstrauisch. Maria sah sie abwesend an, sie hätte jubeln, schreien, tanzen, die Alte umarmen mögen, aber es war gut, dass sie schwach war; sie fiel auf die harte Bank, die ihr als Lager diente, und schloss die Augen. »Nichts«, flüsterte sie, »nichts.«

»Will die Señorita nicht doch etwas essen und trinken?« fragte die Alte.

Das Mädchen richtete sich auf; ihr Gesicht war jetzt ruhig, nur in ihren Augen war ein seltsames Flackern. »Ja«, sagte sie, »gib her, Madrecilla, ich will nun doch etwas zu mir nehmen.«

»Das ist gut.« Die Alte grinste. »Täubchen wird schon noch vernünftig werden, wird auch wieder frei sein, wenn Padre Geld gibt. Komm, Täubchen, iss. Trink Schokolade!«

Und Maria aß und trank. Pablo, dachte sie, Pablo ist frei, er kommt, mich zu holen. Die Schokolade tat ihr gut, sie fühlte neue Kräfte in sich wachsen. Die Indianerin betrachtete sie kopfschüttelnd und nicht ohne Misstrauen ob der plötzlichen Wandlung. Sie ging langsam hinaus.

Maria, essend und trinkend, hörte plötzlich eine Stimme hereindringen; das Herz drohte ihr stillzustehen. Tamay! Tamay kam. Pablo würde zu spät kommen. Sie saß wie gebannt.

Die Tür ging auf, und Tamay stand im Raum, sah sie finster an. Das Mädchen sah diesen Blick und schrie, von jäher Angst gepackt. Sie erhob sich, wich Schritt um Schritt mit schwankenden Knien zurück. Aber der Mann kam näher, näher und näher; er stand schließlich vor ihr. »Ihr müsst mit mir kommen, Doña Maria«, sagte er rau.

»Nein! Nein!« Sie hob die Arme zur Abwehr, von Grauen geschüttelt. Nur jetzt nicht fort, dachte sie, jetzt nicht, wo die Rettung nahe ist. Jetzt nicht mehr woanders hin. Vielleicht - vielleicht in den Tod! »Tamay«, schrie sie, »was habe ich dir getan? Was willst du von mir?«

Sie fühlte ihren Arm gepackt und sich hochgerissen; sie sank zusammen, es wurde ihr dunkel vor den Augen. Der Indianer ergriff sie, als hätte sie das Gewicht einer Feder, nahm sie auf die Arme und verließ mit ihr die Hütte. »Er soll sie nicht haben«, murmelte er, »er ist mir auf der Spur, aber er soll sie nicht haben.« Die alte Indianerin stand zitternd vor dem Verschlag und sah, wie Tamay mit seiner Beute zwischen den Felsen verschwand.

Sie schlich sich zu dem kleinen Haus hinüber und ließ sich mit stumpfsinnigem Ausdruck auf der Schwelle nieder.

Es mochten erst wenige Minuten vergangen sein, als ein Geräusch sie zusammenzucken ließ. Das Geräusch kam von rechts, von dem Felsen neben der Hütte. Sie sah noch dorthin, als neben ihr ein junger Indianer auftauchte; sie erhob sich mit vor Schreck geweiteten Augen.

»Bleib sitzen, Madrecilla, wir tun dir nichts«, sagte der junge Indianer. Hinter ihr ertönte ein leiser Ruf, wie Ratlosigkeit und Angst ausgestoßen: »Maria!« Gleich darauf stand ein zweiter indianischer Jüngling in der Tracht eines Blanco vor ihr. Die Augen dieses jungen Mannes glühten in verhaltenem Feuer. »Wo ist sie? Wo habt ihr sie? Sie ist nicht im Haus!« schrie er und ergriff die Alte bei beiden Armen, sie hin- und herschüttelnd.

Sie kreischte auf unter dem Griff. »Nichts«, stammelte sie, »nichts, ich weiß nichts. Fort ist sie, fort. Tamay hat sie geholt.«

Sie flog wie ein Bündel zur Seite. »Sage uns auf der Stelle, Weib – –«, schrie der junge Indianer in der Blancotracht. Der andere machte eine Bewegung. »Vorsicht!« schrie er, »Feinde!« Er zeigte zu dem engen Gang hinüber, der zu dem Felsenkessel führte, im gleichen Augenblick blitzte dort Mündungsfeuer auf, ein Schuss krachte, und eine Kugel schlug, an Pablos Ohr vorbeisausend, gegen den Stein. Der Jüngling, herumfahrend, sah in die Fratze eines Mulatten und erblickte dahinter einen Neger, der eben die abgeschossene Büchse sinken ließ. Er hatte die beiden Köpfe kaum wahrgenommen, da krachte Tenangas Gewehr, und der Neger warf beide Arme in die Luft und stürzte zusammen wie ein Klotz. Pablo schoss nun gleichfalls, aber der Mulatte war schon verschwunden.

Die jungen Männer luden ihre Gewehre und gingen zu der Stelle hinüber, wo der Neger lag. Der sah sie aus schon halb verglasten Augen an; er war durch die Brust getroffen. »Tötet mich nicht«, röchelte er.

»Wo ist das weiße Mädchen?«

»Weiß es nicht, suchen sie selbst. Tamay hat viele Verstecke.«

»Sie war hier. Ich weiß es.«

»Slip weiß nichts – nichts.« Der Neger röchelte, bäumte sich auf und verdrehte die Augen. Pablo, Verzweiflung im Blick, wandte sich ab. Er sah die alte Indianerin zitternd neben dem Hause kauern und schritt auf sie zu. »Wo hat er sie hingeführt? Sage es, Madrecilla oder bei Gott – ich kämpfe sonst nicht mit Frauen.«

»Weiß nichts. Kann nichts sagen. Darf nichts sagen. Schlagt mich tot«, jammerte die Alte in der Mayasprache.

»Sieh her, Madrecilla.« Pablo riss das Hemd an seiner Brust auf, »vor dir steht der Enkel der alten Könige. Alle Mayas gehorchen mir. Du willst es nicht?«

Die Frau sah das Zeichen, ihre Augen stierten, und ihre Lippen zitterten; ihre Hände machten beschwörende Bewegungen. »Weiß es nicht«, stammelte sie, »weiß es nicht, aber sucht sie – im Haus des Unglücks.« Tenanga schrie leise auf. Pablo aber wandte sich um. »Ich danke dir, Madrecilla«, sagte er, »komm Tenanga, wir müssen uns eilen.« Sie eilten hinter das Haus und seilten sich hintereinander an dem noch herabhängenden Lasso hoch, um gleich darauf zwischen einer Felsspalte unterzutauchen. Die Alte sah ihnen zitternd aus aufgerissenen Augen nach. »Der Enkel der Könige«, stammelte sie, »der letzte König! Er wird Tamay strafen.« Es schüttelte sie, sie eilte zu dem Neger hinüber, ließ sich neben ihm auf die Knie.

Aber Slip, der Neger, atmete nicht mehr.

»Geh nicht hinein«, sagte Tenanga, »ich beschwöre dich, Herr. Drinnen lauert der Tod.«

»Ich bin ja gekommen, ihn zu verscheuchen«, antwortete Pablo.

»Aber die Señorita ist nicht darin. Tamay wird das Haus gewiss nicht betreten.«

»Ich bin überzeugt, er hat es betreten, eben weil es niemand zu betreten wagt. Er hat nichts mehr zu verlieren und zu gewinnen, weder im Diesseits noch im Jenseits. Er fürchtet die Schatten der Toten nicht. Und ich fürchte sie auch nicht, Tenanga, ich bin ein Christ. Bleibe du ruhig zurück, es ist gut, wenn einer draußen wacht. Achte auf alles, was sich dir zeigt.«

Sie standen vor dem verfallenen Mauerwerk. Pablo, von der Angst um Maria gejagt, schritt die morschen Stufen hinan. Tenanga blieb zitternd zurück. In die noch erhaltenen Säle fiel das Licht von oben herein; es war alles totenstill. Er wird sie nach unten gebracht haben, dachte Pablo, er hat sicherlich keine Furcht vor Gespenstern. Er schlich sich vorsichtig an eine der gähnenden Öffnungen heran. Eine noch ziemlich erhaltene

Treppe führte hinab. Keine Spur wies daraufhin, dass sie von Menschen betreten worden sei. Er lauschte und zuckte gleich darauf heftig zusammen. Er meinte, ein Geräusch, ein ganz schwaches, vernommen zu haben. Es hatte wie ein Seufzer geklungen, aber es mochte ein Windhauch gewesen sein.

Nein, der Ton war aus der Tiefe gekommen: Er wiederholte sich. Vorsichtig tastete er sich die bröckelnden Stufen hinab. Er zählte ihrer zwanzig, dann fühlte er festen Boden unter den Füßen. Vor ihm war ein ummauerter Gang, der nach rechts und links führte. Der Gang lag im Dunkel. Und wieder lauschte er. Nichts. Kein Laut unterbrach die unheimliche Stille.

Er wandte sich nach rechts, vorsichtig spähend und langsam Fuß vor Fuß setzend. Nach zwanzig, dreißig Schritten tauchte ein lichter Schimmer auf. Er ging darauf zu.

Der Schein kam aus einer Seitenöffnung des Ganges. Er näherte sich ihr; das Licht nahm zu. Lauschend stand er, minutenlang selbst den Atem verhaltend; langsam bog er den Kopf um die Ecke.

Und sah - fast hätte er aufgeschrien - die Gesuchte auf einem roh aus Gras und Fellen errichteten Lager liegen, die Hände vor dem Gesicht, während ihre Schultern wie im Krampf zuckten.

Maria! Wollte er schreien, aber er schrie nicht. Er sah: unweit des Mädchens saß auf einem rohen Schemel, vornübergebeugt und finster vor sich hinstarrend, Tamay, der Jäger. Es fiel etwas Licht von oben durch eine kleine Öffnung in den Raum. Pablo hob das Gewehr, aber er schoss nicht. Die Kugel möchte abprallen und Maria verletzen, dachte er. Er sah sich nach Tamays Büchse um, sie lehnte, ziemlich weit von ihrem Besitzer, an der Wand.

Marias Schultern zuckten wie im Krampf, er hörte sie weinen. Da hielt es ihn nicht länger. Mit einem Sprung stand er, die Büchse schussbereit, zwischen Tamay und dessen Waffe. Der Jäger war aufgesprungen. Maria, Pablo erblickend, stieß einen gellenden Schrei aus. Da, mit einer blitzschnellen Bewegung griff Tamay zu, umklammerte des Mädchens Handgelenk, riss sie an sich und brachte die von Angst und Freude gleicherweise Geschüttelte zwischen sich und Pablos Büchsenlauf. »Nun schieß!« rief er hohnlachend, Pablos Waffe lähmend. Ehe der einen Entschluss fassen konnte, war er mit dem Mädchen um einen Mauervorsprung verschwunden.

Pablo, außer sich, stürzte nach. Marias gellendes Geschrei wies ihm den Weg; es brach ruckhaft ab. Aber er sah einen Gang, da lief Tamay, das Mädchen auf den Armen, er bog um eine Ecke herum; trübes Licht herrschte hier, nur Schatten waren wahrnehmbar. Pablo, gejagt von der Angst, sprang den Schatten nach, er sah, dass der Gang aufwärts führte; es wurde heller und heller. Plötzlich stand er im Tageslicht.

Es blendete ihn fast. Dennoch sah er, wie Tamay, Maria im Arm, mit der Behändigkeit einer Gazelle die Felsen emporkletterte. Er folgte ihm keuchend.

Plötzlich blieb Tamay stehen. »Nicht einmal ihre Leiche sollt ihr haben!« schrie er. Ein Panther, der hier gelagert oder sein Nest haben mochte, schnellte mit einem gewaltigen Sprung empor und jagte in langen Sprüngen davon. Starr, bewegungslos starrte Tamay, das Mädchen im Arm, der Raubkatze nach. »Der Panther!« flüsterte er, »der Panther!« Und brach im gleichen Augenblick, während ein heller Strahl die Luft durchzuckte, aufstöhnend zusammen. Von einem Felsvorsprung hinter ihm sprang Tenanga herunter, die blutige Machete in der Faust; er fing die stürzende Maria mit den Armen auf.

»Lebt sie? Lebt sie?« schrie Pablo, herbeistürzend.

Ja, sie lebte. Sie schlug, nun von Pablos Armen gehalten, die Augen auf. Sie sah des Pflegebruders strahlende Augen über sich, und ein Lächeln verzog ihren Mund. »Pablo«, flüsterte sie, »lieber Pablo. Gott sei Dank, dass du da bist!«

Pablo hielt sie noch immer, strich ihr sacht über das verwirrte Haar. »Mariquita«, lächelte er, »kleine Mariquita!« Sie fuhr zusammen; in ihre Augen trat etwas von dem alten Schrecken. »Wo ist er?« flüsterte sie, sich ängstlich nach allen Seiten umsehend.

»Er ist nicht mehr da. Er tut dir nichts mehr«, sagte Pablo.

Nein, er war nicht mehr da. Tenanga hatte den leblosen Körper mit einem Fußtritt in die gähnende Barranca geschleudert, die Marias Grab werden sollte.

Sie saßen nebeneinander auf dem Felsgestein; über Maria war nun, nach der überstandenen Angst, die Schwäche gekommen; sie hatte die Augen geschlossen und lehnte den Kopf gegen Pablos Schulter. Oh, dieser Hund! Dachte er, des von Tenanga Getöteten gedenkend, o meine Mariquita!

Tenanga näherte sich ihm. »Hast du den Panther gesehen, Herr?« fragte er. Seine Augen funkelten.

»Ja, Tenanga, ich sah ihn. Seinem plötzlichen Auftauchen verdankt Maria ihre Rettung. Sonst wäre dein Stoß wohl zu spät gekommen.«

»Der Panther ist dein Schutzgeist, Herr«, flüsterte Tenanga. »Er hat dich schon einmal bewahrt.«

»Ich will ihm gewiss dankbar sein«, sagte Pablo. »Aber was rätst du nun, was wir tun? Ich denke, wir bringen Doña Maria für die Nacht in die Räume zurück, wo Tamay sie verbergen wollte. Sie ist ja eine Weiße. Ihr werden die Geister unserer Ahnen nichts tun.«

»Bring sie ruhig hinein«, sagte Tenanga, »dies ist kein Haus des Unglücks mehr, seit dein Fuß es betrat. Ich selbst will drinnen die Señorita bewachen.«

Sie fassten das vor Erschöpfung eingeschlafene Mädchen und trugen es in das verfallene Haus. Pablo suchte aus Tamays Versteck Felle und Decken und einen dicken Poncho zusammen und bereitete ein Lager, auf das sie Maria betteten. Sie schlief, und ein leises Lächeln spielte um ihre Lippen; ihre blasse Haut gewann schon wieder Farbe. Tenanga schleppte trockene Zweige zusammen, und sie entzündeten ein Feuer. »Ich war lange nicht so froh, Tenanga«, sagte Pablo, »nun wird alles gut werden.«

Nahende Vergeltung

Ein Mann näherte sich den Feldwachen. Der Ruf nach der Parole erscholl. »Ein Freund, Señores«, sagte der Mann, »ich wünsche zum Hauptquartier geführt zu werden, wo ich wichtige Mitteilungen zu machen habe.«

Der Feldwacheführer ließ den Mann kommen. »Pepe, Jaquino«, rief er zwei Soldaten zu, »führt den Señor zum nächsten Pikett.« Die Soldaten nahmen den Mann in die Mitte. Nach einiger Zeit erreichten sie eine stärkere Reiterabteilung; die Soldados übergaben den Mann einem bärtigen Sergeanten.

»Zum Hauptquartier wollt Ihr?« fragte der Sergeant misstrauisch. »Wer seid Ihr denn?«

»Ich bin der Großneffe des Generals de Lerma, Louis de Mendez«, sagte der Mann. Er schrak zurück vor dem sonderbaren und keineswegs freundlichen Blick, mit dem der Sergeant ihn ansah. »So, Señor Mendez seid Ihr«, sagte der Sergeant. »Gut. Da ist gerade der Capitano Don Antonio d'Irala, der die Feldwachen inspiziert, er wird sich freuen, Euch zu sehen.« Er winkte einigen Reitern und sprach ein paar Worte mit ihnen, die Mendez nicht verstand. Der sah sich gleich darauf in die Mitte genommen. Die Soldaten ritten im Schritt. Vor einer Posada, in deren Nähe Truppen lagerten und Pferde weideten, hielten sie an. Vor der Tür der Posada hielten Lanceros Wache. Ein Soldat, der abgesprungen war, trat auf den Posten zu.

»Der Capitano da?« fragte er.

»Ist drin«, sagte der Lancero. Der Soldat betrat die Posada. Er kam nach wenigen Minuten zurück und forderte Mendez auf, ihm zu folgen. Gleich darauf stand der Besucher vor Don Antonio. Er wurde unwillkürlich blass, als er dessen Gesicht sah.

»Was führt Sie hierher, Señor?« fragte d'Irala kurz.

»Das fragen Sie noch?« stammelte Mendez. »Ich habe von dem schrecklichen Unglück gehört, das mein Haus das ganze Land betroffen hat. Oh, Don Antonio, es ist entsetzlich.«

»Welches Unglück meinen Sie?« Die Frage kam knapp und schneidend; das Gesicht des Capitanos war starr und unbewegt, seine Blicke gingen kalt über Mendez hin.

Dem wurde unheimlich. Die Erregung presste ihm Tränen in die Augen, und seine Stimme zitterte unwillkürlich. »Aber Don Antonio«, stotterte er, »natürlich spreche ich von meinem verehrten Großoheim. Er konnte mich nie recht leiden, aber nun, da er tot ist –«

»Oh, nun begreife ich Ihren Schmerz«, sagte d'Irala, ihn unverwandt mit der gleichen starren Kälte ansehend, »ich vermute, Sie haben die Freudenbotschaft durch Ihren Mulatten erhalten?«

Mendez zuckte zurück und unterdrückte mit Mühe einen Schrei. Fassungslos sah er in die kalten Augen des anderen. »Was«, stammelte er, »was heißt das denn? Ich verstehe nicht.«

»Ja, das denke ich mir«, sagte Don Antonio sarkastisch. »Sie haben Pech gehabt, der Mann hat Sie getäuscht. Man muss sich die Leute immer ansehen, mit denen man arbeitet. Hat er Ihnen gesagt, er habe ihn getötet? Er hat sich geirrt. Die Kugel war gut gemeint, aber sie streifte den General nur am Kopf; er war betäubt, und bei seinem Alter war das keine Kleinigkeit, aber ich kann Ihnen versichern, er ist bereits wieder wohlauf. Ob er Sie sehen will, weiß ich nicht. Darüber muss ich erst seinen Befehl einholen. Vorläufig behalten wir Sie hier.«

»Ich begreife überhaupt nichts«, flüsterte Mendez, sich mit irren Blicken umsehend.

»Oh, Sie werden schon noch begreifen«, tröstete d'Irala. »Heda!« rief er einigen Lanceros zu, die an der Tür standen, »bindet den Mann hier. Und du, Andres, stellst dich dort an die Tür, achtest auf jede Bewegung und schießt bei dem ersten Anzeichen. Du darfst ruhig schießen, du hast einen Mörder vor dir.«

»Zu Befehl, Capitano!« sagte der Soldat und entsicherte seine Pistole.

»Sind Sie verrückt geworden, d'Irala«, stieß Mendez heraus, »das wird Ihnen teuer zu stehen kommen, insbesondere, wenn mein Großoheim noch lebt.«

»Ich will Ihnen einmal etwas sagen, Mendez« - d'Irala hob langsam den Kopf und sah den Mann von unten herauf an, »falls die Tatsache, dass Sie Mörder beauftragt haben, den Conde zu töten, nicht ausreichen sollte - Sie werden sich selbst sagen, wie lächerlich das ist -, dann würde jedenfalls Ihr Brief an Sarmiento vollauf genügen, Sie ohne Federlesen an den nächsten Galgen zu hängen.«

Mendez riss den Mund auf, aber er brachte kein Wort heraus; er zitterte nun am ganzen Leibe, und seine Zähne schlugen klappernd aufeinander.

»Eines, du Lump« - d'Irala kam einen Schritt näher, »eines kann dein Los vielleicht noch mildern, denn der Conde ist ja ein unbegreiflich gütiger Mann, eines, wie gesagt: wenn du mir sagst, wo meine Pflegetochter ist.«

Mendez sah ihn an wie ein Gespenst. Er konnte vor Angst wohl gar nicht mehr denken, gleichwohl war die Verblüffung, die sich jetzt auf seinen jedes Haltes beraubten Zügen malte, zweifellos echt. Don Antonio sah es voller Schmerz.

»Ich verstehe überhaupt nichts«, röchelte Mendez, »wahrhaftig, ich verstehe nichts. Doña Maria hat doch das Unglück gehabt, bei dem Brand -«

»Den du anlegen ließest, ja, ich weiß.« D'Irala winkte ab. »Ich habe dich einen Augenblick überschätzt«, sagte er bitter, »ich war dumm genug, dir noch einen Funken Menschlichkeit zuzutrauen. Aber du warst sicher, dass sie tot ist, nicht wahr? Du hattest ja den strikten Befehl gegeben und klingende Münze aus der Erbschaft versprochen. Nun wirst du keinerlei Erbe mehr in deinem Leben antreten, trotzdem muss ich dich hinsichtlich deiner Spießgesellen noch weiter enttäuschen: Sie haben dich auch hier betrogen. Doña Maria lebt noch. Ich hoffe es wenigstens. Mindestens ist sie nicht in den Flammen umgekommen, denn deine Genossen haben sie verschleppt, anstatt sie nach deinem Befehl verbrennen zu lassen.«

Man sah es, wirklich, man brauchte den Kerl nur anzusehen: Es war eine neue Enttäuschung für ihn. Er begann jetzt wirres Zeug zu stammeln. Er werde völlig verkannt. Ja, er kenne die Burschen, und er wisse auch, wo sie sich aufhielten, er sei ja hinter ihnen her gewesen, habe sie ausfindig gemacht, er sei bereit, ihr Versteck zu nennen, und wenn die Señorita noch lebe, werde man sie auf diese Weise befreien. Er machte sich anheischig, einen Suchtrupp zu führen.

Angeekelt wandte d'Irala sich ab. »Sperrt ihn ein«, sagte er, »und bewacht ihn gut, er wollte den General ermorden lassen.« Er ließ sich bei de Lerma melden und erstattete ihm Bericht.

Der Conde lächelte gequält und trübe vor sich hin. »Es ist gleich, was mit dem Kerl geschieht«, sagte er, »wichtiger als er ist das Leben des Kindes. Da seine Helfershelfer ihn betrogen haben, ist wenigstens Hoffnung, dass sie noch lebt.«

»Schick eine Anzahl geübter Scharfschützen aus, Don Antonio«, sagte er weiter, »sie mögen sich verkleiden. Nimm Männer, die die Berge kennen; vielleicht können sie deinem Pflegesohn behilflich sein. Was Mendez betrifft: Sein Brief an Sarmiento bringt ihn an den Galgen. Ich bin aber nicht Römer genug, um den Enkel meiner Schwester dem Henker auszuliefern. Gib ihm Gelegenheit, zu entfliehen. Entkommt er unseren Vorposten, mag er sich anderswo hängen lassen. Hier im Lande könnte er ohnehin nicht mehr bleiben. Ach, ich bin müde, Don Antonio, den Angriff auf mein Leben trage ich ihm nicht nach.«

»Wie Exzellenza befehlen«, sagte d'Irala. Nun, wenn er den Vorposten entkommt, muss er schon ungewöhnliches Glück haben, dachte er. Er verließ den General und ließ die Scharfschützen auswählen.

Sie kamen am zweiten Tage zurück, hatten aber nichts Wesentliches zu melden, da es ihnen nicht gelungen war, die Sperrkette der feindlichen Truppen zu durchbrechen. Sie brachten einen Mulatten mit, den sie unter verdächtigen Umständen gefangen hatten. Der Mann wurde Mendez gegenübergestellt, und der bekannte, dass der Mulatte ein Gefährte des Indianers Tamay und eines Negers sei, eben der Männer, auf die er bereits aufmerksam gemacht habe. Übrigens halte er es für höchstwahrscheinlich, dass der Mulatte die Schüsse auf den General abgegeben habe.

»Zu denen du mich gedungen hast!« heulte der Mulatte. Dem Mann wurde schneller Prozess gemacht. Außer dem Anschlag gegen den Conde wurden ihm mehrere Morde nachgewiesen; er wurde gehängt.

»Und nun wollen wir den Señor Mendez entfliehen lassen«, sagte Don Antonio mit Unheil verkündendem Lächeln.

Der Krieg hatte sich in eine Reihe einzelner Gefechte aufgelöst; irgendeine Entscheidung war bisher nicht ergangen.

Der Kazike Chamulpo saß auf der Veranda seines Hauses in den Bergen. Er sah finster vor sich hin, obgleich er eigentlich gar keine Veranlassung hatte, schlechter Laune zu sein. Zwar, seiner Agitation unter den Stämmen der Bergmayas war durch das plötzliche Auftreten des Königsenkels und die besonnene Haltung des Generals Arana ein Ende gemacht worden, nun aber hatte ihn eine seltsame Nachricht erreicht: Der junge Bursche mit dem Königszeichen, der seiner Gewalt entronnen war, sollte auf den Conde geschossen haben. Jedenfalls war er unter Mordverdacht von Lanceros fortgeschleppt und dem Vernehmen nach erschossen worden. Das ließ alle seine Hoffnungen wieder aufleben.

Ja, es wurde Zeit für ihn, Partei im Bürgerkrieg zu ergreifen, und nunmehr war die Wahl nicht mehr schwer. Lermas Tod sicherte den Sieg Sarmientos, die Regierungstruppen hatten keinen anderen General von einiger Bedeutung. Jetzt, wie er da saß, war die Entscheidung schon gefallen. Dreitausend Mayas, seine ganze bisher verfügbare Macht, waren unterwegs zu Sarmiento, nur die persönliche Leibwache war bei Chamulpo zurückgeblieben.

Ein Reiter kam in vollem Galopp herangejagt und sprang vor der Veranda vom Pferde. Chamulpo stand auf. »Was gibt's?«

»Señor, die Mayas des Nordens sind in Bewegung und ziehen nach Süden.«

»Oh! Endlich! Weißt du, wie viele?«

»Soweit ich erfahren konnte, viele Tausende.«

»Und das erfahre ich erst jetzt?« Dem Kaziken schwoll die Stirnader.

»Der Aufbruch geschah ganz plötzlich«, berichtete der Mann. »Es sind Nachrichten in den Bergen verbreitet worden, welche die Mayas zum sofortigen Eingreifen veranlassten.«

»Was sind das für Nachrichten?«

»Ich weiß es nicht, Herr. Ich bin abgeritten, um dir zu sagen, dass die Mayas kommen.«

»Aber du wirst doch wissen, gegen wen sie ziehen, ob gegen Sarmiento, ob gegen die Regierung?«

»Ich glaube bestimmt gegen die Regierung.«

»Ich muss es genau wissen, Cochino.«

»Ich war überzeugt, Herr, dass sie dir zuziehen.«

»Hast du von Arana gehört? Ist er dabei?«

»Ich weiß es nicht, Herr, habe seinen Namen nicht gehört.«

»Ruhe aus. Du bist willkommen.« Der Kazike wandte sich ab, und der Mann verschwand.

Ruhelos ging Chamulpo auf und ab. Der Norden in Bewegung! Das war die Entscheidung. Stoßen sie zu mir, und sie können ja wirklich nur zu mir stoßen, wie die Dinge liegen, dann gibt mir das diesem Zambo Sarmiento gegenüber eine ganz andere Stellung, dachte er. Dann bin ich der Herr der Situation und bestimme, was in Guatemala geschieht.

Der Bote war kaum verschwunden, da tauchte bereits ein neuer Reiter auf. Auch er hatte sein Pferd halb zuschanden geritten.

»Die Mayas der Berge kommen mit starker Kriegsmacht, General«, keuchte der Mann.

»Wie viele?«

»Acht- bis zehntausend Mann.«

»Unmöglich! Wo sind sie?«

»Sie haben gestern die Sierra de los Minas überschritten, und zwar in drei großen Abteilungen. Sie erhalten überall weiteren Zuzug.«

»Aber der Grund, der Grund für diesen plötzlichen Aufschwung?«

Irgendetwas schien dem Kaziken nicht geheuer angesichts der ihm genannten Zahlen.

»Herr, Ihr hörtet doch sicher: der Enkel der Könige« – der Mann hielt inne, die Stirn des Kaziken runzelte sich. »Der junge Mann, den die Menschen so nennen«, fuhr der Reiter fort, »er soll von den Truppen der Regierung gefangen und hingerichtet worden sein. Das hat die Tausende entflammt und zu den Waffen gerufen.«

Auf Chamulpos finsterem Gesicht erschien ein hässliches Lächeln. »Ausgezeichnet«, sagte er, »sehr gut! Jetzt fegen wir die ganze Regierungspartei mit einem Atemzug weg. Den Göttern sei Lob! Wir werden den Sohn Jungunas an seinen Mördern rächen!«

Der Kazike, plötzlich guter Laune, verabschiedete den Boten und fertigte alsdann drei Reiter ab: den einen mit Botschaft an Sarmiento, den anderen mit dem Befehl, über das Nahen der Mayas weitere Nachrichten einzuholen und deren Führern den Standort des Rebellenchefs mitzuteilen, den Dritten mit dem Auftrag, die genaue Stellung der Regierungstruppen zu erkunden. Die Reiter jagten auf fliegenden Pferden davon.

Der alte Neger erschien. »Mein Pferd! Meine Wache!« befahl Chamulpo, »wir reiten!«

Gleich darauf ritt er, von fünfzig Männern, dem Neger und einigen Peons gefolgt, davon.

Die Nachrichten, die Chamulpo zugegangen waren, beruhten auf Wahrheit. Die Kunde von der Hinrichtung des Königsenkels durch die Truppen der Regierung hatte unter den Bergmayas eine ungeheure Empörung ausgelöst und nahezu alle Stämme in Bewegung gebracht. In drei gewaltigen Heerhaufen eilten die besten und erfahrensten Jäger und Krieger der Mayas, ausgezeichnet bewaffnet und in Bataillons und Escuadores eingeteilt, nach Süden.

Arana, der durchaus nicht zu glauben vermochte, dass Pablo auf den General Lerma geschossen habe, war unfähig, dem entfachten Sturm zu gebieten, er musste sich von ihm mitreißen lassen, wenn er nicht jeglichen Einfluss verlieren wollte. Bisher hatte er alles getan, um die nördliche Bevölkerung vom Kriege fernzuhalten. Denn, wenn er auch nicht gesonnen war, das Leben der Seinigen für eine Regierung einzusetzen, die sie als Stiefkinder behandelte, so war er doch noch entfernter dem Gedanken, Sarmiento zu unterstützen. Aber einem Wirbelwinde gleich riss die ungestüme Leidenschaft des Volkes ihn mit; er konnte nur noch zu lenken, nicht mehr zu hemmen versuchen. Die Würfel waren im Rollen.

Als Pablo im »Haus des Unglücks« erwachte, stand schon die Sonne am Himmel. Tenanga hatte bereits ein Feuer entzündet und das Frühstück vorbereitet. Maria schlief noch; sie schlief wohl zum ersten Male ruhig seit langer Zeit. Die Freunde warteten geduldig, dass sie erwachen möchte. »Wir werden zunächst sehen müssen, dass wir unsere Pferde wiederfinden«, sagte Pablo, »dann müssen wir ein Pueblo aufsuchen, um für Doña Maria ein Maultier und etwas wetterfeste Kleidung zu beschaffen.«

»Ich denke, wir suchen das Pueblo San Martino auf, dort kennen sie dich, Herr«, sagte Tenanga.

»Das wird gut sein. Und von da aus werde ich dann wohl auch Don Antonio benachrichtigen können, denn er wird ja entscheiden müssen, wohin Maria zunächst gehen soll.«

»Und was wirst du selbst machen, wenn für Doña Maria gesorgt ist?« fragte Tenanga.

Pablo sah nachdenklich vor sich hin: »Ich weiß es noch nicht. Mein Leben ist plötzlich in andere Bahnen gelenkt worden. Ich muss erst ein wenig zur Ruhe kommen.«

»Willst du nicht am Kampf teilnehmen? Die Mayas werden dir alle folgen, wenn du sie rufst.«

»Ich muss zunächst mit Arana sprechen. Er hat bisher von jeder Beteiligung der Mayas am Bürgerkrieg abgeraten. Ohne ihn kann ich nichts tun. Ich bin viel zu jung und habe gar keine Erfahrung. Aber um das Leben der Mayas werde ich mich kümmern, da nun einmal das Blut ihrer Könige in meinen Adern rollt. Zwei Dinge vor allem beschäftigen mich: der blutige Aberglaube, der in weiten Kreisen unseres Volkes noch herrscht - ich denke mit Schaudern an das Erlebnis bei der Tempelpyramide -, muss überwunden werden; zweitens, wenn die Indianer den Weißen gleichgestellt sein wollen, dann müssen sie zunächst einmal lernen, dürfen nicht an Wissen und Können hinter ihnen zurückstehen. Darum will ich mich kümmern. Ich bin ein Maya und habe die Erziehung eines spanischen Caballero genossen, nicht durch mein Verdienst, aber es ist einmal so. Ich will mein Wissen für die Zukunft meines Volkes nützen.«

Tenanga strahlte ihn an; begriffen hatte er wohl nur wenig von dem, was Pablo da sagte. »Du brauchst nur zu befehlen, Herr«, sagte er, »und alle Mayas gehen, wohin du sie führst. Der rote Mann ist verachtet bei den

Blancos, aber er braucht es nicht länger zu sein. Du kannst die Mayas zu Herren im Lande machen.«

Pablo schüttelte lächelnd den Kopf. »Du träumst«, sagte er, »und du weißt nicht, wie es in der Wirklichkeit aussieht. Es wäre Wahnsinn, gegen die Weißen zu kämpfen und die Vergangenheit zurückholen zu wollen. Nein, ich will sie zwingen, den roten Mann zu achten. Ich will, dass er sich aneignet, was den Weißen ihm gegenüber auszeichnet und was ihm seine Überlegenheit verschafft.«

»Du bist der König der Mayas«, sagte Tenanga, »du kannst tun, was du willst.«

»Überschätze das nicht«, lächelte Pablo. »Es ist schön, um die Liebe und Anhänglichkeit der Menschen zu wissen, die politische Bedeutung dieses alten Königsnamens ist sehr gering.«

Tenanga schüttelte den Kopf. »Ich verstehe nicht alles, was du sagst«, versetzte er, »aber in einem hast du gewiss recht: Die Blancos sind klüger als wir, und deshalb sind sie auch mächtiger.«

»Siehst du; deshalb müssen wir ebenso klug werden wie sie.«

»Guten Morgen, Pablo. Guten Morgen, Tenanga«, sagte eine frische Mädchenstimme. Sie fuhren herum, und Pablo sprang auf; Maria stand vor ihnen, in einen Poncho gehüllt.

»Oh, du bist schon auf?«

»Ich war schon am Quell draußen und habe mich gewaschen. Oh, ich habe wundervoll geschlafen.«

Die jungen Männer räumten ihr einen Platz ein. »So komm und frühstücke mit uns«, sagte Pablo, »es ist kärglich, aber Tenanga war weise genug, etwas Schokolade für dich aufzuheben.«

»Ich bin mit allem zufrieden«, lächelte Maria, »es ist wundervoll, wieder in der Freiheit zu atmen. Wenn ich an die zurückliegenden Wochen denke« - ein Schauder überlief ihr noch immer blasses Gesicht. »Aber ich will jetzt nicht mehr daran denken. Zu meinem eigenen Unglück kam noch die Sorge um dich, Pablo. Es ist ein Wunder, dass du plötzlich da bist. Und ich weiß noch nicht einmal, wie du freikamst.«

»Später werde ich dir alles in Einzelheiten erzählen«, sagte Pablo, »wir werden noch viel Zeit haben, jetzt wird es gut sein, wenn wir bald aufbrechen.«

Aber er berichtete, während Maria aß, doch in kurzen Zügen von seinen Erlebnissen seit seiner Verschleppung durch Tamay. Er bemühte sich, die Dinge so harmlos und unbedeutend wie möglich hinzustellen, aber er konnte doch nicht verhindern, dass Marias Gesicht sich verdüsterte. Sie fasste schließlich seine Hand. »Es war wie ein böser Traum«, sagte sie leise, »wir wollen ihn vergessen. Er ist vorüber.«

Bald darauf brachen sie auf. Sie gingen das Tal entlang und begannen den Abstieg durch die Wasserrinne. Maria war noch sehr schwach, und ihre für solche Kletterpartien völlig ungeeignete Kleidung erschwerte ihr jeden Schritt. Aber die beiden jungen Männer hatten kräftige Arme, sie halfen dem Mädchen leicht über schwierige Stellen hinweg.

Auf der Felsterrasse angelangt, ruhten sie ein Weilchen und kletterten dann weiter zu Tale. Nach langwierigem, mühevollem und nicht immer ungefährlichem Abstieg erreichten sie schließlich die Felsenhöhle, vor der sie die Pferde zurückgelassen hatten. Den Braunen hatte Pablo selbst erzogen; er gehorchte ihm wie ein Hund. Sie sahen zunächst weit und breit nichts, und als sie das Tal eine Weile nach allen Seiten hin durchsucht hatten, legte Pablo zwei Finger an den Mund und ließ einen hellen, weithin schallenden Pfiff ertönen, den er nach einiger Zeit wiederholte. Gleich darauf hörten sie ein Schnauben, ein helles Wiehern und schnell sich näherndes Hufgetrappel. Der Braune kam heran, tänzelte und wieherte vor Freude.

»Oh, Pablo, das ist ja dein Presto«, rief Maria, »du reitest ihn schon wieder?«

»Ich war doch in del Roca. Für dieses Unternehmen hätte ich kein anderes Pferd brauchen können.« Er streichelte dem Braunen den Hals. »Dachte mir schon, dass du mir nicht davonlaufen würdest«, lächelte er, »ja, bist ein braves Tier. Und nun wirst du also einstweilen eine Dame tragen, was sagst du dazu? Kennst du die Dame noch?« Das Mädchen war herangekommen. »Presto«, sagte sie leise, »kennst du mich noch, Presto?« Presto wandte ihr den Kopf zu und sah sie aus seinen großen Augen an. Sie strich ihm sacht über die Nüstern. Tenanga, der sich weiter im Tal umgesehen hatte, kam kurze Zeit später zurück und führte sein Pferd an der Hand, das er ruhig weidend gefunden hatte. Sie holten die Sättel aus der Höhle und machten die Pferde fertig. Pablo schnürte den Poncho so geschickt auf den Sattel des Braunen, dass Maria nach Damenart reiten konnte und hob sie herauf, »Du bist leicht wie eine Feder«, lachte er. »Reite voraus und sieh dich nach Streiftrupps der Regierungsarmee um«, sagte er dann zu Tenanga, der bereits im Sattel saß. »Ich möchte nicht gerne mit Insurgenten in Berührung kommen; wir kommen langsam nach. Triffst du Regierungssoldaten, dann sage ihnen, dass die Enkelin des Generals Lerma, die Tochter Señor d'Iralas, ihres Schutzes bedarf.« Tenanga nickte und sprengte davon.

Pablo ergriff den Zügel des Braunen. »Fühlst du dich wohl, Mariquita?« fragte er.

»Das kannst du dir wohl denken«, lächelte das Mädchen. »Es hat mich ein bisschen mitgenommen, das kann ich nicht leugnen, aber meine Kräfte wachsen, du brauchst dir meinetwegen keine Sorgen zu machen.«

»Wir gehen zunächst zu einem Pueblo, in dem auch einige Weiße wohnen«, sagte Pablo, »dort wird man dir hoffentlich etwas zweckmäßigere Kleidung geben können.« Sie sprachen nicht viel unterwegs; Maria war doch matter, als sie selbst zugeben wollte. Als sie eben im Begriff waren, die Sierra zu verlassen, kam Tenanga zurück. »Wir haben aufständische Truppen vor uns«, berichtete er, »sie haben auch das Pueblo San Martino besetzt.«

»Das ist schlimm«, sagte Pablo bestürzt. »Damit wäre uns der Weg zu der Stellung der Regierungstruppen verlegt.«

»Ich habe auf meinem Ritt das Castillo einer großen Hacienda berührt«, sagte Tenanga.

»Gut. Wir werden sie aufsuchen müssen; wir können nicht endlos mit Doña Maria umherziehen. Abgesehen von ihrer unzureichenden Kleidung ist es viel zu gefährlich.«

»Ich weiß nicht«, sagte Maria, »seit ich bei euch bin, habe ich keine Angst mehr. Aber du hast vielleicht recht; ich würde euch hinderlich sein.«

Tenanga ritt einige Hundert Schritte voran, und Pablo führte seinen Braunen behutsam über Wiesen und durch kleine Wälder, bis sie schließlich eine Straße erreichten, die zur Linken und Rechten von angebauten Feldern begrenzt wurde. Bald darauf erblickten sie auf einer kleinen Anhöhe das breit hingelagerte Herrenhaus einer großen Hacienda. Als sie näher heran waren, bat Pablo den Freund, einen Augenblick bei Maria zu bleiben und ging auf die Veranda des Hauses zu. Hier lag ein Herr in einer Hängematte; er hob den Kopf, als Pablo herankam. Der grüßte sehr höflich und fragte, ob er die Ehre habe, den Besitzer dieser Hacienda vor sich zu sehen.

»Wer bist du? Was willst du?« fragte der Mann in der Hängematte und sah Pablo halb verblüfft, halb misstrauisch an.

»Ich komme, Ihre Gastfreundschaft für eine Señorita zu erbitten, die meinem Schutz anvertraut ist«, sagte Pablo, noch immer höflich, obgleich ihn der Ton des Mannes schon zu ärgern begann.

»Man sollte es nicht für möglich halten«, ließ sich jetzt eine scharfe weibliche Stimme vernehmen, und Pablo gewahrte jetzt erst eine reichlich füllige Dame, die in einer anderen Hängematte ruhte. »Diese Indios werden von Tag zu Tag frecher«, fuhr die Stimme fort, »und neuerdings scheinen sie sich auch schon wie die Caballeros herauszuputzen. Geh zu deinesgleichen, mein Junge, da drüben sind die Arbeiterwohnungen. Da wirst du schon ein Unterkommen finden.«

Pablo sah an sich herab. Seine Kleider waren durch die Strapazen und Klettereien der letzten Tage ziemlich mitgenommen; es mochte sein, dass er einen nicht besonders vertrauenerweckenden Eindruck machte, und es mochte weiter sein, dass sich allerlei Gesindel auf den Straßen herumtrieb. Dies bedenkend, blieb er weiterhin höflich. »Ich bin zwar kein Arbeiter«, sagte er, »aber es handelt sich auch gar nicht um mich. Es handelt sich um die Señorita Maria d'Irala, die Hilfe braucht.«

»Lass mich mit deinen braunen Señoritas zufrieden«, schrie jetzt der Mann. »Was fällt dir überhaupt ein, du Cochino, weiße Herrschaften mit deinen dreckigen Angelegenheiten zu behelligen! Wer bist du überhaupt?«

»Jedenfalls ein Mann von höflicheren Manieren als der Herr dieses Hauses«, sagte Pablo verächtlich, der seinen Zorn nun nicht mehr meistern konnte.

»Ein brauner Spitzbube bist du!« brüllte der Haziendero.

»Lass ihn davonpeitschen, Felipe, samt der Dirne, die er bei sich hat«, kreischte die Frau. »Das mag eine schöne Señorita sein.«

Aus dem Hause heraus näherten sich einige Peons, welche die lauten Stimmen der Herrschaft herbeigelockt haben mochten. Pablo wandte sich, seinen Zorn bezwingend, mit gelassener Verachtung ab. »Der Kerl ist ja bewaffnet; nehmt ihm die Büchse ab«, kreischte die Frau. Da hatte Pablo das Gewehr schon in der Hand. »Man mag sich in acht nehmen«, sagte er, die verblüfften Peons finster ansehend, »es würde Blut kosten.«

In diesem Augenblick kam Tenanga herangesprengt, der den Vorgang auf der offenen Veranda beobachtet haben mochte.

»Caracho!« schrie der Hausherr und richtete sich in seiner Hängematte auf, »das ist ja ein Überfall.«

»Lass es gut sein, Felipe«, beschwichtigte ihn die Señora, der plötzlich Bedenken kommen mochten, »es treibt sich jetzt so viel farbiges Gesindel mit Waffen herum, dass man froh sein muss, wenn man in seinem eigenen Hause unbelästigt bleibt. Lass den Burschen laufen.«

»Verschwinde, Cochino!« rief der Haziendero, »und das auf der Stelle.«

Pablo ging an den Peons vorbei; sein Gesicht war finster wie die Nacht. »Komm, Maria«, sagte er, den Braunen am Zügel ergreifend, »wir müssen weiter.«

»Aber warum denn? Was gab es denn da?«

»Ich hatte vergessen, dass ich ein roter Cochino bin. Ein Hund, den man in den Hundestall sperrt«, knirschte Pablo. Tenanga kam heran; sein Gesicht sah noch finsterer aus.

»Das ist entsetzlich«, flüsterte Maria, »du hättest mich gleich mitnehmen sollen, da hätten sie es nicht gewagt –«; Pablo presste nur die Lippen zusammen. »Lass es gut sein, Mariquita«, sagte er nach einer Weile, während sie schon wieder unterwegs waren, »es ist einmal so. Aber sei versichert: Es wird nicht so bleiben.«

Sie ritten auf der nach Osten laufenden Straße zwischen Feldern und kleinen Hainen langsam dahin; Pablo führte den Braunen. »Wenn ich dir nur ein Maultier beschaffen könnte, Mariquita«, sagte er nach einer Weile, »wir kämen sehr viel schneller vorwärts.«

Während sie ein kleines Wäldchen passierten, begegneten ihnen einige Reiter, die zwei Damen zu geleiten schienen. »Aus dem Weg, rotes Gesindel«, schrie einer der Caballeros.

»Halt Fernando, das ist ja ein weißes Mädchen, das der Peon da führt«, sagte ein anderer. »Sieht auch sonderbar genug aus«, brummte der Erste.

Da ritt Maria auf die beiden Damen zu und sagte: »Darf ich Sie um eine Gefälligkeit bitten, Señoras. Ich bin Maria d'Irala, die Tochter Don Antonios.«

»D'Irala«, sagte eine der Damen verblüfft, »ich habe den Namen schon gehört. Wie sind Sie in diesen Aufzug geraten, Señorita?«

»Ich suche meinen Vater, der beim Heer des Conde ist.«

»Das - verstehe ich. Aber es erklärt noch nicht den sonderbaren Zustand, in dem Sie sich befinden.« Sie musterte den rauen, verwitterten Poncho, der das Mädchen einhüllte, die sonderbare Art der Sattelung.

»Unsere Hacienda del Roca ist abgebrannt, und ich bin entführt worden«, sagte Maria leise, »dieser Caballero« - sie wies auf Pablo - »hat mich gerettet.«

»Caballero ist gut!« lachte einer der begleitenden Männer. »Wie verhält sich das, mein Junge?« wandte er sich an Pablo.

»Genau so, wie die Señorita sagt«, entgegnete Pablo lakonisch.

»Verdammt kurz angebunden, der braune Prinz.«

Ein anderer der männlichen Begleiter kam heran. »Ich kenne Señor d'Irala«, sagte er, »er hat eine Tochter.«

»Ich werde die Kleine mitnehmen«, erklärte in plötzlichem Entschluss die ältere Dame zu dem Herrn, der zuerst gesprochen hatte, »sie scheint in jedem Fall guter Abkunft zu sein.«

»Meinetwegen«, brummte der, offenbar nicht sonderlich erfreut. Und sich Pablo und seinem Begleiter zuwendend: »Macht euch fort, Indios! Die Señorita geht mit uns.«

»Aber nicht ohne Pablo«, sagte Maria jetzt ruhig und fest. »Er ist mein Pflegebruder, und ich trenne mich nicht von ihm.«

Der Mann lachte kurz auf. »Da hörst du's, Juana«, sagte er, »lass die Bande laufen, die Señorita samt ihrem braunen Kavalier. Man hat nur Ärger von solchen Geschichten, zumal in den jetzigen Zeiten. Wie sollte ein Fräulein d'Irala wohl in solchem Aufzug hier inmitten zweier brauner Halunken auf die Straße kommen. Schwindler sind's, und wer weiß, was sonst noch. Kommt.«

Die Damen schienen nicht ganz sicher; Maria fing einen teilnehmenden Blick der älteren Señora auf; aber sie ritten davon. Maria war dem Weinen nahe, und die beiden Indianer machten Gesichter, dass man sich vor ihnen fürchten mochte.

»Wir gehen weiter, Pablo«, sagte Maria und zwang sich ein Lächeln auf die Lippen. »Ich lerne allerlei. Ich habe die Menschen nicht gekannt.« Pablo schwieg, und sie setzten ihren Weg fort, immer sorgfältig nach etwa auftauchenden Truppen ausschauend. Sorgenvoll dachte Pablo an die Nacht. Maria war schwächer als sie wahrhaben wollte, und es schien ihm nicht ungefährlich, eine Übernachtung irgendwo im Freien zu wagen. Als sie deshalb gegen Abend wieder das Herrenhaus einer Hacienda erblickten, überwand er seinen Widerwillen, seinen Grimm und den schon inwendig schwelenden Hass und ging auf das Haus zu.

Er traf den Haziendero mit Frau und Kindern auf der Veranda und näherte sich, den Hut in der Hand, mit höflichem Gruß.

»Was willst du, Indio?« fragte der Mann.

»Ich bitte um Gastfreundschaft für die Señorita Maria d'Irala.«

»Für die Señorita d'Irala?« rief überrascht die noch junge Señora, »die Tochter Don Antonios?«

»Sehr wohl, Señora. Für die Tochter Don Antonios.«

»Wie kommt das Kind hierher?«

»Das ist eine lange und nicht eben heitere Geschichte, Señora«, versetzte Pablo, »Doña Maria mag sie Ihnen selber erzählen.«

»Wo ist sie? Ich habe sie als Kind auf del Roca gesehen, sie und den braunen Jungen, den Don Antonio seinerzeit zusammen mit ihr aus der See gerettet hat. Oh, Ricardo«, wandte sie sich an ihren Mann, »lass sie gleich kommen. Ihre Mutter, Doña Inez, ist mir seit vielen Jahren bekannt.«

»Bring die Señorita her, mein Junge«, sagte der Haziendero. Pablo ging und kam gleich darauf mit Maria wieder.

Der Señor und die Señora Avila waren höchlichst befremdet über den sonderbaren Aufzug, in dem sie die junge Dame erblickten. Aber die Señora sah vor allem doch das blasse Gesicht, die umschatteten Augen und die Mattigkeit, mit der das Mädchen daherkam. »Komm her, mein Kind«, sagte sie, »wie bist du in diesen entsetzlichen Zustand geraten?«

Und nun konnte Maria sich nicht mehr halten; es war alles doch ein bisschen viel gewesen. Sie sank in einen Sessel und schlug die Hand vor das Gesicht; ihre Schultern zuckten. »Beruhige dich, beruhige dich doch nur, du bist ja nun in Sicherheit«, sagte die Señora und legte ihr sanft den Arm um die Schulter.

»Wo kommt ihr denn nur her?« fragte der Hausherr Pablo.

»Von der westlichen Sierra.«

»Das ist doch wohl nicht möglich!«

»Doña Maria war von dem Jäger Don Antonios aus Rache entführt und verschleppt worden, möglicherweise auch, um ein Lösegeld zu erpressen. Mein Gefährte dort und ich haben sie befreit.«

»Bist du etwa der Indio, den Don Antonio im Hause hatte?«

»Der bin ich, Señor.«

»Ausgezeichnet, mein Junge.« Der Haziendero sah Pablo nicht ohne Wohlgefallen an. »Brav, dass du deinen Wohltätern gegenüber so dankbar und anhänglich bist. Such dir irgendwo auf der Hacienda ein Unterkommen und lass dir zu essen geben; wir reden morgen weiter.« Die Señora war mit Maria bereits ins Haus gegangen, und der Haziendero folgte ihnen nun.

Da stand nun der letzte Spross eines uralten Königsgeschlechtes, der Haziendero Pablo-Diego Reynador, und durfte sich und seinem Gefährten in der Gesindeküche ein Essen und bei den Dienern und Arbeitern ein Nachtlager suchen. Er atmete schwer, und der Hass in ihm wuchs. Mit einer schroffen Gebärde wandte er sich zu Tenanga um: »Wo bleiben wir diese Nacht?«

Tenanga sah ihn betroffen an: »Bleiben wir denn nicht hier?«

»Nein«, knirschte Pablo.

»In der Nähe ist ein Pueblo. Dort wird man uns aufnehmen.«

»Lass uns reiten.« Pablo verließ die Veranda und saß gleich darauf im Sattel, von dem er den zusammengerollten Poncho entfernt hatte. Er fühlte nach seiner Börse; an Geld fehlte es ihm nicht. Sie fanden das Pueblo und auch eine Posada.

»Seid ihr Soldados?« fragte der Posadero ein wenig misstrauisch.

»Nein. Sind Soldados in der Nähe?«

»Oh, nahe genug. Sie waren schon mehrmals hier, um zu fouragieren. Sie nehmen alles, was sie finden, ohne zu fragen.«

»Motineros?«

»Was weiß ich! Ladrones jedenfalls!« brummte der Wirt.

Sie aßen und legten sich zur Ruhe. Pablo war glücklich, Maria in guter Obhut zu wissen, aber der fressende Grimm raubte ihm lange den Schlaf.

Am anderen Morgen machten sie den Versuch, sich bessere Kleidung zu verschaffen, aber das war aussichtslos. In dem Pueblo war nichts aufzutreiben. Pablo ging es jetzt, da er Maria geborgen wusste, vor allem darum, Don Antonio von der Rettung des Mädchens zu benachrichtigen und ihm ihren gegenwärtigen Aufenthalt mitzuteilen. Mit großer Überwindung entschloss er sich schließlich, die Hacienda Avilas noch einmal aufzusuchen, um sich von Maria zu verabschieden.

Er betrat, während Tenanga draußen wartete, die Veranda und bat einen Diener, ihn zu melden.

Der Diener sah ihn von oben bis unten an. »Indios werden nicht gemeldet«, sagte er, »sie warten in der Küche oder im Patio.«

Pablos Blut kochte; er machte unwillkürlich einen Schritt auf Peon zu, bezwang sich indessen Marias wegen. Er rührte sich nicht von der Stelle und machte eine so drohende Miene, dass der Diener davonschlich. Er musste sehr lange warten, bis die Señora zufällig auf der Veranda erschien. Sie sah ihn erstaunt an. »Nun?« fragte sie, »was führt dich her?«

»Ich will mich von Doña Maria verabschieden.«

»Sie ist krank und fiebert«, erwiderte die Dame, »ich habe bereits nach dem Arzt geschickt. Ich werde ihr sagen, dass du da warst.«

Das Du, das ausschließlich seiner Farbe galt, trieb ihm das Blut in den Kopf. Er zwang die Erregung nieder und sagte mit kalter Höflichkeit: »Ich fürchte, Doña Maria würde es schmerzlich empfinden, wenn ich ohne Abschied davonreite.«

»Schmerzlich empfinden?« Die Dame lächelte sonderbar.

»Wir sind Gespielen seit früher Jugend. Außerdem hat Doña Maria ihrem Vater möglicherweise etwas zu bestellen. Vielleicht gestattet die Señora doch eine Anfrage bei Doña Maria selbst.«

Die Señora zuckte die Achseln, aber sie schickte eine Dienerin hinein, die bald darauf mit der Meldung zurückkam, dass die Señorita sich freuen würde, Don Pablo zu sehen. Die Señora zuckte bei dieser Meldung zusammen, erwiderte aber nichts. Sie wies die Dienerin an, Pablo zu führen, der bald darauf Maria gegenüberstand, die auf einem Sofa lag und ihm lächelnd die Hand entgegenstreckte. Er ergriff die Hand und fühlte nach ihrem Puls. Sie hatte ein wenig Fieber, es erschien aber nicht weiter beunruhigend.

»Ich komme, um vorläufig Abschied zu nehmen, Maria«, sagte Pablo. »Ich will sehen, so schnell wie möglich Don Antonio zu erreichen. Auch Doña Inez muss sobald als möglich erfahren, dass sie sich deinetwegen nicht länger grämen muss.«

»Ja, tue das«, sagte das Mädchen. »Grüß die Eltern von mir und sage ihnen, dass ich es hier gut habe. Die Señora tut mir alles zuliebe. Grüß auch – – meinen Großvater. Ich kann mich immer noch nicht daran gewöhnen, dass ich einen richtigen Großvater habe. Grüße ihn sehr herzlich; ich mag ihn sehr gern.«

Pablo durchzuckte es; er hielt Lerma für tot, aber er mochte das jetzt nicht sagen; Maria musste erst kräftiger werden. »Ich werde alles bestellen«, sagte er leise.

Die Señora trat ein und streifte die Szene mit einem seltsamen Blick. »Doña Maria braucht Ruhe«, sagte sie, und sinngemäß hieß das nichts anderes als: Mach, dass du endlich herauskommst! Pablo stand auf und reichte dem Mädchen die Hand. »Du wirst bald wieder bei den Deinen sein, Mariquita«, sagte er, »dann werden wir viel zu erzählen haben.« Er nickte ihr noch einmal zu, grüßte die Señora mit einer kurzen, kalten Verbeugung und entfernte sich.

Auf der Veranda saß, als er heraustrat, der Haziendero, ein Mann in den mittleren Jahren. »Na, mein Junge«, fragte er, »hast du dich von deiner Herrin verabschiedet?«

»Von meiner Freundin, ja!« sagte Pablo kalt. Der Haziendero sah ihn befremdet an, sagte aber nichts. »Kann ich dir mit irgendetwas behilflich sein?« fragte er schließlich.

Pablo überwand sich. »Ich wäre recht dankbar, wenn ich etwas Kleidung bekommen könnte«, sagte er, »die meine ist durch die Irrfahrten, die hinter mir liegen, ziemlich mitgenommen.«

»Ich werde dem Majordomo Befehl geben, dir einen Arbeiteranzug auszuhändigen«, sagte der Mann. Und auf Pablos hochmütig erstarrenden Blick: »Ja, Caballeroanzüge habe ich für Indios nicht. Da, steck die halbe Unze ein«, setzte er hinzu, ihm eine Goldmünze vor die Füße werfend.

In Pablos Augen flimmerte es gefährlich; alle Muskeln seines schönen Gesichtes waren gespannt. »Ich weiß nicht«, sagte er, »wie ich dazu komme, von Señor Avila auf diese Weise behandelt zu werden. Meine Hacienda dürfte die Ihre an Umfang übertreffen. Und als ihre Vorfahren noch Straßenräuber waren und arme Indios bestahlen, herrschten die meinen als Könige in diesem Land.« Er wandte dem wie versteinert dasitzenden Manne den Rücken und ging zu seinem Pferd, das Tenanga draußen am Zügel hielt.

Der Haziendero kam zu sich; er war blaurot im Gesicht und hatte mit einem Erstickungsanfall zu kämpfen. »Na, warte, Kanaille«, rief er dem Abreitenden hinterher, »wäre das kranke Mädchen nicht, ich würde dir das Fell gerben lassen, dass du beim bloßen Gedanken daran zukünftig vor jedem Caballero auf die Knie fallen solltest.«

In tiefer Erbitterung ritt Pablo schweigend dahin. Es war ein bisschen viel an Demütigung, was er in so kurzer Zeit hatte erdulden müssen. Gleichwohl sprach er in sich hinein, nicht alle Menschen sind gleich, auch nicht alle Weißen. Ich will Maria und Don Antonio gegenüber meine Pflicht erfüllen. Damit aber ist alles getan; hinfort will ich nichts mehr mit den Blancos zu schaffen haben.

Die beiden Jünglinge mussten auf ihrem Weg große Vorsicht aufbieten, um den herumschweifenden Scharen der Aufständischen zu entgehen. Ihrer Vorsicht und Klugheit gelang es schließlich; am Abend des dritten Tages näherten sie sich den Vorposten der Regierungstruppen. Ein glücklicher Zufall wollte es, dass sich unter den ersten Wachen, die sie anriefen, ein Mann befand, der bei dem Reitergefecht dabei gewesen war, als Pablo an der Seite Don Antonios focht.

»Ah, du bist das«, rief der Mann erfreut, »willst du Dienste bei uns nehmen? Dich können wir gut gebrauchen.«

»Ich suche Don Antonio d'Irala«, antwortete Pablo, »ich habe ihm wichtige Nachrichten zu bringen.«

»Das triffst du leider schlecht. Der Capitano ist nicht im Lager, er ist seiner Señora entgegengeritten. Aber wenn du wichtige Nachrichten hast, will ich dich zum Hauptquartier führen lassen. Dann kannst du deine Mitteilungen dem General Callego oder dem Conde selbst machen.«

»Dem Conde?« fragte Pablo überrascht, »er lebt also?«

»Gott sei Dank, lebt er. Er ist völlig wiederhergestellt. Der Halunke hatte seinen Kopf nur gestreift.«

»Lassen Sie mich hinführen«, sagte Pablo erregt, »den General werden meine Mitteilungen nicht weniger erfreuen als Don Antonio.«

Pablo und Tenanga wurden nun unverzüglich zu dem Hauptgebäude einer Hacienda geführt, in dem General de Lerma sein Quartier hatte.

Überall waren Truppen gelagert, und selbst der Patio des Hauses wimmelte von Soldaten aller Waffengattungen.

Der begleitende Lancero übergab Pablo einem diensttuenden Sergeanten mit einigen empfehlenden Worten über seine Tapferkeit bei einem unlängst stattgefundenen Reitergefecht, und dieser führte ihn in das Haus zu einem der Adjutanten des Generals.

»Was bringst du, Bursche?« fragte der Offizier.

»Eine Privatmitteilung für Seine Excellenza.«

»Excellenza sind jetzt nicht zu sprechen. Kannst du mir die Mitteilung nicht machen?«

Pablo, verstimmt, dass er Don Antonio nicht angetroffen hatte, und verletzt von dem geringschätzigen Verhalten des Offiziers, beschloss, sich seines Auftrages unverzüglich zu entledigen. »Ich bringe Excellenza die Nachricht, dass seine Enkelin, die Pflegetochter des Señor Antonio d'Irala, durch mich und meinen Begleiter ihren Entführern entrissen wurde. Die Señorita befindet sich zurzeit auf der Hacienda Padiado bei Señor und Señora Avila, unweit des Pueblo San Urbano.«

»Oh«, sagte der Offizier, »das wird Excellenza sehr erfreuen, die Nachricht will ich ihm in den Kriegsrat bringen. Hast du sonst etwas vom Feinde gesehen?«

»Nein, ich bin seinen Streifscharen aus dem Wege gegangen.«

»Selbstverständlich. Warte. Ich bin gleich wieder zurück.«

Der Adjutant ging, und Pablo blieb zwischen Offizieren und Ordonnanzen zurück. Einer der Offiziere klopfte ihm wohlwollend auf die Schulter und sagte: »Wie wär's, mein Junge, willst du dich nicht anwerben lassen?«

»Ich bitte Sie, mich nicht zu berühren«, sagte Pablo ruhig.

Der Offizier, verblüfft zunächst, trat einen Schritt zurück. »Oh«, lachte er dann – Pablos hochmütig verschlossenes Gesicht amüsierte ihn offenbar – »ein roter Hidalgo! Tausendmal um Verzeihung, Euer Gnaden!«

Ringsumher wurde gelacht.

Pablo knirschte mit den Zähnen. Er hatte alle Kraft seines Herzens nötig, um ruhig zu bleiben.

Der Adjutant kam zurück. »Excellenza lässt dir sehr danken, mein Junge«, sagte er, »aber er war bereits durch den Señor Avila benachrichtigt worden. Excellenza wird nicht verfehlen, dir seinen Dank in gebührender Form auszudrücken. Von mir nimm einstweilen diese paar Pesos.« Und er wollte ihm einige Geldstücke reichen.

Pablo lächelte die Hand mit den Geldstücken an. »Ich bin kein Peon, Señor«, sagte er leise.

»Hm«, - der Offizier schien verblüfft, doch seine gute Laune überwog, »immerhin wirst du ein tüchtiger Lancero werden«, sagte er.

»Ist die Stelle eines Colonels frei?« fragte Pablo mit eisigem Lächeln.

Der Offizier bekam einen roten Kopf. »Mein Junge, der Ton gefällt mir gar nicht«, sagte er, »dergleichen sind wir hier nicht gewöhnt. Du wirst morgen als Reiter eingestellt«, sagte er abschließend.

»Und das wäre also der Dank dafür, dass ich Don Antonio d'Irala im Gefecht herausgehauen habe und mit Lebensgefahr die Enkelin des Generals aus Banditenhänden befreite?« Er konnte sich fast nicht mehr beherrschen.

»Ach so, du bist der braune Junge, der bei Don Antonio so eine Art Leibdiener war?«

»Ich bin der Pflegesohn Don Antonios, Señor, und außerdem bin ich ein Bürger dieses Landes, der Haziendero Pablo Reynador. Und mein Geschlecht, Señor, dürfte älter sein als das aller spanischen Hidalgos.«

»Ja, das ist ein zimtfarbener Caballero, Don José«, schaltete sich der Offizier ein, der Pablo vorhin auf die Schulter geklopft hatte, »mit dem muss man fein säuberlich umgehen.« Und wieder lachte alles ringsumher. »Wir werden uns verdammt daran gewöhnen müssen, alle rothäutigen Caballeros zu respektieren«, sagte der Offizier noch.

»Kann ich mich nun entfernen, Señores?« fragte Pablo.

»Du bleibst zur Verfügung seiner Excellenza«, sagte der Adjutant. »Warte draußen, bis man dich ruft.«

Pablo ging hinaus. Grimm und Hass in ihm konnten nun nicht mehr steigen; hätte er in diesem Augenblick alle Weißen vernichten können, er hätte es getan. Er suchte Tenanga und fand ihn, da es inzwischen dunkel geworden war, erst nach einiger Zeit. »Wir müssen fort, Tenanga«, raunte er, »kannst du mich zum Lager hinausführen?«

»Das dürfte schwerfallen, Herr, es stehen überall Posten.«

»Mögen sie auf mich schießen«, knirschte der Junge. »Ich will lieber tot sein, als mich noch länger von diesen Narren verhöhnen lassen.« Sie stiegen auf die Pferde und ritten davon; niemand hinderte sie zunächst. So näherten sie sich schließlich der Grenze des Lagers. »Komm hinter das kleine Gehölz hier«, raunte Tenanga, »hier möchte es leichter sein, durch die Posten zu kommen.« Sie verhielten eine Weile lauschend. Sie hörten den nahen Anruf einer Schildwache, der aber nicht ihnen gelten konnte.

»Wer da?«

»Freund.«

»Wohin?« »Zum Lager hinaus. Dienst.«

»Parole?«

»Compeador.« Das Wort wurde leise gesagt, aber Pablo hatte es verstanden.

»Passiert!« sagte der Posten. Der Angerufene ritt weiter.

»Komm, Tenanga«, flüsterte Pablo, »jetzt kommen wir durch. Ich habe das Wort.«

Tenanga begriff überhaupt nicht, was der andere meinte, aber er war es gewöhnt, schweigend zu gehorchen. Er führte Pablo mit Sicherheit an die gleiche Stelle, wo sie vorher hereingekommen waren.

»Wer da?« klang es ihnen entgegen.

»Freunde.«

»Lasst Euch einmal besehen.« Ein Lancero kam herangeritten und sah sie an. »Oh«, sagte er, »Ihr seid die Indios, die vorhin ins Lager kamen.«

»Ja, Señor.«

»Wo wollt Ihr hin?«

»Dem Capitano d'Irala entgegenreiten.«

»Aber Ihr müsst die Parole haben.«

»Compeador!« flüsterte Pablo ihm zu.

»In Ordnung. Reitet.«

Sie waren durch. Aber sie waren noch nicht weit gekommen, als sie zu ihrer Seite eiligen Hufschlag vernahmen, gellenden Anruf der Wachen, peitschende Schüsse. Unweit von ihnen sank ein Reiter vom Pferd, das entsetzt weiterjagte.

Der Gefallene musste sie gesehen haben. »Helft mir«, stöhnte er. Pablo ritt hin und beugte sich nieder. Er sah in das verzerrte Gesicht Louis Mendez'.

»Oh, Ihr seid es«, sagte er kalt, »hat Euch endlich die Gerechtigkeit ereilt?«

Sie ritten weiter, während die Posten schon näherkamen. Sie hörten noch, wie der eine der Männer sagte: »Der ist fertig.«

Dann gaben sie ihren Pferden die Sporen und ritten in die Nacht hinein, um irgendwo fern vom Lager ein Obdach zu suchen.

Zur gleichen Zeit herrschte innerhalb des Lagers große Erregung. Chamulpo hatte, wie man soeben erfuhr, sich für Sarmiento erklärt und war mit dreitausend Mann zu ihm gestoßen. Das war für die Sache der Regierung ein kaum zu verwindender Schlag.

In der Sala des Hauses saß der Conde mit seinem Stabschef und einer Reihe höherer Offiziere beisammen, um über die Lage und die nun zu ergreifenden Schritte zu beraten.

»Es war vorauszusehen«, sagte Lerma. »Der Kerl weiß, dass wir schwach sind, und außerdem hat Sarmiento für den Fall seines Sieges mehr zu bieten als wir. Die Konfiskation unserer Güter gibt ihm die Mittel zur Belohnung. Meine Pflanzung am Jacinto wird Herrn Chamulpo sehr gelegen kommen. Was beginnen wir nun? An einen Vorstoß ist jetzt nicht mehr zu denken.«

»Durch Chamulpos Eingriff sind wir wieder auf die Defensive angewiesen«, bemerkte Callego. »Ich habe bereits Befehl erteilt, unseren linken Flügel zurückzunehmen. Sarmiento hat Chamulpo mit seinen Räuberhorden auf seinem rechten Flügel postiert. Wir müssen mit einem Angriff schon für morgen rechnen.«

»Das Geschick geht hart mit unserem Lande um«, sagte Lerma bitter, um gleich darauf wieder sachlich zu werden. »Ich möchte annehmen, dass wir nach Stellung und Zahl einen Angriff abweisen könnten«, sagte er, »dennoch bin auch ich für vorsichtigen Rückzug, sonst werden wir überflügelt und haben den Feind im Rücken.«

Der Adjutant betrat hastig den Raum. »Ein Bote vom Norden«, meldete er.

»Vom Norden? Regt es sich da auch? Lassen Sie den Mann eintreten.«

Ein bestaubter Vaquero erschien gleich darauf, ein Mann in mittleren Jahren, von Wind und Wetter gebräunt.

»Was bringst Du?«

»Hier Excellenza. Ein Brief von Señor Romero.« Er überreichte ein Schreiben.

»Wer bist Du?«

»José Manor, ein Vaquero«, sagte der Mann.

Lerma sah ihn prüfend an. »Ich kenne dich doch?«

Der Mann strahlte: »Ich habe unter Euer Excellenza gedient.«

Der General lächelte und erbrach den Brief; er las ihn halblaut vor. Das Schreiben lautete:

»Ich möchte Eure Excellenza darauf aufmerksam machen, dass die Mayas des Nordens in starker Zahl und großer Eile zusammenströmen und nach Süden ziehen. Soviel ich erkunden konnte, treten sie bisher in einer Stärke von acht- bis zehntausend Mann auf und werden von General

Arana geführt. Sobald ich weitere Nachrichten erhalte, teile ich sie unverzüglich mit. Euer Excellenza ergebener Romero.«

Die Männer saßen wie zerschlagen; das Papier in Lermas Hand zitterte.

»Der Brief ist drei Tage alt«, sagte der General schließlich zu dem Boten gewandt.

»Ich bin in größter Eile geritten, Excellenza, aber ich musste die Streifscharen der Aufständischen in einem großen Bogen umgehen und wäre um ein Haar doch noch in ihre Hände gefallen. Der Kazike Chamulpo ist ins Feld gerückt und hat seine Indios weit auseinandergezogen.«

»Arana rückt mit achttausend Mann heran?«

»Er muss jetzt schon ganz nahe stehen.«

»Weißt du selbst noch Näheres?«

»Ich weiß, dass die Mayas in drei großen Heerhaufen über die Sierra de los Minas gezogen sind. Das erfuhr ich noch, ehe ich abritt.«

»So kommen sie über Tecpam gerade in unsere Flanke«, bemerkte Callego.

Ein weiterer Bote wurde gemeldet. Er brachte von einem der Regierung ergebenen Haziendero die Mitteilung, dass General Arana mit sehr starker Macht in Tecpam eingetroffen sei und sich in Eilmärschen nach Süden bewege.

Der Conde war blass. Als er langsam den Kopf hob, war sein Gesicht grau. »Das ist der Untergang des Vaterlandes, Señores«, sagte er still. »Da wir über diese nördlichen Stämme nur dem Namen nach herrschen und ihre Unabhängigkeit eigentlich nie angetastet haben, durfte man von ihnen mindestens Neutralität erhoffen, wenn sie nicht die Sache der Regierung ergriffen. So ist es diesem Chamulpo also doch gelungen, sie in Bewegung zu setzen.«

Allen war klar, dass einer solchen Machtanhäufung nicht zu widerstehen war. Die Bergmayas galten allgemein als vorzügliche und gut disziplinierte Krieger.

»Darf ich mir ein Wort erlauben, Excellenza?« fragte der zweite Bote.

»Sprich.«

»Ich habe dies und das gehört, weiß nicht, was daran ist. Die Mayas sollen sagen, Excellenza habe ihren jungen König gefangen genommen. Sie kämen, um ihn zu retten oder zu rächen.«

Lerma sah ihn verblüfft an. »Ihren jungen König?« murmelte er, »was heißt das denn? Mein Gott!« er schlug sich mit einer schnellen Bewegung der flachen Hand vor den Kopf. »Ich ahne es, glaube ich«, sagte er, und sich an den Adjutanten wendend: »Wo ist der junge Mensch, der mein Enkelkind aus den Händen der Bandidos rettete und den ich deiner Fürsorge empfahl?«

»Ich werde sogleich nachsehen, Excellenza.« Der Offizier ging. »Diesen König der Mayas haben wir ja hier«, sagte der General, sich im Kreise umsehend. »Machen Sie nicht so verblüffte Gesichter, es ist das eine sonderbare Geschichte. Es handelt sich um einen braunen Jungen, der zusammen mit meiner Enkelin erzogen wurde. Er ist ein Nachkomme der alten Mayakönige, und Sie wissen ja, was das bei den Indianern bedeutet. Er soll ein kluger und kühner Junge sein. Ich kenne die Indios und ihre Mentalität. Und ich zweifle nicht, dass es uns mithilfe dieses jungen Mannes, der meinem eigenen Hause durch meine Enkelin nahesteht, gelingen wird, dieser neuen Gefahr zu begegnen. Ich hätte ihn gefangen? Ah, das hängt damit zusammen, dass irgendein Narr behauptet hatte, er habe auf mich geschossen. Das hat sich dann schnell aufgeklärt.«

»Bitte, Señores«, – er wandte sich sehr ernsten Gesichtes den Offizieren zu, »behandeln wir den jungen Herrn mit denkbarster Höflichkeit; Sie ahnen nicht, wie empfindlich ein Indianer sein kann. Aber ich müsste mich sehr täuschen, wenn das Schicksal des Vaterlandes in diesem Augenblick nicht in der Hand dieses Jünglings liegt. Die nördlichen Bergmayas hängen mit unwandelbarer Treue an ihrem alten Königsgeschlecht, und ich bin überzeugt, ein Wort dieses Jünglings genügt –«

Der Adjutant kam bestürzt und sichtlich verlegen zurück. »Excellenza«, sagte er, »der junge Mensch ist nirgends zu finden; aller Wahrscheinlichkeit nach hat er das Lager verlassen.«

»Sagten Sie ihm nicht, dass ich ihm nach dem Kriegsrat für die Befreiung meiner Enkelin persönlich zu danken gedächte?«

»Gewiss, Excellenza.«

»Und trotzdem –? Ich will nicht hoffen, dass beleidigender Übermut meiner Herren Offiziere den jungen Mann vertrieben hat? Es könnte verhängnisvoll für die Zukunft des Landes werden.«

Der Adjutant schwieg; er schien sehr betroffen.

Mit der Bemerkung, dass man weitere Nachrichten über die Stellung der Mayas abwarten müsse, ehe weitere Entschlüsse gefasst werden könnten, hob Lerma den Kriegsrat auf.

Der König der Mayas

»Du kennst das Land, führe mich nach Norden«, sagte Pablo zu seinem Freunde Tenanga, nachdem beide die Nacht in einem verfallenen Schuppen verbracht hatten. Der junge Mann bebte immer noch innerlich vor Zorn über die ihm widerfahrene Behandlung; es ging ihm darum, so schnell wie möglich aus diesem Teil des Landes herauszukommen.

Sie suchten mit Sorgfalt einsame Wege, um den Aufständischen, deren Stellungen sie nicht kannten, nicht in den Weg zu kommen.

Während sie auf schlecht geebnetem Pfad durch einen Wald ritten, tauchte unerwartet eine Schar bewaffneter Reiter vor ihnen auf. Sie wandten die Pferde und sahen sich gleich darauf einem Haufen räubermäßig gekleideter Infanterie gegenüber. An Entfliehen war nicht mehr zu denken. Sie hielten deshalb und ließen die Leute herankommen. Es war eine Bande von Negern, Mulatten, Zambos, Mestizen und einigen wenigen Weißen. Ein riesenhafter Neger ging dem Haufen voran. Er sah die beiden Reiter und blieb stehen. »Wen haben wir denn da?« sagte er, »wer seid ihr? Spione, was?«

»Wir sind friedliche Reisende, Señor, und ziehen nach Norden in unsere Heimat.«

»So«, grinste der Neger, »nun, für friedliche Leute seid ihr recht gut bewaffnet. Wir können euch brauchen, Burschen, kommt uns gerade recht. Nehmt ihnen mal Waffen und Pferde ab«, wandte er sich an einige der bewaffneten Fußgänger, »und dann nehmt sie mit; geben wahrscheinlich zwei gute Scharfschützen ab.«

Fünf, sechs Männer näherten sich den beiden, da stieß Tenanga, der geduckt lauernd auf seinem Pferd gesessen hatte, einen gellenden Pfiff aus.

»Hualpa!« rief er gleich darauf aus, »Hualpa ist hier, der Adler der Mayas!«

Da rauschte es in den Büschen ringsum, wilde, braune Gestalten tauchten auf, und fünfzig Büchsen waren drohend auf Reiter und Fußgänger gerichtet.

»Wer die Hand hebt, ist des Todes!« rief eine kräftige Stimme in spanischer Sprache. »Hierher, König, zu deinen Kriegern! Dem Himmel sei Dank, dass du lebst!«

Das war so überraschend gekommen, der Haufen der Motineros durch den überraschenden Überfall einer überlegenen Schar gut bewaffneter Indianer so gänzlich verblüfft und eingeschüchtert, dass die Leute minutenlang stumpf und ratlos in die Gewehrmündungen blickten. Pablo und Tenanga gaben ihren Pferden die Sporen, um am Waldsaum, außerhalb des sie bisher umgebenden Kreises zu halten. Hier erst rissen sie die Büchsen von den Schultern.

»Deine Krieger, Herr«, sagte Tenanga mit funkelnden Augen, »deine Mayas sind da!«

Die Mayas kamen heran. »Ihr kamt zur rechten Zeit«, rief Pablo ihnen zu, »ich danke euch, Freunde!« Er wandte sich an den riesigen Neger. »Wer bist du?« fragte er scharf.

»Wir sind Soldados der Republik, Señor«, antwortete der Neger, »ich bin Oberst San Malo.«

»So. Dann dient ihr wohl der Republik des Señor Sarmiento?«

»Das tun wir allerdings. Und wehe, wenn uns ein Haar gekrümmt wird!« Der Neger stieß das trotzig heraus, man sah ihm aber an, dass ihm angesichts der offenen Gewehrmündungen nicht ganz wohl war. Neben Pablo war ein alter Mayakrieger getreten.

»Sind noch weitere Motinerotrupps in der Nähe?« fragte ihn Pablo.

»Nein, Herr.«

»Entfernt euch«, rief Pablo dem Neger zu, »und hütet euch, mir wieder zu begegnen, ihr Ladrones! Lasst sie durch, Freunde.«

Mit großer Schnelligkeit entfernte sich der Trupp Aufständischer, und Pablo sah sich gleich darauf von etwa sechzig Mayakriegern umgeben. »Du lebst, Herr! Du lebst!« rief es immer wieder von allen Seiten. »Und wir sind unterwegs, dich zu rächen, denn es hieß, sie hätten dich getötet.«

»Seid ihr stark an Zahl?«

»Wir sind zu achttausend Mann ausgezogen, darunter tausend Reiter. General Arana führt uns an.«

Pablo hörte diese Mitteilung mit maßloser Verblüffung. Achttausend Mayas, eine ganze Armee, waren ausgezogen, ihn zu rächen? Ihm wurde wunderlich zumute. Niemals hätte er sich träumen lassen, dass hinter seinem ererbten Königsnamen eine politische Realität stehen könnte. Achttausend Mann, das war ja eine Macht, und wenn achttausend Mann ihm zu folgen gewillt waren, dann war selbst sein Königsname eine Realität. »Wo ist General Arana?« fragte er heiser.

»Er steht weiter zurück bei Antiqua, Herr, wir sind mit einer Schar Lanzenreiter vorgeschoben, um Ausschau nach dem Feind zu halten.«

»Führt mich zum General.«

Sie nahmen ihn und Tenanga in ihre Mitte und bewegten sich im Eilmarsch zurück. Als sie den Wald verließen, trafen sie auf dreißig lanzenbewehrte Mayareiter, die Pablo, als sie ihn erkannten, jubelnd begrüßten; gleich darauf erblickten sie eine große Hacienda. Pablo ließ halten.

Der Majordomo des Hauses kam zitternd heraus, schreckensbleich angesichts der bewaffneten Indianer.

»Wem gehört diese Hacienda?« fragte Pablo.

»Don Sylvio de Rosalva.«

»Ist der Señor hier?«

»Nein. Der Señor ist mit seiner Familie verreist, um den Kriegswirren zu entgehen.«

»Geben Sie Menschen und Pferden Nahrung«, gebot Pablo. »Wir wollen Sie nicht lange belästigen.«

Reiter wurden als Wachen ausgestellt, und Pablo nahm in der Gesellschaft der beiden Mayaführer auf der Veranda Platz, wo ihnen sehr schnell ein Imbiss serviert wurde. Tenanga war vorausgeritten, um den weiteren Weg zu erkunden. Pablo erzählte den beiden Kriegern von dem Missverständnis, das zu seiner Verhaftung und alsbaldigen Freilassung geführt hatte. Er wusste nicht, was er sagen sollte, als er hörte, welchen Sturm diese Nachricht unter den Bergmayas ausgelöst hatte. Er sandte einen Reiter zu General Arana, um seine Ankunft zu melden. Da er das dringende Bedürfnis fühlte, sich umzukleiden, ließ er den Majordomo rufen, der sich angesichts des friedlichen Betragens der Indios inzwischen beruhigt hatte. »Sie sehen, wie mitgenommen meine Kleider sind«, sagte er zu dem Mann, »ich möchte bei Ihrem Herrn eine Anleihe machen und werde selbstverständlich bezahlen, was Sie mir geben können.«

»Bitte, Señor, was vorhanden ist, steht zur Verfügung«, erwiderte der Majordomo, »Don Sylvio wird es sich zur Ehre anrechnen, Ihnen einen kleinen Dienst geleistet zu haben. Wird es Señor belieben, mir zu folgen?«

Nur die Macht imponiert ihnen, dachte Pablo finster, während er dem Majordomo in das Ankleidezimmer des Hazienderos folgte. Pablo sah sich einer sehr reichhaltigen Garderobe gegenüber. Er sah eine Reiteruniform hängen und erfuhr, dass Don Sylvio als Offizier einem Lanceroregiment der Miliz angehöre, aber durch Krankheit leider verhindert sei, zur Zeit Dienst zu tun. Er lächelte. Diese Uniform werde ich anziehen, dachte er, sie wird ungefähr passen. Es war ein kindlicher Einfall, hervorgerufen nicht zuletzt durch die Demütigungen, die er unlängst erst von Trägern ähnlicher Uniformen hatte ertragen müssen. Es war auch ein wenig indianische Eitelkeit und das Wissen, dass gerade den einfachen Kriegern der Anblick einer Uniform stets Respekt abzunötigen pflegte.

Er kleidete sich um. Die Uniform war fast neu, und sie war auch nur wenig zu weit; der Haziendero musste ein schlanker Mann sein. Während des Umkleidens kam ihm der goldene Stern in die Hand, den Arana ihm gegeben hatte und den er auf der Brust trug. Er nahm ihn ab und ließ ihn auf dem Uniformrock befestigen. Er fand den zu der Uniform gehörenden Säbel und schnallte ihn um. So verwandelt betrat er bald darauf wieder die Veranda. Die alten Mayakrieger klatschten vor Begeisterung in die Hände.

Er gab Befehl zum Aufbruch. Es kam ihm noch ein wenig sonderbar vor, plötzlich befehlen zu dürfen, aber seine Sicherheit wuchs, als er sah, dass alle ihm blindlings und widerspruchslos gehorchten. Er ritt nun mit den Lanceros im Galopp voran, während die Infanteristen langsamer folgten. Sie erreichten ein Pueblo, das von Mayakriegern wimmelte, die sich, kaum dass Pablo erkannt war, mit betäubendem Jubelruf um ihn sammelten und ihn beinahe vom Pferd gerissen hätten. Hier fand er auch Männer von seiner und Aranas Hacienda, die ihn stürmisch begrüßten.

Pablo, ein wenig befangen, richtete ein paar freundliche Worte an die Männer und eilte dann weiter, um so schnell wie möglich zu Arana zu kommen. Schon bald, nachdem er das Dorf hinter sich hatte, stieß er auf den General, der ihm, von einer kleinen Offizierseskorte geleitet, entgegengeritten war. Arana und sämtliche Offiziere trugen die Uniform der staatlichen Miliz, die gleiche Uniform, die er selbst soeben angelegt hatte.

Arana lachte ihm entgegen. »König der Mayas«, rief er, »da bist du selbst! Siehst du, welchen Aufruhr dein angeblicher Tod entfesselt hat? Ich konnte sie nicht halten.« Pablo ritt an ihn heran, und der alte General drückte ihm herzlich die Hand. Er ließ seine Reiter wenden, und von allen gefolgt, ritt er mit Pablo seinem Quartier entgegen.

»Welch Glück, dass du die weiße Señorita retten konntest«, sagte der General, während sie nebeneinander ritten. »Du siehst nun, wie die Mayas dich lieben, du kannst mit ihnen machen, was du willst. Du bist stärker als ich, denn ich wollte sie zurückhalten, aber es ist mir nicht gelungen.«

Sie erreichten die Hacienda, in der Arana sich einquartiert hatte. Pablo bat den General, ihn zunächst zu entschuldigen, er sei sehr erschöpft, und ließ sich sogleich auf das für ihn vorbereitete Zimmer führen. Auf die Bemerkung Aranas, es ständen nun einmal achttausend Mayas unter Waffen, sie bildeten eine erhebliche Macht, und auf irgendeine Weise müsse diese Macht zum Wohle des Landes in die Waagschale geworfen werden, erwiderte er zunächst nichts.

Während des ganzen Tages zogen in fast ununterbrochener Folge Scharen von Mayakriegern, zu Fuß und beritten, an der Hacienda vorbei. Arana kannte genau die Stellung beider feindlicher Armeen, er wusste, dass Chamulpo sich zu Sarmiento geschlagen hatte, und hatte infolgedessen für seine eigenen Truppen eine Stellung ausgewählt, die für Lerma und Sarmiento in gleicher Weise bedrohlich war. Die Mayas hatten viele tüchtige und kriegserfahrene Führer, alte Offiziere darunter, die in Mexiko gefochten hatten und von denen einige sogar in Europa ausgebildet waren. Arana war während des ganzen Tages unterwegs, um die Aufstellung seiner Armee zu überwachen. Am Abend war die vorbereitende Operation durchgeführt, und Arana ritt, von Pablo und seinen

Stabsoffizieren begleitet, nach einer vorher ausgewählten Hacienda, die inmitten des Mayaheeres lag, und bezog dort Quartier.

»Morgen kannst du deine Truppen besichtigen, Pablo«, sagte er, »dann magst du auch den Oberbefehl übernehmen.«

»Ich?« fragte Pablo erstaunt und die Brauen runzelnd.

»Ja«, erwiderte der General ruhig. »Da du da bist, geht es nicht anders, mir würden sie jetzt nicht mehr gehorchen. Du, der Enkel Nezualpillis, kannst von ihnen alles verlangen.«

»Aber ich verstehe nichts von der Kriegführung.«

»Wir werden ja erst sehen, ob wir Krieg führen müssen«, versetzte Arana vorsichtig, »und für diesen Fall bin ich ja auch noch da.«

Pablo lächelte. »Gut, Padrino«, sagte er, »dann ernenne ich dich hiermit zu meinem Chefgeneral.«

Sie besprachen dann sehr ernst die politische Lage. Pablo äußerte sich zurückhaltend, aber der kluge General merkte aus verschiedenen hingeworfenen Äußerungen sehr bald, dass man den jungen Mann im Hauptquartier der Regierungstruppen sehr schlecht behandelt haben musste. Er vermied es indessen gleichfalls, näher auf dieses Thema einzugehen. Dass die Mayas sich, je nachdem, was Pablo befahl, sowohl auf den Conde als auf Sarmiento stürzen würden, war ihm nicht zweifelhaft.

Abends brannten in weiter Runde die Wachfeuer. In Pablo, da er dieses lagernde Heer sah, wuchs ein unbändiger Stolz.

Chamulpo war stutzig geworden. Es beunruhigte ihn, dass die nördlichen Mayas, obgleich sie in starker Zahl nach Süden gerückt waren und Stellung bezogen hatten, keine Fühlung mit ihm suchten. Noch unruhiger war Sarmiento selbst, der in der Konzentration so außerordentlich starker Kräfte eine heimliche Bedrohung erblickte.

Es war keinem der einzelnen Anführer zweifelhaft, dass der Heerhaufe der Mayas das Zünglein an der Waage bildete. Genau genommen brauchten sie nicht einmal in den Kampf einzugreifen. Schon ihre Neutralität musste die Entscheidung, und zwar zugunsten Sarmientos, bringen, da Lerma dessen und Chamulpos Macht nicht gewachsen war.

Pablo schlief sehr unruhig in dieser Nacht; er wusste genau, was in seine Hand gegeben war. In die Bitterkeit, die er angesichts der ihm persönlich widerfahrenen Behandlung empfand, mischte sich das Gefühl einer hohen Verantwortung gegenüber dem Lande. Es komme, wie es wolle, dachte er, in jedem Fall will ich diese Machtposition, die mir das Schicksal verlieh, dazu benützen, den Eingeborenen die ihnen gebührende Stellung zu erkämpfen. Die dummstolzen Hidalgos sollen sich wundern!

Am folgenden Morgen waren sämtliche Mayatruppen in einer Art Paradeaufstellung angetreten. Pablo stieg zu Pferde und ritt, von Arana und einer Anzahl von Offizieren gefolgt, zu den in zwei großen Heerhaufen aufgestellten Kriegern. Die Leute sahen wild genug aus; sie waren gekleidet wie im gewöhnlichen Leben. Aber sie waren gut bewaffnet und größtenteils bereits kampferprobt. Als Pablo sich näherte und sie den Königsstern auf seiner Brust erblickten, brachen Jubelrufe los. Pablo ritt die zwei Fronten ab; sein glühender Blick überflog die wilden, vor Freude und Kriegslust glänzenden Gesichter; es erdrückte ihn fast. Er brachte kein Wort heraus.

Er war mit dem General und den Offizieren kaum wieder auf der Veranda der Hacienda angelangt, als die Meldung von den Vorposten einlief, zwei Offiziere des Generals de Lerma wünschten den General zu sprechen.

»Du musst sie empfangen, Pablo«, sagte Arana.

Der atmete schwer, Schatten überflogen sein Gesicht. »Gut«, sagte er schließlich, »ich will mit ihnen reden.«

»Und was willst du ihnen sagen?« fragte sehr ernst der General, als die Ordonnanz gegangen war. »Du wirst dir darüber klar sein, dass du jedes Wort abwägen musst.«

»Padrino«, stieß Pablo heraus, und ein böser Ausdruck trat in seine Augen, »sie haben mich dort behandelt wie einen Sklaven, wie einen Hund, schlimmer als einen Pferdeknecht. Und das nur, weil ich ein Indianer bin. Sie sollen – sie sollen wenigstens fühlen, dass ich ihr Schicksal in der Hand halte.«

Arana wiegte nachdenklich den Kopf. »Ich verstehe deinen Zorn«, sagte er, »und ob ich ihn verstehe! Meinst du, mir wäre dergleichen erspart geblieben? Jetzt aber geht es nicht um persönliche Dinge. Jetzt geht es um Größeres. Was willst du ihnen sagen?«

Pablo schwieg finster. »Sie werden uns ja nach unseren Absichten fragen«, sagte er schließlich, »wahrscheinlich werden sie uns ein Bündnis anbieten. Ich möchte ihnen sagen, dass ich – mir die Entscheidung noch vorbehalten müsse.«

»Gut.« Arana nickte. »Das ist gut. Und vergiss nicht. Auch Sarmiento wird Boten schicken; sie werden nicht lange auf sich warten lassen. Sage ihnen das Gleiche.« Ein hartes Lächeln trat auf sein Gesicht, er ließ alle anwesenden Offiziere in die Sala bitten und begab sich mit Pablo in deren Mitte.

Die Offiziere Lermas wurden hereingeführt. Pablo sah: Es war der persönliche Adjutant des Conde, der ihn im Hauptquartier empfangen wollte, und der Capitano, der ihm auf die Schulter geklopft und ihn einen zimtfarbenen Caballero genannt hatte. Die beiden sahen, offensichtlich nicht wenig erstaunt und befremdet, die große Zahl gut uniformierter Offiziere. Arana trat ihnen ein paar Schritte entgegen und fragte: »Gilt Ihre Botschaft, Señores, dem General Arana persönlich oder dem Oberbefehlshaber der hier versammelten Truppen?«

Der Lermasche Adjutant stutzte. »Sie gilt wohl in erster Linie dem Oberbefehlshaber der Truppen«, sagte er dann, »aber ist das nicht dasselbe?«

»Nein«, lächelte Arana. »Den Oberbefehlshaber dieser Truppen sehen Sie hier in dem Señor Pablo Reynador vor sich, dem wir alle, als dem einzigen Nachkommen der alten Mayakönige, bedingungslos gehorchen.«

Pablo, der mit einigen Offizieren geplaudert hatte, wandte sich in diesem Augenblick um, und sein drohendes Auge begegnete denen der aus aller Fassung gerissenen Offiziere. Er trat einen Schritt vor; er verleugnete keinen Augenblick die im Hause d'Irala genossene Erziehung, nur sein Antlitz schien völlig vereist. »Was lässt seine Excellenza mir sagen?« fragte er kalt.

Der Adjutant hatte sich verfärbt; offenbar hatte er alle Beherrschung nötig, um mit dieser Situation fertig zu werden. Sein Gesicht zuckte vor innerer Erregung. »Excellenza«, sagte er, »Excellenza de Lerma, der oberste Befehlshaber aller legitimen Truppen dieses Staates, hat uns beauftragt, den Kommandanten dieser Streitmacht zu begrüßen und willkommen zu heißen. Excellenza zweifelt nicht einen Augenblick, dass die kriegerische Bevölkerung des Nordens, deren Unabhängigkeit niemals angetastet wurde, ausgezogen ist, um dem Staat in seiner Bedrängnis beizustehen.«

Pablo lächelte; seine Stimme wurde möglicherweise noch einen Grad kälter, ohne die Form altspanischer Höflichkeit im geringsten zu verletzen. Er erwiderte:

»Ich lasse Excellenza meinen verbindlichsten Dank aussprechen für die mir und meinen Mayakriegern erwiesene Aufmerksamkeit. Wir sind in der Tat ins Feld gerückt, um die eigenen Interessen des Landes zu wahren und dem verheerenden Bürgerkrieg ein Ende zu bereiten. Die Entscheidung über die von mir zunächst zu unternehmenden Schritte muss ich mir indessen noch vorbehalten. Dies bitte ich Seiner Excellenza mit meinen gehorsamsten Empfehlungen zu übermitteln.«

Er neigte verabschiedend das Haupt, und den aufs Äußerste verblüfften Offizieren, die den edelsten Geschlechtern des Landes angehörten, blieb nichts anderes übrig, als sich gleichfalls zu verneigen und zu gehen.

»Großartig, mein Junge«, sagte Arana hinterher, »an diesen Empfang werden die vornehmen Hidalgos noch lange denken.«

»Sie waren es« – Pablos Züge lösten sich, und der Grimm funkelte in seinen Augen – »eben diese beiden waren es, die mich verhöhnten.«

»Um so besser. Du hast dich wie ein Caballero benommen.«

»Oh, ich wäre am liebsten ganz anders mit ihnen umgesprungen, das kannst du mir glauben, Padrino.« Der bedächtige General erwiderte nichts.

*

Im Hauptquartier der Regierungstruppen erregte die Nachricht von dem Empfang, der den beiden Offizieren zuteilgeworden war, und die Antwort, die Pablo ihnen gegeben hatte, große Bestürzung. Der »zimtfarbene Caballero« hatte sich als ein Mann erwiesen, der achttausend Soldaten hinter sich hatte. Und dieser kleine Indio hatte sie, die ihn wie einen

Trossknecht behandelten, mit einer abgemessenen Würde empfangen, die selbst den zeremoniösen Spaniern imponierte.

Lerma fragte nach Don Antonio, aber der war noch nicht zurück. Der alte General, ein Spanier immerhin, war erbittert, doch sagte er sich, da er seine Herren kannte, dass die letzte Ursache zu Pablos Verhalten ihren Ursprung in deren Benehmen zu suchen sein dürfte. Nun, Don Antonio würde das einrenken müssen, er kannte den Burschen ja, hatte ihn selbst erzogen.

Im Hauptquartier der Mayatruppen erschien noch am gleichen Tage ein fantasievoll gekleideter Mulatte, Oberst Limona. Er sei glücklich, den General Arana und seine Krieger im Namen des Generals Sarmiento begrüßen zu dürfen, versicherte er. Denn zweifellos seien die unüberwindlichen Mayas doch ins Feld gerückt, um sich der Befreiungsarmee anzuschließen, nachdem ja schon der Mayakazike Chamulpo diesen Weg gegangen sei. Er begrüßte die Mayas als Brüder im Kampf gegen die spanische Tyrannei.

Er danke verbindlichst für die freundliche Begrüßung, bedaure indessen, sich die endgültige Entscheidung über sein künftiges Vorgehen einstweilen noch vorbehalten zu müssen, erwiderte Pablo dem Abgesandten.

Nicht lange danach erschien mit großem Gefolge der General Chamulpo persönlich an der Lagergrenze der Mayas, um seinen teuren Freund Arana und die Brüder aus dem Norden willkommen zu heißen. Ihm wurde bedeutet, der Señor Reynador, Erbe des Mayakönigtums und Oberbefehlshaber der hier lagernden Truppen, verzichte auf seinen Besuch, und der Chefgeneral Arana schließe sich dem an. Sehr nachdenklich gestimmt und innerlich kochend vor Wut, musste der Kazike mit seinen Begleitern wieder abziehen. Die Blicke, die ihm folgten, verhießen nicht viel Gutes. Die Mayas wussten durch Tenanga, in welcher Weise Chamulpo Pablo nach dem Leben getrachtet hatte.

Pablo ging, in tiefes Nachdenken versunken, ruhelos umher. Eine Aufforderung des Generals de Lerma, mit ihm zusammenzutreffen, lehnte er ab. »Ich will mich nicht von diesen Spaniern verhöhnen lassen«, erwiderte er Arana auf dessen Frage. »Sie brauchen uns jetzt. Wir sind gut genug, ihnen als Werkzeug zu dienen und ihnen den Sieg zu verschaffen. Nachher werden wir wieder beiseite geworfen.«

»Und was denkst du nun, was wir tun sollen? Wenn wir nicht bald eingreifen, wird Sarmiento zum Endkampf antreten, und dann ist der Krieg entschieden. Willst du es so?«

»Warum sollen die Mayas ihr Blut vergießen?« rief Pablo. »Warum? Für wen? Für was? Lass sie doch ihre Sache hier ausfechten; wir gehen nach dem Norden zurück und werden in Zukunft immer stark genug sein, unsere Unabhängigkeit zu behaupten.«

Arana schwieg; er sah ein, dass es jetzt keinen Sinn hatte, auf Pablo einzudringen. Er wusste, dass dies nicht das letzte Wort sein durfte. Sarmiento durfte nicht siegen. Das ewige Chaos, die permanente Willkür wäre die Folge gewesen. Er zweifelte nicht daran, dass Pablo das schließlich begreifen würde. Nur war nicht mehr viel Zeit, denn Sarmiento würde die Stunde nützen.

Am anderen Morgen trat Tenanga in Pablos Zimmer. »Doña Maria will dich sprechen, Herr«, sagte er.

Pablo zuckte zusammen, sprang auf und stürmte zur Tür. Da stand sie, im dunklen Reitkleid, immer noch blass und mit Schatten unter den Augen; um ihre Lippen spielte ein schmerzliches Lächeln. »Pablo«, sagte sie leise.

»Mariquita - du kommst zu mir? Komm, setz dich. Du hast Vater und Mutter wieder? Die Señora ist doch zurück? Ich hörte, dass Don Antonio ihr entgegengeritten sei. Was machst du denn für ein Gesicht? Was hast du?«

Sie hatte den Kopf gesenkt; jetzt hob sie ihn; er sah, dass Tränen in ihren Augen glitzerten. »Mariquita - Schwester - was ist?« rief er bestürzt.

»Du sollst hart und böse geworden sein, seit du ein großer General wurdest«, sagte sie; es zuckte um ihre Lippen. »Ich will das nicht glauben. Ich habe ihnen gesagt, dass du nicht böse bist.«

»Böse?« Ein harter Glanz trat in Pablos Augen. »Nein, Maria, ich bin nicht böse. Ich habe in den Augen der Leute nur den Fehler, ein Indianer zu sein, eine braune Haut zu haben.«

»Es ist schlimm, wie töricht die Menschen sind«, sagte sie, »ich habe das nicht gewusst. Ich habe so darüber hinweggelebt. Ich habe nicht nachgedacht. Aber nun habe ich ja einige Erfahrungen sammeln können. Du bist braun und ich bin weiß; was soll das? Du bist mein Bruder und bleibst es.«

»Ja, du« – Pablo lächelte bitter – »du bist wohl anders. Und zu dir bin ich auch anders, Maria. Aber ich will mich nicht länger beschimpfen, nicht länger wie einen Hund behandeln lassen.«

»Ich bitte dich, jetzt mit mir zu meinem Großvater zu kommen«, sagte Maria fest, »hörst du, ich bitte dich darum. Er will dich sprechen.«

Pablo stand auf. Sein Gesicht hatte einen Ausdruck, den Maria nie an ihm gesehen hatte. »Haben sie dich abgeschickt?« fragte er. »Ein großartiges Mittel! Ein ihrer würdiges Mittel!«

Maria hielt seinem Blick stand, sah ihn unverwandt an. »Ja«, sagte sie, »sie haben mich abgeschickt. Weil ich deine Schwester bin. Du musst zu meinem Großvater kommen, Pablo. Du musst es, weil du ihn ganz verkennst. Er ist ganz anders, als du denkst. Er war furchtbar zornig, als er erfuhr, wie sie dich behandelt haben. Er konnte nicht gleich kommen, er war im Kriegsrat. Aber er wollte dir persönlich danken – da warst du fort.«

»Gott weiß, warum ich fort war.«

»Der Großvater weiß es auch. Er hat es gleich gesagt, weil er seine Offiziere und ihren Hochmut kennt. Er ist ganz anders. Du musst mit ihm sprechen. Er wolle dich in keiner Weise binden, sagte er, aber er müsse dir die Lage des Landes vor Augen führen. Du könntest dich dann immer noch entscheiden, wie du wolltest. Nun ist der alte Mann dir mehr als die Hälfte des Weges entgegengekommen und wartet bei den Palmen auf dich, wo du als ein junger Mann doch hättest zu ihm gehen müssen. Ich verstehe gar nichts von Politik, und ich kann dir nichts sagen. Aber ich weiß, dass der Großvater ein guter alter Mann ist und dass die Sorge um das Land ihm Nacht für Nacht den Schlaf raubt. Und ich weiß, dass du mein Bruder bist. Ich bin mit allem Vertrauen zu dir gekommen, und wenn du mich weinen sehen willst, dann sage jetzt nur: nein, ich gehe nicht.«

»Weine nicht, Maria«, sagte Pablo heiser, »ich gehe mit dir.«

Sie sah ihn aus tränenfeuchten Augen an. »Wie du aussiehst!« sagte sie, »schöner als alle unsere Caballeros.« Er lachte, und auch dieses Lachen war nicht frei von Bitterkeit. »Bist du etwa gar allein gekommen?« fragte er.

»Nein, Don Antonio und ein paar Offiziere sind bei mir.«

Vor der Türe stand Don Antonio d'Irala im Gespräch mit Arana. D'Irala ergriff ihn mit beiden Armen an den Schultern. »Mein Junge«, sagte er, ihm fest in die Augen sehend, »du hast mir mein Mädchen wiedergebracht. Wahrhaftig, das vergesse ich dir in Ewigkeit nicht.« Pablo wusste nichts zu sagen, ihm war schwer zumute, sehr schwer. Sie wollen mich überrumpeln, ich darf mich nicht überrumpeln lassen, dachte er.

Unten standen die Pferde gesattelt. Arana hatte dreißig Offizieren befohlen, Pablo zu begleiten; fünfzig Lanceros waren als Eskorte aufgesessen. Pablo führte Maria hinunter und hob sie schweigend aufs Pferd.

Wie er sich umblickte, sah er plötzlich den alten Tanub vor sich. Er trug ein seltsames Kriegerkostüm und begrüßte ihn mit einer grotesken Verbeugung.

»O Tanub, Alter, wie kommst du hierher?« rief Pablo verblüfft, auf den Greis zugehend.

»Hualpa, König, ich bin ein alter Mayakrieger«, lispelte Tanub. »Verwehre mir nicht, im Kampfe zu sterben. Tanub will zur Sonne!«

Pablo drückte dem Greis die Hand und stieg in den Sattel. In scharfer Gangart ritten sie dem Ort der Begegnung zu. Sie bogen um ein Gehölz und erblickten unmittelbar vor sich eine Reiterschar, an deren Spitze der Kazike Chamulpo ritt. Dicht voreinander parierten Pablo und Chamulpo die Pferde. Mit einem Erstaunen, das nicht weit vom Entsetzen war, starrte der Kazike auf den Jüngling.

»Aus dem Weg!« knirschte Pablo, »aus dem Weg, Maultiertreiber, wenn der Sohn Jungunas kommt.«

Wilder Hass loderte im Auge des Kaziken.

»Es ist das zweite Mal, dass ich dir begegne, Chamulpo«, schrie Pablo, »hüte dich vor dem dritten Mal.« Er winkte gebieterisch mit der Hand, und automatisch öffnete sich ihm und seinen Begleitern eine Gasse. Er sah den furchtbaren Blick nicht mehr, den der Kazike ihm nachsandte.

Arana aber rief den ältesten seiner Offiziere und flüsterte ihm zu: »Reite zurück und lass alles unter Waffen treten, als ob ein Angriff vonseiten der Motineros zu befürchten wäre. Die Reiterstelle dort drüben hinter den Algaroben auf. Chamulpo hat jetzt nichts mehr zu verlieren; wir müssen auf alles gefasst sein.« Der Offizier ritt gestreckten Galopps zum Lager zurück. Zu Don Antonio sagte Arana: »Senden Sie sofort einen Offizier in Ihr Hauptquartier und lassen Sie Ihr ganzes Heer zur Schlacht ordnen. Chamulpo hat gesehen, dass wir zum Conde reiten. Es ist möglich, dass ihr sehr plötzlich von ihm angegriffen werdet, bevor wir noch eingreifen können.« Und auch dieser Kurier raste bald darauf in entgegengesetzter Richtung davon.

Bald darauf erreichten sie die Palmengruppe, in deren Nähe der General de Lerma lagerte. Als sie näher kamen, stieg dort alles zu Pferde. In langsamem Schritt ritt Pablo mit seinen Offizieren auf die Gruppe zu. Als General de Lerma einige Schritte vorritt und den Hut abnahm, gab Pablo seinem Tier die Sporen, sprengte zu dem Conde, parierte vor ihm das Pferd, zog den Hut und verbeugte sich tief vor dem Greis. Der reichte ihm die Hand.

»Ich freue mich, Señor Reynador«, sagte Lerma, »in Ihnen den Sprossen der einstigen Herrscher dieses Landes vor mir zu haben. Ich begrüße Sie und nehme zugleich die Gelegenheit wahr, Ihnen meinen tiefgefühlten Dank zu sagen für den ritterlichen Beistand, den Sie meiner Enkelin geleistet haben.«

Pablo verbeugte sich schweigend.

»General Arana?« Lermas Augen blickten suchend umher. Der General kam herangeritten.

»Ich bin glücklich, Ihre persönliche Bekanntschaft zu machen, General«, sagte der Conde, »ich habe insbesondere durch meinen Freund Callego manches über Sie gehört.« Die alten Männer reichten einander die Hände und drückten sie.

Mit Staunen sahen die spanischen Offiziere auf den Indio mit dem hochmütig verschlossenen Gesicht in der Uniform der Miliz. Sie fassten noch nicht ganz, aber sie begannen zu begreifen, dass sie vor einer entscheidenden Wandlung standen.

»Señor Reynador«, wandte de Lerma sich nunmehr an Pablo, »es ist ein Augenblick von schlechthin entscheidender Bedeutung für die Geschicke unseres gemeinsamen Vaterlandes, der uns hier zusammengeführt hat. Ich habe in meinen alten Tagen noch einmal zu den Waffen gegriffen, um meine Pflicht dem Lande gegenüber zu erfüllen; ich habe schwer gekämpft und bin nunmehr, dies sage ich Ihnen offen, nachdem der Kazike Chamulpo sich zu den Rebellen geschlagen hat, nahe daran, zu unterliegen.«

Pablo schwieg, sah den alten Mann aber unverwandt an.

»Wollen Sie, Señor Reynador, dass die Aufständischen, die dieses arme Land ohnehin schon in furchtbares Unglück gestürzt haben, dass der Auswurf der Hafenstädte, die Verworfensten der Nation, Verbrecher und Räuber großenteils, endgültig siegen, dann brauchen Sie die stattliche Kriegsmacht, über die Sie gebieten, nur zurückzuziehen, und ich kann mich gegen die Übermacht nicht länger behaupten. Guatemalas Schicksal wäre damit besiegelt. Sie sehen, ich bin vollkommen offen und mache keine Winkelzüge. Caballero spricht mit Caballero.«

»Excellenza«, erwiderte Pablo, »die Mayas, die von ihren Bergen heruntergekommen sind, sind ins Feld gezogen aus Anhänglichkeit an meine, ihrem ehemaligen Königsgeschlecht entsprungene Person. Ich kann über ihr Blut nicht ohne Weiteres verfügen, und ich sage Ihnen mit gleicher Offenheit, dass ich es auch unter keinen Umständen tun werde, wenn nicht die Lage der indianischen Bevölkerung dieses Landes entscheidend gebessert wird.«

»Äußern Sie sich näher«, sagte der Conde.

»Sie mögen sich denken, was ich sagen will«, versetzte Pablo. »Die Verfassung stellt zwar den Indianer in allen Rechten dem Weißen gleich, aber Sie wissen, dass diese Gleichheit nur auf dem Papier existiert. Alle Macht ist bei den Weißen, der Indianer ist ein verachteter Sklave. Ich selbst habe in den letzten Wochen einigen Anschauungsunterricht in dieser Beziehung genossen. Das darf nicht so bleiben. Bin ich, wenn auch nur einer Fiktion nach, der König der Mayas, sollen sie mir folgen im Kampf für die Regierung und ihr Blut für diese Regierung verspritzen, dann muss ich meinerseits von der Regierung die Mittel verlangen, die den Indianer auch in tatsächlicher Beziehung dem Weißen gleichstellt. Ich verlange ausgiebige Pflege der Schule, geeignete Vertretung des indianischen Elementes in der Verwaltung und in der Armee. Die Abkömmlinge der Konquistadoren werden sich daran gewöhnen müssen, mit dem indianischen Offizier als Gleichberechtigtem zu dienen und kameradschaftlich zu verkehren.«

»Señor Reynador«, entgegnete de Lerma, »ich besitze angesichts der Lage des Landes die Generalvollmacht, und ich sichere Ihnen das, was Sie verlangen, im Namen der Regierung und auf Manneswort ohne weiteres zu. Es entspricht alles das außerdem meinen eigenen Anschauungen, und, wie ich weiß, auch denen des Herrn Staatspräsidenten.«

»Gut, Excellenza.« Pablo richtete sich etwas auf. »Ich kann nicht diktatorisch über meine Stammesgenossen gebieten, aber ich werde sofort nach meiner Rückkehr die Caudillos der Mayas zusammenrufen und deren Beschluss Euer Excellenza alsbald mitteilen. Ich zweifle nicht, dass er in unserem Sinne ausfallen wird.«

»Sie retten Ihr Vaterland, Señor«, sagte der General.

»So gestatten Excellenza, dass ich mich verabschiede. Die Stunde drängt.«

Lerma schüttelte dem jungen Maya mit Herzlichkeit die Hand. »Auf baldiges Wiedersehen!« sagte er warm. Pablo grüßte ehrerbietig den General, gemessener die hinter diesem haltenden Offiziere, deren Häupter sich automatisch entblößten; auch die indianischen Offiziere zogen die Hüte, und Pablo sprengte mit seiner Begleitung davon. Er hatte sich einen Augenblick nach Maria umgesehen, aber die war längst mit ihrem Peon zu Doña Inez geritten, die sich in einem unweit gelegenen Pueblo für kurze Zeit niedergelassen hatte.

»Pablo«, sagte Arana, als sie in einiger Entfernung von den Palmen allein den anderen voranritten, »ich freue mich. Wahrhaftig, du hast wie ein Mann gesprochen. Ich hätte bessere Worte nicht finden können.«

Leicht dahersprengend, waren sie eben in die Nähe des Wäldchens gekommen, wo sie vorher Chamulpo begegneten, als Tenanga, der Pablo nie verließ, einen gellenden Warnungsschrei ausstieß. Im gleichen Augenblick erhob sich eine lange Reihe von Lanzenreitern, wie aus der Erde gestiegen, und stürmte alsbald mit wildem Geschrei auf sie ein.

»Linksum, zu den Algaroben dort!« kommandierte Arana mit Donnerstimme, und gehorsam wandten alle ihre Pferde dorthin. Noch nicht hundert Schritte weit waren sie gekommen, als zu beiden Seiten der Bäume starke Reiterscharen auftauchten, zum Angriff in zwei Gliedern geordnet. Die Reiter, vor deren Front Chamulpo ritt, stutzten und hielten ein.

»Her zu mir, Mayas!« rief Pablo, den Säbel ziehend. Schon galoppierten die Geschwader heran. Über ihren Reihen flatterte das uralte Feldzeichen der Mayas: ein grünes Tuch in einem goldenen Netz an langer Lanze. Und davor jagte Pablo, ihm nach die Reitergeschwader, von ihren Offizieren geführt, in guter Ordnung. Schon kamen ihnen die Reiter Chamulpos entgegen, der Kazike voran. Pablo spornte seinen Braunen, ein gewaltiger Satz des Tieres, und des Jünglings blinkender Säbel begrub sich im Haupte dessen, der ihm so hasserfüllt nach dem Leben getrachtet. Wie ein Klotz sank der Kazike vom Pferd. »Ich hab's dir gesagt, Mörder«, murmelte Pablo, »hüte dich vor der dritten Begegnung!«

Ihm nach stürmten seine wilden Gesellen, in denen alle alten kriegerischen Instinkte losgelassen waren – schon wandte der Feind sich zur Flucht, Tote und Verwundete zurücklassend.

Da geboten die Hörner der Mayas Halt. Die Reiter hielten und sammelten sich. Aus der Bodensenkung stiegen jetzt dichte Scharen von Büchsenschützen und Lanzenträgern empor. Von der Armee des Conde dröhnte Kanonendonner herüber. Aber schon nahten im Laufschritt die Tiradores der Mayas, gleich darauf in wütendem Feuergefecht mit den Anhängern Chamulpos begriffen.

»Sammle die Reiter und führe sie dorthin, Pablo«, sagte Arana und wies mit dem Säbel die Stellung. »Ich muss die Gesamtführung übernehmen. Es ist gekommen, wie ich fürchtete.« Er deutete auf einen Hügel. »Dort fällt die Entscheidung«, sagte er, »hoffentlich findet Sarmiento die Regierungstruppen vorbereitet.« Er sprengte, von seinem Adjutanten gefolgt, davon.

Pablo führte seine Reiter auf den angewiesenen Platz, die Offiziere ordneten die Reihen. Sämtliche Mayabataillone rückten jetzt in geschlossener Ordnung an.

Der Kanonendonner wurde lauter, und das Gewehrfeuer schwoll an. Chamulpos Truppen hatten sich zurückgezogen. Arana ließ sie schwach verfolgen und richtete seine ganze Macht nach dem Hügel, den er Pablo bezeichnet hatte.

Da erschienen auf eben diesem Hügel starke Infanteriemassen und eine Batterie von sechs Geschützen. Sarmiento wusste, dass dieser Hügel die rechtzeitige Vereinigung der Mayas mit dem Conde hinderte und hoffte wohl, die Regierungstruppen entscheidend zu werfen, bevor Arana herankommen könne. Sehr unangenehm überrascht war er von dem schlagartigen Eingreifen der Mayatruppen, auch davon, dass er die Regierungsarmee schon in Schlachtordnung antraf. Dennoch hoffte er, die Mayas durch Besetzung jenes Hügels lange genug hinhalten zu können, um seine ganze Macht gegen Lerma zu wenden.

Pablo hielt mit seinen Reitern im Grund. Durch Arana auf die Bedeutung des Hügels aufmerksam gemacht und blitzschnell die Gefahr erkennend, die entstand, wenn dem Feind die Besetzung gelang, sehend und hörend, wie heiß um das Lager gekämpft wurde, das Sarmiento mit gut geleiteten wuchtigen Angriffen bestürmte, beschloss er, da seine Tiradores noch weit waren, den Hügel mit seinen Reitern zu nehmen. Er selbst war ein ausgezeichneter Reiter, seine Mayas waren im Sattel groß geworden, und das Pferd Guatemalas ist das beste der Welt.

»Mayas«, rief er den hinter ihm haltenden Reitern zu, »den Hügel dort müssen wir nehmen.«

Ein dumpfes Getön antwortete ihm; fast ohne Kommando ordneten sich die braunen Reiter zum Angriff und breiteten sich aus.

Zu spät erkannte man auf dem Hügel die verwegene Absicht der Mayareiterei. Die Geschütze dort waren gegen den erwarteten Infanterieangriff aufgefahren; jetzt mühte man sich, sie eilig in andere Stellung zu bringen.

Schon setzten sich Pablos Schwadronen in Bewegung. Die Geschütze gerieten mit ihrer Bespannung in Verwirrung, als sie die Stellung wechseln wollten. Eilig liefen die Büchsenschützen nach der Seite, wo der Reiterangriff drohte. Lanzenträger strömten zusammen und ordneten sich.

Aber die Geschwader der Mayas, das alte Feldzeichen über ihren Häuptern, jagten unter dem schlecht gezielten Feuer der Abwehr bergan; sie waren nicht zu halten.

»Ala! Ala!« gellte ihr Schlachtruf. Und dann waren sie oben, in drei Geschwadern brachen sie auf die Masse der Verteidiger ein, alles niederreitend, was sich ihnen in den Weg stellte.

»Ala! Ala!« Die Kanoniere sprangen auf die Zugpferde und jagten auf der anderen Seite des Hügels hinab, in wilder, regelloser Flucht stürmte das Fußvolk davon. Hinter ihnen, unaufhaltsam wie eine Walze, die braunen Reiter mit ihrem betäubenden Siegesgeschrei.

Infanterie, die den Hügel zur Verstärkung der Weichenden besteigen wollte, geriet durch die Flüchtenden in Verwirrung, wurde fortgeschwemmt, und schon nahten die furchtbaren Reiter.

Zur Seite der fliehenden Infanterie erschienen die wohlgeordneten Mayabataillone und nahmen sie unter gezieltes Feuer. Da gab es kein Halten mehr, in wilder Flucht brach das geschlagene Heer auseinander.

Der Conde hatte den verwegenen Reiterangriff beobachtet; er erfasste den Augenblick und ging mit seiner ganzen Streitmacht zum Angriff über. Immer näher kam das heftige Feuer der Mayatruppen, schon sammelten sich Pablos Reiter zu neuem Angriff. Da erkannte Sarmiento, dass alles verloren sei, und wandte sich mit dem Rest seines Heeres zum fluchtartigen Rückzug. Die Lanceros des Conde nahmen die Verfolgung auf.

Der gefährliche Aufstand war beendet in einer einzigen entscheidenden Schlacht. Das Eingreifen der Mayas aus den Bergen hatte die Wendung und zugleich die Entscheidung gebracht.

Pablo, vom Schlachtfeld reitend, sah am Wegrand eine Gruppe seiner Krieger um einen Gefallenen stehend. Er ritt heran und erkannte in dem sterbenden Tanub, der, den Bogen in der Hand, in seinem seltsamen Kostüm mit dem Kopf auf den Knien eines Kriegers lag. Er stieg vom Pferde und ging zu ihm hin.

Ein Blick traf ihn, der aus einer anderen Welt zu kommen schien.

»Hualpa, König!« flüsterte der Alte, »Tanub geht zur Sonne!«

Pablo nahm den Hut ab. Die Augen des alten Indianers brachen. Pablo drückte sie zu.

Am Abend dieses bedeutsamen Tages trafen Arana und Pablo mit dem Conde, Callego und seinem Stabe zusammen. Lerma nahm den jungen Indianer mit väterlicher Gebärde an die Brust, in seinen Augen glitzerte es feucht. »Der Enkel der Könige ist der Sieger dieses Tages«, sagte er, »es soll in Guatemala nicht vergessen werden.«

»Wer hat den wundervollen Reiterangriff auf den Hügel kommandiert?« fragte Callego.

»Der Mayakönig führte seine Reiter selbst«, sagte Arana.

»Das war der Sieg, Señor Reynador«; die Augen des alten Soldaten leuchteten warm. »Wir waren hier in arger Bedrängnis.«

Der Adjutant de Lermas und der Capitano, der Pablo einen zimtfarbenen Caballero genannt hatte, kamen mit abgezogenen Hüten heran. »Werden Sie uns verzeihen, Señor?« fragte der Adjutant. »Es sagt sich nicht leicht, aber es muss gesagt sein, und es ist die Wahrheit: Wir schämen uns.«

Pablo lächelte; alles Schwere war weg, er reichte den Offizieren die Hand. »Wir sind ab heute Waffenbrüder, Señores«, sagte er, »wir haben gemeinsam für die Sache des Vaterlandes gekämpft, ich denke, der Bund wird halten.«

»Ich habe sie abgekanzelt, aber sie haben es selbst eingesehen«, lächelte der Conde.

Während die Reiterei noch die fliehenden Feinde verfolgte, ritten General Arana, Pablo und einige indianische Offiziere nach Lermas Hauptquartier. Man versammelte sich zu einem Festmahl.

Als Don Antonio kam, der nach Maria gesehen und ihr von Pablos Taten erzählt hatte, schloss auch er den Pflegesohn in die Arme.

»Mein lieber Junge«, sagte er, »nun gehörst du uns erst ganz.« Der Sohn Jungunas wurde an diesem Abend hoch gefeiert und musste sich manch schmeichelhaftes Wort sagen lassen; er wurde darüber immer stiller. Am anderen Tage sah er Doña Inez und Maria und wurde auch hier wie ein Sohn und Bruder empfangen.

Nach kurzer Beratung mit dem General Arana beschloss Pablo, die Krieger, die zu seiner Befreiung ausgezogen waren, in die Heimat zu führen. Sie waren vom Pfluge, von den Herden, aus den Wäldern zusammengeströmt und mussten zu ihren alltäglichen Beschäftigungen zurückkehren. General de Lerma, der jetzt mit den noch überall verstreuten Motineros leicht fertig werden konnte, war damit einverstanden. Die Mayas hatten ihre Toten begraben und rüsteten sich zum Abzuge.

Schwer wurde Pablo der Abschied von Maria, dem einzigen Wesen, das ihm von frühester Kindheit an in unwandelbarer Liebe zugetan war. »Du bist nun ein König und wirst mich vergessen«, sagte sie mit einem quälerischen Versuch zu scherzen.

»Ich werde dich niemals vergessen«, sagte Pablo, ihre Hand haltend. »Ich bleibe dein Bruder, und du bleibst meine Schwester. Ich werde immer für dich da sein.«

Inmitten seiner siegestrunkenen Mayakrieger trat Pablo Reynador den Weg zur alten Heimat an. Die nach Art der Eingeborenen einbalsamierten sterblichen Überreste des alten Tanub nahmen sie mit. Er, der so treu die Gräber der Könige bewacht hatte, sollte sie auch noch im Tode bewachen. Inmitten des Königspalastes wurde der wunderliche alte Krieger zur Erde gebettet.

In Gedanken versunken stand der Enkel der alten Mayakönige dann auf der Terrasse des alten Palastes seiner Väter. Ich will ihnen ihre Treue zu lohnen suchen, dachte er, ich will versuchen, sie aus dem Staube zu reißen, dass sie dereinst die Köpfe wieder hochtragen können wie die stolzen Enkel der Konquistadoren.

Die Regierung hielt das Versprechen, das General de Lerma in ihrem Namen gegeben hatte. Pablo Reynador wurde zum lebenslänglichen Mitglied der Ersten Kammer und zum Oberbefehlshaber der Milizen der nördlichen Departements, die nur von Mayas bewohnt waren, ernannt. Sein Leben widmete er der Erziehung und der sittlichen Hebung seines Volkes. In dessen Gedenken lebt sein Name fort.

www.ingramcontent.com/pod-product-compliance
Lightning Source LLC
Chambersburg PA
CBHW060806310726
48980CB00002B/251

* 9 7 8 3 8 4 6 0 8 0 6 4 1 *